U0541392

本著作为国家社会科学基金项目"1978年以来的中国文学评奖制度研究"（16XZW021）的结项成果。

西华大学为本项目的研究和出版提供了经费支持。

中国文学评奖制度研究
1978—2020

范国英 著

中国社会科学出版社

图书在版编目(CIP)数据

中国文学评奖制度研究:1978—2020/范国英著.—北京：中国社会科学出版社，2024.5

ISBN 978-7-5227-3474-3

Ⅰ.①中… Ⅱ.①范… Ⅲ.①文学奖—评奖—研究—中国—当代 Ⅳ.①I2-19

中国国家版本馆 CIP 数据核字(2024)第 081986 号

出 版 人	赵剑英
选题策划	郭晓鸿
责任编辑	王　越
责任校对	郝阳洋
责任印制	戴　宽

出　　版	中国社会科学出版社
社　　址	北京鼓楼西大街甲 158 号
邮　　编	100720
网　　址	http://www.csspw.cn
发 行 部	010-84083685
门 市 部	010-84029450
经　　销	新华书店及其他书店

印　　刷	北京君升印刷有限公司
装　　订	廊坊市广阳区广增装订厂
版　　次	2024 年 5 月第 1 版
印　　次	2024 年 5 月第 1 次印刷

开　　本	710×1000　1/16
印　　张	19.25
插　　页	2
字　　数	279 千字
定　　价	109.00 元

凡购买中国社会科学出版社图书，如有质量问题请与本社营销中心联系调换
电话：010-84083683
版权所有　侵权必究

目 录

绪 言 ………………………………………………………………（1）

第一章 现代化语境下的 1978 年文学评奖制度 ……………（22）
 第一节 现代以来的制度分化与文学存在的困境 …………（22）
 第二节 1978 年文学评奖制度建构的前提 …………………（30）
 第三节 现代化诉求与 1978 年文学制度的重构 ……………（38）
 第四节 现代化诉求下的 1978 年文学评奖制度 ……………（48）

第二章 20 世纪 70 年代后期到 80 年代后期的文学评奖 ………（59）
 第一节 1978 年文学评奖辨析 ………………………………（60）
 第二节 群众推荐：文学评奖的运作机制（一）……………（67）
 第三节 专家评议：文学评奖的运作机制（二）……………（76）
 第四节 现实性：获奖作品的价值诉求 ……………………（95）

第三章 20 世纪 80 年代后期到 90 年代后期的文学评奖 ……（108）
 第一节 文学评奖内在理路的调整与转换 …………………（109）
 第二节 沉寂与萌生：文学评奖的另一番样态 ……………（120）

第四章 20 世纪 90 年代后期到 21 世纪初期的文学评奖 ……（136）
 第一节 市场逻辑下的文学评奖 ……………………………（137）

第二节　文学场逻辑下的文学评奖 ………………………………（148）
　　第三节　宏观文化视野下的文学评奖 ………………………………（160）
　　第四节　鲁迅文学奖:文学评奖架构上的新坐标 …………………（171）

第五章　21世纪早期的文学评奖 ………………………………………（184）
　　第一节　现实主义的再回归与文学评奖的样态 ……………………（185）
　　第二节　同一性与整体化:文学评奖制度的再建构 ………………（195）

第六章　1978年以来文学评奖的衍化
　　　　　——以茅盾文学奖为中心 ………………………………………（207）
　　第一节　1978年文学评奖制度下的茅盾文学奖 …………………（208）
　　第二节　文学场多元分化下的茅盾文学奖 …………………………（226）
　　第三节　"精英逻辑的弱化"背景下的茅盾文学奖 …………………（242）
　　第四节　同一性诉求下的茅盾文学奖 ………………………………（254）

附录1 ……………………………………………………………………（267）
附录2 ……………………………………………………………………（273）
附录3 ……………………………………………………………………（278）
附录4 ……………………………………………………………………（281）
附录5 ……………………………………………………………………（288）

参考文献 ………………………………………………………………（294）

后　记 …………………………………………………………………（304）

绪　言

一　研究缘由

随着文学实践的变化以及对文学认识的深化，文学活动过程中的物质性因素成为文学研究领域的一个重要方面，其中文学制度是文学物质性因素中的一个极其重要的向度，文学制度规约了文学的生产、传播和接受等诸多层面的内容，并且文学制度体现出的物质性因素又会转化为文学活动中的意识性因素。因而文学制度这一术语打破了文学研究中外部研究与内部研究的壁垒，为我们更好地认识文学、文学活动提供了一个有效的视角，而文学评奖制度是文学制度中极为重要的面向。在中国现代文学史30年的进程中，在面对民族生死存亡的语境下，文学评奖是少之又少，除了20世纪30年代《大公报》举办过文学评奖外，没有举办过全国性的文学评奖。因而在1949年随着全国解放，华北文协商议成立全国文协，并筹备全国第一次文学艺术工作者代表大会，4月全国文代会筹委会成立"专门的评选委员会"，负责推荐近五六年来优秀的文艺作品，这个评选委员会成立了五个小组，负责对诗歌、小说、通讯和说书词、戏剧、音乐、美术等体裁的作品进行编选[①]。这可以视为对全国性文艺评奖的一种尝试，但这一尝试最终没有完成。新中国成立后直到1978年，我国对文学走向的调控、管理和规范的体制性力量依然较为单一，对文学进行管理和调控的方式

[①] 茅盾：《一些零碎的感想》，《文艺报》创刊号1949年5月4日。

主要是通过文学批评，甚或是以文学批评运动的方式来完成。

在这一背景下，1978年全国优秀短篇小说的评奖就是"空前的、过去没有过的"①，"是建国三十年来的一个创举"②。在1978年全国优秀短篇小说评奖之后，相继出现的各种全国性文学评奖有：1980年开始的由《文艺报》《人民文学》和《诗刊》编辑部主办的全国优秀中篇小说奖、报告文学奖和新诗奖，以及1981年由中国作家协会（以下简称"中国作协"）主办且延续至今的专门针对长篇小说的茅盾文学奖，等等。由此可见，几乎每一类体裁都有与之对应的全国性文学奖项，并且在当时的社会生活、政治生活和文化生活中地位举足轻重的报纸，如《人民日报》《光明日报》《文艺报》，等等，都会就此发表相关报道和评论。文学评奖成为这一时期文学活动中的一个重要事件，1978年就成为新时期文学评奖制度建立的一个坐标。到目前，文学评奖已经走过了40多年的历程，40多年的文学评奖活动成了新时期以来不可回避的重要的文学事件。因而对1978年以来的文学评奖的考察为我们认识新时期文学和文学活动提供了一个有效的视角，通过对不同时段的文学评奖的考察，既有助于我们重返文学活动现场，把握特定时段文学场域的结构及由此结构产生的文学活动动力机制；同时，文学评奖作为开阔文学研究视野的一个有效切入口，将文学活动置于更宽广的政治、经济和文化的视野中来考察，加深我们对文学和文学活动，以及文学与社会和时代关系的认识，并为我们思考何为文学的意义提供一个有价值的路径。

二 研究现状

由于文学研究领域的扩大，对文学制度以及文学制度的重要面向文学评奖的研究也越来越多地进入研究者的视野。目前，对文学评奖制度的研究主要包括以下五个方面。

---

① 茅盾：《在一九七八年全国优秀短篇小说评选发奖大会上的讲话》，《人民文学》1979年第4期。
② 袁鹰：《第一簇报春花》，《人民文学》1979年第4期。

一是对文学评奖与文学制度关系的研究。其主要是在文学制度的框架下阐释文学评奖或者是某一具体的文学奖项，克服了简单的文学评奖价值论研究的局限性。如吴俊《中国当代文学评奖的制度性之辨——关于茅盾文学奖、鲁迅文学奖之类"国家文学"评奖》、赵普光《体制的"磁场"——文学评奖与20世纪80年代文学制度的重建》、刘俐俐《中国文学场域视野下文学评奖综合考察的理论发现与问题》、霍纪超《中国文学评奖的制度架构》、万安伦《二十世纪中国文学的奖励机制研究》、南京大学博士生王鹏的博士学位论文《中国当代文学评奖制度研究——以全国性小说评奖为核心》、范国英《茅盾文学奖的文学制度研究》，等等。同时，在一些探讨文学制度相关问题的论文和专著中也兼及对文学评奖制度的思考，如洪子诚《问题与方法——中国当代文学史研究讲稿》、邵燕君《倾斜的文学场——当代文学生产机制的市场化转型》、王本朝《中国当代文学制度研究》、张均《中国当代文学制度研究（1949—1976）》、范国英《新时期以来文学制度研究》，以及张炯、雷达、孟繁华、於可训、王彬彬、顾骧、张颐武、胡平等对文学评奖的指导思想、评奖标准和程序等制度性因素的研究。这类研究主要是从文学制度的视角来考察文学评奖作为一个制度性的因素对文学活动的规约和影响，以及文学评奖制度与一定时期文化政策、文学场和社会场中各种力量之间交互作用的关系。

二是对具体文学奖项的研究。这类研究主要是通过对某一具体奖项的考察，探究此奖项的评奖机制、价值取向以及与文学场和社会场之间的关系。如邵燕君《大师的"大家"，还是大众的"大家"？——从"大家·红河奖"的评选看"民间奖"的市场化倾向》、邢洋《一九七九年全国优秀短篇小说评选研究》、任美衡的博士学位论文《茅盾文学奖研究》及其对茅盾文学奖进行研究的系列论文、丛治辰《茅盾文学奖的"表"与"里"——以茅盾文学奖评语及授奖辞为中心》，等等。目前对一些具体的奖项，比如鲁迅文学奖的研究也成为硕士学位论文的重要选题。此类研究作为个案研究，从微观的角度以具体和翔实的分析为基础，对具体的文学评奖活动运作机制、评奖标准和价值取向等方面的问题进行了研究。

三是对文学评奖与文学活动、文学现象和社会现象之间关联的研究。如张丽军《文学评奖与新时期文学经典化》，张丽军《文学评奖机制改革与新时期文学》，王春梅、滕懿慧《试论90年代以来市场化背景下文学评奖机制的特点及影响》，郝庆军《政治转型与文学领导权的集中——1976年政治生态变革与全国优秀短篇小说奖设立》，等等。这类研究主要探究文学评奖与文学活动之间的关联，对文学评奖与文学的建构关系进行了有意义的思考。

四是对1978年以来的某类文学评奖的研究。这类研究主要是梳理某种类型的文学评奖，以及对该类奖项的运作机制、体现出的价值观等问题的思考。如崔道怡对全国优秀短篇小说奖进行梳理的系列论文，洪志纲《权威的倾斜——对新时期以来全国历次短篇小说奖的回顾与思考》《回眸：灿烂与忧伤——对新时期以来全国历次中篇小说奖的回顾》，刘巍《"读者来信"与新时期文学秩序——"全国优秀短篇小说奖"的"读者来信"之辩难》等。此类研究主要将奖项置于一定的时间长度内来思考，其对文学评奖动态过程的把握，既实现了对某一奖项时间性上的考察，同时也呈现出文学奖项在时间的流动中，由于语境的变化，文学评奖本身衍化的状态。

五是对文学评奖的批判性反思。此类研究以文学性作为主要的参照系，对文学评奖以及文学评奖活动做出批判性反思。如黄发有《以文学的名义——过去三十年中国文学评奖的反思》、段崇轩《文学评奖的功与过》、解玺璋《文学评奖：告别喧嚣》、罗长青《新世纪文学评奖争议现象述评》，等等。这类研究主要从文学评奖与文学价值和功能实现的角度批判性地反思文学评奖，对如何更有效实现文学评奖对文学活动的推进提供了有益的思考。

国外一些学者如彼得·比格尔（Peter Burger）、尤尔根·哈贝马斯（Jürger Habermas）、罗贝尔·埃斯卡皮（Rober Escarpit）、皮埃尔·布迪厄（Pierre Bourdieu）、安东尼·吉登斯（Anthony Giddens）等的理论已经成为国内研究文学制度的主要理论依据。不过，海外学者对1978

年以来的中国文学评奖的研究几乎还是空白。

从文学评奖的研究现状来看，众多的学者已经从不同的向度对文学评奖做出了有价值的思考和研究，这有益于认识新时期文学和其中重要的制度性因素——文学评奖。不过，从整体上来看，对1978年以来中国文学评奖制度的研究还较为零散，缺乏一种系统性和整体性的研究。本书力图从宏观和微观相结合的层面上实现对1978年以来中国文学评奖制度的系统性和整体性的考察。

三　研究方法

一是将1978年以来40多年的文学评奖置于改革开放的时代宏观背景下来考察。结合40多年来不同时段社会政治、经济、文化语境的变化，阐释文学评奖制度的演变，由此透视不同语境下文学活动呈现出的样态及其与文学评奖制度的相互关系。

二是跨学科的研究方法。结合文艺社会学、当代哲学、美学、政治学、文化学等多学科理论，阐释新时期以来文学评奖制度的形成，以及文学评奖在文学场和社会场中具有的作用、功能和价值。

三是宏观研究和微观分析、个案研究相结合。一方面，从宏观角度全面把握新时期以来文学评奖制度的建立、变化和衍化过程；另一方面，又重返历史现场，将文学评奖置于不同时段具体的历史语境中来考察，详细解读不同阶段文学评奖的评价标准、价值取向和运作机制等问题。同时，通过个案研究来呈现文学评奖在时间中的衍化轨迹、具体的评奖机制和价值取向等问题，以及文学评奖与文学场和社会场之间的复杂关系。由于自1978年设立文学评奖制度以来，只有茅盾文学奖从1981年设立，一直延续到当下，对茅盾文学奖的考察有助于我们把握40多年的文学评奖历程衍化的轨迹。因此，本书以茅盾文学奖为主要个案，同时兼顾对其他奖项如全国优秀短篇小说奖、全国优秀中篇小说奖、报告文学奖、鲁迅文学奖、"五个一工程"奖、老舍文学奖等的覆盖和研究。

四是经验现象和理论分析相结合。对1978年以来中国文学评奖制度的研究首先是以文献材料的把握为基础，从材料本身提炼观点，从对经验现象的分析中获得对文学制度和文学评奖等理论问题的认识，而不是用理论来切割经验现象。

四 主要概念

本书是在现代的语境下使用文学制度这一概念，也就是文学制度是现代以来才出现的文学事件，文学制度的一个重要面向就是文学评奖。而与"现代"这一术语紧密相关的就是"现代性"和"现代化"这两个概念。对"现代""现代性"和"现代化"这些概念的考量首先需要具有一种全球化的眼光和视野，但是更为重要的是，"现代""现代性"和"现代化"在不同的历史文化语境中又呈现为不同的样态。正如以色列社会学家艾森斯塔特所言："大多数社会的广泛制度领域，即家庭生活、经济政治结构、都市化、现代教育、大众传播和个人主义取向中，产生了一种趋向结构分化的普遍趋势，与此同时，界定和组织这些领域的方式在它们的不同发展阶段则大相径庭，从而引发了多元的制度模式和意识形态模式。"① 因而对"现代""现代性"和"现代化"这些概念的思考，一方面要厘清其在全球化语境下的共性；另一方面更要将其置于中国特定的现代化进程中来考量，还原中国现代化进程的特质和路径，以及中国现代化进程对人类全球化进程提供的有价值的思考和实践。本书将文学制度和文学评奖置于现代的语境中来思考，一方面体现人类现代化进程中的共性，另一方面，更为重要的是要突出在中国特定的语境中，文学制度和文学评奖呈现出来的样态。

在古代是宗教或传统为世界立法，宗教或传统就成为阐释世界的最重要的参照系，而文学活动本身也处在古代这一认知和阐释世界的框架内。在西方主要是上帝和上帝的话语《圣经》为世界立法，也成

---

① ［以］S. N. 艾森斯塔特：《反思现代性》，旷新年、王爱松译，生活·读书·新知三联书店 2006 年版，第 37 页。

为解释人、世界和宇宙的依据。在中国，就孔子看来，阐释世界的依据主要是更早时期特别是周朝的体现了"天道"的"圣人言"。因而在古代，对世界的阐释是依据某种具有一定稳定性的参照系来完成的。这样一来，在西方文学主要用于宗教的目的，在中国孔子强调的是"述而不作"，是对"圣人言"的不断阐释，文学的目的主要就是"文以载道"。自从人类进入现代以后，古代的这套认知体系和价值体系不断受到质疑和解构，其动因在于，随着人的理性精神的觉醒，个体人的主体性逐渐从萌芽到确立。这一过程中最明显的表征之一就是，到18世纪，现代意义上的小说兴起了。同时18世纪也被称为"书信世纪"，"写信使个体的主体性表现出来"[①]。在这一语境下，"作者、作品以及读者之间的关系变成了内心对'人性'、自我认识以及同情深感兴趣的私人相互之间的亲密关系"[②]。这样一来，文学就从古代的神圣领域进入世俗世界，也就有了现代意义上的用于表情达意的文学。因而可以说，在古代，人依据传统或上帝的话语来阐释世界，进入现代之后，人成为这个世界的立法者和阐释者，这也就成为古代和现代在文学层面基本的区别。

当人用理性的解剖刀将世界划分为相对独立的领域时，从不同的角度看到的世界是有差异的，因而也就有了从不同的视角对世界的阐释。现代性这一概念就表达出人进入现代之后的复杂性和多样性。正如德国哲学家哈贝马斯所言："在后传统社会中情况并非如此，其中不存在基本信仰的同质性，不存在假设的共同阶级利益，相反，相互角力的平等的生活方式具有无法透视的多元性。可以肯定的是，在主体间性的团结概念中，普遍的同一性与整体性涵义已经不复存在了。"[③] 可以说，自从人类进入现代之后，存在于古代的那种稳定性消

---

① [德] 尤尔根·哈贝马斯：《公共领域的结构转型》，曹卫东、王晓珏、刘北城、宋伟杰译，学林出版社1999年版，第52页。
② [德] 尤尔根·哈贝马斯：《公共领域的结构转型》，曹卫东、王晓珏、刘北城、宋伟杰译，学林出版社1999年版，第54页。
③ [德] 尤尔根·哈贝马斯：《公共领域的结构转型》，曹卫东、王晓珏、刘北城、宋伟杰译，学林出版社1999年版，第22页。

失了，人类处在瞬间、变化和流动之中，也就是人类和世界处在现代化进程中。因而，现代性这一概念本身也处在流动当中，由于缺少某种稳定性，现代性成为一个具有开放性且难以闭合的概念。

"现代化"这一概念是对现代性流动状态中的某一特定样态的概括。英国文化理论家雷蒙·威廉斯在《关键词——文化与社会的词汇》中指出，与 Modern 最接近的词源为法文 moderne、后期拉丁文为 modenus。Modernize 与 Modernization 这两个词与 Institution（机制、制度、机构）和 Industry（勤勉、实业、工业）有关，通常用来表示完全令人喜欢或满意的事物①。也就是说现代化给我们允诺了光明和理想的未来。而 Institution（机制、制度、机构）是"用来描述某个明显的、客观的与有系统的事物"②，在 20 世纪，Institution 也"用来表示社会中任何有组织的机制"③。Industry 有两种主要含义，"人类勤勉之特质，生产或交易的一种或一套机制（Institution）"④。从理解现代化（Modernize 与 Modernization）的两个关键词 Institution 和 Industry 来看，它们都与人的理性精神和人的主体性的确立有关，也就是人的理性能力可以将世界划分为不同的领域，然后对不同的领域进行组织、规划和安排。不过，"现代化"术语还强调：这种组织、规划和安排是必须符合或服从规律的客观性的，这可以避免人的主体性带来的不必要的问题。这种客观性的重要表征就是某种不以人的意志为转移的制度的建立。由此可见，现代化在认同人的理性精神和人的主体性时，也强调外在于人的客体或世界的客观性，以及这一客观性对人的主体性的规约和限制。正如英国文艺理论家伊格尔顿所言，"在现代人的豪言壮语（'我只从自身获得价值'）和沉重呼喊（'在这个

---

① ［英］雷蒙·威廉斯：《关键词——文化与社会的词汇》，刘建基译，生活·读书·新知三联书店 2005 年版，第 308—309 页。
② ［英］雷蒙·威廉斯：《关键词——文化与社会的词汇》，刘建基译，生活·读书·新知三联书店 2005 年版，第 242 页。
③ ［英］雷蒙·威廉斯：《关键词——文化与社会的词汇》，刘建基译，生活·读书·新知三联书店 2005 年版，第 243 页。
④ ［英］雷蒙·威廉斯：《关键词——文化与社会的词汇》，刘建基译，生活·读书·新知三联书店 2005 年版，第 237 页。

宇宙里我是如此孤独'）的世界里，若没有客观性的标准，主体便会转向自我赋予价值"①。即当人的主体性一旦彻底摧毁世界的客观性时，人就会完全转向自身寻求真理和价值，进而人的追寻在一定层面上就失去了客观、稳定的基础。因而，人的主体性所具有的创造性能力应是维护而不是损害客观性，客观性无疑是实现主体性的基础和条件。"现代化"这一术语力图将人的理性和主体性放在某种客观和稳定的轨道上，在一定层面上，对进入现代社会的人的主体性的过度膨胀具有一定的限制作用。

在现代语境中，人的主体性一旦确立，上帝或传统的权威就受到质疑，混沌的世界逐渐被去神秘化了。去神秘化的一个重要前提就是：世界只有在被划分为不同的领域时才会变得清晰。而世界一旦被划分为不同的领域后，各个领域自身特有的逻辑和规范就凸显出来，人的理性能力是可以掌握和运用这些逻辑和规范的，进而人就可以依据这些具有客观性和规律性的逻辑和规范来影响某一特定领域，甚至是整个世界的走势。这样一来，也就出现了现代意义上的制度以及与制度的建立一体两面的学科和学科分化，"直到十八世纪末，从制度化角度来看，科学、道德和艺术还分化成不同的活动领域"②。也正是自现代以来，文学活动就处在特定的文学制度的场域中，制度确定了文学的边界，成为界定文学的主要力量。中国文学制度的现代性探索从晚清就已经开始，不过，由于中国文学的现代性进程身于特定的社会、历史和文化的语境中，因而，其文学制度的现代性进程也就形成了某种与西方不同的色彩。在全球化的语境下，我们在具体讨论中国文学制度现代性进程中的异质性之前，首先需要厘清的依然是现代性语境下制度的某种共性，进而才能更为有效地思考现代性的这一共性在与不同文化环境的碰撞中产生出的异质性。

---

① ［英］特里·伊格尔顿：《审美意识形态》，王杰、傅德根、麦永雄译，广西师范大学出版社2001年版，第63页。
② ［德］于尔根·哈贝马斯：《现代性的哲学话语》，曹卫东等译，译林出版社2004年版，第23页。

雷蒙·威廉斯在《关键词——文化与社会的词汇》中对 Institution 做了一定的阐释。当 Institution 被解作"制度"时，它被用来描述"某个明显的、客观的与有系统的事物"，也就是"一种被制定、订立的事物"①。由此可见，制度首先是由人订立的，并且又具有不受人制约的客观性。即制度一方面是建立在人的主体性之上，另一方面制度又要限制人的主体性。因此制度本身就充满了悖论，这一悖论就是制度面对的难题和困境，是否能在这两个面向之间形成平衡的支点就是制度有效性和合理性能否实现的关键。正如伊格尔顿在《二十世纪西方文学理论》中所言，"我们自己的文学定义是与我们如今所谓的'浪漫主义'时代一道开始发展的。'文学'（literature）一词的现代意义直到 19 世纪才真正出现"②。毋庸置疑，自现代以来，关于文学的定义是与想象力和创造力紧密相关的，而想象力和创造力总是会渴望突破任何既有的边界。因而一方面，制度与极具创造性的文学活动之间是存在抵牾的，另一方面，制度的客观性又能在一定层面上限制人理性的过度膨胀对文学活动带来的破坏，其中最主要的就是可以限制过多的人为因素对文学活动的干预和介入。"正是通过运用'程序规则'，才能够使某个领域成为科学，因为程序规则能从分析中'击碎意识形态限制下的错误'。这些程序规则，是对个人的客观和公正的不可靠性的隐含承认。"③ 因而制度可以为文学活动提供一定的独立话语空间，在一定的层面上正是制度使自由的文学活动成为可能。在中国文学的现代性进程中，制度对人的介入的限制，对新时期文学的健康发展是产生了相当的作用的。"现在'双百'方针已经列入我国的宪法，这就保证了人民有进行科学研究和文艺创作的自由，保证了文艺创作和文艺评论有互相竞赛和互相争

---

① ［英］雷蒙·威廉斯：《关键词——文化与社会的词汇》，刘建基译，生活·读书·新知三联书店 2005 年版，第 242 页。
② ［英］特里·伊格尔顿：《二十世纪西方文学理论》，伍晓明译，北京大学出版社 2007 年版，第 16—17 页。
③ ［美］托马斯·索维尔：《知识分子与社会》，张亚月、梁兴国译，中信出版社 2013 年版，第 170 页。

论的自由。"①也就是说，文学活动的制度化被看作实现文学艺术创作自主和自由的保障。正是在此意义上，陶东风认为，"中国文艺的自主性的缺乏说到底是因为中国社会还没有发生、更没有确立类似西方18世纪发生的制度性分化，文学艺术场域从来没有彻底摆脱政治权力场域的支配（这种摆脱不是个人力量可以胜任，而是要依赖制度的保证）"②。制度面对的这一困境本身就是现代性的题中之义，现代性在确立了人的主体性后，也容易使人坠入关于人的主体性神话和陷阱中，人在摆脱神和传统的束缚之后，却可能被人的主体性所限制。因此，如何将人的理性和理性能力安置在一个合理的范围内，就成为一个需要不断解决和思考的问题，这也是制度和文学制度需要面对的问题。

另外，既然制度是由涉及诸多面向的综合体系及由此衍生出的具体规则和规范所构成，那么，文学制度必然包括规约文学生产、文学传播和文学接受等方面的一整套机制。法国思想大师布迪厄在《艺术的法则：文学场的生成与结构》中，对限制和规约文学艺术活动的制度性力量涉及的具体面向做了较为完整的描述。"作品科学不仅应考虑作品在物质方面的直接生产者（艺术家、作家，等等），还要考虑一整套的因素和制度，后者通过生产对一般意义上的艺术品价值和艺术品彼此之间差别价值的信仰，参加艺术品的生产，这个整体包括批评家、艺术史家、出版商、画廊经理、商人、博物馆长、赞助人、收藏家、至尊地位的认可机构、学院、沙龙、评判委员会，等等。此外，还要考虑所有主管艺术的政治和行政机构（各种不同的部门，随时代而变化，如国家博物馆管理处，美术管理处，等等），它们能对艺术市场发生影响：或通过不管有无经济收益（收购、补助金、奖金、助学金，等等）的至尊至圣地位的裁决，或通过调节措施（在纳税方面给赞助人或收藏家好处）。还不能忘记一些机构的成员，他们促进生产者（美术学校等）生产和消费者生产，通过负责消费者艺术趣味启

---

① 周扬：《继往开来，繁荣社会主义新时期的文艺———九七九年十一月在中国文学艺术工作者第四次代表大会上的报告》，《人民日报》1979年11月20日。
② 陶东风：《文学理论基本问题》，北京大学出版社2004年版，第17页。

蒙教育的教授和父母，帮助他们辨认艺术品，也就是艺术品的价值。"① 文学活动涉及作家、作品、读者、世界四个最为基本的面向，因而文学制度作为规约和限制文学活动的制度性或体制性力量，就通过调节这四个因素涉及的各个面向来实现对文学的调控和管理。同时，文学制度并非仅仅限于对文学活动涉及的物质性因素的规范，文学制度还会归约和建构文学活动中的意识性因素，并形成相应的文学观和文学价值观。"文学体制这个概念并不意指特定时期的文学实践的总体性，它不过是指显示出以下特征的实践活动：文学体制在一个完整的社会系统中具有一些特殊的目标；它发展形成了一种审美的符号，起到反对其他文学实践的边界功能；它宣称某种无限的有效性。"② 自现代以来，文学和文学活动就存在于特定的文学制度场域中，是制度确定了何为"文学"或"好的文学"。也就是当文学在摆脱宗教和传统对其的限制后，在欢呼现代制度带给文学自由的同时，却也落入了制度的陷阱和桎梏中。

　　文学评奖作为文学制度的一个面向，无疑也是现代性进程中产生的必然结果，因而，制度或文学制度体现出的现代性悖论同样也会投射到文学评奖上。同时由于文学评奖在文学制度涉及的诸多面向中，又具有自身的独特性，因此，现代性悖论在文学评奖上的表现又有其独特性。文学评奖鲜明地体现出，现代以来人类的精神活动和精神活动成果得到了尊重和认可。"诺贝尔奖颁发仪式是隆重的，也是严肃的。诺贝尔基金会一位工作人员说，这是对知识的尊重，对为人类做出巨大贡献的人的尊重。"③ 评奖把人的主体性和人的理性能力放在一个崇高的位置上，这一点也导致现代性的悖论或制度（文学制度）的悖论在文学评奖中表现得更为突出。既然文学评奖预设了某种被普遍

---

　　① ［法］皮埃尔·布迪尔：《艺术的法则：文学场的生成和结构》，刘晖译，中央编译出版社2001年版，第276—277页。
　　② ［德］彼得·比格尔：《文学体制与现代化》，周宪译，《国外社会科学》1998年第4期。
　　③ 佚名：《小议诺贝尔颁奖仪式》，《光明日报》1992年12月19日。

接受的肯定性价值判断，那么评奖就具有使某个作家或作品成为"圣物"（布迪厄语）的可能性，而来自人的这种价值预设又从何处获得不可动摇的保证呢？正如布迪厄所言，"对游戏（幻象）及其规则的神圣价值的集体信仰同时是游戏进行的条件和产物；集体信仰是至尊至圣权力的根源，这种权力有助于至尊至圣艺术家通过签名（或签名家）的奇迹把某些产品变成圣物"①。也就是文学评奖作为某种"游戏"，得以完成的条件和结果就是对其"神圣价值的集体信仰"。而在人不断解构了先验的权威之后，在多元主义的时代，人如何能确保其提供的观念体系和意义体系具有神圣的价值呢？因而关涉文学评奖的最为重要的面向就是，这种肯定性的价值判断是由谁来做出的。目前，为了保证文学评奖的权威性和合法性，文学评奖主要是由文学场中占据核心位置、拥有一定话语权的组织和机构来完成。由于不同的组织和机构在场域中所占位置的不同，与其位置相匹配的评奖策略和评奖标准就必然存在一定的差异，如中国新时期以来的所谓的"政府奖"和"民间奖"等等。这样一来，由于不同的文学评奖在文学场中占据不同的位置，并形成与此位置相匹配的文学观和文学价值观，在不同的文学评奖中就难免出现差异和矛盾，这些差异和矛盾无疑会在一定程度上消解文学评奖形成"神圣价值"的能力。因而可以说，现代性悖论在文学评奖上表现得更为明显。

同时，文学评奖包含的由权威作出的价值判断，在肯定人的价值和文学价值的同时，又会限制文学的不同表达，形成对文学自主性追求的某种障碍。这样一来，对文学评奖价值的否定也可能成为有价值的行为，比如萨特对诺贝尔文学奖的拒绝等等。正如布迪厄所言，"在服从场的运行规则中获得的象征权利反对一切形式的非自主权利，某些艺术家或作家，更进一步说，所有文化资本的持有者——专家、工程师、记者，能够明白他们被赋予了非自主权利，这是他们向统治

---

① ［法］皮埃尔·布迪尔：《艺术的法则：文学场的生成和结构》，刘晖译，中央编译出版社2001年版，第277页。

者（特别是在既定象征秩序的再生产过程中）提供的技术或象征服务的补偿"①。也就是文学评奖中包含的由权威做出的价值判断与文学自主性诉求之间是存在一定的矛盾的。因而在一个高度自主的文学场中，对来自文学外部的包括经济、政治、学术等等的反抗，反而可能赢得尊重，并维持或提升其在文学场中的位置。因此，文学评奖这一概念本身就包含某种无法克服的矛盾和悖论。一方面文学评奖肯定人的主体性价值以及文学自身所具有的意义和价值；另一方面文学评奖又要不断维持和巩固自身的合理性和合法性，即力图归约来自人的文学活动。这样一来，文学评奖这一概念本身就充满了矛盾和对立，因而文学评奖在肯定人的主体性价值和文学价值的同时，必然也会面对对这一"肯定"的质疑和批评，这种质疑和批评是文学评奖题中应有之义。从这一层面来看，文学评奖并不能对文学发展产生巨大的推动作用，在笔者看来，文学评奖的作用更多是表现在对良好的文学环境的营造上。

五 研究思路和主要内容

本书对1978年以来中国文学评奖制度的研究首先是将其置于现代框架下来考量，在此基础上，更为重要的是，思考现代性的共性与中国特定语境在碰撞过程中产生出的特质，提炼出1978年以来的中国文学评奖在中国的现代化进程中，产生和提供的中国经验和中国实践。

1978年党的十一届三中全会的召开，使现代化诉求成为整个国家的整体目标，新时期以来一系列文学制度的建立和探索就是对新时期现代化追寻的一个回应。这种回应具体表现在以下两个方面：一是肯定由制度确立的抽象规则划定的边界；二是强调制度的稳定性和非人为性。这两个方面是相辅相成的，共同构成了制度的两个面向。对制度确立的边界的认可就是对由学科分化带来的各领域的相对独立性的

---

① ［法］皮埃尔·布迪尔：《艺术的法则：文学场的生成和结构》，刘晖译，中央编译出版社2001年版，第268—269页。

认同，以及由这种认同产生的对知识分子和知识分子阐释世界的权力的认可。在1978年以前，与大规模的文学批评活动形成鲜明对比的是文学或各类艺术评奖极其稀少。因而在这一背景下，1978年全国优秀短篇小说的评奖就是"空前的、过去没有过的"[①]，"是建国三十年来的一个创举"[②]。在设立了全国优秀短篇小说奖之后，逐渐设立了针对各类题材的全国性文学评奖：1980年开始的由《文艺报》《人民文学》和《诗刊》编辑部主办的全国优秀中篇小说奖、报告文学奖、新诗奖，以及1981年由中国作协主办的延续至今的专门针对长篇小说的茅盾文学奖，等等。而当时刚恢复工作的文联和各级作家协会的一个主要工作就是，"要协同文化部门，建立奖励制度，举办各种评奖活动，尤其要注意对青年和业余作者的奖励"[③]。与此相应，一些重要刊物也明确指出，其办刊宗旨是为了进一步配合和完善文学评奖。在1980年创刊的《小说选刊》发刊词中，茅盾先生就指出，"为评奖活动之能经常化，有必要及时推荐全国各地报刊发表可作为年终评奖候选的短篇佳作。为此，《人民文学》编委会决定增办《小说选刊》月刊"[④]。而1984年《小说选刊》和《人民文学》分开，成为独立的编辑部门的目的之一，也是为"更好地配合小说评奖"，使改版后的《小说选刊》成为"全国优秀短篇小说、全国优秀中篇小说评选的候选者群"[⑤]。同时在我们的文化生活和政治生活中具有重大影响的各大报纸，如《人民日报》《光明日报》《文艺报》等大都会对每次评奖发表相关报道和评论。如在首届茅盾文学奖颁奖的年度（1982年），《人民日报》（1982年12月16日）就发表了以下文章：巴金《祝贺与希望——在"茅盾文学奖"首届授奖大会上的讲话》、由中国作协供稿

[①] 茅盾：《在一九七八年全国优秀短篇小说评选发奖大会上的讲话》，《人民文学》1979年第4期。

[②] 袁鹰：《第一簇报春花》，《人民文学》1979年第4期。

[③] 周扬：《继往开来，繁荣社会主义新时期的文艺——一九七九年十一月一日在中国文学艺术工作者代表大会上的讲话》，《人民日报》1979年11月20日。

[④] 茅盾：《发刊词》，《小说选刊》1980年第1期。

[⑤] 《〈小说选刊〉改版答问》，《小说选刊》1983年第11期。

的《首届"茅盾文学奖"获奖的六部长篇小说及其作者简介》、本报评论员《祝长篇小说繁荣发展》、王愚《努力表现处在时代运动中的人物——谈近几年来一些长篇小说的人物塑造》。1978年文学评奖制度的建立是70年代后期到80年代后期的一项非常重要的文学事件。

自党的十一届三中全会后直到80年代后期,现代化术语为整个国家和社会提供了一种整体性的想象或者是共识,现代化将不同的社会群体(包括知识分子)黏合在一起。这样一来,1978年设立的针对各类体裁的全国性文学评奖,在专家、群众与国家意识形态之间就具有认知框架和价值基础上的同一性,因而使这一时期的文学评奖形成了一种有效的合力。可是"现代化"诉求并不具有绝对的封闭性,其内在包含的分裂和矛盾因素必然会不断地突破现代化自身的边界,甚至走到自身的对立面。这本身也体现了现代语境的复杂性、矛盾性和开放性。到20世纪80年代后期,中国作协框架下的全国优秀短篇小说奖和中篇小说奖的最后一次评奖,是《人民日报》文艺部和《小说选刊》杂志举办的1987—1988年的全国优秀中短篇小说奖,奖项的名称本应为全国优秀短篇小说奖和全国优秀中篇小说奖。名称的变化本身暗示了中国作协从文学评奖中一定程度上的淡出,而这一淡出本身也表明了时代氛围的某种变化。也就是,到80年代后期,随着从现代化到现代性的语境变迁,体现出某种同一性的文学评奖逐渐被解构。从80年代后期开始,在近十年的时间内,1978年文学评奖制度下设立的针对各类体裁的全国性文学评奖只剩下专门针对长篇小说的茅盾文学奖。文学评奖呈现出另一番样态,其中既有"沉寂"又有"萌生"。

1997年鲁迅文学奖的设立在一定层面上预示了文学存在样态和文学评奖的某种变化,这之后出现了众多的文学评奖,以至于在2005年国家颁发了《全国性文艺新闻出版评奖管理办法》来对全国性的文学评奖做出一系列的规范和限制。因而,1997年和2005年又成为研究新时期文学评奖的重要时间节点。当然,面对具有连续性的历史来说,要找到某个具有质变意义的时间节点,从理论上说,几乎是不可能的。但为了厘清缠绕在一起的历史事实,做出划分又是必要的。同时,由于时间的连续性和历史本身内在必然具有的关联性，本书在提出某些较为具体的时间节点的同时，对时间的划分又具有一定的模糊性和含混性。任何活动包括文学活动本身都有其内在的运行逻辑，并且，在此逻辑上会产生某种惯性，导致在现象与语境之间出现滞后或超前的现象。比如，2005年国家颁发了《全国性文艺新闻出版评奖管理办法》，2005年作为一个时间节点，并非完全体现出质变的意义。因而在讨论某一时段的文学评奖时，在时间上可能会出现溢出时间节点的现象。比如在讨论20世纪90年代后期（以1997年为时间节点）到21世纪初期（以2005年为时间节点）的文学评奖时，在具体的分析上，时间可能会往前溢出1997年，也可能会往后溢出2005年。在此基础上，本书将1978年以来的文学评奖大体上划分成了四个阶段，20世纪70年代后期到80年代后期的文学评奖、20世纪80年代后期到90年代后期的文学评奖、20世纪90年代后期到21世纪初期的文学评奖，以及21世纪早期的文学评奖。

到90年代后期，市场逐渐成为现代性进程中的重要力量，并且市场在一定层面上也进一步推动了文学的自主性追求。在这一语境下，在20世纪90年代后期到21世纪初期出现的众多的文学评奖中，按其在文学场中所占据的位置来看，大体上可分为三种类型：一是体现了宏观文化视野对文学的规约和引导作用，这类奖项主要包括政府奖和中国作协框架下的文学评奖。二是主要体现了市场逻辑的文学评奖，这类奖项最为典型的就是由期刊、出版社和杂志社等主办的文学评奖。三是主要体现了文学场的自主性逻辑，也就是以审美原则为主导逻辑的文学评奖，这类奖项主要由一些文学机构（这类机构与由文学评奖带来的经济效益没有直接的联系）、学院派批评家等组织的文学评奖。这三类奖项绝非全然的并列关系。这三类奖项体现了不同次场的主导逻辑，然而每一次场的主导逻辑也绝非全然被限制在该次场内，其主导逻辑必然会突破该次场的界限，对其他次场的运作机制和主导逻辑产生一定的修正作用。由此可以看出，随着现代性进程的推进，现代性自身的分裂和矛盾越发明显，在依据人的主体性和理性精神不断建构的同时，又在不断地解构，以至于最终动摇了现代之所以成为现代的基础——人的理性精神和主体性，故而我们看到各种非理性主义思潮以及各式各样的多元主义的兴起。这样的认知框架和价值体系必然无法为整个国家和社会提供某种具有客观意义的参照系，因而必然导致社会不同群体之间的撕裂，这也是现代性自反性的一个表现。而人总是要寻求能在这个世界安身立命的意义锚点。在中国的现代性进程中，人的主体性或理性精神是现实主义体现出的认知体系和价值体系的核心和基础。现实主义对人的理性精神和主体性的持守，对国人的认识框架和价值观念的形成具有重要的建构作用，而这一点无疑也是人的主体性或理性精神在不断解构神或传统权威之后，为人类自身留下的一个意义和价值的锚点。因而到21世纪早期，在中国文坛上出现了现实主义的再回归，这就为整合文学场中不同的价值体系和观念体系提供了一个基础，逐渐地各类文学评奖又表现某种共识，呈现出一定的同一性和整体化倾向。

  在40多年的文学评奖进程中，不同时期的文学评奖样态与其所处的现代性语境密切相关，并且现代性语境在一定程度上制约了文学评奖的标准和策略。不过，在文学评奖的流变过程中，我们依然可以看到，自1978年设立文学评奖制度以来，文学评奖或某些文学评奖对某种特定的文学理念——主要就是现实主义具有的意义和价值——的持守。因而在21世纪早期，现实主义的再回归，使文学评奖对现实主义的持守获得了一定的基础和支持。不过，我们也应该看到，在40多年的文学评奖中，虽然政府奖和作协奖长期保持了对现实主义体现出的文学观和文学价值观的持守，不过，其对文学活动的引导和规约作用受到特定时期的历史语境以及文学场结构的影响，并且，由于文学评奖与文学张力关系的限制，在特定时期并没有对文学潮流和文学观念的建构产生更为充分的作用。虽然到21世纪早期，文学评奖对现实主义的持守表现出更多的合理性和合法性，但我们不能忽略的是，这一结果主要不是来自文学评奖自身，更多的是来自文学和社会语境的变迁，也就是现代性语境的变迁。

本书第六章是以茅盾文学奖为中心的个案考察。由于茅盾文学奖是唯一贯穿40多年评奖历程的奖项，对其的研究，有助于我们通过具体的个案把握和还原1978—2020年的文学评奖在时间中衍化的轨迹。本书依据不同时期的茅盾文学奖呈现出的样态及其与特定的现代性语境之间的关系，将其分为四个阶段：第一和第二届茅盾文学奖；第三、第四和第五届茅盾文学奖；第六和第七届茅盾文学奖；第八、第九和第十届茅盾文学奖。

　　对第一和第二届茅盾文学奖的梳理，主要是立足于打破内部研究和外部研究之间的壁垒，对获奖作品的文本特征、作家身份与特定的现代化语境之间的关系进行分析。党的十一届三中全会提供的现代化认识框架成为这一时期作家选取、切割特定事件，并对现象进行逻辑梳理、价值分类的核心支点，也就是说，这一认识框架犹如黑夜中的探照灯，把事物的本质和走向全然呈现出来。这样一来，这一时期的国家宏观视野、社会场和文学场的主导逻辑在现代化话语的统摄下，就形成了一股合力。第一和第二届茅盾文学奖不论在文学场还是社会场中都形成了有效的推动动能。在20世纪70年代后期到80年代后期的文学评奖中，在现代化话语的统摄下，文学评奖表现出相应的同一性。不过，随着时间的推移，由于现代化路径必然显露出来的未见性、模糊性和复杂性，就与最初的"明朗"状态产生了差异，因而就要使用"现代性"这一术语来表示历史语境的这一特征。由于语境的变化——从现代化到现代性，必然导致对文学价值的判定出现了多元化，从原有整一走到了分化。因而，现代性的分裂和矛盾就投射到第三、第四和第五届茅盾文学奖的评选中。

　　20世纪80年代的新启蒙运动是一种精英运动，知识分子扮演了为社会提供出路、提供思考的启蒙者角色。不过，由于现代性与生俱来的易变性和流动性，现代性语境下生产出来的观念体系和意义体系在一定程度上也是难以持久的，因而，知识分子的身份和作用必然就会随着现代性语境的变化而变化。伴随20世纪90年代以来知识分子内部的分裂，以及各种话语的快速生产和更替，知识分子之间的矛盾和对立日益激烈和表面化，知识分子的启蒙者角色受到了质疑。因此在第六和第七届茅盾文学奖的评奖中，不论是在评奖策略的选取还是在获奖作品的构成上，就体现出现代性进程中精英逻辑的弱化。自第八届茅盾文学奖到第十届茅盾文学奖，现实主义具有的意义和价值在茅盾文学奖的评选中又重新获得普遍认同。正是现实主义的再回归将曾处于文学场中不同位置的，甚至是对立的作家并置在茅盾文学奖这一体系当中，也就是一些重要的先锋派作家成为茅盾文学奖的获奖作家。因而从第八届茅盾文学奖开始，努力建立以知识共同体的专业标准为目的的自主性知识场域已经弱化，逐渐开始重建知识或知识分子的公共性，也就是要力求为这个社会乃至于世界提供一种具有稳定或永恒意义的价值体系和认知体系。

自1978年以来，在中国文学的现代化进程中，对文学制度及其涉及的诸多面向都做出了有益的探索，也为世界提供了中国经验。在中国文学制度的现代框架下，中国现代文学为人类认识世界、认识自身提供了更具合理性的认识论基础，也为人类生存和发展所需要的意义和价值提供了具有超越性的价值论基础，留下了一串串珍贵的探索足迹。自1978年以来设立的中国文学评奖制度，在评奖的运作机制、评奖策略和评奖方式等方面都进行了有益的探索，并且为文学评奖如何有效地推动和介入文学活动提供了中国实践和中国经验。

六 创新之处

一是研究对象具有创新性。文学评奖制度作为新时期以来文学制度的一个重要面向，在新时期以来的文学活动中具有重要的作用，不过对其的研究大多还停留在零散化的阶段，并未有对新时期以来40多年文学评奖制度的系统性研究。

二是本书在文献材料的收集上也具有一定的突破性。（1）对1978年以来的文学评奖及文学评奖制度、文学制度等涉及的文献材料进行了大量的查阅。查阅了大量的期刊、报纸、专著，收集了较为翔实的第一手资料。到21世纪，因为网络媒介的兴起以及文学评奖自身具有的公共性，所以也查阅了较多的网络资料。（2）1978年以来的文学评奖及文学评奖制度的建立和探索是建立在既定的历史前提之上的，因而也查阅了新中国成立前后到1978年涉及的有关文学评奖、文学制度、文艺政策等的相关资料。（3）1978年以来的中国文学评奖和评奖制度与整个国家的建设目标紧密相关，故而也查阅了一些与此相关的文献材料。

三是本书提出的一些观点具有创新性。如在对40多年评奖历程的宏观和微观把握的基础上，将有40多年来历史的文学评奖大体上划分为四个阶段；提出1978年文学评奖制度的建立是整个国家现代化建设的重要方面；在对20世纪90年代后期到21世纪初期出现的众多的文学评奖的研究中，按其在文学场中所占据的位置及其评奖机制策略等方面的特点，将众多文学评奖划分为三种类型；等等。

文学评奖自20世纪90年代后期到21世纪的当下，出现了众多的文学评奖，由于时间及研究条件等方面的限制，无法对更多具体的文学评奖做出具体和翔实的分析。在以后的研究中，可以采用个案研究的方式来进一步补充和完善。同时，本书主要是着眼于文学评奖与特定现代语境之间的关系研究，因而对具体获奖作品本身具有的审美价值和社会功能等，还缺少较为具体的研究，在以后的研究中将继续完善和补充。

第一章　现代化语境下的1978年文学评奖制度

第一节　现代以来的制度分化与文学存在的困境

现代以来的制度构成了文学存在样态的前提和背景，文学制度成为规约文学走向的最为重要的一个方面。那么文学制度在什么样的语境下才成为可能呢？诺贝尔文学奖是根据诺贝尔1895年的遗嘱而设立的五个诺贝尔奖之一，1917年根据美国报业巨头约瑟夫·普利策（Joseph Pulitzer）的遗愿设立了普利策奖，1903年设立了龚古尔文学奖，等等。虽然列举没有穷尽世界上所有的文学评奖，但是，从学理上可以说，文学制度是现代以来才出现的文学事件，作为文学制度的一个面向的文学评奖也是现代以来才出现的事件。因而，"现代"和"现代性"术语依然是解读文学评奖和文学制度的重要切入点。

目前，学界也有对古代时期的文学制度的研究，比如对唐代文学制度的研究等等。这就涉及一个对制度进行界定的问题。制度在《辞海》中包括三个方面的含义："要求成员共同遵守的、按一定程序办事的规程或行动准则；在一定的历史条件下形成的政治、经济、文化等各方面的体系；旧指政治上的规模法度。"[①] 第一和第二种解释已经体现出现代语境下对制度的解释，第三种解释更多体现的是古代语境

---

① 《辞海》，上海辞书出版社2000年版，第223页。

下对制度的解释。在古代还未实现各个领域的分化，因而"制度"表现为具有一定整体性的规模法度，如《汉书·元帝纪》中有："汉家自有制度，本以霸王道杂之"①，这里的制度指的是一种整体上治理"国"（也就是"家"）的方式。而现代以来的制度概念主要包括第一和第二种解释，这种解释得以成立的重要前提就是：制度划定了各领域的界限，即对整体的世界进行了切割和划分。制度首先是将世界划分为相对独立的各个领域，进而才有对各个领域的具体规程、规范和措施的设立。因而本书讨论的制度指的是现代以来才出现的事件，这一事件改变了人类传统的对世界认知、解释和实践的方式。西方国家最早实现了从古代到现代的"蜕变"，而像中国、日本等亚洲国家往往被称为后发现代性国家。自晚清以来，西方帝国主义的坚船利炮打开中国的大门，对中国问题的思考毫无疑问也是无法忽略世界语境的。正如毛泽东在《新民主主义的文化》中所言，"由于现时的中国革命是世界无产阶级社会主义革命的一部分，因而现时的中国新文化也是世界无产阶级社会主义新文化的一部分，是它的一个伟大的同盟军"②。这样一来，要弄清楚这些后发现代性国家的现代化和现代性特质，首先必须厘清西方语境下的现代化和现代性特质，然后思考当不同的文化碰撞时，这些所谓具有普遍性的现代化和现代性特质在不同的语境下产生的变异。正如艾森斯塔特所言："大多数社会的广泛制度领域，即家庭生活、经济政治结构、都市化、现代教育、大众传播和个人主义取向中，产生了一种趋向结构分化的普遍趋势，与此同时，界定和组织这些领域的方式在它们的不同发展阶段则大相径庭，从而引发了多元的制度模式和意识形态模式。"③那么现代意义上的文学制度是在怎样的语境下出现的呢？

---

① 班固：《元帝纪》，《汉书》卷9，中华书局1964年版，第277页。
② 毛泽东：《新民主主义的文化》，载《毛泽东文艺论集》，中央文献出版社2002年版，第40页。
③ [以] S. N. 艾森斯塔特：《反思现代性》，旷新年、王爱松译，生活·读书·新知三联书店2006年版，第37页。

一

古代世界是一个由神或"天"管理的一体化的世界，也是一个神秘的世界。西方在文艺复兴和启蒙运动之后，人的理性精神得以确立，人的理性精神的确立大体上包括两个方面的内容：一是人有能力认识这个世界；二是人有能力认识自身，因而人的主体性成为现代的基本原则。在法国作家福楼拜的《包法利夫人》中就可以清楚地看到现代科学或现代特有的世界感知方式对传统的冲击和解构，农民成了农业生产者和农业工人，药房老板奥梅就讲道："但愿我们的农业工作者都能成为化学家，或至少能多听听科学家是怎么说的。"① 此外在农业生产上出现了各种奖项："精耕细作综合奖""肉猪良种奖""亚麻种植奖"等等。评奖的出现彰显的就是对人的主体性的确证，人的问题不再需要借助上帝的话语和力量来解决了，人自身就有能力来解决人和世界的问题。人的主体性一旦确立，上帝的权威就受到审视，混沌的世界逐渐被去神秘化了。去神秘化的一个重要前提就是让混沌的世界变得清晰，而世界只有在被划分为不同的领域时才会变得清晰。当作为一个整体的世界被划分为具有相对独立性的领域时，作为表象的世界的象征意义就被弱化了，如雷电成为物理现象，失去了上帝通过雷电对人的启示意义。被区分和被划分开来的不同领域具有自身特有的逻辑和规范，而人的认识能力是可以掌握和运用这些逻辑和规范的，因此人就可以依据这些具有客观性和规律性的逻辑和规范来影响某一特定领域和整个世界的走势。这样一来，也就出现了现代意义上的学科和学科分化。比格尔在《文学体制与现代化》中对这一问题也做了同样的表述，文学制度是自18世纪启蒙哲学以来，把每个领域的认知潜能从玄奥的形式中解放出来的结果，它与文学、道德、政治等分化为独立的领域密切相关②。

---

① ［法］居斯塔夫·福楼拜：《包法利夫人》，周克希译，天津人民出版社2016年版，第151页。
② ［德］彼得·比格尔：《文学体制与现代化》，周宪译，《国外社会科学》1998年第4期。

所以，现代意义上的文学和文学制度是在这一语境下才出现的。中国现代意义上的文学和文学制度的产生与中国被迫进入的现代性进程紧密相关。1905年科举制度的废除，标志着现代意义上的学科分化和学科建制的开始，"五四"以后逐渐有了文学、史学、哲学、经济学等多种学科，在此语境下有了现代意义上的文学和文学制度。

这个过程无疑又与现代的大学相伴而生，就西方来讲，在现代以前，学校的主要或者是唯一的任务就是教授和阐释《圣经》，学校里的教师也就是传道士或牧师、神父。"知识分子"本身就是一个现代的称谓，在《圣经》中有的只是先知或拉比，不论是先知还是拉比，因为他们得到上帝的启示，所以，他们有智慧可以预言整个王国的走势，这种预言使用的是全面性和整体性的语言。在晚清以前的中国，有的是要兼济苍生的圣人和儒生。"知识分子"却逐渐丧失了这一特性，成为具有某种专业知识的职业者，因此"知识分子"与"先知/拉比""圣人/儒生"相比，丧失了神秘性，同时也弱化了道德性——知识分子把握和传递的只不过是某个特定领域所谓的客观知识。这样一来，知识分子相比于先知、拉比和圣人、儒生而言，对某一国家或民族所应承担的责任也就弱化了。所以美国后殖民批评理论代表人物萨义德对知识分子中的专业人士和业余者进行了划分，在他看来，专业人士因为其狭隘的专门性或"客观性"必然使他们更容易屈服于权力，丧失应有的批判性；业余者只是为了喜爱和兴趣，这些喜爱和兴趣是可以越过不同领域的界限和障碍达到联系，并拒绝专业化造成的限制，使知识分子成为关切社会思想和价值的重要一员。所以萨义德对知识分子提出一个选择，"知识分子如何向权威发言：是作为专业性的恳求者，还是作为不受奖赏的、业余的良心"①？这一追问本身就暗含了现代性中包含的一个悖论：人的主体性的确立一方面把人从上帝或传统的支配中解放出来；另一方面人的主体性却又成为另一个

---

① ［美］爱德华·W. 萨义德：《知识分子论》，单德兴译，生活·读书·新知三联书店2002年版，第72页。

神话，人也可以成为人的主体性的奴隶。这一困境也贯穿了现代以来重要的表征——制度——所涉及的方方面面。"由于'人类'这个总体在历史的进程中已屈服于使思想与行为量化的普遍规则，诸主体已陷入量化支配形式的恶性循环之中。"① 当传统的文人变成了不同领域的教授，出现了以写作为职业的作家、独立撰稿人和写手时，世界在我们的眼前变得更为明晰的同时，世界所具有的意义和人的意义却日渐模糊了。也就是当文学和作家变得更为清晰和独立时，在一定程度上他们留在这个世界上的痕迹却是越加模糊。

同时，各个领域的分化也使相对独立的学科面临相似的困境。比格尔在《先锋派理论》中就指出，"从'为艺术而艺术'开始到唯美主义结束的作为一个独特的子系统的艺术的进化，必须与资产阶级社会分工倾向联系起来考虑"②。随着劳动分工的不断普遍化，文学成为相对独立同时也被窄化的一个领域，文学家也就成了"专门家"。《圣经》中的"雅歌"被誉为"歌中之歌"，作为诗歌还承载了道德的，以及对人生、世界和宇宙进行解释的功能。孔子对《诗经》的评价"思无邪"，也体现出同样的一体化地阐释宇宙、世界和人生的格局。此外诗歌是可以用于歌唱的，而随着各个领域的分化，"诗"和"歌"也被划分开来了。就此我们看到，现代以来的世界分化以及由此产生的学科分化，在将"文学"作为社会的一个子系统独立出来时，也将文学置于特定的困境之中。这一困境具体表现在充满矛盾的两面性：一是强调文学的独立性。文学具有独立的价值，并且与其他价值无关，也就是我们熟悉的为文学而文学。二是文学既然成为与其他学科并列的学科门类，那么文学就可以和化学、物理等学科一样，能够也应该为整个社会的发展进步贡献力量。这种两面性在"先锋"一词中展现得极为清楚。应该说，存在两种先锋派，一为政治性的，一为美学性的。为政治革命服务的艺术先锋派强调的是艺术家的使命，"先锋"这个词是用来表达艺术家的使命

---

① [德]彼得·比格尔：《先锋派理论》，高建平译，商务印书馆2002年版，第14—15页。
② [德]彼得·比格尔：《先锋派理论》，高建平译，商务印书馆2002年版，第100页。

的,"艺术家的使命就是和科学家与企业家一起充当社会运动的照明灯和社会主义的宣传员"①。为美学革命设想的艺术家强调的是艺术形式的创新,"由于诗歌不再表达情感,因此,它变成一种追求形式即雕凿性的意志"②。因而文学处在对立的两极震荡之中,这样,也就可以理解中国文坛在新时期引发的关于"纯文学"的争论了。

二

当人用理性的解剖刀将世界划分为相对独立的领域时,那么从不同的角度看到的世界是有差异的,因而也就有了从不同的视角对世界的阐释。"在后传统社会中情况并非如此,其中,不存在基本信仰的同质性,不存在假设的共同阶级利益,相反,相互角力的平等的生活方式具有无法透视的多元性。可以肯定的是,在主体间性的团结概念中,普遍的同一性与整体性涵义已经不复存在了。"③ 对文学也是这样,因而在18世纪出现了专业的文学批评者,"艺术和文化批评杂志成为机制化的艺术批评工具,乃是18世纪的杰出创举"④。在古代人依据传统或上帝的话语来阐释世界,进入现代之后,人成为这个世界的立法者和阐释者。那么当具体的个体有从某一个角度对这个世界进行立法和阐释的权力时,世界在变得更为多元,同时面临的一个重要问题就是关于这个世界普遍的和总体的看法的丧失。而这之间也存在充满悖论的对立的两面:一是人可以认知世界和解释世界;二是不同的人在认知和解释世界时却找不到具有某种共识性的框架。因此,就文学来讲,自18世纪以来出现了关于文学的众多理论和流派,也有了众多的体现不同理论体系的批评者,进而也出现了体现不同观念的文

---

① [法]安东尼·孔帕尼翁:《先锋派与实现未来之梦的战斗》,转引自[法]伊夫·瓦岱《文学与现代性》,田庆生译,北京大学出版社2001年版,第124页。
② [法]安东尼·孔帕尼翁:《先锋派与实现未来之梦的战斗》,转引自[法]伊夫·瓦岱《文学与现代性》,田庆生译,北京大学出版社2001年版,第128页。
③ [德]尤尔根·哈贝马斯:《公共领域的结构转型》,曹卫东、王晓珏、刘北城、宋伟杰译,学林出版社1999年版,第22页。
④ [德]尤尔根·哈贝马斯:《公共领域的结构转型》,曹卫东、王晓珏、刘北城、宋伟杰译,学林出版社1999年版,第46页。

学评奖类型。所以英国小说家菲尔丁才强烈地感到，对"文学趣味日益增长的混乱状态需要采取严厉措施"①。这一困境随着现代性进程的推进，在文学发展进程中也越发突出。就诺贝尔文学奖来说，目前，一方面，该奖项大体上被认为是具有最高价值的奖项，也就是获奖者和获奖作品是有价值的；另一方面，萨特对诺贝尔奖的拒绝也被认为是有价值的。这两者之间存在一种无法克服的张力和矛盾，这种张力和矛盾就彰显出：当人以人的理性为世界立法时，必然带来认知和解释世界的参照系的相对化，也就是绝对基准点的消失。而绝对基准点的消失带来的就是具有某种同一性和整体性的价值观念和表现方式的解体，这样一来，价值和意义就变得模糊不清，这可以说是现代以来人的主体性原则面临的一个重要的问题。

同时，正如艾森斯塔特所言："现代性文化方案一是强调人的自主，二是暗含着对自然（包括对人性）的积极建构和控制。"② 以人的主体性为基础的现代性对自然（包括人性）的建构和控制一方面带来了人类社会的快速发展，另一方面也给人类带来了难以估计的灾难。在此主要探讨这种以人的主体性为基础的建构对文学发展产生的影响。文学制度的建立就充分体现了人对文学走向的建构和控制。布迪厄在《艺术的法则：文学场的生成和结构》中就对限制和规约艺术发展的制度性力量做了较为完整的描述，"作品科学不仅应考虑作品在物质方面的直接生产者（艺术家、作家等），还要考虑一整套因素和制度，后者通过生产对一般意义上的艺术品价值和艺术品彼此之间差别价值的信仰，参加艺术品的生产，这个整体包括批评家、艺术史家、出版商、画廊经理、商人、博物馆馆长、赞助人、收藏家、至尊地位的认可机构、学院、沙龙、评判委员会，等等。此外，还要考虑所有主管艺术的政治和行政机构，各种不同的部门，随时代而变化，如国家博

---

① ［美］伊恩·P. 瓦特：《小说的兴起》，高原、董红钧译，生活·读书·新知三联书店1992年版，第284页。

② ［以］S. N. 艾森斯塔特：《反思现代性》，旷新年、王爱松译，生活·读书·新知三联书店2006年版，第41页。

物馆管理处、美术管理处等等，它们能对艺术市场发生影响：或通过调节措施在纳税方面给赞助人或收藏家好处。还不能忘记一些机构的成员，他们促进生产者（美术学校等）生产和消费者生产，通过负责消费者艺术趣味启蒙教育的教授和父母，帮助他们辨认艺术品、也就是艺术品的价值"[1]。当传统的文学家和艺术家从被贵族豢养的状态中释放出来，在他们还没有完全体会到释放带来的自由的时候，就已经坠入由社会编织起来的特定的自动运行的游戏中，而要使全体社会成员认可这一游戏，这个社会必然要通过各种方式来使这一游戏合法化、合理化和神圣化。为了实现这一目的，最为重要的是要重构人感知世界的方式，因为人感知到的世界和真实世界之间是难以区分的。因而我们就可以理解文学制度包含的面向涉及文学生产、传播、接受等关涉到文学活动的所有面向，也就是文学制度在生产出符合其要求的生产者的同时，还要生产出符合其要求的消费者，并且整个生产、传播和接受的途径和方面都要尽可能实现完全契合。这样一来，文学制度本身也就成为一个闭合的圆圈，而要打破这个圆圈的难度并不弱于对上帝或传统的解构。

当然，文学制度的各种面向要最终能现实化或被实施，无疑是以现代科学技术的发展作为基础的。现代的传播技术使在不同时空中的人可以在同一时间阅读同一部著作，现代的科学技术使不同时空中的人按一种相似的方式来感知世界成为可能，也正是这种可能，使涉及文学存在样态诸多方面的文学制度得以在现代确立。因而可以说，文学制度本身也构成了一个封闭的圆圈，并且也成为一种"神话"。也就是，现代人不再膜拜缪斯女神，膜拜的是文学制度。所以，现代以来文学存在样态中存在的一个重要问题就是：当文学从神坛降到了世俗的土地上，文学家、艺术家可以成为文学艺术的工作者和生产者，文学也成为与其他学科并列的一个学科门类时，那么他们的文学写作

---

[1] ［法］皮埃尔·布迪厄：《艺术的法则：文学场的生成和结构》，刘晖译，中央编译出版社2001年版，第276—277页。

也就成为一个可以被规划和被安排的工作，因而我们就不难理解在新中国成立后出现的"题材决定论"①，以及由组织安排的作家定点体验生活的创作模式。正如洪子诚所言："当代文学的路向、形态的确立，与这一时期文学的'生产方式'的特殊性无法分开，不考察这个时期的文学体制和与此相关的文学格局，我们将难以深入理解它的形态，理解当代作家的表现和做出的选择。"② 同时由于文学艺术的神圣性被解构，那么文学和艺术就极易成为可以被随意使用的某种工具和手段。因而，自现代以来，文学与政治和经济的关系也变得更为密切，也就是文学可以用于政治的目的，也可以用于经济的目的。

对文学的全面规划本身就是人的理性能力的一个结果，正如我们所见，在中国文学的现代性进程中，由国家各级组织或机构制定的文学规划对文学生产力产生了极大影响。西方长期的有神论观点，特别是基督教的原罪观念，使其在文艺复兴和启蒙运动中，在理性的苏醒和萌芽的同时，就有了对理性的反思，也就是对以理性为中心的人的主体性的反思。正如法国现代性研究者伊夫·瓦岱所言："一旦我们否定唯历史论和历史进步论，否定黑格尔的理性辩证法，而求助于神话和古老的文化价值，也就是说从尼采的作品刚一出现的时候起，我们就开始背离现代性。"③ 一旦完全忽视对人的理性和理性能力的反思，理性的悖论和矛盾就难以被正视，理性带来的灾难也就更容易爆发或更为突出。所以，我们思考文学和文学制度的问题，应该建立在对现代以来人的主体性原则的考量上。

第二节　1978年文学评奖制度建构的前提

目前，学界普遍认可的是，晚清到"五四"时期就开始了中国的

---

① "题材决定论"，强调题材在文学创作中的重要地位，即主要把文学创作归结于内容，而忽略文学的形式美。
② 洪子诚：《我的阅读史》（第二版），北京大学出版社2017年版，第27—28页。
③ [法] 伊夫·瓦岱：《文学与现代性》，田庆生译，北京大学出版社2001年版，第33页。

现代性进程，在1905年科举制度被废除后，逐渐就有了现代意义上的学科分化，出现了文学、史学、经济学等多门学科。分科的知识谱系无疑为现代世界的社会分工和制度性实践提供了知识上的支撑。从晚清到新中国成立后的30年，都构成了1978年以后文学制度和文学评奖制度现代性探索的前提和背景。不同的民族、社会和国家在不同的历史语境和文化背景下，在从古代进入现代的进程中会呈现出各自的特殊性，形成不同的文化、政治方案和制度模式。故而，我们就要在中国特有的历史语境中来探讨，中国作为一后发现代性国家，在全球现代性浪潮的冲击下产生了何种现代性。并且，由于中国的现代性进程处身于特定的历史语境中，这种独特的历史语境构成了中国现代性进程的前提，其参与或规约了中国现代性架构，因而，首先要思考的问题就是：从晚清到"文化大革命"，中国的现代性进程已经有了60多年的时间，为什么到了"文化大革命"时期，在一定程度上却出现了某种意义上的现代性进程的偏移[①]？这种偏移的源头可以追溯到哪里？只有厘清这些问题，才能弄清楚1978年以来文学制度以及文学制度的重要面向文学评奖的特质和走向。

一

自晚清以降，在西方的坚船利炮打开中国大门后，文人士大夫开始思考中国该往何处去的问题，思考的方法和路径就涉及如何认识世界和改造世界的问题。对这一问题的考量既是在传统的巨大惯性下展开，同时又有来自西方文化上的和武力上的冲击，这种冲击也构成了思考和解决这个问题的特定的历史语境。民族的和国家的危机，再加

[①] 比如汪晖在《当代中国的思想状况与现代性问题》（《天涯》1997年第5期）中就指出："中国现代思想包含了对现代性的批判性反思。然而在寻求现代化的过程中，这种特定语境中产生的深刻思想却在另一方面产生出反现代的社会实践和乌托邦主义：对于官僚制国家的恐惧、对于形式化的法律的轻视、对于绝对平等的推重等等。在中国的历史语境中现代化的努力与对'理性化'过程的拒绝相并行，构成了深刻的历史矛盾。"［美］詹姆斯·R.汤森、布兰特利·沃马克在《中国政治》（顾速、董方译，江苏人民出版社2004年版，第113页）中也认为："在'文化大革命'期间，毛泽东站在民众主义立场上反对专业化的内部分层和特权，这就危害了中国的知识和技术体制。"

上中国传统的"士大夫以天下为己任"的文化心理结构的影响，导致在以启蒙为主的"五四"时期都可以看到救亡对启蒙的影响和规约。而随着斗争形势的恶化（北伐战争、抗日战争等等），救亡的主题逐渐淹没和掩盖了启蒙的主题，民族、国家的危机使"五四"时期的一个重要主题——个体人的觉醒，以及由此衍生的对个体价值认同的思考——让位于国家的和民族的问题。正如李泽厚在《中国现代思想史论》中的分析，随着"五四"时期从家庭出走的个体反抗和群体理想社会的现实建构的失败，伦理的觉悟让位于阶级的觉悟，"再不是'伦理的觉悟'而是阶级斗争的觉悟成了首要和'最后的觉悟'了"[①]。这样一来，所有的问题和出路就几乎集中在阶级斗争的焦点上[②]。"承认或拒绝、积极参加或退避拒绝阶级斗争，就日益成为中国的马克思主义和非马克思主义、中国共产党和非党的一条基本区划界限。"[③] 毋庸置疑，这与中国现代历史上紧迫的民族存亡和国家危机紧密相关。在这样的环境下，没有给我们留下从容的时空来思考问题和处理问题，因而也极容易选取激进的办法来面对问题。这种激进的观念在郭沫若《凤凰涅槃》中就有明显的体现，要彻底地、干干净净地摧毁一个旧的世界，然后在一片空白上建立一个崭新的新世界，"新"这个词也成了理解中国现代化进程的一个重要的关键词。这样一来，我们就不难理解在中国现代文学史上，在对立和斗争观念的催化作用下，文学批评就极容易衍化为激烈的文学论争，以致成为政治斗争。如1923年爆发的"科玄论战"、40年代的文艺民族形式论战，等等。故而在中国现代文学史上产生的文学流派，有很大一部分是以"革命"来命名的，比如"文学革命""革命文学""无产阶级革命文学"，等等。不论是"革命"还是"论争"强调的是对立双方的斗争性，以及彼此不

---

① 李泽厚：《中国现代思想史论》，天津社会科学院出版社2004年版，第22页。
② 当然，在中国现代史和中国现代文学史上还存在其他的线索，但毫无疑问这一线索随着时间的推移越来越成为最重要的、占统治地位的线索，甚至影响到新中国成立以后。因本书论题的原因，重点探讨这一主导线索。
③ 李泽厚：《中国现代思想史论》，天津社会科学院出版社2004年版，第22页。

相容的矛盾性,这样一来,在这一过程中,对立和论争的双方必然就缺少了学理上的平等对话。比如,邓中夏在"科玄论战"中支持科学派,反对玄学派,当时邓中夏就指出:"总括起来,东方文化派是假新的,非科学的;科学方法派和唯物史观派是真新的,科学的。现在中国思想界的形势,后两派是结成联合战线,一致向前一派进攻、痛击。"① 这里使用了"派""进攻""痛击"这类词语,这类词语凸显的是没有任何交集的对立双方,因此,对立双方的矛盾只能通过彻底的、斗争的形式来解决。也就是,因为对立的双方没有任何的交集或共同之处,所以,只能通过一个彻底否定的方式来完成观念的更新。而"派"在充满危机的、紧张的时代氛围下,又极容易转化为某一特定的阶级或者是归属于某一特定阶级,所以出现的一个贯穿中国现代文学史以至于后来的中国当代文学史②的一个问题就是:往往将某种观念和具有这一观念的人完全等同起来,也就是将学理上的判断完全等同于价值立场的判断。在这一思路下,就容易将对学理的批判转化为价值批判,最后转化为对具体个人的批判。这一点随着整个国家和民族危机的加重就愈演愈烈。与20年代初期的"科玄论战"相比,30年代初期的关于中国社会性质的论战就更为激烈。这样一来,在这一充满危机的语境下,"革命""论争"极容易使文学批评背离本来的学术论争,进而转化为一个立场的和政治的斗争。

正是在这一背景下,在中国现代文学史30年的进程中,文学评奖是少之又少。当然,在整个中国现代文学史上,全国性文学评奖少之又少的原因除了对斗争的强调外,整个国家长期处在战火中也是一个重要的原因,但毫无疑问,"斗争"的模式对整个中国现当代文学的影响更为深远。因而1949年随着新中国成立,华北文协商议成立全国文协,并筹备全国第一次文学艺术工作者代表大会,4月全国文代会筹委会成立"专门的评选委员会",负责推荐近五六年来优秀的文艺

---

① 邓中夏:《中国现在的思想界》,《中国青年》1923年第6期。
② 这里的中国当代文学史指的是1949年新中国成立到1978年之间的文学。

作品，这个评选委员会成立了五个小组，负责对诗歌、小说、通讯和说书词、戏剧、音乐、美术等体裁的作品进行编选①。这可以视为对全国性文艺评奖的一种尝试，但这一尝试最终没有完成。批评与评奖都是通过特定的方式来倡导某种文学观念和文学价值观念，那么在中国现代文学史上对某一文学观念和价值观念的倡导为什么更多的是采用批评的方式来完成呢？批评和评奖有怎样的区别呢？雷蒙·威廉斯在《关键词——文化与社会的词汇》中对"批评"（criticism）做了界定，威廉斯指出，批评（criticism）一词具有的一个普遍含义就是"挑剔"或至少是"负面批评"，同时这个词还可以指任何艰难以及关键时刻。评奖却包含着赞赏、感谢，因而欣赏（鉴赏）（appreciation）被看作用来评论文学较为柔性的词语。② 中国现代史和中国现代文学史上使用频率极高的词语比如"新""斗争""革命""危机"等，就已经说明了这个过程是关键的、是"新"与"旧"的殊死搏斗，因而也就不难理解在整个中国现代文学史上，倡导文学活动最为重要的方式是文学批评而不是文学评奖。

二

除"斗争"之外，在中国现代文学史上文学批评显得越来越激烈的另一个原因就与人的主体性原则的变化紧密相关。现代以来的制度性分化是与现代以来人的主体性原则的确立紧密相关的，正是人的理性精神的确立，人才有能力和意识对世界进行区分和划分，进而可以按照各自领域的不同规律和原则来进行管理和支配，并通过对不同领域的管理和支配最终达到管理和支配这个世界。对西方世界来讲，这一过程将西方从神的统治中释放出来。而对从春秋战国时期对神的信仰就较为薄弱的中国人来说，特别是对整个现代都处在民族和国家危亡的中国人来说，伴随着西方坚船利炮而来的现代理性精神，又会如

---

① 茅盾：《一些零碎的感想》，《文艺报》创刊号 1949 年 5 月 4 日。
② ［英］雷蒙·威廉斯：《关键词——文化与社会的词汇》，刘建基译，生活·读书·新知三联书店 2005 年版，第 97 页。

何选择和吸收呢？在"五四"时期，突出人的主体性原则的一个面向是：人本身就具有内在的价值和意义，所以"五四"时期是反封建的，也被视为启蒙的时期。可是，随着时间的推移，救亡的主题很快就涵盖了启蒙的主题。并且，如果仔细分析的话，在"五四"启蒙时期，更多的依然还是通过启蒙的主题来实现救亡的主题。"启蒙的目的，文化的改造，传统的扔弃，仍是为了国家、民族，乃是为了改变中国的政局和社会的面貌。它仍然既没有脱离中国士大夫'以天下为己任'的固有传统，也没有脱离中国近代的反抗外侮，追求富强的救亡路线。"① 在这样的背景下，再加上中国传统的实用理性主义的文化心理结构，西方现代以来人的主体性原则的另一面向——人对世界和人自身的掌控，在中国特定的语境下不断地膨胀，甚至走到反面，也就衍化为一种特定的工具理性，比如人可以成为工具、齿轮和螺丝钉。

同时，由于现代以来的学科分化，当文学成为与物理、化学、经济学等并列的学科时，在文学被去神圣化的同时，作家也成了文学艺术专门家和工作者，那么，从工具理性的角度来看，文学就可以和物理、化学等学科一起为国家民族的繁荣和富强服务。自晚清以降，当整个中华民族首要的任务就是要实现民族和国家的繁荣富强时，也就极容易形成文学的功利主义，而文学功利主义的形成在这一特定的语境下无疑又是具有某种合理性的。毛泽东1942年《在延安文艺座谈会上的讲话》（以下简称《讲话》，《讲话》也是如何建构新中国文学的纲领性和指导性的理论）中就谈到了关于文学、艺术的功利主义问题。毛泽东指出，世界上没有什么超功利主义，唯物主义者并不一般地反对功利主义，"我们是无产阶级的革命的功利主义，我们是以占全人口百分之九十以上的最广大群众的目前利益和将来利益的统一为出发点的，所以我们是以最广和最远为目标的革命的功利主义者，而不是只看到局部和目前狭隘的功利主义者"②。文学的功利主义认识在

---

① 李泽厚：《中国现代思想史论》，天津社会科学院出版社2004年版，第5—6页。
② 毛泽东：《在延安文艺座谈会上的讲话》，载《毛泽东文艺论集》，中央文献出版社2002年版，第68页。

中国新民主主义革命进程中是具有合理性和必然性的，因而在那一时期也得到众多的知识分子的认同和自觉的追求和践行。

在这一语境下，在文学从其他学科中独立出来，具有相对独立性的同时，文学也就极容易被视为工具——服务于政治的工具。因而在整个现代文学史上，文学就与政治紧紧地纠缠在一起，"文化革命是在观念形态上反映政治革命和经济革命，并为它们服务的。在中国，文化革命和政治革命同样，有一个统一战线"①。文学问题就是政治问题，就是阶级斗争的问题，这两者之间你中有我，我中有你。同时，伴随人的理性精神的确立，甚或是膨胀，人可以认识人自身、认识社会和世界，也能认识过去、现在和未来。那么这样一来，理性带来的对人、社会、世界等的认识能力，必然在人生、社会和世界的走向上就具有实践意义。因而，也就不难理解贯穿整个中国现代文学史上或隐或现地对知识分子进行改造的问题，以及与此相伴生的对文学创作进行改造和更新的问题（如文艺的大众化问题等等）。不论是对知识分子的改造，还是文学创作观念中的改造和更新问题，无疑是人的理性能力可以对人生、社会等的走向进行规划的一个重要表征和结果，进而突出的都是一种断裂性、紧迫性，以及无法兼容性。因此也就必然使文学批评成为现代文学史上重要的倡导文学观念和价值观念的手段。

1949年新中国成立后，在民族的文化心理等方面带来巨大进步的同时，对中国现代历史上救亡对启蒙所掩盖的问题并没有做出更进一步的清理和反思，这些问题就成了阻碍生产力发展和社会进步的问题。因而自1949年至1978年，我国对文学走向的调控、管理和规范的体制性力量依然较为单一，文学批评活动往往衍化为大规模的文学批评运动，这一时期主要的文学批评运动有：对电影《武训传》的批判；对"胡风反革命集团"的批判；对俞平伯《红楼梦》研究的批判；在"文化大革命"时期遭到最严厉批判的就是文艺"黑八论"（即"写

---

① 毛泽东：《新民主主义的文化》，载《毛泽东文艺论集》，中央文献出版社2002年版，第32页。

真实"论、"现实主义的深化"论、"现实主义的广阔道路"论、"反题材决定"论、"中间人物"论、"反火药味"论、"时代精神汇合"论、"离经叛道"论)等等,并且这些批判最终都衍化为大规模的政治批判和群众运动。"这种时候,会自下而上地在全国范围内,发动、组织大批文章,铺天盖地地对批判对象进行'讨伐',造成巨大的声势。"① 文学批评完全成为"棍子批评"。与此同时,作家、文艺批评家、教授等等也就沦为社会的反面——"臭老九""牛鬼蛇神""反动文人"。从资料来看,在 1978 年以前,与大规模的文学、艺术批评活动形成鲜明对比的是,文学或各类艺术评奖寥若晨星,材料表明,在小说领域,1978 年《人民文学》主办全国优秀短篇小说评选以前,我国仅有三部小说获得国外的奖项,它们是:周立波的《暴风骤雨》和丁玲的《太阳照在桑干河上》于 1952 年获得"斯大林文学奖";胡万春的《骨肉》于 1957 年获"国际文艺竞赛奖"。从 1949 年到 1978 年,全国性的文学、艺术类奖项仅有:1954 年由中国人民保卫儿童全国委员会举办的全国儿童文艺创作评奖,《大众电影》编辑部在 60 年代初期主办的"百花奖",以及 1957 年文化部主办的优秀影片奖。而文学评奖的普遍缺失本身就暗示了新中国成立后以"批评"和"斗争"的方式对文学的管理和调控。因而"文化大革命"最终就造成了文学制度现代性探索历程的偏移,其对知识和技术体制的破坏,必然消解专业化对政治权威和群众的权力的限制。这种中断和破坏造成的后果是惊人的,"他们利用所摄取的政治权利,推行最反动的文化政策,大搞封建法西斯文化专制主义和文化虚无主义,形成新中国文化史上最黑暗的年代"②。在"文化大革命"期间,文学艺术表现的范围大幅缩减,可以公开表演的仅限于几部所谓的"革命样板戏";原有的各种文学艺术期刊被迫停刊,整个中国几乎找不到一种文艺刊物;在第一次全国文学艺术工作者代表大会后建立起来的具有某种专业性的文学

---

① 洪子诚:《中国当代文学史》,北京大学出版社 1999 年版,第 25 页。
② 周扬:《继往开来,繁荣社会主义新时期的文艺——一九七九年十一月一日在中国文学艺术工作者第四次代表大会上的报告》,《人民日报》1979 年 11 月 20 日。

机构，如文联、作协等都被迫停止了工作。最后，八亿中国人民只剩下一个作家和八个"样板戏"。

因而在"文化大革命"结束后，如何繁荣和提高文学艺术，就成为摆在大家面前的、迫切需要解决的问题。在这一背景下，出现了被视为是"一个创举"①的1978年全国优秀短篇小说奖。

第三节　现代化诉求与1978年文学制度的重构

中国自晚清起就开始了现代性历程，1978年作为中国现代性进程中具有重大历史意义的年份，在这一年开始了中国的政治、经济和文化等方面的现代化建设。那么，1978年文学制度的重构与整个国家的现代化诉求有怎样的关系？并且，现代化诉求又如何规约了1978年文学制度的重构？对这些问题的思考，涉及现代以来产生的文学制度的共性，同时更为重要的是，要将问题置于中国特定的社会、历史和文化语境中来考量，厘清特有的语境对1978年文学制度的建构具有的形塑作用。

一

在古代，就西方来讲，文学艺术更多的是与宗教相联系，并且文学艺术也主要局限在私人领域，直到18世纪末，有产者和宫廷贵族依然是作家和艺术家在经济上的资助者。就中国来看，古代中国文类如"诗""赋""祝盟""碑诔""铭箴"等，也基本上局限于私人领域。自现代以来，由于宗教对世俗政权作用的弱化甚至是瓦解，文学从宗教的束缚中解放出来，进入世俗的社会生活。比格尔在《先锋派理论》中就指出，在资产阶级社会中，艺术占有一个特殊的地位——自律，这种自律的艺术是随着资产阶级社会的发展，艺术从对它们的仪式化使用中解放出来的一个结果，进而也就有了经济、政治制度与文

---

① 袁鹰：《第一簇报春花》，《人民文学》1979年第4期。

化制度的分离。另外，由于印刷术的发展，文学成为影响公共领域的重要事件。这样一来，自现代以来文学就处在一种危机之中，当人的理性取代神或传统对世界拥有的话语权之后，文学在失去依附于宗教或传统之上的神圣性，获得世俗性的同时，也就极易成为满足人的某种理性功用的工具。而这其中非常重要的就是，文学艺术与政治之间建立了一种纠缠不清的关系，正如比格尔所言："随着资产阶级社会发展，艺术不再以仪式为基础，而是建筑在政治学之上。"① 任何一种社会制度或政治力量都会形成对文学、艺术的规约性力量。不过，在中国内忧外患的历史环境下，政治和文学之间形成了一种更为复杂也更为紧张的关系。

中国文学的现代性进程是在全球资本主义的背景下展开的，因而同样存在现代以来文学面临的现代性危机，同时中国的现代性进程还具有自身的某种特质。"中国现代思想包含了对现代性的批判性反思。然而，在寻求现代化的过程中，这种特定语境产生的深刻思想却在另一方面产生出反现代的社会实践和乌托邦主义：对于官僚制国家的恐惧、对于形式化的法律的轻视、对于绝对平等的推重，等等。在中国的历史语境中，现代化的努力与对'理性化'过程的拒绝相并行，构成了深刻的历史矛盾。"② 也就是，在中国的现代性进程中包含着反现代性的现代性，其中最重要的一个特点就是对现代性中包含的重要面向——制度——的质疑。这里的"制度"强调的是边界，也就是各个领域的相对独立，正因为此，才有了现代意义上的具有专业倾向的知识分子，以及与各学科分化相对应的社会分工。正是在此意义上，在中国的现代性进程中，直到1978年（新时期）都没有真正实现各领域的分化和独立。"文艺的自主性的缺乏说到底是因为中国社会还没有发生、更没有确立类似西方18世纪发生的制度性分化，文学艺术场域从来没有摆脱政治权利场域的支配（这种摆脱不是个人力量可以胜

---

① [德] 彼得·比格尔：《先锋派理论》，高建平译，商务印书馆2002年版，第95页。
② 汪晖：《当代中国的思想状况与现代性问题》，载汪晖《去政治化的政治：短20世纪的终结与90年代》，生活·读书·新知三联书店2008年版，第65页。

任的，而是要依赖于制度的保证)。"① 换言之，当各领域之间缺少相对的独立和分化时，由各领域的相对独立带来的文学的相对自律必然就会被政治所淹没，因而在新中国成立初期，政治成为确定文学意义和价值的重要参照，基于此，这一时期的文学场被称为"他治性"的。毫无疑问，汪晖对中国现代思想中包含的特质的归纳是合理的，不过他将产生这一结果的原因归结为是对"理性化"过程的拒绝，这一认识与李泽厚的认识存在一定的差异。李泽厚认为，自延安文艺整风运动以后，文艺创作中的主观性特点虽然极为明显（这一特点直到80年代初才有所改变)，但是，这种"主观性表现为所要求的'思想性'，即以明确的目的、意识和观念来指引创作，与路翎以至于艾青那种冲动性、情绪性的主观性不同，这里的主观性是理知的、实用的、政治的甚至是政策的，它高度重视创作中的理性因素，常常是遵循概念来安装故事、裁剪生活、抒写情怀，这是一种理智的主观性。在这里，包括形式也是理知地被安排着"②。李泽厚的认识更具有合理性——撕开"主观性"外衣，背后依然是理性因素。实际上，中国传统的肯定世俗生活、寻求现实生存的实用理性，与西方自现代以来的对理性的高扬存在着很大程度上的交集。理性是人的逻辑或人认知世界的一种基础和框架，对理性的认同与对人的主体性的认同成正比例关系。当人的理性精神不断膨胀时，人和人的理性就认为，人可以并且能够规划这个世界和人本身，"理性的发达使人们以为可以凭依它来设计社会乌托邦"③。既然人是可以揭示世界的本质、认识未来发展的规律，进而规划历史的进程的，那么作为个体人的理性就应该被更全面、更本质的理性所规划。这样一来，就不难理解在新中国成立后一浪高过一浪的中国知识分子的思想改造问题，一旦知识分子个体的理性被更全面、更本质的理性所取代后，也就是世界观和方法论改变后，那么世界或者看到的世界就会发生改变，而世界和看到的世界是

---

① 陶东风：《文学理论基本问题》，北京大学出版社2004年版，第17页。
② 李泽厚：《中国现代思想史论》，天津社会科学院出版社2004年版，第242页。
③ 李泽厚：《哲学纲要》，中华书局2015年版，第275页。

难以分开的。因而，中国现代思想当中呈现出来的这种反现代性结果，实际上依然是现代性的一种必然结果，也就是现代性中必然存在的理性危机，以及人的主体性无限膨胀产生的结果，而为何这种现代性危机在中国表现得更为突出，这其中无疑又存在历史和文化的诸多原因。

因而在新中国成立后，文学成为可以被完全规范和规划的，这一时期的"题材决定论""三突出"等创作要求无疑都是对文学进行全面规范的结果。这样一来，在建立和探索社会主义文学的文学规范的过程中，文学的有用性几乎完全局限于政治之中，文学成了为政治服务以至于为特定时段某一具体政策服务的工具。洪子诚就是从这一意义上来划分"现代文学"和"当代文学"的①。在工具理性的推动下，文学自然成为无产阶级革命事业的齿轮和螺丝钉，而从事文学艺术活动的知识分子也获得了文艺工作者的身份②，"工作者"的身份在一定层面上掩盖专业知识的特殊性，以及由这种特殊性带给知识分子特有的阐释世界的权力。"知识生产的所有环节，从学院与研究单位的体制构成与管理、资金来源、学科设置、人事安排、成果评定，到发表审核的机制与标准，等等都是国家'意识形态领域'工作的一部分。"③ 因此，对文学的管理和调节也就仅仅通过组织，并且主要是采用行政手段的方式来直接完成，"思想上的决断就往往转化为行政上的决断，组织领导事实上也就成了行政领导。最终思想与政治领导也就通过各级组织转换成了行政领导"④。这也是中国文学现代性进程中的一个极为突出的特点。众所周知，在文学活动中，各级党政机关领导

---

① 洪子诚在《"当代文学"的概念》（《文学评论》1998年第6期）中指出，"当代文学"本身更强调文学与政治的纯粹性。"'当代文学'所确立的评价体系，是从意识形态和政治观念上来估断文学作品的等级。"

② 这一点我们可以从当代文学发展进程中的一个重要事件清楚地看出。1949年于北平召开的来自"解放区""国统区"的作家、文艺理论研究者的会议被称为"中华全国文学艺术工作者代表大会"。作家、文艺理论家获得了文艺"工作者"（干部）的身份。陆定一在全国文学艺术工作者第三次代表大会上的祝词也强调："我们的文艺工作不能走片面的专家路线。"

③ 许纪霖、罗岗等：《启蒙的自我瓦解：1990年代以来中国思想文化界重大论争》，吉林出版集团有限责任公司2007年版，第259页。

④ 朱晓进等：《非文学的世纪：20世纪中国文学与政治文化关系史论》，南京师范大学出版社2004年版，第242页。

人对文学活动涉及的诸多面向——如文艺创作、文艺论争等问题——的直接干预。正如艾森斯塔特所言,"中国文人兼有文化—宗教和行政—政治的功能,在文化—宗教和行政—政治活动之间仅存在细微的组织上的、乃至象征性的区别。他们的组织架构几乎与国家官僚机构的架构一致,除了某些学派和学术机构,他们仅有微不足道的自己的组织。因此,他们没有产生任何单独的政治、行政、宗教组织和传统"①。这样一来,就形成影响文学走向的不稳定因素。一方面是权力场对文学的走向具有极大的制约作用,另一方面这种力量甚至是由不稳定的、某一具体时段的政策需要来确定。因此,在这一时期,作家和文艺理论家的文学观念,以及对某些具体的文学问题的观点变化之迅疾,就成为这一时期非常突出的文学现象,以至于后来的研究者使用了"口是心非"这一词语。毫无疑问,这种现象的产生是与当时文学所处的历史语境及其中包含的不稳定因素紧密相关。

二

"文化大革命"后,如何提高文学艺术水平,就成为一个亟待解决的问题。"如何正确地把文艺事业领导好,促进文艺更大的繁荣和提高,使它在四个现代化进军中更好地发挥战斗作用,这是摆在各级党委面前的一个重要议题。"② 这样一来,采用何种方式来解决这一问题,就成为这一时期重要的文学事件。茅盾在《中国文学艺术工作者第四次代表大会开幕词》中也指出,我们文艺工作者目前面临的主要问题,也就是本次大会讨论的主题是,"如何进一步解放文艺生产力,繁荣社会主义文艺事业,更好地为四个现代化服务"③。茅盾提出问题的方式已经暗含了如何解决问题的路径,也就是"现代化"是解决文学

---

① [以] S. N. 艾森斯塔特:《反思现代性》,旷新年、王爱松译,生活·读书·新知三联书店2006年版,第281页。

② 本刊评论员:《迎接社会主义文艺复兴的新时期——热烈祝贺中国文学艺术工作者第四次代表大会胜利闭幕》,《人民日报》1979年11月17日。

③ 茅盾:《中国文学艺术工作者第四次代表大会开幕词》,《人民日报》1979年10月31日。

面临的问题的切入点。1979年10月30日邓小平在中国文学艺术工作者第四次代表大会上的祝辞,就反复强调,我们国家已经进入社会主义现代化建设的新时期,并且实现"四个现代化"是今后很长时期内,全国人民压倒一切的中心任务。自1978年12月召开的党的十一届三中全会宣布,"把全党工作的重点和全国人民的注意力转移到社会主义现代化建设上来"①,"现代化"就成为理解这一时期的最为重要的关键词。正如周扬在纪念"五四"运动六十周年学术讨论会上的报告所言,"三中全会适应国内外形势的发展,决定把全党工作的重点转移到社会主义现代化建设上,这是一个伟大的历史性转变。我们革命者的认识必须跟着这种转变而转变。社会主义现代化,是为了给社会主义制度奠定物质基础。这是一场规模巨大、变化深刻、任务繁重的大革命"②。

新中国成立后直到新时期,中国文学的危机本身就是现代性危机的一个面向。正如汪晖在反思当代中国思想状况与现代性问题时指出,20世纪80年代的新启蒙思想批判的基本出发点是建立在西方/中国、现代/传统的二元对立的基础上的。因而20世纪80年代的新启蒙批判就忽视了中国社会发展过程中遇到的问题本身就是反现代性的现代性。正是这种忽视,使产生于西方启蒙主义时期特定语境中的现代化意识形态普遍化。汪晖在指出中国社会发展的问题依然是现代性问题的同时,也指出20世纪80年代的现代化追求,主要是以西方启蒙主义时期的现代化作为参照的。许纪霖和罗岗也表达了同样的观点。"80年代的启蒙者对现代化目标的诠释和追求也是高度一致的,即那个整体意义上的西方所代表的、以民主政治、市场经济和个人主义为核心价值的普世化的现代化。"③那么在80年代,"现代化"术语又是如何解

---

① 《中国共产党第十一届中央委员会第三次全体会议公报》,载中共中央文献研究室编《三中全会以来重要文献选编》,人民出版社1982年版,第4页。
② 周扬:《三次伟大的思想解放运动——在中国社会科学院召开的纪念五四运动六十周年学术讨论会上的报告》,载中国社会科学院近代史研究所编《纪念五四运动六十周年学术讨论会论文选》(一),中国社会科学出版社1980年版,第19页。
③ 许纪霖、罗岗等:《启蒙的自我瓦解:1990年代以来中国思想文化界重大论争研究》,吉林出版集团有限责任公司2007年版,第14页。

决中国文学发展过程中遇到的现代性危机的?

雷蒙·威廉斯在《关键词——文化与社会的词汇》中指出,与 Modern 最接近的词源为法文 moderne、后期拉丁文为 modenus。Modernize 与 Modernization 这两个词与 Institution(机制、制度、机构)和 Industry(勤勉、实业、工业)有关,通常用来表示完全令人喜欢或满意的事物①。从理解现代化（Modernize 与 Modernization）的两个关键词 Institution 和 Industry 来看,它们都与人的理性精神和人的主体性的确立有关,也就是人的理性能力可以认识世界,对世界进行组织、规划和安排。不过,"现代化"术语还强调:人的认识及对世界的组织、规划和安排是必须符合或服从规律的客观性的,这可以避免人的理性精神膨胀带来的不必要的问题。这种客观性的重要表征就是某种不以人的意志为转移的制度的建立。由此可见,现代化在认同人的理性精神和人的主体性的同时,也强调外在于人的客体或世界的客观性,以及这一客观性对人的主体性的规约和限制。正如伊格尔顿所言:"在现代人的豪言壮语（'我只从自身获得价值'）和沉重呼喊（'在这个宇宙里我是如此孤独'）的世界里,若没有客观性的标准,主体便会转向自我赋予价值。"② 即当人的主体性一旦彻底摧毁世界的客观性时,人就会完全转向自身寻求真理和价值,进而人的追寻在一定层面上就失去了客观稳定的基础,因而人的主体性所具有的创造性能力应是维护而不是损害客观性,客观性无疑是实现主体性的基础和条件。"现代化"这一术语在一定程度上将人的理性和主体性放在某种客观和稳定的轨道上,进而就可以在一定层面上限制人的主体性的过度膨胀。因而在 20 世纪 80 年代,"现代化"这一术语在一定程度上就解决了中国现代文学发展过程中遇到的现代性危机。

20 世纪 80 年代,在整个国家现代化转向的语境下,新时期以来

---

① [英]雷蒙·威廉斯:《关键词——文化与社会的词汇》,刘建基译,生活·读书·新知三联书店 2005 年版,第 308—309 页。

② [英]特里·伊格尔顿:《审美意识形态》,王杰、傅德根、麦永雄译,广西师范大学出版社 2001 年版,第 63 页。

一系列文学制度的建立和探索就是对新时期现代化追寻的一个回应，这种回应的核心理念就是对人过度的理性精神和主体性的规约和限制，具体表现在以下两个方面：一是肯定由制度确立的抽象规则划定的边界；二是强调制度的稳定性和非人为性。这两个方面是相辅相成的，共同构成了制度的两个面向。对制度确立的边界的认可就是对由学科分化带来的各领域的相对独立性的认可，以及由这种认可产生的对知识分子和知识分子阐释世界的权力的认同。因而在这个时期，反思的一个重要问题就是党如何来实现对文学艺术的指导。周扬在第四次文代会上的讲话中就指出，在新的历史阶段，我们要正确处理好文艺和人民、文艺与政治以及继承和革新这三方面的关系，而就文学与政治的关系来讲，最为主要的就是党如何领导文艺工作的问题①。在现代化的语境下，新中国成立后通过领导的权威或者行政命令来解决和框架文艺活动、文艺思想和文艺批评的方式受到了质疑和反拨。"党对文艺工作的正确领导，应当是依靠群众包括尊重专家的群众路线的领导，应当是力求由外行变为内行，按照艺术规律的实事求是的领导，而绝不应当是只凭个人感想和主观意志发号施令的家长式的领导。"②周扬作为新中国成立后到新时期党的文艺政策的最为权威的阐释者，他的反思本身就是对党的十一届三中全会后以邓小平为中心的新一代领导人的文艺政策的重申。"党对文艺工作的领导，不是发号施令，不是要求文学艺术从属于临时的、具体的、直接的政治人物，而是根据文学艺术的特征和发展规律，帮助文艺工作者获得条件来不断繁荣文学艺术事业。"③对制度确立的边界的认可，使知识的特殊性和知识分子特有的权力得到了认同，因而这一时期关于"外行"与"内行"的关系也成为一个重要的讨论议题。在这些讨论中，由制度划定的边

---

① 周扬：《继往开来，繁荣社会主义新时期的文艺——一九七九年十一月一日在中国文学艺术工作者第四次代表大会上的讲话》，《人民日报》1979 年 11 月 20 日。
② 周扬：《继往开来，繁荣社会主义新时期的文艺——一九七九年十一月一日在中国文学艺术工作者第四次代表大会上的讲话》，《人民日报》1979 年 11 月 20 日。
③ 邓小平：《在中国文学艺术工作者第四次代表大会上的祝辞》，《人民日报》1979 年 10 月 31 日。

界所许可的自由得到了认可。周扬认为，近代中国以来发生了三次思想解放运动：一是"五四"运动；二是1942年延安整风运动；三是党的十一届三中全会的思想解放运动。周扬提出，在这次（党的十一届三中全会）思想解放运动中"要允许自由讨论。政策宣传和科学研究是相联系又有区别的两种工作。政策宣传应当遵守党和政府决定的政策界限，科学研究和理论研究则必须保证有研究的自由。科学无禁区。科学思想不能听命于'长官意志'，不能少数服从多数，应当允许各抒己见，畅所欲言，允许有提出问题进行讨论的自由，有批评和反批评的自由。我们应当鼓励勇于探索、勇于创新的精神"①。对制度划分出的各领域边界的认可，进而使专业和社会分工得到不断的强调②。专业化和社会分工也就消解了新中国成立后直到新时期群众以集体力量的方式对专业边界的破坏，并且专业边界的破坏带来的后果也成为普遍的共识，"采取行政手段和群众斗争的方式去解决意识形态领域的问题，是极为有害的"③。同时制度作为抽象规则，对制度的肯定也就是对制度体现出来的抽象规则的肯定。抽象规则是远离具体情境的，抽象规则只能确定一种行为的边界，而不能规定行为应该采用的具体方式。因而在制度的框架下，行为本身和行动者就有了在这一界限内从事某种活动的自由。"抽象规则一旦被确立下来，就可以以各种不同的方式随意利用，它（指的是集体意识，笔者注）也不再像以前那样耀武扬威了。"④ 这样一来随着文学制度化路径的确立，在

---

① 周扬：《三次伟大的思想解放运动——在中国社会科学院召开的纪念五四运动六十周年学术讨论会上的报告》，载中国社会科学院近代史研究所编《纪念五四运动六十周年学术讨论会论文选》（一），中国社会科学出版社1980年版，第21—22页。

② 对分工的强调也成为这一时期的重要特色。如齐振海在《发展社会主义民主 加速四个现代化的建设》［载中国社会科学院近代史研究所编《纪念五四运动六十周年学术讨论会论文选》（一），中国社会科学出版社1980年版，第133页］中就指出："随着社会主义现代化经济的发展，生产社会化的程度越来越高，分工和专业化越来越细，各部门、各行业、各企业不仅由于分工不同而相互区别，也存在着相互联系，互相依赖的关系。"等等。

③ 周扬：《继往开来，繁荣社会主义新时期的文艺——一九七九年十一月一日在中国文学艺术工作者第四次代表大会上的讲话》，《人民日报》1979年11月20日。

④ ［法］埃米尔·涂尔干：《社会分工论》，渠东译，生活·读书·新知三联书店2000年版，第247页。

新中国成立后到"文化大革命"时期所确立的一些具体的文学写作的措施和要求就逐渐衰落了。

因此,"文化大革命"后,文学活动的制度化就被广泛看作实现文学自由和独立的有力保证。"现在'双百'方针已经列入我国的宪法,这就保证了人民有进行科学研究和文艺创作的自由,保证了文艺创作和文艺批评有互相竞赛和互相争论的自由。"① 这一时期,文学活动的制度化被视为提升文学生产力的根本。《文艺报》1980年第10期、第11期和第12期就发表了一组《怎样把文艺搞活》的文章,其中就有相当的文章涉及文艺体制的改革问题,而改革的重点就是要实现文学活动的制度化。对从新中国成立后到新时期,主要由立场和集体情感来规约文学活动方式的反拨,使这一时期的知识分子普遍认为制度是解决这一问题的唯一方法。这种认识是具有一定的合理性的,制度在一定程度上使文学的自由和独立成为可能。不过,制度本身却又包含一种难以克服的悖论,一方面制度本身具有的客观性就是要排除人的主观性的影响;另一方面制度是由人确立的,而由人确立的制度却要能有效限制人的行为,这本身就充满了矛盾,也就是说,制度的客观性在一定层面上是由具有有限性的人来保障的。所以,在布迪厄看来,"理性是一种历史的产物,但又是一种极度矛盾的历史产物,因为它在某些特定条件下能够'摆脱'历史(即特殊性),不过要(再)生产这些特定条件的话,就必须做出十分具体细致的努力以保障理性思想的制度基础"②。而人有这样的能力吗?这也是人进入现代以后,理性成为人解释和改造世界的最为重要的渠道以来面临的困境。我们看到,在新时期之初建立的文学制度,比如1978年以来的全国性文学评奖制度,并没有完全实现由制度所确定的稳定性。

制度既然与对世界的分化相连,那么制度就是由多种因素构成的

---

① 周扬:《继往开来,繁荣社会主义新时期的文艺——一九七九年十一月一日在中国文学艺术工作者第四次代表大会上的讲话》,《人民日报》1979年11月20日。

② [法] 皮埃尔·布迪厄、[美] 华康德:《实践与反思——反思社会学导引》,李猛、李康译,中央编译出版社2004年版,第51页。

综合体系。布迪厄在《艺术的法则：文学场的生成和结构》中对限制和规约艺术生产（包括文学生产）的制度性力量做了较为完整的描述。文学制度涉及文学生产、流通、分配、消费等方面所包含的各环节。具体来讲，文学制度包括调节和管理文学与社会、文学生产和文学消费等方面的一整套机制，如国家和政党制定的文学政策和倡导的文学观念、出版制度、审查机制、报酬机制、文学奖励机制，等等。在新时期之初，我国对文学制度包括的诸多面向都做出了有意义的探索。

第四节　现代化诉求下的1978年文学评奖制度

党的十一届三中全会确立的现代化诉求成为理解1978年以来一个时期内，中国的政治、文化、经济、科技等方面走向的最为重要的一个关键词。正是1978年确立的现代化诉求，使1978年以来的文学制度现代化探索成为可能。而1978年以后逐渐设立的针对各种体裁的全国性文学评奖制度，无疑又是这一时期文学制度现代化探索的重要面向。那么在现代化诉求的语境下，1978年的全国性文学评奖制度呈现出怎样的样态？又具有何种意义呢？

一

自进入现代社会以来，制度的确立就成为分化和功能专门化的现代社会系统中的一个重要表征，也就是制度确立和划分了各领域的边界，进而也规定了各领域的准入权，所以，随着划分边界的制度的确立也才有现代意义上的知识分子。正如英国社会学家安东尼·吉登斯在《现代性的后果》中指出："社会学家们常常用'分化'或'功能专门化'概念来讨论传统世界向现代世界的转变。"[①] 虽然吉登斯认为，"分化"或"功能专门化"概念对理解社会系统如何从具体的时

[①] ［英］安东尼·吉登斯：《现代性的后果》，田禾译，译林出版社2000年版，第18页。

空中脱域出来的现象并不很适用,但是,他也肯定了在现代脱域机制①下才能实现分化和功能的专门化。文学制度(the literary institution)的建立无疑就是现代性过程中带来的制度性分化的一个结果,在这一过程中,文学逐渐衍化为社会系统中具有相对独立性的子系统。彼得·比格尔在《先锋派理论》中就明确指出,"艺术"作为一个体制,也就是"艺术"作为具有相对独立性的社会子系统,是伴随着资产阶级社会的发展出现的经济、政治制度逐渐与文化制度的分离过程中得到确立的②。文学制度涉及了文学生产、文学传播和文学接受等诸多的面向。自新中国成立到1978年,我国对文学活动的调控、管理和规范的体制性力量较为单一,权力或权力话语主要以组织的名义直接通过行政手段来完成对文学的干预。因而"文化大革命"后,文学活动的制度化就被看作是实现文学独立品格的一种有力保证,这一时期,建立能保障文学良性运转的非人为性的制度的呼声高涨,毋庸置疑,1978年文学评奖制度的建立就是新时期文学制度现代化探索的重要面向。

作为文学制度诸多面向之一的文学评奖,其本身也是社会现代化和文学现代化过程中出现的一个产物。不过,文学评奖在文学制度的诸多面向中又具有作为"个体"的特殊性。文学评奖体现的是对文学创作活动及其创造性成果的尊重和鼓励,文学评奖预设了某种肯定性的价值判断——获奖者以及获奖作品具有某种超乎寻常的价值。也就是,文学评奖对文学活动的规约主要是通过对某种文学价值或价值观的肯定和认可,以及将其颁发的象征资本最大限度转化为其他资本的能力来实现的。因而,文学评奖对文学活动的规约和引导是"柔性"的。同时,由于文学评奖为了更好地实现其颁发的象征资本与其他资本类型之间的转化,以及实现对文学生产的引导和对阅读趣味的建构,文学评奖必然包含一定的公共参与性,这一公共参与性对文

---

① 现代脱域机制:指现代以来出现的一个重要特征,把社会关系从具体的情境中直接分离出来。[英]安东尼·吉登斯:《现代性的后果》,田禾译,译林出版社2000年版,第25页。
② [德]彼得·比格尔:《先锋派理论》,高建平译,商务印书馆2002年版,第14—15页。

学价值的实现和转化具有相当的意义。因此，文学评奖在文学制度包括的诸多面向上具有不可取代的位置和意义，而在中国当代文学特定的历史语境中，文学评奖的意义和功能显得更为突出。

  自新中国成立后到1978年，对文学调控和管理的主要手段是文学批评，甚至是文学斗争，因此，在这一背景下，1978年全国优秀短篇小说的评奖就是"空前的、过去没有过的"[①]，"是建国三十年来的一个创举"[②]。在1978年全国优秀短篇小说评奖之后，相继出现了各种全国性文学评奖。在当时，几乎每一类体裁都有与之对应的全国性文学奖项。同时，在现代化诉求下出现的专业化要求，使中国文学艺术界联合会（以下简称"文联"）和中国作协得以重建，而恢复工作的文联及各级作协的一个重要工作就是"要协同文化部门，建立奖励制度，举办各种评奖活动，尤其要注意对青年和业余作者的奖励"[③]。与此同时，一些重要刊物也明确指出：其办刊宗旨是为了进一步发展和完善文学评奖活动。如茅盾在为1980年创刊的《小说选刊》所写的发刊词中，就指出："为评奖活动之能经常化，有必要及时推荐全国各地报刊发表的可作年终评奖候选的短篇佳作，为此《人民文学》编委会决定增办《小说选刊》月刊。"[④]而1984年《小说选刊》和《人民文学》分开，单独成立编辑机构的目的之一，也是为了"更好地配合小说评奖工作"，其工作的一个重要目标就是，使改版后的《小说选刊》成为"全国优秀短篇小说、全国优秀中篇小说评选的候选者群"[⑤]。并且在社会场域中占有重要位置的各大报纸，如《人民日报》《光明日报》《文艺报》等都会对评奖发表相关报道和评论。如1978年11月8日的《人民日报》对1978年全国优秀短篇小说评奖做出了这样的评

[①] 茅盾：《在一九七八年全国优秀短篇小说评选发奖大会上的讲话》，《人民文学》1979年第4期。
[②] 袁鹰：《第一簇报春花》，《人民文学》1979年第4期。
[③] 周扬：《继往开来，繁荣社会主义新时期的文艺——一九七九年十一月一日在中国文学艺术工作者第四次代表大会上的讲话》，《人民日报》1979年11月20日。
[④] 茅盾：《发刊词》，《小说选刊》1980年第1期。
[⑤] 《〈小说选刊〉改版答问》，《小说选刊》1983年第11期。

价："为促进短篇小说的发展与提高，使它更好地为实现新时期的总任务服务，《人民文学》杂志社决定从今年起举办全国优秀短篇小说评选"，等等。文学评奖成为这一时期文学场和社会场中具有重大意义的文学事件。自1978年建立起全国性的文学评奖制度之后，在40多年的文学评奖进程中，还没有其他的文学评奖能对特定时期的文学活动和社会生活产生如此巨大的影响。那么，为什么1978年的全国性文学评奖活动能在1978年的文学制度现代化探索中占据如此重要的位置呢？

二

文学批评与文学评奖都属于文学评价体系，所从事的都是文学价值的生产和判断。从起源上讲，虽然文学批评作为一门学科的出现是现代的产物，但文学批评是伴随文学这一现象的产生而出现的。正是如此，拉曼·塞尔登的《文学批评理论——从柏拉图到现在》是从古希腊开始的，中国的文学批评史也是从上古时期开始的。在现代以前，人对世界进行阐释的模式受到一定的限制，其中最主要的就是宗教或传统的限制。因而在现代以前，人对世界的解释具有一定的稳定性，对文学的认知也具有一定的稳定性。而自现代以来，宗教或传统对世界的影响式微，人的理性成为世界的主宰，因此，对文学的阐释方式和角度更多变，也更具有相对性。自现代以来就出现了众多的批评流派，如从精神分析学到形式主义、结构主义、解构主义等等。也就是说，随着某种具有永恒性和普适性的参照系的衰落，众多的批评流派也就极容易转化为以人的理性为基础的论争。就中国文学来说，自近现代以来，由于国家和民族的发展处于深重的生存危机中，批评这一词语暗含的斗争性必然就被不断放大，并且由于对人的主观性或主观能动性的强调，学理问题又极容易转化为立场问题，文学批评的众多面向往往被化约为单纯的政治性。这样一来，文学所涉及的问题或分歧就容易变为革命与反革命的问题，即对文学的区分也就容易转化为革命与反革命的区分。与此相伴相生的就是，政治必然形成对知识分子思想改造的强烈要求。正如李泽厚所言，由于长期处于斗争环境，特别是经由战争时期，"独一无二的现代政治宗教却包囊一切，使人的行为、语言、思想、情感已无所逃于天地之间"①。这样一来，就对中国知识分子的认知体系形成了统一的要求，不同的认知体系之间存有的包容性和对话性被一种绝对的二元对立模式取代。因而在中国近现代特有的语境下，"批评"中的否定方面或者说"负面的评论"（雷蒙·威廉斯语）得到了极大发展。当以立场代替学理时，文学批评就转化为斗争甚至是政治运动，进而彻底消解了"批评"中本来包含的对话和交流的功能。自现代以来，文学在摆脱宗教或传统的束缚后就掉进了政治的陷阱。不过，我们不能忽略的是，在中国特定的历史语境下，对文艺批评的政治性要求是具有一定的合理性的，正如德国社会学家菲舍尔·柯勒克所言，"无一社会制度允许充分的艺术自由。每个社会制度都要求作家严守一定的界限"②。不过，一旦将这种特定时期的要求不断扩大，以至于将其作为具有普遍性和本质性的东西，无疑就不能适应新的历史阶段文学发展的要求。这种过于强大的文学规范化力量必然压制和歪曲文学创作、批评等方面的规律，最终带来的结果就是"文化大革命"时期文学生产力和创造力的全面下滑。

与文学批评相应，文学评奖也是通过对文学价值评价系统的调控来影响文学生产、传播和接受的，文学评奖对文学价值的调控手段是"柔性"的。文学评奖首先突出的是肯定的方面，它的基本立足点体现的是，对作家（知识分子）创造性精神劳动和精神劳动产品给予承认、尊重和鼓励。从起源上讲，文学或科学的评奖都是社会现代化过程中出现的，也就是说，评奖本身就是现代的产物，可以说，世界上有广泛影响的奖项都产生于现代。自人类离开古代踏入现代的门槛之后，对人的理性精神的确认将对世界的解释权和立法权由宗教或传统转移给了人，人有了阐释世界和为世界立法的权

---

① 李泽厚：《两种道德论》，载《哲学纲要》，中华书局2015年版，第25页。
② ［德］菲舍尔·柯勒克：《文学社会学》，载张英进、于沛编《现当代西方文艺社会学探索》，海峡文艺出版社1987年版，第38页。

力，而评奖无疑就体现出对人的理性能力和精神及其所取得的成果的认同。诺贝尔奖"体现了诺贝尔鼓励人类在物质文明与精神文明上取得尽可能同步和谐发展。"①。在福楼拜的《包法利夫人》中也可以看到，当科学和科学精神被不断认可的时候，就出现了对农业生产中取得的不同成绩的评奖。孟繁华在《一九七八年的评奖制度》中也谈到了像"诺贝尔奖""奥斯卡奖"这些国际上的重大奖项，体现出对人类创造性精神生产和精神产品的尊重和倡导，以及人类对文化积累和文明发展的希望。

"文化大革命"后的中国文学用文学评奖的激励机制来完善或代替文学批评的惩罚机制，对经历了"文化大革命"后百废待兴的中国文坛来说，这种积极作用更为突出。在《人民文学》公布了1978年全国优秀短篇小说的评选启事后，"迅速得到四面八方的热烈反响"，并且普遍认为，"评选活动是发现和鼓励有才能的新作者、发展和壮大文学创作队伍的好方法"②。巴金更是多次在文学评奖的颁奖大会上反复提醒我们要珍惜这来之不易的文学环境，"粗暴简单的办法、轻蔑职责的态度，不仅会伤害这些正在成长中的中青年作家，也会直接损害我们的文学艺术事业"③。1978年的全国性文学评奖表征了对知识和知识分子认知的重要转变。

三

自"五四"运动之后，知识分子逐渐地从启蒙者变为启蒙对象，成为需要不断地被广大劳动群众改造的被启蒙者。在这一过程中，知识分子所具有的由知识带来的阐释世界的权力受到怀疑，并且，在怀疑的过程中，其阐释世界的能力和权力也被不断弱化。毛泽东1938年

---

① 受访人：宋兆霖，采访人：汪逸芳：《我看诺贝尔文学奖》，《中华读书报》1998年9月30日。
② 本刊记者：《报春花时节——记一九七八年全国优秀短篇小说评选活动》，《人民文学》1979年第4期。
③ 巴金：《文学的激流永远奔腾——在全国优秀中篇小说、报告文学、新诗评奖大会上的讲话》，《人民文学》1981年第7期。

4月28日在鲁迅艺术学院的讲话就指出:"这里存在着一个极大的不协调,就是有丰富的生活经验与美丽言辞的人不能执笔写作,反之,许多能写作的人却只坐在都市的亭子间。"① 这就说明了知识分子与现实问题的脱节。辛亥革命的失败让知识精英认识到,如果革命仅仅依靠远离广大人民群众的知识精英的话,革命是难以成功的,因而,辛亥革命后,以中国共产党为主导的革命就更为强调,革命的主体是工人阶级和农民阶级,中国革命的道路采用的也是毛泽东的"农村包围城市的道路"。因而在这一语境下,直到1978年,对知识分子的思想改造在中国的现代化进程中都是极其重要的问题。实际上,在这一进程中出现的多次文艺大众化运动,本身就是对主要身处城市的知识分子感知世界和表现世界方式的改造。而到了"文化大革命"时期,知识分子就成了"臭老九""牛鬼蛇神""反动文人"。柯岩在中国作家协会第三次会员代表大会上的发言,就概括了知识分子身份和地位变化的历史进程,"毛泽东在延安文艺座谈会讲话时明确说过:是党的一支文化大军;第一次文代会还说过:'人民的艺术家'。但不知怎么,随着时光流逝,年年批判,岁岁斗争,一来二去就变了,最后统统成为'资产阶级知识分子',干脆整个地送给了资产阶级。文化大革命就更不用说了:'反动文人''牛鬼蛇神''汉奸特务''臭老九',臭不可闻,而且还有一个永世不得翻身的'文艺黑线徒子徒孙',开除了人民的民籍"②。知识和知识分子成为负价值和负意义的象征或符号。

评奖改变了知识和知识分子在社会场域中的位置,也重新确立了知识分子的身份。"我们是劳动者,是靠我们的创作劳动为人民服务的。我呼吁保护、支持和奖励勤奋的劳动者!"③ 在全国优秀短篇小说的评

---

① 毛泽东:《在鲁迅艺术学院的讲话》,载《毛泽东文艺论集》,中央文献出版社2002年版,第19页。
② 柯岩:《我们这支队伍》,《人民日报》1979年11月10日。
③ 白桦:《没有突破就没有文学》,《人民日报》1979年11月13日。此文是作者在中国作家协会第三次会员代表大会上的发言。

选中,"四年来一共评选出优秀短篇小说一百篇,向人民群众提供了一批新鲜而有益的精神食粮。获奖的作者,除去蝉联的人数,共有八十九名,其中多数是崭露头角的文学新人"①。一些作家如刘心武②、李陀③、邓友梅④、宗璞⑤、韩少功⑥,等等,通过 1978 年的全国性文学评奖确立了在当代中国文学场和社会场中的位置。从这个层面上讲,将 1978 年作为一个划分点,把 1978 年以后的文学划分为新时期文学是具有一定的合理性的。目前有学者反对"新时期文学"的划分方式,反对者大多是从这一时期文学的书写方式和内容的角度来谈这一问题:新时期文学与 1949 年以来的文学在内容和叙述手法上有相当的一致性。这种一致性确实是存在的,但是,我们更应该注意的问题是:文学的写作是在何种制度下的写作。正如比格尔所言:"将艺术在资产阶级社会中的体制地位(艺术作品与生活实践的分离性)与在艺术作品实现的内容(这在哈贝马斯那里也许无须被说成是剩余需要)之间作出区分是必要的。"⑦

现代化语境必然要求对知识和知识分子进行重新定义,高治在《正确认识和对待知识分子》一文中就指出,"如何认识和对待知识分子,历来是关系到革命事业成败的重要问题,在当前,更是关系到能否实现四个现代化的大问题",并最终得出这样的结论:"尊重知识分子的劳动,重视知识分子的作用,这是加速实现四个现代化的需要,是完全符合马列主义、毛泽东思想的"⑧。而评奖无疑就是对知识和知识分子价值尊重和认同的一种表征和姿态。在此基础上,我们就不难

---

① 葛洛:《在一九七八年全国优秀短篇小说评选发奖大会上的祝词》,《人民文学》1982 年第 4 期。
② 刘心武的《班主任》《我爱每一片绿叶》分别获得 1978 年、1979 年全国优秀短篇小说奖。
③ 李陀的《愿你听到这首歌》获得 1978 年全国优秀短篇小说奖。
④ 邓友梅的《我们的军长》《话说陶然亭》分别获得 1978 年、1979 年全国优秀短篇小说奖。
⑤ 宗璞的《弦上的梦》《三生石》分别获得 1978 年全国优秀短篇小说奖和第一届全国优秀中篇小说奖。
⑥ 韩少功的《西望茅草地》获得 1980 年全国优秀短篇小说奖。
⑦ [德] 彼得·比格尔:《先锋派理论》,高建平译,商务印书馆 2002 年版,第 91—92 页。
⑧ 高治:《正确认识和对待知识分子》,《文汇报》1978 年 11 月 20 日。

理解为什么在社会主义的政治场和社会场中具有举足轻重的报纸，如《人民日报》《光明日报》等都会刊发有关1978年全国性文学评奖的信息和评论。正是基于这一点，随着历史的发展，当重新反思新时期之初的这一段历史时，许多学者都谈到这一时期的文学与政治间的"共谋"关系①，毋庸置疑，这一结论是具有合理性的，这一时期的文学诉求和政治诉求之间是具有一致性的。正因为这种一致性，这一时期的文学对1978年以来的政治、文化、经济等都产生了极为重要的影响，以至于文学事件也成为社会事件。作为新中国成立后社会主义文艺规范的最为重要的阐释者周扬也指出："评奖就是对我们的作家们的出色的创造性劳动的一种鼓励。评奖是促进文艺繁荣和科学进步的一种有效的良好方法。我们要把评奖这种活动经常化，制度化。"② 因而，继1978年全国优秀短篇小说评奖之后，又设立了全国优秀中篇小说奖、全国优秀新诗奖、全国优秀报告文学奖、茅盾文学奖等针对各种体裁的全国性文学奖项。这些奖项的设立无疑是1978年文学评奖制度化下的必然结果，也是整个国家现代化诉求下的必然结果。正如孟繁华所言，1978年的全国优秀短篇小说奖的设立，"其意义也许不在于评选了多少作品，更重要的是，它首次以制度的形式确立了文学奖项"③。也就是说，文学评奖制度以制度的方式成为知识和知识分子特有的阐释世界权力的保障，而现代化就是文学评奖制度得以确立的重要推手。

同时，文学评奖能在这一时期的文学场和社会场中产生举足轻重影响的另一个因素就是：这一时期是以纸质媒介为基础的文学的黄金时期，也就是，在这一时期文学依然是影响公共领域的重要媒介及架

---

① 如李杨在《重返"新时期文学"的意义》中就否定了"文化大革命"文艺与"新时期文学"建构上的"断裂论"观点，而强调了这两者之间的关联性和一致性；许纪霖、罗岗等在《启蒙的自我瓦解：1990年代以来中国思想文化界重大论争研究》中也指出，新时期在现代化诉求下形成了一种统一有效的思想体系，等等。

② 周扬：《文学要给人民以力量——在一九八〇年全国优秀短篇小说评选发奖大会上的讲话》，《人民文学》1981年第4期。

③ 孟繁华：《一九七八年的评奖制度》，载《想象的盛宴》，云南人民出版社2001年版，第261页。

构公共领域的重要平台，这也构成了与当下文学场的一个重要区别。自晚清以后，随着印刷术在中国的快速发展，以纸媒为基础的文学成为影响公共领域的重要媒介，正如德国当代哲学家哈贝马斯所言："政治公共领域是从文学公共领域中产生出来的，它以公共舆论为媒介对国家和社会的需求加以调节。"① 在"文化大革命"后，各类大型文学刊物迅速增长，在"文化大革命"前，就大型文学刊物来说，全国只有《收获》一家。"与1966年相比，书报和期刊的种类锐减，杂志从1965年的790种减少到1968年的22种，同一时期的报纸从343种减少到49种。公开表演主要限于几个革命戏剧，在舞台和电影中一次次地演出。"② 而到1983年，由各省出版社或省市文联创办的大型文学刊物，除了《收获》，还有《钟山》《十月》《当代》《清明》《红岩》《花城》《小说界》等近30家。

在这一时期，电视还没有完全普及，现代传媒手段还未出现。"1982年在北京，86%的工人家庭和33%的农民家庭有电视机。当然，可以预期北京的电视拥有率要远高于全国其他地区之上。"③ 也就是说，电视在全国的普及率还比较低，这样一来，文学依然是通过感性形象的方式影响人的世界观和价值观的最为重要的渠道。因而文学场的逻辑作为主导因素制约着有限的视听媒介——电影和电视。如周克芹的《徐茂和他的女儿们》首先由内江市的《沱江文艺》连载，后在重庆市的《红岩》刊载。"1984年4月，周扬、沙丁的通信（通信就是对该作品的评价，笔者注）以及殷白的一篇评论文章《生活选择作家》，在《文艺报》上发表。与此同时，百花文艺出版社在一周内通过三审，出版了'许茂'单行本。几乎各大报纸先后刊登了文章作了

---

① [德]尤尔根·哈贝马斯：《公共领域的结构转型》，曹卫东、王晓珏、刘北城、宋伟杰译，学林出版社1999年版，第35页。
② [美]詹姆斯·R. 汤森、布兰特利·沃马克：《中国政治》，顾速、董方译，江苏人民出版社2004年版，第154页。
③ [美]詹姆斯·R. 汤森、布兰特利·沃马克：《中国政治》，顾速、董方译，江苏人民出版社2004年版，第154页。

评介。北京电影制片厂和八一电影制片厂竞相将小说搬上银幕。"①《芙蓉镇》在人民文学出版社出版了单行本后，80年代中期由著名导演谢晋拍摄为同名电影，等等。也就是说，以纸媒为介质的文学是通过文学的方式得到社会场的认同，并且文学本身的价值判断方式牵引着有限的视听媒介艺术的价值判断方式。而在当下往往是以视听媒介为基础的网络多媒体艺术更为深刻地影响着文学场和社会场的主导逻辑。因而可以说，在这一时期，由于纸媒是最为重要的传播媒介，文学就成为影响社会生活的重要部类，文学活动就依然是人们介入公共领域的重要渠道。正如李杨所言，刊载于《人民文学》1977年11月的刘心武的《班主任》，其刊发影响相当于"今天中央电视台、中央人民广播电台在黄金时间连播这部小说，名不见经传的刘心武因此成为'伤痕文学之父'，成为一部'当代文学史'都无法忽略的经典作家"②。在这些因素的共同作用下，1978年的文学评奖制度就成为这一时期文学场和社会场中的重要事件，在社会主义政治生活、文化生活和社会生活中地位举足轻重的报纸如《人民日报》《光明日报》《文艺报》等，都会就评奖发表相关的报道和评论。

---

① 邓仪中：《"许茂"应运而生》，《文艺报》1997年7月1日。
② 李杨：《重返"新时期文学"的意义》，载洪子诚等《重返八十年代》，北京大学出版社2009年版，第5页。

第二章 20世纪70年代后期到80年代后期的文学评奖

　　文学制度这一概念既涉及对文学的外部研究，同时又关联着对文学的内部研究，此概念打通了这两者之间的壁垒，成为将这两者连接起来的桥梁。文学制度包括调节和管理文学与社会、文学生产和接受等方面的一整套的文学机制，也就是文学制度包括构成文学活动语境的物质性因素，比如教育、文学批评、学术圈、核心期刊、大学师资、作家协会以及重要的文学奖项，等等。而这些物质性因素并非外在于文学活动，或者只是承载文学活动的一个空间。实际上，这些外部因素制约和规范着文学活动的样态，也规范着文学本身。因而文学制度蕴涵了对文学观、文学价值观等相关问题的规范和限定，这一层面大致就是文学制度的意识性层面。比格尔对文学制度的定义就主要体现了这一层面的内容。"文学体制这个概念并不意指特定时期的文学实践的总体性，它不过是指显现出以下特征的实践活动：文学体制在一个完整的社会系统中具有一些特殊的目标；它发展形成了一种审美的符号，起到反对其他文学实践的边界功能；它宣称某种无限的有效性。"① 因而，对20世纪70年代后期到80年代后期中国文学评奖的探讨，既要分析其具体的运作机制，又要梳理评奖的运作机制承载了何种文学观和文学价值观。

---

① ［德］彼得·比格尔：《文学体制与现代化》，周宪译，《国外社会科学》1998年第4期。

第一节　1978年文学评奖辨析

　　在中国当代文学史上，1978年的全国优秀短篇小说的评奖具有开创性意义，在1978年设立了全国优秀短篇小说奖之后，相继设立了针对各种体裁的全国性文学奖项——1980年设立的全国优秀中篇小说奖、全国优秀报告文学奖和全国优秀新诗奖，1981年又设立了专门针对长篇小说的"茅盾文学奖"，等等。这些奖项的设立都是1978年文学评奖制度化下的必然结果，也就是在现代化语境下文学制度探索和确立的结果。本书所指的1978年文学评奖包括的具体奖项有：1978年及以后逐渐设立的全国优秀短篇小说奖、全国优秀中篇小说奖、全国优秀报告文学奖和全国优秀新诗奖，以及茅盾文学奖的前两届。到20世纪80年代后期，中国作协框架下的全国优秀短篇小说奖和全国优秀中篇小说奖的最后一次评奖是，《人民日报》文艺部和《小说选刊》杂志社举办的1987—1988年的全国优秀中短篇小说奖。从80年代后期到1997年设立鲁迅文学奖，在近十年的时间内，1978年文学评奖制度下设立的针对各种体裁的全国性文学评奖只剩下茅盾文学奖。因而本书提到的1978年文学评奖指涉的时间范围就是：20世纪70年代后期到80年代后期。那么，首先需要厘清的是，何种共相可以将这些奖项放入1978年文学评奖这一概念指涉的范围中。

　　1978年以来文学制度的探索是党的十一届三中全会后整个国家现代化诉求的一个重要面向，也就是说，1978年以来文学制度的建立在很大程度上不是文学活动自身发展的一个必然结果，而更多的是整个国家实现现代化建设的结果。毋庸置疑，整个国家从以阶级斗争为主转移到"四个现代化建设"上的紧迫性，必然也会在文学活动中表现出来。同时在这一时期，由于传播的最主要媒介依然是纸媒，因而文学依然是影响公共领域的重要力量。在这一时期，在全国范围内影响最大的奖项是全国优秀短篇小说奖，"在各种文艺评选中，全国优秀短篇小说评选最早、影响也最大"①。这当然又与这一时期的场域以及各类体裁在文学场和社会场中的位置紧密相关。短篇小说体裁上的特点与时代转折时期迫切地要求对"新"的表现和对"旧"的解构具有一致性。因而，这一时期的短篇小说往往被称为文学战线上的"轻骑兵""侦察兵""突击队"，这类词语象征或突出的是短篇小说体裁上的显著特点——形式短小，创作周期短，以及由此而来的，在特定历史语境下能够"提出"和"解决"历史进程中所遇到的问题的及时性。"短篇小说是能及时反映现实生活的。"② 在1978年发布的《全国优秀短篇小说的评选启事》中，就明确指出："提倡短篇小说，好处很多：它有利于及时反映工农兵群众抓纲治国、努力实现社会主义现代化的火热斗争；它有利于促进文学创作题材、风格上的百花齐放；特别是它大有利于文学创作新生力量上、艺术上的锻炼和成长。"③ 在这一时期并没有破除过去存在的文学功利主义，只不过是文学实现的功利目的发生了改变，从过去的为政治服务，为阶级斗争服务，转变而为"实现四个现代化服务"④。因而在这一时期，短篇小说的"短"就成为不断被突出的一个体裁特征⑤。在这一语境下，在"文化大革命"后的几年中，短篇小说的创作数量和质量都是最高的。如1978年全国优秀短篇小说获奖的25篇作品就是从群众推荐参评的一千多部作品中评选出来的。

---

① 阎纲：《评奖·奖评》，《小说选刊》1982年第5期。这是阎纲就1981年全国优秀短篇小说的评选发表的评论。

② 草明：《可喜的收获》，《人民文学》1979年第4期。这是草明就1978年全国优秀短篇小说评奖发表的评论。

③ 人民文学杂志社：《一九七八年全国优秀短篇小说评选启事》，《人民文学》1978年第10期。

④ 如佚名在《文艺要为实现四化作出贡献》（《人民日报》1979年12月24日）中指出："在实现四个现代化的宏伟目标的斗争中，我们的社会主义文艺应该积极发挥它的战斗作用。"雷一瓯在《文艺创作与四个现代化》（《文汇报》1978年12月30日）中也指出："党的十一届三中全会号召全党，从明年起，把工作的着重点转移到社会主义四个现代化建设上来。这是一个伟大的口号，是完全正确和非常及时的。对文艺战线来说，也是这样。"

⑤ 其中较具代表性的文章有：唐弢《短篇小说的结构》（《人民文学》1979年第4期），这是就1978年全国优秀短篇小说获奖作品发表的评论；张韧《选好角度刹住长风》（《小说选刊》1983年第4期），这是就1982年全国优秀短篇小说获奖作品发表的评论；等等。

而随着新时期改革进程的推进，现代化诉求对文学造成的紧迫感逐渐减弱，作家在创作上有了较为余裕的话语空间。与此同时，"文化大革命"后几年来短篇小说创作的长足发展，无疑也为作家的创作积累了一定的经验，因而，许多从事短篇创作的作家转向了中篇和长篇创作。在这一背景之下，创作周期较长的中篇和长篇小说的"崛起"成为可能。巴金在1979年全国优秀短篇小说评选发奖大会上的讲话就提出，"去年全国还出现了不少优秀的中篇小说，受到了广大读者的重视和好评。我希望，在适当的时候，也能搞一次全国优秀中篇小说的评奖活动"[1]。因而，伴随着中篇小说的"崛起"——"中篇小说的新崛起，是近年来文艺界经常谈论的话题"[2]，1976年10月至1977年12月，全国仅发表中篇小说12部；1978年36部；1979年84部；到1980年增加到172部[3]。在文学评奖制度化的必然趋势下，1980年中国作家协会委托《文艺报》编辑部举办了全国优秀中篇小说评奖，此次评奖共评选出获奖中篇小说15部。在颁奖大会上评奖委员会充分肯定了中篇小说创作所取得的成就，"这次举国瞩目的评奖活动令人信服地表明，新时期的文学，在题材的广阔、反映社会生活的深度、艺术表现的成熟程度等方面，达到了较高的成就"[4]。

到了1981年，小说创作的数量有了更大幅度的提高，中篇小说有四百多部，长篇小说也有一百多部，比"文化大革命"前出版长篇小说最多的1958年的32部多了两倍以上。并且，一大批从事中、短篇创作的作家转移到了长篇领域，如获得第一和第二届茅盾文学奖的九

---

[1] 巴金：《在一九七九年全国优秀短篇小说评选发奖大会上的讲话》，《人民文学》1980年第4期。

[2] 张光年：《一九八〇年全国优秀短篇小说评选发奖大会开幕词》，《人民文学》1981年第4期。有关中篇小说崛起的文章还可见：张韧《崛起·探索·突进——简谈一九八〇年的中篇小说》，《光明日报》1981年5月5日；刘锡诚《从崛起到繁荣——一九八〇年的中篇小说》，《十月》1981年第3期；等等。

[3] 本刊记者孙武臣：《四年来的中篇小说——记本刊召开的中篇小说座谈会》，《文艺报》1981年第7期。

[4] 佚名：《全国优秀中篇小说、报告文学、新诗评选发奖大会在京举行》，《文艺报》1981年第11期。

位获奖者中,有五人获得过多次全国优秀短篇小说奖和全国优秀中篇小说奖①。在这种创作态势下,设立全国性的长篇小说奖就是文学评奖制度化的一个必然结果。1981年3月27日,著名作家和文艺理论家茅盾先生在北京逝世。逝世前两周,即3月14日,他在病榻上向儿子韦韬口授了如下遗嘱:

中国作家协会书记处:

亲爱的同志们,为了繁荣长篇小说的创作,我将我的稿费二十五万元捐献给作协,作为设立一个长篇小说文艺奖金的基金,以奖励每年最优秀的长篇小说。我自知病将不起,我衷心祝愿我国社会主义文学事业繁荣昌盛!

致

最崇高的敬礼!

茅盾

一九八一年三月十四日

中国作家协会非常重视茅盾先生的这一特别的请求。在同年4月24日,中国作家协会召开的主席团扩大会议讨论了茅盾先生的这一请求。与会的全体成员一致同意成立茅盾文学奖金委员会,并决定由中国作协主席团全体成员担任委员,巴金任主任委员(在这次大会上巴

---

① 在第一届茅盾文学奖的六名获奖者中,有三人多次获得全国优秀短篇小说奖。周克芹的短篇小说《勿忘草》(《四川文学》1980年第4期)、《山月不知心里事》(《四川文学》1981年第8期)分别获得1980年和1981年全国优秀短篇小说奖。李国文的《月食》(《人民文学》1980年第3期)、《危楼记事》(《人民文学》1984年第6期)分别获得1980年和1984年全国优秀短篇小说奖。古华的《爬满青藤的木屋》(《十月》1981年第2期)获1981年全国优秀短篇小说奖。在第二届获得茅盾文学奖的三名获奖者中,有两人获得过多次全国优秀短篇小说奖和全国优秀中篇小说奖。张洁的《从森林里来的孩子》(《北京文艺》1978年第7期)、《谁生活得更美》(《工人日报》1979年7月15日)、《条件尚未成熟》(《北京文学》1983年第9期)分别获得1978年、1979年、1983年全国优秀短篇小说奖,张洁的《祖母绿》(《花城》1984年第3期)获得1983—1984年全国优秀中篇小说奖;刘心武的《班主任》(《人民文学》1977年第11期)、《我爱每一片绿叶》(《人民文学》1979年第6期)分别获得1978年、1979年全国优秀短篇小说奖。

金被推选为中国作家协会主席团代理主席)①。

在这一背景下，1981年设立了全国性的专门针对长篇小说的"茅盾文学奖"。茅盾文学奖是以中国现代著名的作家和文艺理论家茅盾先生的名字来命名的，而没有采用1978年以来文学评奖常用的命名方式，即按照不同的体裁来命名，如全国优秀短篇小说奖、全国优秀中篇小说奖、全国优秀新诗奖等。但是，这种采用著名作家或文艺理论家来命名文学奖项的提法，在1978年以来的文学评奖活动中就出现过，"今年是鲁迅诞生一百周年，有不少同志建议设立'鲁迅文学奖金'，我们认为这个建议是好的，也是可以实行的"②。茅盾文学奖就是以茅盾先生命名的全国优秀长篇小说奖。这一性质在首届茅盾文学奖的评奖中，得到了明确的界定。"'茅盾文学奖'是根据茅盾同志的临终嘱托，由中国作家协会主席团决定设立并以他的名字命名的一项全国优秀长篇小说奖。"③ 从这里我们就能清楚地看到茅盾文学奖的特质——中国作协框架下的全国优秀长篇小说奖，茅盾文学奖是1978年文学评奖制度化下出现的专门针对长篇小说的全国性文学评奖。

除了小说评奖外，受中国作协委托，1981年《文艺报》《人民文学》共同联合举办了"1977—1980年全国优秀报告文学奖"，评选委员会由主办单位《文艺报》和《人民文学》两刊的部分编委组成：冯牧、刘白羽、刘剑青、严文井、张光年、李春光、袁鹰（以姓氏笔画为序）④。《诗刊》杂志社则成为全国优秀新诗（诗集）奖的承办刊物⑤。在全国优秀新诗奖成为一个固定诗歌评奖之前，中国作协于1981年委托《诗刊》编辑部举办了1979—1980年全国新诗创作评奖。

---

① 佚名：《中国作家协会召开主席团扩大会议》，《文艺报》1981年9月。
② 周扬：《文学要给人民以力量——在一九八○年全国优秀短篇小说评选发奖大会上的讲话》，《人民文学》1981年第4期。
③ 本报评论员：《祝长篇小说繁荣发展》，《人民日报》1982年12月16日。
④ 佚名：《中国作家协会委托〈文艺报〉、〈人民文学〉举办1977—1980年报告文学评奖活动》，《人民日报》1981年4月21日。
⑤ 《人民文学》《文艺报》和《诗刊》是中国作家协会系统下的三大刊物。

1983年，中国作协举办了第一届（1979—1982）全国优秀新诗评奖①。1978年文学评奖制度下设立的针对各种体裁的全国性文学奖项，都是在中国作协框架下的文学评奖，因而这一时期的文学奖项从评选标准、评选办法等方面都具有相当的重叠性，也就是具有某种共相。当然，这种共相也并不意味着从20世纪70年代后期到80年代后期的全国性文学评奖具有一种绝对的一致性，在时间的流动中，在共相下也凸显出某些异相。

在中国文学特有的现代性进程中，文学处身的语境对文学的发展或走势具有重要的作用，因而外部环境的变迁可以从文学存在的样态上得到一种较为及时的印证。"现代化"这一概念仅仅体现了现代性术语某一层面的内容。在新时期之初，现代化主要体现为中性的生产力，也就是这一时期的现代化更多表达的是现代以来对物质和经济的追求，即更多是"器"这一层面上的内容。正如贺桂梅在《后/冷战情境中的现代主义文化政治》中对徐迟的《现代化与现代派》的分析，"有趣的地方在于，文章几乎毫无中介性地把'资本主义生产'转换为中性的'社会物质生产'和'生产力'，并进而等同于新时期的主流表述"②。在贺桂梅看来，徐迟的文章直接将现代性化约成体现为"器"的层面的现代化，进而现代化这一概念就掩盖了现代性这一术语的复杂性和矛盾性。故而，许多学者在对80年代的新启蒙进行反思时，都谈到这一时期文学的书写方式并没有实现对新中国成立以来的文学书写方式的反拨，即文学的功利主义并没有发生根本上的改变，

---

① 中国作协第一届新诗奖评奖委员会名单（姓氏笔画为序）：公木、艾青、白航、冯至、朱子奇、严辰、李瑛、邵燕祥、徐迟、晓雪、臧克家，载《诗刊》1983年第3期。第二届（1983—1984）全国优秀新诗（诗集）评奖委员会名单：主任委员：艾青，副主任委员：邹荻帆，委员（姓氏笔画为序）：公木、冯至、白航、朱子奇、朱先树、杨牧、杨子敏、李元洛、严辰、邵燕祥、吴家瑾、徐迟、晓雪、屠岸、谢冕、臧克家，载《诗刊》1985年第12期。中国作家协会第三届（1985—1986）新诗（诗集）评奖委员会名单：主任委员：艾青，副主任委员：公木、杨子敏，委员（姓氏笔画为序）：冯至、吕进、朱先树、李瑛、李元洛、阿红、张同吾、屠岸、晓雪、谢冕、臧克家，载《诗刊》1988年第5期。

② 贺桂梅：《后/冷战情境中的现代主义文化政治》，载洪子诚等《重返八十年代》，北京大学出版社2009年版，第116页。

只不过从新中国成立到新时期承载的是以思想意识为核心的政治观念，而新时期之初承载的是以生产力发展为核心的政治观念。由于"道"和"器"也存在一定的共生关系，随着对器物的追求，必然也会引起对形而上的"道"的思考。所以，随着现代化进程的推进，现代化背后的现代性问题必然就会显露出来，而这种显露的重要表征就是文学书写方式的变化，其中最明显的就是对现实主义创作手法的质疑和对现代派手法的追求。

如果以此为参照，我们要把20世纪70年代后期到80年代后期的全国性文学评奖做一个大体划分的话，大体上可以1985年为界。"1985年出现的'寻根文学'和'先锋文学'，文学的统一性和整体性开始分化。"[1] 崔道怡对1985—1986年全国优秀短篇小说的评价中，就包含对近十年全国优秀短篇小说评奖历程的反思，也表述了共相中异相的出现，"如果说前五年的短篇创作时时引起轰动，从《班主任》到《围墙》的发表当时至获奖之日都曾持续取得热烈反应，那么后五年特别是近三年的情形则颇为不同。人们对于短篇的感情似乎冷淡了下来，有些创新佳作只在文学圈爆响，社会上更多的读者转向于消遣读物。评奖活动再不象以前那样热热闹闹的了，几十万张选票雪片般飞来的景象一去不返，有些作品获奖之后还是寂静无声。按理说，应该是等不到专家选定，好作品就已在群众中有口皆碑，评奖结果总会是专家意见与群众意向的基本认同。而如今，经由加强了透明度的评奖活动选定的篇章，虽在出新人荐佳作方面一如既往，却未必能在扩大读者面上起到推举作用。前七届，一年一评，每年都有少则18篇多则30篇获奖；第八届，两年一评，本应去年举行，又被推迟一年，两年一共才选出了19篇。而这19篇，在总体上虽不低于却也未超过以前"[2]。因而在对从1978年到1987年的近十年的文学评奖的梳理中，在探讨其共相的同时，也不能忽略随着时间的

---

[1] 旷新年：《写在"伤痕文学"边上》，载洪子诚等《重返八十年代》，北京大学出版社2009年版，第155页。
[2] 崔道怡：《短评"短评"》，《小说选刊》1988年第8期。

演进而出现的异相。

第二节　群众推荐：文学评奖的运作机制（一）

根据《辞海》的解释，"机制"主要用于"借指其内在的工作方式，包括有关生物结构组成部分的相互关系，及其间发生的各种变化过程的物理、化学性质和相互联系"①。"机制"体现事物内在的结构及其相互关系，而结构和相互关系本身就会形成某种特定的动力系统，规范着事物变化的路径、方向及结果。"制度""机制""机构"都对应着同一个英文词语"institution"，也就是说"institution"包含三个方面的含义——"制度""机制""机构"。毋庸置疑这三个方面的含义具有一定的相互依存关系，"制度"标示划定边界的抽象规则；而如何来划定边界，确立在边界内的主导逻辑就形成了机制；机制的重要体现就是某种机构的形成，并且划定边界的主体是人，只有隶属于某种机构的人才具有确立制度和机制的权力，进而使制度和机制的运行具有合理性和合法性，并最终达成制度所要设立的某种特定目标。这三者之间具有一种相互投射和相互啮合的关系。本书对20世纪70年代后期到80年代后期文学评奖运作机制的探讨主要是以全国优秀短篇小说奖为例，探讨文学评奖运作机制的动力系统呈现的结构样态，及其与这一时期现代化诉求之间的互动关系。

一

1978年全国优秀短篇小说奖的评选办法是："群众推荐与专家评议相结合的方法。"② 并且，这一方法也是1978年以来针对各类体裁的文学评奖采用的方法。前几届全国优秀短篇小说奖的承办刊物《人民文学》公布的评选启事之后，都附有"全国优秀短篇小说推荐表"。

---

① 《辞海》，上海辞书出版社2000年版，第1511页。
② 《一九七八年全国优秀短篇小说评选启事》，《人民文学》1978年第10期。

在群众推荐的基础上再进行专家评议，这样的评选方式被认为是1978年以来的文学评奖的一个标志性特征。"像《人民文学》这次在全国范围内，依靠广大读者，举行大规模的群众性的评选，是建国三十年的一个创举。"① 就整个评选程序来看，首先就是由承办的刊物收集、整理和统计来自全国的"选票"和推荐表，在历届全国优秀短篇小说的评选过程中，对群众的推荐作品和票数都有详细的统计，比如，在1978年全国优秀短篇小说评选活动中，共收到读者来信一万零七百五十一件，"评选意见表"二万零八百三十八份，推荐短篇小说一千二百八十五篇②；在1979年全国优秀短篇小说评选活动中，一百天内共收到"选票"二十五万七千八百八十五张，比上次增长十二倍以上，推荐小说两千篇③；在1980年全国优秀短篇小说评选活动中，共收到选票四十万零三百五十三张，比1979年增加近六成，是1978年推荐票数的二十倍④。葛洛《在一九八一年全国优秀短篇小说评选发奖大会上的祝词》中也指出，"四年来，每到年终，全国各地区各行各业的广大读者，踊跃参加推荐优秀短篇小说的活动，他们投寄的所谓'选票'总计达一百万份以上"⑤。

那么，相对短篇小说来说，从文学接受的角度来看，大容量的中篇和长篇的阅读更容易受到阅读条件，如阅读时间、阅读能力，甚或是经济条件等多重因素的制约。因而，从这一层面来看，中、长篇小说的评选不大可能采用大规模的群众评选的方法来体现评选的群众性。那么，作为容量较大的中篇和长篇又是如何体现评选的群众性的呢？其主要是通过某种具有群众性质的文艺团体、杂志社以及各地作家协

---

① 袁鹰：《第一簇报春花》，《人民文学》1979年第4期。
② 本刊记者：《报春花时节——记一九七八年全国优秀短篇小说评选活动》，《人民文学》1979年第4期。
③ 本刊记者：《欣欣向荣又一春——记一九七九年全国优秀短篇小说评选活动》，《人民文学》1980年第4期。
④ 本刊记者：《第三个丰收年——记一九八〇年全国优秀短篇小说评选活动》，《人民文学》1981年第4期。
⑤ 葛洛：《在一九八一年全国优秀短篇小说评选发奖大会上的祝词》，《人民文学》1982年第4期。

会等的推荐来体现评选的群众性①。如1980年中篇小说评奖颁奖大会上就指出，中篇小说的评奖"采取了群众性推荐与专家评定相结合的办法"，"先由国内各文学团体、各地作家协会、文学杂志社推荐出八十一部作品参加评选"②。与此相应，《人民文学》《小说选刊》等都会刊载"读者来信摘编"，发表群众对评选活动的"建议和意见"以及"作品评议"。

1978年全国性文学评奖运作机制中极为突出的特征就是群众性，群众推荐也被认为是实现文艺民主化的重要保障。"文化大革命"时期，群众评选活动被否定了，"'一言堂'代替了'群言堂'，'一家作主'代替了'百家争鸣'。其结果，就是空气窒息，万马齐喑"③。"群众性的评选，便是文艺民主的具体实践之一。因为不管怎么说，人民群众终究是文艺的最权威的评定者"④。"群众推荐"被认为是克服"文化大革命"时期文艺活动中的"长官意志"的有效方法，"在有的同志心目中，似乎只有担任领导职务的人才有能力评判文艺作品的优劣。开展这种群众评选作品和演出活动，对这种错误思想，也是一种很好的批判"⑤。因而在对历届小说评奖和对作品的评述中都会较多地引用来自各条战线的群众的观点，比如《人民文学》1981年第4期就以《读者中来》的栏目，刊载了群众就1980年全国短篇小说评选的"鉴赏·评议·期望"，比如北京铁路分局福山口养路区青年工人王亚利的"一管之见"、唐山马家沟耐火材料厂孙庆祝和湖北天门黄潭公社社员杨琼娥的"我的推荐意见"，等等。与此同时，对获奖作品进行评议的一个重要侧面就是：群众认同以及对群众的影响。"很多来信热情洋溢地颂扬了两年多以来的短篇小说，诉说了那些优

---

① 在"文化大革命"时期，儿童的少年先锋队、中华全国妇女联合会以及特殊的职业和专业团体的各种协会等群众组织都被终止活动。
② 佚名：《全国优秀中篇小说、报告文学、新诗评选发奖大会在京举行》，《文艺报》1981年第11期。
③ 葛琼：《群众评选的办法好》，《人民日报》1978年11月8日。
④ 袁鹰：《第一簇报春花》，《人民文学》1979年第4期。
⑤ 葛琼：《群众评选的办法好》，《人民日报》1978年11月8日。

秀作品如何打动了自己，使自己受到多么大的教育。""很多来信指出，近年来出现的短篇小说佳作，反映了人民的生活，表达了人民的心声，以革命的锐气提出并回答了广大人民普遍关心的问题。"①

同时，由于中国现代革命的胜利在一定层面上就是民众主义胜利的结果。这一有价值的经验模式对我们具有无法估量的影响。再加上在这一时期，传播媒介的有限性，也就是最重要的传播媒介依然是纸媒，纸媒对人的影响受到时间和空间的限制，特别是纸媒阅读更多表现为个人阅读。在一定层面上，群众运动可以克服纸媒在传达某种观念和思想时的有限性。在"新"时期，如何将整个国家的现代化诉求传达出去，被生活在广袤大地上的群众所接收？群众参与无疑还是最为有效的解决方式。这样一来，现代化诉求下必然的专业化和制度化追求是通过与此相矛盾的群众参与的方式实现的。"'左倾教条主义、'两个凡是'和'个人崇拜'，从根本上说，是脱离人民群众的，是以蔑视人民群众的历史唯心主义为其哲学基础的。"②也就是说，在整个国家现代化诉求的语境下，对政治内容的改变依然是通过政治权力的方式来实现的。因而这一时期文学制度的现代化探索更多的不是文学自身发展演变的结果，而是新的历史阶段的诉求在文学上的投射。在这一过程中，由于现代化话语催生出具有极大动能的集体情感，人就表现出极大的能动性，就小说的创作来讲："一九八一年的小说创作，数量惊人。长篇小说：一百多部；中篇小说：四百多部；短篇小说：不下六千篇。中国文学史上，哪一年的小说产量高过去年？"③另一方面，与人的能动性相对，人又体现出某种被动性，这种被动性表现为具体的个人极容易被强大的集体情感所淹没。因此，在 20 世纪 90 年代的学者对 80 年代文学的反思中，就已经看到这种被动性的存在，也

---

① 本刊记者：《报春花时节——记一九七八年全国优秀短篇小说评选活动》，《人民文学》1979 年第 4 期。

② 何西来：《在改造客观世界的同时不断改造主观世界——关于文艺工作者的世界观改造问题》，《文艺报》1982 年第 6 期。

③ 阎纲：《评奖·奖评》，《小说选刊》1982 年第 5 期。

就是被誉为新时期的"新"的写作并没有改变50—70年代的写作方式——政治框架下的写作，即对以思想意识为主导的政治的反叛本身就是政治自身反叛的结果。

因而这里就存在一种悖论：在现代化或制度化背景下对专业知识的强调必然会限制群众对特定知识领域的介入，这在一定层面上是与群众推荐的重要性相抵触的。那么，怎样来理解这一时期特有的现象呢？

二

党的十一届三中全会后的现代化诉求在政治内容和目标上与"文化大革命"以至于新中国成立后十七年有一定的实质性差异，也就是在新中国成立后到新时期，政治的最重要内容是关涉人的思想意识，人的意志被看成"在任何特定的形势下都可以成为决定性的因素，并应当受到意识形态观念的指导"①。而现代化诉求的一个最为重要的目标是要实现物质文明上的富强和丰富。由此可以看出，现代以来对人的理性精神的确认可以使人摇摆于唯物主义和唯心主义之间，人的理性精神过度膨胀产生了具有唯心主义性质的乌托邦精神，过度强调意志对世界的形塑能力，正如李泽厚所言，传统的马克思主义者的一个基本观念是，"把思维的规律和存在的规律混为一谈"，进而就"将主观的辩证认知当成客观事物的'必然规律'，制造了灾难无穷的'先验幻象'"②。在这一观念的影响下，就会更加关注人的思想和意志的改变。而当人的理性回到现实世界时，就会回到唯物主义和经验主义，也就有了"实践是检验真理的唯一标准"的唯物主义和经验主义的认识。因而可以说，1978年整个国家的现代化诉求要得以展开，非常重要的一点就是要重塑认识和阐释世界的框架，这当然就要有对新中国成立后到新时期的认知和阐释框架的反叛，也就是要将认知

---

① [美]詹姆斯·R.汤森、布兰特利·沃马克：《中国政治》，顾速、董方译，江苏人民出版社2004年版，第59页。

② 李泽厚：《实用理性的逻辑》，载《哲学纲要》，中华书局2015年版，第202页。

和阐释世界的框架从以思想、意志为核心转变为以经验、实证和现象为核心。

"文化大革命"后,伴随着1978年全国范围内的"实践是检验真理的唯一标准的大讨论",作家、作品和创作如何来体现和实现这一标准,在当时就成为文艺界讨论的热点问题。1978年10月《文艺报》邀请了部分文艺工作者就这个"重大马克思主义的基本理论问题"进行了讨论,并在《文艺报》1978年第5期以"坚持实践第一 发扬艺术民主"为题发表了这次讨论的部分发言。在讨论中,重申了新时期以来最为重要的政治"元话语"——实践是检验真理的唯一标准,坚持这一标准对加速实现四个现代化、完成社会主义新时期的总任务,具有突出和深远的意义。因而对文学而言,实践也是判断文学活动价值的标准,那么,在文学活动中"实践"指的又是什么呢?实践在这一时期被解读为对文学的接受,而文学接受的主体就是人民群众,"我们终于回到'实践是检验真理的唯一标准'这个马克思主义认识论的根本点上了,那么,文艺作品在千百万人民群众中产生的客观社会效果,不也是检验作品的唯一标准吗"[1]?"我们这次的评奖工作,连同我们当前的整个文学工作,都必须接受实践的检验,群众的检验。"[2] 这也体现了中国文学现代性进程中的民众主义特点,正如汪晖所言,中国的现代性是一种反现代性的现代性,其中对官僚体制的反叛就包含了与现代性相反的去专业化和去精英化,这一点与西方国家存在一定的差异。"根据统计数字还可以证实在现代的欧洲社会里,从事文学的人大多是来自中产阶级,因为贵族都醉心于追求虚荣和安逸,而下层阶级则很少有受教育的机会。"[3]

自"五四"以来,中国文学的现代性进程就体现出明显的民众

---

[1] 袁鹰:《第一簇报春花》,《人民文学》1979年第4期。

[2] 张光年:《一九八〇年全国优秀短篇小说评选发奖大会开幕词》,《人民文学》1981年第4期。

[3] [美]勒内·韦勒克、奥斯汀·沃伦:《文学理论》,刘象愚、邢培明、陈圣生、李哲明译,江苏教育出版社2005年版,第103页。

主义特点，民众主义在一定层面上还规约了文学的走向，比如在中国现代文学史上发生的多次文艺大众化运动①。毛泽东1942年《在延安文艺座谈会上的讲话》要解决的重要问题就是"文艺为什么人"的问题，就此毛泽东明确提出了文艺的工农兵方向。邓小平1978年《在中国文学艺术工作者第四次代表大会上的祝辞》也提出了，"作品的思想成就和艺术成就，应当由人民来判定"②。如果民主是以参与人数的多寡论的话，那么这一时期的文学活动体现出充分的民主性和人民性，打破了西方在现代性进程中出现的精英阶层对知识的垄断。"对作品最有发言权的人就是读者，就是广大人民群众。任何作品都要经过广大群众的实践来检验。"③ 群众成为价值判断的主体——"人民群众历来是文艺作品的唯一判断者"④。那么接下来的一个问题就是，群众判断"真理（文学活动价值）"的能力是从何而来的？

当群众以文学活动价值判断的主体身份来实现对文学作品价值的判断时，也就意味着群众掌握着"正确"的文学价值判断标准，那么群众如何获得或把握这一"正确"标准呢？对这一问题的解决，就使得在强调群众作为价值判断主体，也就是在采用群众推荐的同时，也强调"好"的作品本身对群众的教化作用，也就是"化大众"。可以说，在中国现代文学史上，文艺大众化运动的另一面就是"化大众"。在第一次文学艺术工作者代表大会上，周扬总结解放区文艺工作的经验时就指出，在解放区"文艺与人民，与政治的关系是达到了如此密切地步"⑤，并且强调开展群众文艺运动的目的是，"为了教育工农兵群众，提高他们的政治觉悟，战斗意

---

① 比如20世纪30年代"左联"的关于文艺大众化问题的讨论；40年代的"民族形式"大讨论（在讨论中，"民族形式问题"被简化为"大众化"的形式问题），等等。
② 邓小平：《在中国文学艺术工作者第四次代表大会上的祝辞》，《人民日报》1979年10月31日。
③ 巴金：《要有个艺术民主的局面》，《文艺报》1978年第5期。
④ 这是刘晓江在《实践与文艺批评》（《文艺报》1978年第5期）中采用的一个小标题。
⑤ 中华全国文学艺术工作者代表大会宣传处编：《中华全国文学艺术工作者代表大会纪念文集》，新华书店1950年版，第78页。

志和生产热情"①。在1978年整个国家现代化共识的形成，依然是通过"化大众"的方式实现的。周扬在《文学要给人民以力量——在一九八〇年全国优秀短篇小说评选发奖大会上的讲话》中重申了这一观点，"我们的文艺创作要致力于培养社会主义新人"，"赋予他们为社会主义现代化建设发奋图强的力量，提高他们共产主义的精神境界和道德品质。这样，我们的文学就能给人以力量"②。因而群众推荐或群众参与就存在一种悖论，一方面群众是文学活动价值的检验者，是主动者；另一方面群众又是受教者，是被动者。实际上，这一悖论本身也是当人解构了神或传统这类参照系后，转而只依靠人的理性时必然产生的矛盾。

虽然在中国文化中没有西方意义上的上帝，但是，"圣人言"也同样具有上帝话语层面上的能力，所以，孔子说"述而不作"，也就是要不断地阐释圣人的话语，圣人的话语在一定程度上就具有绝对真理的意义。正如王富仁所言："在《圣经》里，主宰整个世界的是'上帝'，而在哲学（这里的哲学指的是西方近代哲学，笔者注）中，主宰整个世界的则是人自己；在《圣经》里，上帝以教导人的口吻告诉我们应当知道的一切，而在哲学中，哲学家以一个人的身份告诉我们他所发现的自以为真理的部分知识；前者因教导而不须对自己的话予以证明，后者则必须对别人所可能不同意的结论做出尽量确凿的证明，有时用实验的方式，有时则用逻辑推理的方式；前者是中世纪带有立法性质的唯一思想法典，后者则必须是近现代社会供人自由选择的多种形式的学说。"③那么，当认识世界的参照标准转而完全依靠人的理性时，出现的一个问题就是如何来判断人的理性认识是否合乎真理或者就是真理？在美国文学理论家韦勒克看来，马

---

① 中华全国文学艺术工作者代表大会宣传处编：《中华全国文学艺术工作者代表大会纪念文集》，新华书店1950年版，第78页。

② 周扬：《文学要给人民以力量——在一九八〇年全国优秀短篇小说评选发奖大会上的讲话》，《人民文学》1981年第4期。

③ 王富仁：《中国近现代文化发展的逆向性特征与中国现当代文学发展的逆向性特征》，载《王富仁自选集》，广西师范大学出版社1999年版，第29页。

克思主义批评家对这个问题有明确的答复,"马克思主义批评家不仅仅研究文学与社会之间的诸种关系,而且对这些关系在现在的社会和未来的'无阶级'社会中应该是怎样的,具有明确的概念"①。因而社会主义现实主义就不仅仅是写作手法,更代表了一种价值观和方法论。这样一来,在对获奖作品价值的判断中,极为重要的一点就是作品是否传达了由社会主义现实主义体现出的价值观和方法论。"创作实践再次证明,'文化大革命'不是不能写,而是如何写。只要作家们以正确的立场、观点去分析和认识这段客观存在的历史,用辩证唯物主义的方法去表现十年动乱中的主流和本质,就能起到总结历史经验,批判极'左'路线,揭露林彪、江青反革命集团的罪行,鼓舞广大人民建设'四化'、振兴中华的积极作用。"② 也就是说,作家要以社会主义现实主义的世界观和方法论来创作作品,那么这一世界观和方法论在一定程度上影响作为接受者和受教者的群众。而客观存在与主观认知在一定层面上是不能完全切割开来的,所以说,文学不仅仅是要用于探究真理,而且还可以成为真理的说服者。"从艺术可以发现或洞悉真理这种观点出发,我们还必须弄清艺术——尤其是文学——史宣传的观点,即认为作家不是真理的发现者,而是真理具有说服力的推行者。"③ 这样一来,当群众阅读或接受了体现社会主义现实主义世界观和方法论的文学作品时,也就在一定程度上会接受这一正确的世界观和方法论,进而就可以依据这一世界观和方法论来评价作品的价值。

  在这里,我们可以看到一种阐释的循环,而这种阐释循环的矛盾性最终由专家意见与群众意见的一致性来化解了。在历届短篇小说奖的评选过程中,突出强调的第二个方面就是:群众推荐与专家评议的

---

  ① [美] 勒内·韦勒克、奥斯汀·沃伦:《文学理论》,刘象愚、邢培明、陈圣生、李哲明译,江苏教育出版社2005年版,第103页。
  ② 谢明清:《给人以信心和力量》,《小说选刊》1982年第5期。这是就1981年全国优秀短篇小说奖获奖作品发表的评论。
  ③ [美] 勒内·韦勒克、奥斯汀·沃伦:《文学理论》,刘象愚、邢培明、陈圣生、李哲明译,江苏教育出版社2005年版,第27页。

一致性。"几年来的实践证明,群众与专家相结合原则的实施,并没有出现群众推荐与专家评议互不相容的矛盾",并且,"群众和专家有着十分和谐的、很高程度的一致性。"① 获得全国优秀短篇小说奖的绝大部分作品,都是当时得票最多和较多的作品。"八〇年当选作品情况,跟七九年一样,大部分都是得'票'最多和较多的。"②

第三节　专家评议:文学评奖的运作机制(二)

自现代以来伴随着对世界的祛魅,整全的世界被划分为不同的领域,进而产生不同的学科后,拥有特定知识并能对特定领域进行阐释的个人和群体就被称为"专家"或"知识分子"。因而在一定层面上,自现代以来人对世界进行阐释的依据,就从依靠"上帝的话语"转变成了主要依靠专家或知识分子的话语,也就是由专家所建立的抽象体系能成为解释和规划世界的依据必须依赖于对专家的信任,因此,专家或知识分子就成为这个世界的立法者和阐释者。而制度的确立与对抽象体系的信任密切相关,那么20世纪70年代后期建构的文学评奖制度如何重建了对专家系统的信任?专家在文学评奖中又具有怎样的作用?

一

在中国文学的现代性进程中,"左翼"文学思潮的一个重要表征就是:对知识分子的改造,而改造最为重要的面向就是要弱化知识分子立法者和阐释者的身份。新中国成立后作为知识分子的作家和文艺理论研究者(研究家)等其身份变成了文艺工作者,如1949年于北平召开的来自解放区和国统区的作家和文艺理论研究者(研究家)的

---

① 本刊记者:《第三个丰收年——记一九八〇年全国优秀短篇小说评选活动》,《人民文学》1981年第4期。
② 本刊记者:《第三个丰收年——记一九八〇年全国优秀短篇小说评选活动》,《人民文学》1981年第4期。

会议被称为"中华全国文学艺术工作者代表大会"。这一身份界定的改变，淡化了知识分子阐释世界和能动地作用于世界的权力，涂抹掉了知识分子与普通民众之间原本存在的界限。与此相应，文学活动与其他实践性活动的区别性特征被不断地遮蔽，文学作为一种工作的意识遮盖了其作为精神生产的特殊性。从1957年创刊的《文学研究》的改名就可见出一斑，为了淡化文学研究的专业性质，"大跃进"之后的1959年，《文学研究》改名为《文学评论》。1960年，召开了全国文学艺术工作者第三次代表大会，此次会议上中宣部部长陆定一在代表中共中央和国务院的祝词中就明确指出，"在社会主义制度下，文艺工作和科学工作必须走群众路线，而不是走单纯的片面的专家路线，不这样做是不对的，是错误的"①。"文化大革命"时期，作家、文艺理论家失去了文艺工作者的身份，成为"臭老九""牛鬼蛇神""反动文人"。到新时期，伴随着整个国家的现代化诉求，知识和知识分子所具有的阐释世界和能动地作用于世界的能力和权力得到了一定的认同，专门知识具有的可靠性重新获得信赖。"不尊重客观实际，不尊重群众的首创精神，不尊重艺术规律，不尊重内行，这是一种主观主义的领导方法，用这样的方法领导复杂的精神生产，处理复杂的问题，只能把事情弄糟。"②

与此相应，在1978年以来的各项文学评奖中，"群众"这一概念的外延变得极为宽泛，包括广大的工农兵群众。如参加1978年全国优秀短篇小说评选活动的就有工、农、兵、学、商各行各业的群众和干部③。在1979年全国优秀短篇小说评选活动中，对参加评选的各行各业的群众都做了较为准确的统计，投票的读者中工人约占百分之四十；其次是学生，超过百分之二十；各级厂矿、企事业单位的干部，接近

---

① 陆定一：《陆定一同志代表中央和国务院在全国文学艺术工作者第三次代表大会上的祝词》，《文学评论》1960年第4期。
② 社论：《迎接社会主义文艺复兴的新时期——热烈祝贺中国文学艺术工作者第四次代表大会胜利闭幕》，《人民日报》1979年11月17日。
③ 本刊记者：《报春花时节——记一九七八年全国优秀短篇小说评选活动》，《人民文学》1979年第4期。

百分之二十；中学教师占投票总数百分之十；其余百分之十为农民、战士和其他行业的文艺爱好者①。在这一时期，对人民进行划分的主要依据是：社会分工带来的职业差异，而非以阶级作为划分的标准。"人民"这一概念在中国现代性进程的不同时期，具有不同的内涵和外延。当以意识形态作为划分"人民"的标准和依据时，意识形态矛盾被等同于政治矛盾和阶级矛盾，随着斗争的不断激化，"人民"所指涉的外延就不断窄化，以至于知识分子被排除在"人民"所指涉的范围之外。所以也就不难理解，为何与意识形态紧密相关的领域（比如文学、艺术等）成为斗争最为激烈的领域（被称为"重灾区"）。在20世纪70年代后期到80年代后期的文学评奖中，以社会分工——工、农、兵、学、商——来表明群众的身份，本身就彰显出"阶级意识"或"阶级斗争"观念的淡化。知识分子是在重新获得了"人民"或"群众"的身份后，才重新获得了"文艺工作者"的身份。柯岩在中国作家协会第三次会员代表大会上就语重心长地指出，我们这支队伍"是党和人民培养起来的大军，是无产阶级的文学家、艺术家。请不要再把我们都打成牛鬼蛇神、臭老九吧"！②这次会议被视为是第四次文代会后，有关文艺工作的一次重要会议，《文艺报》对此专门组织学习和讨论。伴随着这种反思，知识分子成了人民中的一个特定群体，当知识分子重回"人民""群众"这些概念的指涉范围之内时，必然也就改变了这些概念的内涵和外延。以此为基础，就重建了对抽象原则（知识）和掌握了抽象原则的知识分子的信赖。

毋庸置疑，"新时期"现代化进程所要求的专业化和制度化与对知识分子系统的信赖是相辅相成和一体两面的，因而"文化大革命"后，职业性和专业性的文学团体和协会开始恢复工作。如果说，群众在文学评奖中的作用是实现文艺民主化的有力保证的话，"让群众参加评选，请他们发表意见，就是走群众路线，就是贯彻'百花齐放，

---

① 本刊记者：《欣欣向荣又一春——记一九七九年全国优秀短篇小说评选活动》，《人民文学》1980年第4期。
② 柯岩：《我们这支队伍》，《人民日报》1979年11月10日。

百家争鸣'方针"①，专家在文学评奖中的作用就体现了文学的制度化和专业化。那么，专家在文学评奖中是如何实现评奖的专业化的？"专业化"又是何种意义上的专业化呢？而要解决这个问题，首先就要厘清专家的身份，或者专家是何种意义上的专家。

二

法国社会学家布迪厄社会学理论的一个突出贡献就是：打破主观主义与客观主义的对立。其社会学理论认为，主观的心理结构在一定层面上是由客观的社会语境所建构的，并且客观的社会语境具有一定的先在性，因而在进行主观主义分析之前首先要进行客观主义的分析。这一视角具有一定的合理性，作为个体人的存在以及对世界的认识和感知是与客观语境提供的先在紧密相关，并且对世界的感知和认识与世界本身也是难以完全区分开来的。因而对评选委员会委员的文学观和价值观的分析，首先应从一种客观的角度来进行，而不能仅仅将评选委员会委员的评选视为个人的纯粹主观行为。毫无疑问，出生的年代就是体现客观性的一个重要面向，出生意味着具有局限性的人是处身于特定的时空的，而特定时空形成的感知和认识世界的框架构成了特定年代的人的前理解（先见），进而也规约了特定时期的人对世界（或文学）的认识。因而出生的时代赋予人某种特定的配置，配置又会形成某种具有一定稳定性的惯习，当特定场中的主导逻辑与某种惯习相一致时，拥有这一惯习的人就在场中占据主导地位，并成为维护该场域主导逻辑的基石。

下面以1978年全国优秀短篇小说评选委员会委员为基准，列出1978年全国优秀短篇小说奖评选委员会委员参加其他各届全国优秀短篇小说评奖的次数、出生年代及曾担任的重要职务（见表2.1）。

---

① 葛琼：《群众评选的办法好》，《人民日报》1978年11月8日。

表 2.1　　　　1978 年全国优秀短篇小说奖评选委员会委员概况

姓名	参加其他各届全国优秀短篇小说评奖评委的情况	出生年	担任职务（只列出担任中国作协、文化部的重要领导职务，及担任作协三大刊物主编及副主编情况）	备注
茅盾	1. 1978 年全国优秀短篇小说评选 2. 1980 年全国优秀短篇小说评选	1896 年	文化部部长；中国文联副主席；中国作家协会主席；《人民文学》主编	1981 年逝世
巴金	1. 1978 年全国优秀短篇小说评选 2. 1979 年全国优秀短篇小说评选 3. 1980 年全国优秀短篇小说评选 4. 1981 年全国优秀短篇小说评选 5. 1982 年全国优秀短篇小说评选	1904 年	中国作家协会副主席、主席	
周扬	1978 年全国优秀短篇小说评选	1908 年	中宣部副部长；文化部副部长；中国文联主席	1989 年去世
刘白羽	1. 1978 年全国优秀短篇小说评选 2. 1979 年全国优秀短篇小说评选 3. 1980 年全国优秀短篇小说评选 4. 1981 年全国优秀短篇小说评选 5. 1982 年全国优秀短篇小说评选	1916 年	中国作家协会副主席；文化部副部长；《人民文学》杂志社主编	
孔罗荪	1. 1978 年全国优秀短篇小说评选 2. 1979 年全国优秀短篇小说评选 3. 1980 年全国优秀短篇小说评选 4. 1981 年全国优秀短篇小说评选 5. 1982 年全国优秀短篇小说评选	1912 年	《文艺报》主编；中国作家协会书记处常务书记	

续表

姓名	参加其他各届全国优秀短篇小说评奖评委的情况	出生年	担任职务（只列出担任中国作协、文化部的重要领导职务，及担任作协三大刊物主编及副主编情况）	备注
冯牧	1. 1978年全国优秀短篇小说评选 2. 1979年全国优秀短篇小说评选 3. 1980年全国优秀短篇小说评选 4. 1981年全国优秀短篇小说评选 5. 1982年全国优秀短篇小说评选 6. 1983年全国优秀短篇小说评选	1919年	中国作家协会副主席	
刘剑青	1. 1978年全国优秀短篇小说评选 2. 1979年全国优秀短篇小说评选 3. 1980年全国优秀短篇小说评选 4. 1981年全国优秀短篇小说评选 5. 1982年全国优秀短篇小说评选	1927年	中国作家协会机关总支书记；《文艺报》编辑部编辑、组长、副主任；《人民文学》副主编	
孙犁	1. 1978年全国优秀短篇小说评选 2. 1979年全国优秀短篇小说评选 3. 1980年全国优秀短篇小说评选	1913年		
严文井	1. 1978年全国优秀短篇小说评选 2. 1979年全国优秀短篇小说评选 3. 1980年全国优秀短篇小说评选 4. 1981年全国优秀短篇小说评选 5. 1982年全国优秀短篇小说评选	1915年	中国作家协会党组副书记、书记处书记；《人民文学》主编	

续表

姓名	参加其他各届全国优秀短篇小说评奖评委的情况	出生年	担任职务（只列出担任中国作协、文化部的重要领导职务，及担任作协三大刊物主编及副主编情况）	备注
沙汀	1. 1978年全国优秀短篇小说评选 2. 1979年全国优秀短篇小说评选 3. 1980年全国优秀短篇小说评选 4. 1981年全国优秀短篇小说评选 5. 1982年全国优秀短篇小说评选	1904年		
李季	1. 1978年全国优秀短篇小说评选 2. 1979年全国优秀短篇小说评选 3. 1980年全国优秀短篇小说评选	1922年		1980年去世
张天翼	1. 1978年全国优秀短篇小说评选 2. 1979年全国优秀短篇小说评选 3. 1980年全国优秀短篇小说评选	1906年		1985年去世
张光年	1. 1978年全国优秀短篇小说评选 2. 1979年全国优秀短篇小说评选 3. 1980年全国优秀短篇小说评选 4. 1981年全国优秀短篇小说评选 5. 1982年全国优秀短篇小说评选 6. 1983年全国优秀短篇小说评选	1913年	中国作家协会副主席	

续表

姓名	参加其他各届全国优秀短篇小说评奖评委的情况	出生年	担任职务（只列出担任中国作协、文化部的重要领导职务，及担任作协三大刊物主编及副主编情况）	备注
陈荒煤	1. 1978 年全国优秀短篇小说评选 2. 1979 年全国优秀短篇小说评选 3. 1980 年全国优秀短篇小说评选 4. 1981 年全国优秀短篇小说评选 5. 1982 年全国优秀短篇小说评选	1913 年	中国作家协会副主席；文化部副部长、中国文联党组副书记	
林默涵	1. 1978 年全国优秀短篇小说评选 2. 1979 年全国优秀短篇小说评选 3. 1980 年全国优秀短篇小说评选 4. 1981 年全国优秀短篇小说评选 5. 1982 年全国优秀短篇小说评选	1913 年	中共中央宣传部副部长；文化部副部长	
草明	1. 1978 年全国优秀短篇小说评选 2. 1979 年全国优秀短篇小说评选 3. 1980 年全国优秀短篇小说评选 4. 1981 年全国优秀短篇小说评选 5. 1982 年全国优秀短篇小说评选 6. 1983 年全国优秀短篇小说评选	1913 年		
唐弢	1. 1978 年全国优秀短篇小说评选 2. 1979 年全国优秀短篇小说评选 3. 1980 年全国优秀短篇小说评选 4. 1981 年全国优秀短篇小说评选 5. 1982 年全国优秀短篇小说评选	1913 年		

续表

姓名	参加其他各届全国优秀短篇小说评奖评委的情况	出生年	担任职务（只列出担任中国作协、文化部的重要领导职务，及担任作协三大刊物主编及副主编情况）	备注
袁鹰	1. 1978年全国优秀短篇小说评选 2. 1979年全国优秀短篇小说评选 3. 1980年全国优秀短篇小说评选 4. 1981年全国优秀短篇小说评选 5. 1982年全国优秀短篇小说评选	1924年	中国作家协会理事、书记处书记、主席团委员；《人民文学》编委	
曹靖华	1. 1978年全国优秀短篇小说评选 2. 1979年全国优秀短篇小说评选 3. 1980年全国优秀短篇小说评选 4. 1981年全国优秀短篇小说评选	1897年		1987年去世
谢冰心	1. 1978年全国优秀短篇小说评选 2. 1979年全国优秀短篇小说评选 3. 1980年全国优秀短篇小说评选 4. 1981年全国优秀短篇小说评选 5. 1982年全国优秀短篇小说评选	1900年		
葛洛	1. 1978年全国优秀短篇小说评选 2. 1979年全国优秀短篇小说评选 3. 1980年全国优秀短篇小说评选 4. 1981年全国优秀短篇小说评选 5. 1982年全国优秀短篇小说评选 6. 1983年全国优秀短篇小说评选 7. 1984年全国优秀短篇小说评选	1920年	中国作家协会书记处常务书记；《人民文学》《诗刊》副主编；《小说选刊》主编	

续表

姓名	参加其他各届全国优秀短篇小说评奖评委的情况	出生年	担任职务（只列出担任中国作协、文化部的重要领导职务，及担任作协三大刊物主编及副主编情况）	备注
魏巍	1. 1978年全国优秀短篇小说评选 2. 1979年全国优秀短篇小说评选 3. 1980年全国优秀短篇小说评选 4. 1981年全国优秀短篇小说评选 5. 1982年全国优秀短篇小说评选	1920年		
周立波	1978年全国优秀短篇小说评选	1908年		1979年去世

如果我们考虑身体的原因，如周立波于1979年逝世，茅盾于1981年逝世，从1978年到1982年的全国优秀短篇小说评选委员会委员的重合率是相当高的，并且也与第一和第二届茅盾文学奖评选委员会委员的构成高度重合①。也就是从1978年到1982年的全国优秀短篇小说奖评选委员会委员，以及第一和第二届茅盾文学奖评选委员会委员几乎都是经历过"新民主主义"革命时期的具有"左翼"倾向的作家。他们的出生和人生轨迹已经形成了某种稳定的惯习，而这种惯习作为一种存在方式决定了现在和未来的可能性。这些经历了新民主主义革命的知识分子，个人的经历以及所处的历史语境等多方面的原因，已经使马克思主义内化为内在心理结构的一个部分，其对世界的感知、表述和判断都以此作为基本的出发点和框架。在这一层面上，"革命知识分子"的文学理想和文学价值与国家意识形态具有相当的一致性。正如张光年所言："要维护党中央战胜困难，可以小道理服从大道理。"② 因此，就这些评委来看，他们当中相当一部分在"十七年"

---

① 请参见附录1和附录5。
② 张光年：《文坛回春纪事》，海天出版社1998年版，第210页。

时期和"文化大革命"后的一段时期内担任了党的重要文艺部门的领导工作（见表2.1）。

不过，这里不能忽略的就是，"新民主主义"革命时期的"左翼"倾向与"文化大革命"时期的"左"倾思潮之间是存在相当的差异的，实际上，这些评委中的绝大多数在"文化大革命"时期都遭受过不同程度的批判，而这种差异并没有因为"文化大革命"的结束自然消失，在党的十一届三中全会后依然表现为两类"知识分子"对文艺政策认同上的偏差。在1978年以后，"文艺为政治服务，为工农兵服务"的口号逐渐被"文艺为人民服务，为社会主义服务"的口号所取代，而直到1982年6月的中宣部会议上，还有人因"左"的遗毒，"指责中央不该改掉文艺为政治服务的老口号"①。所以，在"文化大革命"结束到1984年作协"四大"召开的期间，根据时任中国作协党组书记和副主席的张光年的日记《文坛回春纪事》的记载，当时存在的主要意见分歧就存在于周扬、张光年、冯牧、王蒙等具有突出"惜春"心态的作家和他们认为有点"偏左"的另外一些领导干部之间。所以，这些评委的文学思想更多是新民主主义时期或者是"十七年"时期的文艺思想，其与"文化大革命"时期文艺思想最大的不同就是在一定程度上弱化了文学的政治属性，相对地肯定了文学以及知识分子的某种独立性。这在1978年以来的全国优秀短篇小说评选标准的变化中得到了彰显：1978年全国优秀短篇小说的评选标准为"凡从生活出发、符合六条政治标准，艺术上具有独创性的作品，不拘题材、风格，皆可推荐。提倡那些能够鼓励群众为新时期总任务而奋斗的优秀作品"②，其中包含有"符合六条政治标准"。而1979年以后的评选标准变为"凡从生活出发，具有较高的思想和艺术水平，在群众中反应较好、影响较大的作品，不拘题材、风格，皆可推荐和入选"③。其中"符合六条政治标准"被取消了，也就是在一定层面上弱化了政治

---

① 张光年：《文坛回春纪事》，海天出版社1998年版，第366页。
② 请参见附录3。
③ 请参见附录3。

对文学的捆绑。

自 1983 年起，全国优秀短篇小说评选委员会委员的构成出现了一些变化，引起变化的一个重要原因就是身体状况。就 1983 年全国优秀短篇小说奖评选委员会委员构成来看（委员名单可参见附录1），除了作为 1978—1982 年全国优秀短篇小说奖评选委员会委员的冯牧、张光年、草明、葛洛外，王蒙（文化部部长、中国作协名誉主席）出生于 1934 年，其作品《最宝贵的》《悠悠寸草心》《春之声》分别获 1978 年、1979 年、1980 年全国优秀短篇小说奖。王愿坚出生于 1929 年，邓友梅出生于 1931 年，韦君宜出生于 1917 年，许觉民出生于 1921 年，杨子敏出生于 1929 年，玛拉沁夫出生于 1930 年，肖德生（《人民文学》编辑、副主任，《小说选刊》编辑部主任、副主编）出生于 1926 年，阎纲出生于 1932 年，徐怀中出生于 1929 年，谌容（其《人到中年》获第一届全国优秀中篇小说奖）出生于 1936 年，崔道怡（担任《人民文学》编辑部副主任、副主编）出生于 1934 年，蒋子龙（其《乔厂长上任记》《一个工厂秘书的日记》及《拜年》分别获 1979 年、1980 年、1982 年全国优秀短篇小说奖）出生于 1941 年。由此可见，除了一部分是"新民主主义"时期具有"左翼"倾向的知识分子外，增加了获得前几届全国优秀短篇小说奖或全国优秀中篇小说奖的作者。毋庸置疑，获奖作品体现出来的文学观和价值观与全国短篇小说、中篇小说或长篇小说的评选标准是一致的。所以，我们也不难理解在那一时期出现的某些作品如戴厚英《人啊，人！》、礼平《晚霞消失的时候》并不能被主流意识形态所接受，"当时的历史语境仍然要求'伤痕'、'反思'小说作家具备充分的阶级意识，'伤痕'、'反思'小说中的反'左'话语对于阶级斗争的'辩证'一旦走向偏至，表现为阶级意识的淡化以至消失，便会遭到严厉批评"[①]。因而，这些获奖作者至少在这一时期与各类全国性文学评奖所倡导的价值标准具有高度的一致性。

[①] 何言宏：《中国书写：当代知识分子写作与现代性问题》，中央编译出版社 2002 年版，第 134 页。

正如布迪厄所言："作家（等）的最严格和限制最多的定义，我们今天接受起来已是顺理成章了，它是一连串长长的排除和驱逐的产物，为的是以名符其实的作家的名义，否定所有可能以作家之名过活的人的生存，因为后者的职业名称定义更宽泛、更宽松。"[①] 这种一致性是必然的，场域作为一可能性空间，主导逻辑会形成特定的区分机制，与此逻辑相一致的作品（作者）才能在该场域中占据主要地位或核心地位。同时，为了保证场域中的特定逻辑成为主导逻辑，必然会为与此逻辑相匹配的占据者提供具有最大转化率的资本。这一时期的获奖作者在获得文化资本的同时，另一个极为重要的面向就是：文化资本与政治资本具有极高的转化率。所以，获奖者蒋子龙、谌容、王蒙能跻身评选委员会委员，并且一些获奖作者也因此担任各省市、自治区和直辖市作协或文联领导，以及重要文学刊物的主编或副主编。而正如布迪厄在考察了画家的生理年龄与艺术年龄的关系之后指出，"化石艺术家恰恰相反，他们由于艺术和生产模式的年龄，同样由于整个生活方式，在某种程度上衰老"[②]。因而到80年代后期，随着更具自主性的文学场的逐渐形成，一些学院知识分子在反思1978年以来的文学评奖时，就将早期茅盾文学奖评选委员会委员称为"前文学工作者"，"前文学工作者"这一指称或身份本身就喻示了，这些评委的文学观和价值观依然停留在"新民主主义"时期和新中国成立后的"十七年"。

三

任何写作或文学活动都是在特定的场域中完成的，"自发创造的维护者称颂的绝对自由，只是属于幼稚的人和天真的人"[③]。而在场中所占的位置以及由这一位置决定的策略与惯习之间存在双重关系。

---

① [法]皮埃尔·布迪厄：《艺术的法则：文学场的生成和结构》，刘晖译，中央编译出版社2001年版，第271页。
② [法]皮埃尔·布迪厄：《艺术的法则：文学场的生成和结构》，刘晖译，中央编译出版社2001年版，第184页。
③ [法]皮埃尔·布迪厄：《艺术的法则：文学场的生成和结构》，刘晖译，中央编译出版社2001年版，第282页。

"习性作为配置系统,实际上,只能通过与社会规定位置(尤其被占据者的社会属性规定,位置通过社会属性才能显现)的确定结构发生关系,才能实现;但是相反,就是通过这些自身多少有些彻底地与位置协调的配置,存在于位置的这种或那种潜能才能发挥出来。"① 也就是说,配置只有通过场域及在场域中的位置,才能实现配置的潜能,而配置具有的潜能实现的可能性就彰显出场域的结构,以及拥有此配置的占据者在场域中所占据的位置。那么这些具有"左翼"倾向的作家和文艺理论家(也是评选委员会评委)能在文学场域中占据重要的位置,无疑就与这一时期的文学场结构紧密相关,同时场域中占据主导位置的机构和个人也能较为清晰地体现出场域的主导逻辑。

20 世纪 70 年代后期到 80 年代后期针对各种体裁的全国性文学评奖都是在中国作协的框架下进行的,并且代表专家的评选委员会的认定也经由中国作协来确定,然后报请上一级领导部门批准。在评选委员会的委员中,如张光年、冯牧、刘白羽等,长期担任过中国作协副主席等职,肖德生、崔道怡等担任过中国作协三大刊物之《人民文学》和《小说选刊》的主编等职。从全国优秀短篇小说评选委员会委员的构成来看,绝大多数都曾担任文学场中重要机构——如中国作协和文化部等——的领导工作,以及中国作协三大刊物《人民文学》《文艺报》和《小说选刊》的主编。因而在一定层面上,中国作协这一机构在文学场中的位置,就决定了委员会委员的配置潜能的实现状况。也就是说,中国作协在文学场中的位置及其对文学场主导逻辑的形成所具有的作用,就在一定程度上规约了评选委员会委员在评选过程中的策略选取。那么,中国作协是怎样的一个机构?在那一时期的文学场中又处于何种位置呢?

可以说自 1949 年以后,中国作协就成为最为重要的管理和调控文学活动的实体性组织机构。在新民主主义革命取得胜利之后,一个统

---

① [法]皮埃尔·布迪厄:《艺术的法则:文学场的生成和结构》,刘晖译,中央编译出版社 2001 年版,第 313 页。

一的民族国家即将进入社会主义建设，尽快地建立起某种统一的文学机构就成为一个亟待解决的重要问题。在1949年7月召开的第一次中华全国文学艺术工作者代表大会上，周扬在总结了解放区文学经验的同时，指出，"除了思想领导之外，还必须加强对文艺工作的组织领导"①，而如何完成"对文艺工作的组织领导"呢？那就要尽快成立"专管文化艺术部门"的机构。这些新的机构的目的就在于，"将文艺工作的方针、政策、干部、文艺组织统一而集中的领导起来"②。郭沫若的大会结束报告，就将即将要成立的"专管文化艺术部门"的组织机构，作为这次大会取得的成功之一。1949年7月19日（也就是第一次文代会的最后一天），中华全国文学艺术界联合会（简称"中国文联"）这个全国性的文艺组织宣告成立。7月24日，中华全国文学工作者协会成立，该协会是中国文联下属的最为重要的一个团体会员单位。1953年9月，中华全国文学工作者协会改名为中国作家协会（简称"中国作协"），同时从中国文联中独立出来。这些文艺机构的建立，以及对这些机构作用、性质和功能的规范，既直接继承了30年代"左联"的经验，又借鉴了苏联作家协会的经验。在"文化大革命"前，中国文联和中国作协这样的组织机构，成为国家对作家、创作、出版等方面进行统一管理和调控的主要机构。在这一时段，中国作协的历任主席是茅盾、周扬、冯雪峰、丁玲、巴金、老舍、刘白羽、邵荃麟等同时或先后担任过作协副主席。他们都是中国现代以来最著名的作家、文学理论家，而且他们当中的许多人如周扬、茅盾等，曾经是毛泽东文艺思想最为权威的阐释者。

"文化大革命"期间，"文联和各协会被污蔑为'裴多菲俱乐部'，强行解散"③。"文化大革命"后，在1978年5月27日到6月5日，文

---

① 中华全国文学艺术工作者代表大会宣传处编：《中华全国文学艺术工作者代表大会纪念文集》，新华书店1950年版，第96页。
② 中华全国文学艺术工作者代表大会宣传处编：《中华全国文学艺术工作者代表大会纪念文集》，新华书店1950年版，第333页。
③ 周扬：《继往开来，繁荣社会主义新时期的文艺——一九七九年十一月一日在中国文学艺术工作者第四次代表大会上的讲话》，《人民日报》1979年11月20日。

艺界召开了第一次全国性会议——中国文联第三届全国委员会第三次扩大会议,茅盾在此会议上的《开幕词》中庄严地宣告:"中国文学艺术界联合会、中国作家协会和《文艺报》,即日起正式恢复工作。"①中国文联所属的其他协会,在会后也将陆续开始工作②。在此次会议中,对各文艺团体的性质和功能做出了"新"的界定,文化部部长、中宣部副部长黄镇在讲话中指出:"全国文联是全国文学艺术团体的联合组织。中国作家协会及其他协会,是文艺界各部门的专业性团体。它们是全国性的从事革命文艺工作的专业性团体,是党在文艺战线不可或缺的助手。"③ 1979年11月16日通过了《中国文学艺术界联合会章程》,其第四条规定:"本会的任务是团结全国文艺界,在中国共产党的领导和马克思列宁主义、毛泽东思想的指导下,实践文艺为人民服务为社会主义服务的方向,发展繁荣社会主义文艺事业。"周扬在第四次文代会的讲话中,也重申文联的"各个协会是各类文学艺术工作者自愿结合,独立主动地进行学习和艺术实践,促进艺术创作、理论批评和国际文化交流的专业团体",应该"在党的领导下进行工作"④。可以说在一定程度上,中国作协的重建就是对"文化大革命"前中国作协的性质、功能和作用的恢复,这一点从"文化大革命"后作协选出的领导机构上也能见出。中国作协在1979年11月召开了第三次会员代表大会,选举出"文化大革命"后新的领导机构。茅盾担任作协主席,第一副主席为巴金,副主席为丁玲、冯至、冯牧、艾青、刘白羽、沙汀、李季、张光年、陈荒煤、欧阳山、贺敬之、铁依甫江。与"文化大革命"前中国作协领导机构的人员构成有相当高的重合,而这些经历过新民主主义革命的知识分子,在新时期之初又成为重建文学场逻辑的重要力量。其中极为重要的表征就是,这些知识分子作

---

① 茅盾:《开幕词》,《文艺报》1978年第1期。
② 佚名:《中国文联第三届全国委员会第三次扩大会议决议》,《文艺报》1978年第1期。
③ 黄镇:《在毛主席革命文艺路线指引下,为繁荣社会主义文艺创作而奋斗》,《文艺报》1978年第1期。
④ 周扬:《继往开来,繁荣社会主义新时期的文艺——一九七九年十一月一日在中国文学艺术工作者第四次代表大会上的讲话》,《人民日报》1979年11月20日。

为20世纪70年代后期到80年代后期全国性文学评奖委员会的委员，介入了对文学观和文学价值观的建构。因而，20世纪70年代后期到80年代后期全国性奖项的评奖委员会委员的习性和配置与文学场的结构之间是相互匹配的。在这一层面上，正如邵燕君所言，在1978年文学评奖制度下设立的奖项并没有"所谓'官方'与'民间'的明显分野"[①]。也就是说，中国作协框架下的20世纪70年代后期到80年代后期的文学评奖，在一定程度上实现了专家与国家意识形态之间的重合。

　　文学场的逻辑涉及文学生产、传播、接受等诸多面向，从全国优秀获奖短篇小说的发表刊物来看，在《人民文学》上发表的小说在获奖作品中占有最高的比例[②]。在1978年获得全国优秀短篇小说奖的25部作品中，发表在《人民文学》上的作品比例为48%；在1979年获得全国优秀短篇小说奖的25部作品中，发表在《人民文学》上的作品比例为40%；在1980年获得全国优秀短篇小说奖的25部作品中，发表在《人民文学》上的比例为40%。在《人民文学》承办了1978年和1979年全国优秀短篇小说奖之后，"为评奖活动之能经常化，有必要及时推荐全国各地报刊发表的可作年终评奖候选的短篇佳作，为此《人民文学》编委决定编辑部增办《小说选刊》月刊"[③]。在《人民文学》承办了1978—1982年的优秀短篇小说的评选工作后，1983—1986年全国优秀短篇小说的评奖工作主要由《小说选刊》来完成。并且为了更好地配合小说评奖，中国作协决定《小说选刊》与《人民文学》分家，从1984年改版更新，单独成立编辑委员会和编辑部，由肖德生、阎纲、葛洛三人组成编辑委员会，葛洛担任主编。因而《小说选刊》在1978年以来的全国优秀短篇、中篇小说的评选中也具有举足

---

①　邵燕君：《倾斜的文学场——当代文学生产机制的市场化转型》，江苏人民出版社2003年版，第202页。

②　全国优秀短篇小说奖由中国作家协会委托《人民文学》编辑部主办，《人民文学》和《文艺报》同属于中国作家协会1949年创办的最为重要的"机关刊物"，"作为与新中国同时共生的国家最高文学刊物，《人民文学》的创办（过程）理所当然地受到了国家最高权力和领导人的支持"（吴俊：《〈人民文学〉的创刊和复刊》，《南方文坛》2004年第6期）。

③　茅盾：《发刊词》，《小说选刊》1980年第1期。

轻重的作用,"本刊自创刊以来,漏选佳作不多,能够及时反映短篇小说创作的状况。据统计,一九八一年全国优秀短篇小说获奖的二十篇作品中,在《小说选刊》上选载过的有十四篇,占70%;一九八二年获奖的二十篇作品,全都在《小说选刊》上选载过,占100%;由此可见,《小说选刊》已经成为短篇小说荟萃之地"①。由此可见,在隶属于中国作协的两大刊物上发表的作品,具有非常高的获奖可能性。也就是说,中国作协框架下的《人民文学》和《小说选刊》,从文学生产和传播上既充分地体现了这一时期文学场的主导逻辑,也巩固了中国作协体现出的文学场逻辑,因而在这两个刊物上发表的作品获得全国优秀小说奖的比例是最高的。

与此相应,获奖作家对自我身份的认同方式也是符合文学场的特定结构的。1982年5月是毛泽东《在延安文艺座谈会上的讲话》(以下简称《讲话》)发表四十周年的纪念日,1981年全国优秀短篇小说评选的获奖作者,结合自己的生活、创作,座谈了学习《讲话》的体会。《人民文学》1982年第5期以"沿着《讲话》开创的道路继续前进"为题,发表了周克芹、刘绍棠、韩少功、林斤澜等10位获奖作者的学习体会。周克芹于《在〈讲话〉指引下前进》中指出,"只有长期地、无条件地深入到群众火热的斗争生活中去,通过思想的磨练和交往,取得与人民的一致,与普通劳动者的一致,获得对生活的'总体观',才能使我们的作品更好地为人民服务,为社会主义服务"。刘绍棠在《回顾与展望》中指出,"三中全会以后,我恢复了创作权力,我发表和出版了较多的作品。坚持在政治和思想上与党中央保持一致,坚持文学创作的党性原则和社会主义性质,坚持深入劳动人民生活和描写劳动人民的感情与美德,坚持继承和发展中国文学的民族传统"。1983年因《阵痛》获得全国优秀短篇小说奖的工人作家邓刚在授奖大会上代表获奖作者发言说:"我们不仅把获奖证书当做光荣的象征,而且还当做催促我们继续奋进的军令状。""我们要努力学习马克思主

---

① 佚名:《〈小说选刊〉改版问答》,《小说选刊》1983年第9期。

义,要大胆进行艺术探索,要以饱满的热情去描绘我们的时代和人民。"① 等等。获奖作者对文学和文学价值的理解与评选委员会委员对文学和文学价值的理解是高度重合的。并且获奖作者在通过评奖获得相应的文化资本的同时,也能实现文化资本与政治资本之间较高程度上的转化,比如刘心武在《班主任》等作品获得全国优秀短篇小说奖之后,曾担任《人民文学》主编,周克芹曾担任四川省作协党组成员,等等。并且,作家对自我身份及意义的认定也采取了与文学场主导逻辑大致相同的视角,这一点可从历届获奖者的获奖感言中见出。如刘心武在1978年全国优秀短篇小说的颁奖大会上代表获奖者的发言,"我们要把党和人民给予的奖励,当作前进的动力,谦虚谨慎,戒骄戒躁,更积极地投身到为实现四个现代化而奋斗的时代激流中去。我们要更自觉地运用马克思主义的立场、观点、方法,去观察、体验、研究、分析社会生活,更刻苦努力地提高艺术修养和写作技巧,争取写出更能传达时代脉搏、表达人民愿望的新作品来,更好地发挥文学轻骑兵的作用"②。这是把个人的文学创作活动完全置于社会主义文化事业或者说社会主义的建设事业中去理解的,这就使作为个人的作家对作家身份、意义的认同与主流话语的期待是相一致的。我们再来比较一下刚获得第六届茅盾文学奖的宗璞的获奖感言,获奖"那是对过去工作的一种评价,也是一种鼓励。过去的已经过去了,前面还有许多没有做的事,那才是更重要的"③。在这里,这种身份和意义的认同感是明显地弱化了。

正如布迪厄所言,"在生产的层次上,作家和艺术家的实践,从他们的作品开始,就是两种历史相遇的产物:被占据位置的生产历史和占据者配置的生产历史"④。正是由出生、经历所形成的惯习、配置

---

① 本刊记者:《授奖活动记胜》,《小说选刊》1984年第5期。
② 佚名:《全国优秀短篇小说评选发奖大会在京举行》,《人民日报》1979年3月27日。
③ 本刊新闻部记者石一宁、高小立、任晶晶、曾祥书、武翩翩采访:《第六届茅盾文学奖获奖作家述说获奖感受》,《文艺报》2005年4月1日。
④ [法]皮埃尔·布迪厄:《艺术的法则:文学场的生成和结构》,刘晖译,中央编译出版社2001年版,第304页。

以及由文学场的结构和所占据的位置,共同实现了1978年文学评奖活动对专家作用的认定,"专家的责任就是:把一篇篇在人民性与艺术性相结合上,革命现实主义与革命浪漫主义相结合上造诣较深的佳作,通过认真而又全面的评议,推荐给广大群众,让人民从日臻繁荣的民族新文艺中得到思想教益和艺术享受"①。正是这一时期现代化追求的特定语境,使专家、群众与国家意识形态之间具有认知框架上的同一性,进而也就实现了用专家证明群众文学价值判断以及用群众证明专家文学价值判断的合理性和合法性。

第四节 现实性:获奖作品的价值诉求

在20世纪70年代后期到80年代后期的各类全国性文学评奖活动中,对题材的现实性和现实意义的强调贯穿于各类体裁。如冯牧认为1978年全国优秀短篇小说的价值就在于,"它们从不同的角度,以不同的方式提出和回答了广大人民所密切关心和切盼回答的问题"②。在1987年最后一次全国优秀短篇小说奖的评选中,强调的依然也是作品的现实性,"在初评工作中,评委会和初选组的同志们,坚持文学的社会主义方向和百花齐放的方针,在重视艺术质量的前提下,尤其注重那些深刻反映现实生活、充满时代精神的作品和文学新人的作品,同时对创造性的艺术探索也给予了充分的注意"③。从体裁上讲,短篇小说的体裁特征是最容易满足对现实性(现实性中包含了及时性和紧迫性)的要求的,正是这一原因使短篇小说在新时期之初成为最为重要的文类。长篇小说由于体裁特征上的限制,对现实性的表现与短篇小说相比显得较为"笨拙",可是,从这一时期主流话语对长篇小说

---

① 本刊记者:《欣欣向荣又一春——记一九七九年全国优秀短篇小说评选活动》,《人民文学》1980年第4期。
② 冯牧:《短篇小说——文学创作的突击队》,《人民文学》1979年第4期。
③ 佚名:《中国作家协会(1985—1986)全国优秀短篇小说备选书目》,《小说选刊》1988年第5期。

的价值判断来看，现实性依然是判断长篇小说是否具有价值的重要依据。在《人民日报》发表的有关第一届茅盾文学奖的评论文章中，就一再强调长篇小说贴近现实生活的可能性和必要性。"长篇小说固然不能像短篇小说那样敏锐快捷，但绝非命定地要同现实生活保持距离，它完全能够对当代社会问题和人们的战斗风貌做出及时而出色的描绘，引起读者的共鸣"，"我们希望长篇小说同我们的时代更贴近一些，同当代人民生活更贴近些"①。那么何为现实性？获奖作品又体现了何种现实性？

一

实际上，对现实性的强调是现代文学不同于古典文学的重要特征。"依波德莱尔之见，独立的作品仍然受制于它发生的那一瞬间，正是由于作品不断地浸入到现实性之中，它才能永远意义十足，并冲破常规，满足对美的不住的瞬间要求。而在此瞬间中，永恒性和现实性暂时联系在一起。"②断裂、短暂使现代作品受制于它发生的那一瞬间，作品对"那一瞬间"的把握——也就是现实性——成为作品价值的重要依据。自现代以来，上帝和传统已经不能成为阐释现在的依据，可以把握和依据的唯有"现实"，而"现实"是人依据自己的理性把握的现实。西方文学史上出现的古今之争本身就削弱了传统对文学活动的束缚，"今天"成了文学合法性和合理性的源泉。从西方文学思潮的发展走向来看，从浪漫主义起，就开始逐渐地摆脱古典主义的创作方法对文学活动的影响。而"现实主义所假设的对外部世界的冷静观察，由此显现为一种内在的搏斗，使思想摆脱对传统的依赖"③，这样一来，对现实性的强调在现实主义作品中就显得更为突出。因而自现

---

① 本报评论员：《祝长篇小说繁荣发展》，载《人民日报》1982年12月16日。
② [德]尤尔根·哈贝马斯：《现代的时代意识及其自我确证的要求》，载周宪主编《文化现代性》，中国人民大学出版社2010年版，第10页。
③ [美]安敏成：《现实主义的限制：革命时代的中国小说》，姜涛译，江苏人民出版社2001年版，第68页。

代以来，现实而非传统的文学规范成为决定文学意义和价值的重要砝码。而现实之所以能成为文学艺术价值的参照系，是由于在人的理性精神确立的过程中，上帝或传统提供的参照系不断地遭到解构。不过，应该注意的是，由于西方传统的力量以及现代以来人的理性精神膨胀给整个世界和人类带来的灾难，在现实主义之后就出现了形形色色的现代主义，而现代主义对人的非理性精神的表现就质疑了人的理性的合理性和合法性。正是在此意义上，哈贝马斯提出了两种现代性的观点：文化现代性和社会现代化①。文化现代性就包含了对现代性的反思和批判，这样一来就不难理解，在西方继浪漫主义和现实主义之后出现的现代主义，就体现了文化现代性对现代性的批判和反思。来自西方的现实主义以及伴随现实主义出现的对现实性的追求，因历史、文化和时代背景等诸多因素的影响，自"五四"以来直到当下，成为引导文学创作和评价文学价值的最为重要的面向，甚至成为一种世界观、价值观和方法论。

虽然从字面上看，"现实"这个词是简单的，现实无疑是与现在，甚或是今天相连，但是，何为"现实"却成为认识论上的一个难题。匈牙利哲学家卢卡奇在《历史与阶级意识》中就区分了"现实"和"事实"，也就是"现实"不等同于"事实"，只有辩证唯物主义的方法论才能透过"事实"达到"现实"，现实只存在于与总体的关系中，"每一个朴实的平凡的环节都有这种关系（指与总体的关系，笔者注），不过只有意识才能把它变成为现实的东西，因而只有用说明它和总体的关系的办法才能使日常斗争具有现实性。这样它就能把单纯的事实，单纯的存在提高为现实"②。因而，对现实关注的背后隐藏着的是另一个更为根本的问题，也就是何为现实的问题，这就意味着"现实"不是自为存在的，也不是自明的，而是在特定的审视、认知

---

① ［德］于尔根·哈贝马斯：《现代性对后现代性》，载周宪主编《文化现代性》，中国人民大学出版社2010年版，第141—143页。
② ［匈］卢卡奇：《历史与阶级意识》，杜章智、任立、燕宏远译，商务印书馆2017年版，第68页。

世界的框架下由特定的"眼光"发现的。正如杜克大学批评理论研究所所长詹姆逊在《论阐释：文学是社会的象征性行为》中谈到语言实践与客观世界的关系时，指出，"这种环境本身并非先于文本而存在，存在的不过是一个文本，在文本本身以海市蜃楼的形式生成现实之前，从来没有外在于或共存于文本的现实"①，也就是现实在一定程度上是被某种特定的"眼光"或形式所建构的。因而现实性的获得并非来自作家对世界的冷漠的分析和观察，而应该在某种"正确的世界观"和价值观的引导下，形成的对世界某种特定的感受和认知才具有"现实性"。"周扬认为文学形象的价值取决于个性，不只是因为它们代表了寓言性类型，但他还坚信对现实的艺术再现，应当发自'正确的世界观'引导下的'主观诚实'。"②正是这种"正确的世界观"能让我们从纷纭复杂的现象中找到体现本质的"真实"，也就是现实。如果没有"正确的世界观"作为引导，那么对现实的感知就是错误的。因而通过改造人的世界观进而改变世界的观点是符合辩证唯物主义的基本观点的，卢卡奇在批评资本主义的物化时就指出："由于他只想认识世界，而并不想改造世界，因此他不得不认为经验的物质的存在的一成不变和逻辑概念的一成不变是必然的。"③辩证唯物主义真正实现了思维和存在的统一，这一观点也是建立在对人的主体性和理性能力确认的基础上的。这样一来，现实就是生成的，历史就是人创造的，人可以预言、把握和规划历史的进程。并且，随着人的认知的积累，人对现在和未来的把握就更加准确，因而未来必然就是美好的。马克思主义关于人类历史发展的几个阶段：原始社会、奴隶社会、封建社会、资本主义社会、社会主义社会、共产主义社会，就是这一线性历史观的体现。因而，正如耶鲁大学教授安敏成所言，"现实主义对观物之

---

① ［美］弗雷德里克·詹姆逊：《政治无意识》，王振逢、陈永国译，中国社会科学出版社1999年版，第70页。

② ［美］安敏成：《现实主义的限制：革命时代的中国小说》，姜涛译，江苏人民出版社2001年版，第68页。

③ ［匈］卢卡奇：《历史与阶级意识》，杜章智、任立、燕宏远译，商务印书馆2017年版，第266页。

客观立场的强调与这样一种启蒙观念息息相关,即人类可以通过理性的实践从迷信和偏见中解放自身"①。因此,我们就不难理解,在西方随着文化现代性对现代性的反思,现实主义逐渐被各种现代主义创作所取代。不过,由于中国的特定历史语境,现实主义一直被认为是"新文艺"和保有永远活力的"真文艺"。茅盾在新中国成立后出任中华人民共和国第一任文化部部长,其《夜读偶记》更是代表了这一时期文学场主导逻辑对现实主义的阐释。茅盾在文中指出,"现代派"的思想根源只有一源,也就是"主观唯心主义,个人主义——唯我主义"②。因而"它们(指资产阶级,笔者注)的'新文艺'虽然很'新',甚至怪诞,却完全不适合于新时代的精神,简直背道而驰"③。在茅盾看来,现实主义或者准确地说是社会主义现实主义的"新"是完全不同于"现代派"的"新"的。只有现实主义或社会主义现实主义被认为是唯物主义的,也就是只有通过作为世界观和价值观的现实主义或者社会主义现实主义,才能真正把握和表现出现实性。

二

既然现实不是自我显明的,那么如何从纷纭复杂的生活表象中选取能体现现实的素材就显得尤为重要,因而题材就成为作品是否具有现实性的最基本的面向。在当代,题材的问题——也就是"写什么"的问题——具有重要意义,它被认为是"关系到对社会生活本质'反映'的'真实'程度,也关系到'文学方向'确立的重要因素"④。在"文化大革命"后的中国文学艺术工作者第四次代表大会上,邓小平指出,文艺作为一种复杂的精神劳动,对作家"写什么和怎么写,只能由文艺家在艺术实践中去探索和逐步求得解决,在这方面,不要

---

① [美]安敏成:《现实主义的限制:革命时代的中国小说》,姜涛译,江苏人民出版社2001年版,第11页。
② 茅盾:《夜读偶记》,百花文艺出版社1958年版,第35页。
③ 茅盾:《夜读偶记》,百花文艺出版社1958年版,第50页。
④ 洪子诚:《中国当代文学史》,北京大学出版社1999年版,第81页。

横加干涉"①。但这并没有否定不同题材所具有的意义,以及题材本身的合法性和合理性问题。《在中国文学艺术代表大会上的祝辞》中,邓小平明确指出,"我们的文艺","必须充分表现我们人民的优秀品质,赞美人民在革命和建设中,在同各种敌人和各种困难的斗争中,所取得的伟大胜利";"我们的文艺","应当在描写和培养社会主义新人方面,付出更大的努力,取得更丰硕的成果";"我们的社会主义文艺",要"努力用社会主义思想教育人民,给他们以积极进取、奋发图强的精神"②。因而题材依然是文学场主导逻辑关注的一个最为重要的方面。表2.2至表2.4就以各类题材在1978—1984年全国优秀短篇小说和全国优秀中篇小说,以及在1978—1987年茅盾文学奖的获奖作品中所占的比例③,来说明题材的选取与现实的建构之间的关系,即题材体现出何种现实性。

（1）全国优秀短篇小说奖

表2.2　　"伤痕""反思""改革"小说在1978—1984年
全国优秀短篇小说获奖作品中所占比例

年份	1978	1979	1980	1981	1982	1983	1984
"伤痕""反思"小说篇数（篇）	18	18	19	8	7	7	5
"改革"小说篇数（篇）	—	—	—	5	8	6	5
获奖小说总篇数（篇）	25	25	30	20	20	20	18
"伤痕""反思"和"改革"小说所占的比例（%）	72	72	63	65	75	65	56

---

① 邓小平:《在中国文学艺术代表大会上的祝辞》,《人民日报》1979年10月31日。
② 邓小平:《在中国文学艺术代表大会上的祝辞》,《人民日报》1979年10月31日。
③ 本书未对1987年全国优秀短篇小说和中篇小说中的"伤痕""反思"和"改革"小说作出统计。因为在这一时期,自1978年以来对社会和人生作出阐释的最为重要的框架——现代化话语——开始式微,先锋文学兴起。到80年代中后期,中、短篇小说很难再用"伤痕""反思"和"改革"小说这些概念来涵盖。不过,不可否认的是,1987年最后一届全国优秀短篇和中篇小说的评奖依然是对1978年文学评奖的一种延续。而长篇小说由于写作周期较长,其对时代变迁的反映有一定的滞后性,因而列出了第三届茅盾文学奖获奖作品的题材统计。

（2）全国优秀中篇小说奖

表 2.3　　　"伤痕""反思""改革"小说在 1978—1984 年
全国优秀中篇小说获奖作品中所占比例

年份	1977—1980	1981—1982	1983—1984
"伤痕""反思"小说篇数（篇）	12	7	6
"改革"小说篇数（篇）	—	5	5
获奖小说总篇数（篇）	15	20	20
"伤痕""反思"和"改革"小说所占的比例（%）	80	60	55

（3）茅盾文学奖

表 2.4　"伤痕""反思""改革小说"在前三届茅盾文学奖获奖作品中所占比例

年份	第一届（1977—1981）	第二届（1982—1984）	第三届（1985—1988）
"伤痕""反思"小说篇数（篇）	4	—	—
"改革"小说篇数（篇）	—	2	2
获奖小说总篇数（篇）	6	3	5
"伤痕""反思"和"改革"小说所占的比例（%）	66.8	66.8	40

毋庸置疑，"伤痕文学""反思文学"和"改革文学"都是以题材来命名的文学思潮，"伤痕""反思"和"改革"这些概念本身也彰显出我国现代化建设的时间历程。新时期之初，文学潮流的轨迹与这一时期国家的现代化建设轨迹是相吻合的。就从 1978 年到最后一届全国优秀短篇、中篇小说评选的 1987 年这一时段来说，整个国家面临的基本任务就是将全党和全国人民的工作重心转移到四个现代化建设上。在这一框架下，首先就是对"文化大革命"的"左"倾思想的拨乱反正，与此对应的文学思潮就是"伤痕文学"和"反思文学"，这一创作思潮主要集中在 1976—1980 年，从表 2.2 至表 2.4 可见这一时期"伤痕"和"反思"文学的作品在短篇、中篇和长篇的获奖作品中占有最高的比例。随着时间的推移，对"文化大革命"时期以至于新中

国成立三十年来的政治和经济体制进行改革，成为整个国家现代化建设的重要任务，因而改革文学逐渐地取代"伤痕文学"和"反思文学"，成为这一时期占主导地位的文学潮流。从表2.3、表2.4可见，自1981年起，改革文学在获奖作品中就占有较高的比例。崔道怡在对1983年获奖短篇小说的评议中也指出，随着现代化建设事业的推进而产生了文学潮流的衍化。"一九七九年，当清算浩劫恶果、痛感'内伤'深重之时，《班主任》率先突破；一九七九年，当四化初上征途、切盼先锋开路之时，'乔厂长'脱颖而出……一九八三年以来，社会注目的头等大事，是整顿党风和改革体制，究竟选用谁接班，牵动着众多人的心。于是我们看到《条件尚未成熟》。"① 题材与社会发展本质的一致性被认为体现了现实性。

那么，这样一来是否只有从当下（现在）而非过去或历史中选取题材，才具有现实性？正如茅盾在《夜读偶记》中所言："那就是认为一切不以现实世界为题材的作品都是不现实的，因而也就是脱离现实或逃避现实的。这实在是从表面看问题。如果具体分析作品，便可以知道有些表面上描写现实世界的作品实际上是脱离现实、逃避现实的，而有些表面上看来不是描写现实世界的，实际上倒是富有强烈的现实意义的。"② 也就是"以现实世界为题材"的作品并非就具有现实性，"不是描写现实世界"的作品反而可能具有"强烈的现实意义"。俄国形式主义摒弃了传统的形式/内容的二分法，而采用素材/情节的二分法。也就是说，面对同一素材，不同的情节（组合素材的形式）可以赋予素材以不同的样态，使同一素材体现出不同的意义。也就是说，同一的素材可以因为不同的情节而建构出不同的现实。故而，不同的结构方式可以使一个文本具有现实性或不具有现实性。这样一来，我们对题材是否具有现实性的认定，就不能简单地通过题材直接关涉的内容来确定，即题材是否具有现实性还与"怎么写"紧密相关。

---

① 崔道怡：《"条件"的启示》，《小说选刊》1984年第5期，该文是《一九八三年获奖短篇小说"漫评"（二）》中的一篇。
② 茅盾：《夜读偶记》，百花文艺出版社1958年版，第34页。

"怎么写"最终实现了题材应该体现出的现实性和现实意义。如果从这一角度分析的话，甚至一些从题材的角度上看不具有"现实性"的作品，依然也体现出了特定的现实意义。比如说，获得了第一届茅盾文学奖的姚雪垠的《李自成》，从题材上讲属于历史题材，但是，其体现出的现实性和现实意义依然是不容忽视的一个重要方面。正如於可训所言，"《李自成》虽然不是一部现实题材的文学作品，但它的强烈的现实性显然是不应当受到怀疑的"[1]。如果考虑这一因素的话，1978年文学评奖的获奖作品中，具有现实性和现实意义的获奖作品所占的比例还要更高。最终是"怎么写"才使题材彰显出现实性和现实意义。因而某些作品如礼平《晚霞消失的时候》等，其题材虽然来自"现在"，但这类作品并不被认为具有现实性或现实意义。那么接下来要思考的一个更为重要问题就是，什么样的"眼光"或形式所建构的文本世界才被认为体现了现实性和现实意义？

三

卢卡奇认为，"现实是'过程的集合体'，较之经验的僵化的物化的事实，历史发展的倾向代表的虽然是产生于经验本身的，因此绝不是彼岸的，但确实是一个更高级的、真正的现实"[2]。也就是说，现实不是"现成的"，而是"生成的"。而在这一生成的过程中，人的思维和意识就可以介入这一过程，并且"只有当人能把现在把握为生成，在现在中看出那些他能用其辩证的对立创造出将来的倾向时，现在，作为生成的现在，才能成为他的现在"[3]。即人只有从现在中创造出某种未来的趋向时，现在才能成为他的现在，也才能成为现实。因而现实是面向未来的，并且是为了未来的。"由于新世界即现代世界与旧

---

[1] 於可训：《历史转折时期的艺术见证——重读首届茅盾文学奖获奖小说》，《当代作家评论》1995年第2期。

[2] [匈]卢卡奇：《历史与阶级意识》，杜章智、任立、燕宏远译，商务印书馆2017年版，第266页。

[3] [匈]卢卡奇：《历史与阶级意识》，杜章智、任立、燕宏远译，商务印书馆2017年版，第266页。

世界的区别在于它是面向未来开放的。因此，时代在推陈出新的每一个当下环节都不断重新开始。"① 故而只有面向未来才能彰显出"新"，并体现出社会发展的本质。同时对未来的期待还形成了认识现实的框架，也就是我们对过去和现在的透视必须要通过未来来实现。这与古代是通过历史来认识现在和未来是存在相当的差异的。在古代，我们是通过过去来规范和认识当下的，正如孔子是通过对过去了的周朝的认识来认识春秋时期的，并且是通过过去为现在立法。而自现代以来，我们是通过未来为现在和过去立法。在这一语境下，新/旧之间呈现为泾渭分明的二元对立，"新"指向未来，而"旧"指向沦为过往的、不具有有效价值的过去。正如周扬在第四次文代会上的讲话所指出的，"这个时期的许多作品，首先是短篇小说和话剧，发扬了社会主义文艺的现实主义传统，描绘了人民群众同'四人帮'之间的尖锐斗争以及在那些灾难年月发生的种种复杂的社会矛盾，描绘了老一代无产阶级革命家和新长征路上涌现的先进人物，揭露了阻碍实现社会主义现代化的种种阻力和弊端"②。在周扬的这段话中就包含了对"旧"的否定和对"新"的肯定，进而"新"成为与"进步"共生的词语。因而在对获奖作品的评价中，反复提及的是对"新"的表现，如阎纲针对1982年获奖短篇发表的评论就指出，"去年评奖后，我们还担心社会主义新人的塑造会不会引起足够的重视。现在看来，担心也是多余。这次得奖的二十篇作品中，大部分塑造出了新人的形象，而且较为成功"③。胡德培也表达了大体相似的观点："对于我们今天的社会主义文艺事业来说，要获得健康的发展和迅速的繁荣，一个很重要的方面就是必须着力扶植扎根于时代生活土壤里的新的作家，热情欢迎反映社会主义现实面貌的新的作品。从这个意义上来看，我们对短篇小说

---

① ［德］尤尔根·哈贝马斯：《现代的时代意识及其自我确证的要求》，载周宪主编《文化现代性》，中国人民大学出版社2010年版，第8页。
② 周扬：《继往开来，繁荣社会主义新时期的文艺——一九七九年十一月一日在中国文学艺术工作者第四次代表大会上的讲话》，《人民日报》1979年11月20日。
③ 阎纲：《今年胜似去年》，《小说选刊》1983年第4期，该文选自《一九八二年获奖短篇小说"漫评"（一）》。

优秀创作进行每年评奖（当然还有其他文艺形式的评奖），及时发现和奖掖文学新人，就是具有重大的现实意义并会产生深远影响的一项活动。"① 因此获奖的"伤痕""反思"和"改革"小说不论是在表现或反思过去的伤痕，还是改革中遇到的问题时，都经过了未来这一滤镜，并且也显明出对未来的盼望。所以，社会主义现实主义不同于西方19世纪现实主义的一个重要面向就是，社会主义现实主义中渗透了浪漫主义，而这种浪漫主义正如茅盾所言是"积极的浪漫主义"，也就是在书写现实时不能仅仅拘泥于现实，而更应该超脱现实而指向未来。正如周扬所言："我们的评论和评奖要鼓励文艺创作沿着革命现实主义（其中也包括革命浪漫主义）的创作道路前进，要鼓励作家敢于接触和反映现实生活中各种矛盾和斗争，敢于和善于描写尖锐斗争的题材。"②

实际上，这也体现了现代性的一个突出特点——对断裂性的强调，也就是现在是可以超脱于过去而存在的，现在不是受制于过去，而是受制于未来。所以，在获奖作品中与"新"的追求相呼应的，就是乐观的情绪和理想主义的情感，这也是获奖作品的一个显著特征。"我们固然不需要拔高人物、美化人物、粉饰现实的虚假文学，但我们却需要提高人们的思想境界，净化人们的灵魂，激励人们去热爱生活，变革现实，为共产主义事业和理想而献身的真实的文学。我欣喜地在这次获奖小说中读到了《这是一片神奇的土地》，以及《八百米深处》《哦，香雪》《敬礼！妈妈！》《三角梅》等等这样的作品，因此发表了如上的粗浅的感想，并借以向作家们呼吁：请写一点人生的壮美吧！"③ 对"新"的塑造给我们允诺了一个理想的未来，因而在获奖作品中，对"旧"的价值的否定和对"新"的价值的肯定，就成为作品获

---

① 胡德培：《新时代孕育新作家》，《小说选刊》1983年第5期，该文选自《一九八二年获奖短篇小说"漫评"（二）》。
② 周扬：《按照人民的意志和艺术科学的标准来评奖作品》，《文艺报》1981年第12期。
③ 陈骏涛：《抒写人生的壮美！》，《小说选刊》1983年第5期，该文选自《一九八二年获奖短篇小说"漫评"（二）》。

奖的重要原因，在肯定"新"事物的前提下，也就实现了在特定参照系下新事物对"旧"事物的否定。在1983年全国优秀短篇小说评奖启事中就指出，"真实地描写各条战线上社会主义新人的佳作，尤所欢迎"。所以，我们可以看到，在对获奖作品的现实性的强调中，对现实性的把握更多表现为要展现出指向未来的社会发展趋向。

这样一来，未来成为作品现实性的重要面向，同时，这一时期整个国家的现代化诉求，给了这一时期的作家、评论家和读者一个共同的未来期待，"80年代的启蒙者对现代化目标的诠释和追求也是高度一致的，即那个整体意义上的西方所代表的、以民主政治、市场经济和个人主义为核心价值的普世化的现代化"[①]。因而关于未来的这一视角就统摄了这一时期的文学创作。自1978年开始近十年的针对各种体裁的文学评奖，其获奖作品表现的内容和问题与这一时期的现代化建设进程是高度吻合的，现代化成为这一时期不同群体和个人共同塑造的理想和未来。因而有学者在谈及80年代时，认为80年代是一个充满了理想和激情的时代，这种激情和理想的根源就在于对党的十一届三中全会以来的整个国家现代化建设所允诺的未来的信任和追求。故而与现代化相关的词语比如"改革""市场""个性"等都得到了完全的肯定。在这一语境下，新时期之初的"伤痕""反思""改革"等文学作品的基本主题都可以概括为"新"与"旧"的冲突，而"新"与"旧"的冲突又转化为价值判断上的进步/落后、改革/守旧、文明/愚昧的冲突。也就是说，现代化成为这一时期价值判断的最为重要的参照系，在这一参照系下，与现代化诉求一致的表达就能得到价值上的认可。"首先引人注目的是《拜年》。正当进行改革之际，选择何等样人接班，关乎国家命运、历史的进程，需要作家给以生动有力的艺术反映。蒋子龙从工厂生活日常风习入手，及时敏锐地揭示这一重大矛盾，用新的发现和新的开掘提出并回答了群众关心的社会课题。作品意旨深沉，促人警醒，具有强烈的现实

---

① 许纪霖、罗岗等：《启蒙的自我瓦解：1990年代以来中国思想文化界重大论争研究》，吉林出版集团有限责任公司2007年版，第14页。

感和巨大的冲击力,收到了广大读者的热烈欢迎。因此,尽管评选重在推举新人,蒋子龙又已多次获奖,《拜年》还是被选中为第一篇。这样以资鼓励,以示倡导,意在感召更多作家,以现实性更强的力作,满足时代的需要,回应人民的呼声。"① 在这一时期,现代化提供的关于未来的图景成为审视过去和现在的认知框架。在这一框架下,20世纪70年代后期到80年代后期文学评奖的获奖作品对现实性的追求表现出相当的同一性和一致性。这一时期也就成为文学写作与对现代化追求的蜜月期,文学与政治话语一道共同论证了"新"的社会主义现代化选择的合理性和合法性。因而也就不难理解,文学评奖体现了专家评选和群众推荐的统一。

---

① 本刊记者:《更上一层楼———一九八二年获奖短篇小说巡礼》,《小说选刊》1983年第4期,该文选自《一九八二年获奖短篇小说"漫评"(一)》。

第三章　20世纪80年代后期到90年代后期的文学评奖

中国作协框架下的全国优秀短篇小说奖和中篇小说奖的最后一次评奖是《人民日报》文艺部和《小说选刊》杂志举办的1987—1988年的全国优秀中短篇小说奖。奖项的名称本应为全国优秀短篇小说奖和全国优秀中篇小说奖，名称的变化本身也在暗示中国作协从文学评奖中的淡出，而这一淡出本身也表明了时代氛围的某种变化。从80年代后期开始，在近十年的时间内，1978年文学评奖制度下设立的针对各类体裁的全国性文学评奖只剩下专门针对长篇小说的茅盾文学奖。正如朱向前在《'97中国文坛回眸》中指出，"将近十年以来，除了一个茅盾文学奖还在不定期地勉强支撑以外，其余各项全国文学大奖的戛然中断对于文学事业的负面影响已经是显而易见的了"[①]。因而，1997年度文学界的一件大事就是鲁迅文学奖的评选。

鲁迅文学奖是由中国作协主办的全国性文学评奖，评选涉及的体裁包括短篇小说、中篇小说、报告文学、诗歌、散文、文学评论等。在一定程度上，鲁迅文学奖就是对1978年文学评奖制度下设立的各类全国性文学奖项的恢复，1997年鲁迅文学奖的设立在一定层面上也表明了文学评奖样态的某种变化。这之后出现了众多的文学评奖，以至于2005年中共中央颁发了《全国性文艺新闻出版评奖管理办法》，旨

---

① 朱向前：《'97中国文坛回眸》，《中华读书报》1998年2月25日。

在对全国性的文学评奖做出一系列的规范和限制。因而1997年就成为我们思考新时期文学评奖的又一个时间节点。自80年代后期开始直到90年代后期，文学评奖的理路出现了调整和转化，在这一调整和转化中，既可以看到文学评奖的沉寂，又可以看到一种"新"的文学评奖样态的萌生。

第一节　文学评奖内在理路的调整与转换

毋庸置疑，20世纪80年代后期到90年代后期的文学评奖样态，是在20世纪70年代后期到80年代后期文学评奖的土壤中孕育出来的，因此，我们要理解20世纪80年代后期到90年代后期文学评奖发生调整和转化的理路，首先就要厘清是哪些力量逐渐解构了1978年设立的文学评奖制度？解构的轨迹是怎样的？在解构中又有何种建构的萌芽？这样我们才能理解1978年以来的文学评奖历史的联系性和差异性。那么，又该从哪些方面来思考这些问题呢？

首先应该明确的是，特定时段文学评奖样态的形成主要是受到两方面因素的影响：一是文学评奖内在逻辑形成的动力，这就主要包括了作为文学制度重要面向的文学评奖与文学之间的张力关系，这种内在的张力关系本身就会形成文学评奖发生衍化的内在逻辑；二是文学评奖内在逻辑的呈现方式和呈现出的面向是受到特定时段历史语境的影响和制约的。在20世纪70年代后期到80年代后期的语境下，一方面，文学制度和文学评奖与文学活动之间的张力关系主要表现为：文学制度和文学评奖为文学活动提供了良好的文学环境，也就是在新时期之初，制度与文学、评奖与文学之间保持了一种平衡关系。另一方面，党的十一届三中全会确立的现代化诉求为整个国家和社会提供了一种整体性的想象，这一概念凝聚起不同的社会群体（包括知识分子），因而也为文学评奖提供了认识论和价值论上的支撑。这样一来，在20世纪70年代后期到80年代后期的针对各种体裁的全国性文学评奖中，整体上就表现出某种同一性。

由于语境的变迁,作为文学制度重要面向的文学评奖与文学之间的张力关系,可能会呈现出不同的样态。同时,现代化本身并不具有绝对的封闭性,其内在的张力和逻辑必然要求不断地突破自身,甚至走到自身的对立面。这就是一个从现代化走向现代性的过程,此时支撑文学评奖的认识论和价值论基础都会发生变化。因而我们对80年代后期到90年代后期文学评奖内在理路调整和转化的思考,就要从两个方面来展开:一是作为文学制度重要面向的文学评奖与文学的张力关系呈现为何种样态;二是作为这些样态与这一时期特定的现代性语境之间有何种关系。

一

在党的十一届三中全会后,对所谓的"外行"指导"内行"的反思,以及对"长官意志"和文学活动特别是文学管理中的"行政命令"等问题的反思,使制度能保证文学创作自由的允诺得到了众多知识分子的认可。可是,与此一体两面的是,制度也在实现区分,因而制度也具有极大的排他性。正如彼得·比格尔所言:"文学体制在一个完整的社会系统中具有一些特殊的目标;它发展形成了一种审美的符号,起到反对其他文学事件的边界功能;它宣称某种无效的有效性。"[①] 也就是说,在一定程度上,由制度确立的边界又与文学活动中必然要求的创造性和想象性之间存在抵牾。正如伊格尔顿所言:"我们自己的文学定义是与我们如今所谓的'浪漫主义时代'一道开始发展的。"[②] "浪漫主义时代"在突出文学的独创性的同时,也赋予了作家"天才"的身份,而"天才"无疑是不能被特定的边界所框架和规范的。这样一来,随着对文学自主性的追求,以及文学场自主逻辑逐渐地形成和加强,必然会形成对规约文学的文学制度和文学评奖的突破[③]。同时既

---

① [德]彼得·比格尔:《文学体制与现代化》,周宪译,《国外社会科学》1988年第4期。
② [英]特里·伊格尔顿:《二十世纪西方文学理论》,伍晓明译,北京大学出版社2004年版,第16—17页。
③ 文学评奖制度与文学之间充满了某种难以克服的张力关系,这种张力的根本就在于制度既允诺给予文学自由,同时制度又限制了文学的自由。

然文学评奖具有使一个作家或一部作品成为"圣物"（布迪厄语）的可能，那么文学评奖对人所建构的权威依然要求一种先验的有效性和不可置疑性，而这无疑又与文学对独创性的要求相抵牾的——文学是创作（也就是创造），作家是"天才"，那么文学的价值在一定程度上就超出了人所能衡量和评价的范围。因此，对文学评奖的排斥反而有可能在文学场中获得更为有效的象征资本，比如一个典型的例证就是，萨特对诺贝尔文学奖的拒绝反而提升了萨特在文学场和社会场中的位置。这样一来，随着文学场自主逻辑的形成，作为文学制度重要面向之一的文学评奖与文学之间的矛盾就更为突出。这种变化也可从文学界或者是学术界对文学评奖的态度中见出①。因而，在20世纪80年代后期到90年代后期，文学和文学制度以及文学和文学评奖之间张力关系的表征就与20世纪70年代后期到80年代后期有了不同。

　　同时，既然文学评奖预设了某种肯定性的价值判断，这种肯定性价值预设无疑是要有一定的认识论和价值论基础的。而正如英国社会学家汤普森所言："传统社会只允许提出相对固定和有限的主张，而且这些主张都是已知的和已确立了的：合法的东西就是古老的东西，就是'向来存在的东西'。此外（古老的——译者注）主张可被辩护的方式也是有限的，因为言语一般都由说话人的权威或社会地位来授权。"② 也就是在古代是神或传统为世界立法，人所做的主要就是不断阐释神或传统的话语，神或传统为这个世界提供了认识论和价值论的基础，故而，在古代对世界的认识和价值判断就具有一定的稳定性。但是，自现代以来，当人的理性精神被不断张扬，人成为阐释世界和为世界立法的主体时，

---

① 就20世纪70年代后期到80年代后期的文学评奖来看，值得注意的是，在这一时期内（特别是早期），文学评奖成为对整个国家和社会产生了突出作用的文学事件，也就是说文学评奖并非仅限于文学领域，还进入公共领域，并成为对整个社会产生重要影响的事件。比如，在茅盾文学奖颁奖的年度，在我们的社会生活和文化生活中具有举足轻重地位的重要报纸，如《人民日报》《光明日报》《文艺报》等都会就此发表相关报道和评论。可是这一事件在80年代后期到90年代后期并未得到文学界和学术界足够的关注。这一现象说明，随着文学场自主逻辑的逐渐形成，对文学的文学性的认同，必然在一定程度上遮蔽对影响文学活动的外部因素的研究。

② ［英］约翰·B. 汤普森：《意识形态理论研究》，郭世平等译，社会科学文献出版社2013年版，第88页。

神和传统的权威就开始受到质疑,于是,"现代社会不再被置于有意义的先验指令中,因此它们原则上容易处于持续不断的转变与调整中"①。这样一来,当现代解构了先验的权威之后,在获得多元化追求的合法性和合理性的同时,文学评奖所需要的稳定的价值论和认识论基础就会成为问题。

在党的十一届三中全会后,在整个国家共同的现代化诉求的语境下,"现代化"为整个国家和不同的群体(包括知识分子、普通大众等)提供了整合各个群体价值和群体利益的黏合剂,"80年代是一个后神圣化时代,革命乌托邦开始消解,但现代化意识形态作为新的乌托邦替代出场,社会弥漫在后理想主义的氛围之中,无论在思想解放运动,还是新启蒙运动中,为现代化的理想图景所感召,到处充满着激昂的献身精神和理想主义激情"②。这样一来,20世纪70年代后期到80年代后期的文学评奖,不论是在专家、读者还是国家意识形态层面都表现出高度的同一性。从第二章的分析就可见,20世纪70年代后期到80年代后期的文学评奖构成了一种"阐释的循环",也就是在新时期之初,对现代化的共同信仰使文学评奖这一"游戏"实现了对某种共同价值和共同认知的表达,因而也就不难理解20世纪70年代后期到80年代后期文学评奖中具有的某种同一性。束沛德在就《小说选刊》改版召开的座谈会上指出:"现在以'小说'命名的刊物很多,各地报刊刊登的小说数量很大,可见小说是很受欢迎的。"肖德生也指出:"《小说选刊》可以说已在读者心中扎了根。尽管发行数字时有起伏,但发行量还是相当高的。"③ 在此次的座谈会上还指出:"准备在各地(甚至到一些基层),召开读者座谈会,广泛听取读者的意见,

---

① [以] S. N. 艾森斯塔德、任斯·理德尔、多明尼克·萨赫森迈尔:《多元现代性范式的背景》,载多明尼克·萨赫森迈尔、任斯·理德尔、S. N. 艾森斯塔德编著《多元现代性的反思》,郭少棠、王为理译,商务印书馆2017年版,第29页。

② 许纪霖、罗岗等:《启蒙的自我瓦解:1990年代以来中国思想文化界重大论争研究》,吉林出版集团有限责任公司2007年版,第33页。

③ 佚名:《〈小说选刊〉改版答问》,《小说选刊》1983年第9期。

以保证改版的成功。"① 小说的"发行量""读者座谈会"都表明，这一时期在整个国家现代化诉求的语境以及来自场域中不同位置的合力的共同作用下，文学为新时期初期的国家和社会提供了某种被普遍认可的参照体系，因而这一时期也成为文学刊物的黄金时期。《十月》的发行量在1981年已经达到60万份，《收获》和《人民文学》的最高发行量分别达到100万份和150万份②。虽然在党的十一届三中全会后，伴随着马克思主义人道主义的复苏，个体的主体性不断地觉醒和生长，人对世界感知和表达的多样性逐渐变得愈加丰富，现代化作为一个根基和理念，依然能将新时期初期无数的"多"整合为"一"。因而对20世纪70年代后期到80年代后期的文学评奖价值的认可就具有一定的稳定性，比如就茅盾文学奖来看，该奖项也是从第三届开始才遭到了不同声音的批评。

与此相应，在一定程度上，现实主义依然是这一时期占主导地位的创作方法。现实主义不单单是一种创作方法，现实主义还是一种世界观、认识论和方法论，为我们提供了未来的美好蓝图，以及走向美好未来的道路。因而在这一时期，现实主义就依然满足了整个社会以及不同人群的心理需要。这一时期用于概括文学样态的基本概念是"伤痕文学""反思文学"和"改革文学"，这本身也说明了这一时期的文学轨迹和特征是清晰可辨的，甚至基本上是透明的。这三类以题材命名的文学在提出现实问题的同时，对问题的答案都有清楚和肯定的书写。甚至于当作家在写作前，对于其准备涉及的问题的答案都是清晰的，或者说是较为清晰的。同时，问题和解决问题的答案本身也架构了文本的叙述的、语言的和情节的模式。而这一具有普遍性的答案就蕴含在为整个国家和社会提供了共同的集体认同和集体想象的现代化话语中。这样一来，现代化视野下的认知方式，无疑与现实主义对世界的认知方式和表现方式之间存在某种一致性。比如在《许茂和

---

① 佚名：《〈小说选刊〉改版答问》，《小说选刊》1983年第9期。
② 赵勇：《媒介文化语境中的文学阅读》，《文艺理论》2009年第1期。

他的女儿们》中,颜少春书记在葫芦坝的出现、金东水的复出、郑百如的失势就预示了"左"倾错误的终结和新的现代化建设局面的开始。正如贺桂梅所言:"'伤痕文学''反思文学''寻根文学''朦胧诗'等创作潮流,以及'文学就是人学''文学的主体性'等批评范畴,仍旧处于社会主义现实主义的话语体制当中,而并没有形成新的自我表述的话语方式"①。虽然随着时间的推移,现代化带来的复杂性日益凸显,但是,新时期之初的现代化话语直到今天依然具有一定的合法性和合理性。因而从一定层面上看,虽然这一时期采用现实主义手法创作的获奖作品缺少一定的艺术创新性和独创性,但依然能进入当下学院派批评家的视野,并能获得学院派批评家和学者的认可。比如在洪子诚主编的《中国当代文学史》中指出:"长篇小说在80年代也有一定的数量,但是,获得好评的不很多。较有影响的长篇有《芙蓉镇》(古华)、《沉重的翅膀》(张洁)、《活动变人形》(王蒙)、《浮躁》(贾平凹)、《古船》(张纬)、《金牧场》(张承志)等。"② 这其中就分别提到了获得第一和第二届茅盾文学奖的《芙蓉镇》(古华)和《沉重的翅膀》(张洁)。

由此可见,20世纪80年代后期到90年代后期的文学评奖,与20世纪70年代后期到80年代后期文学评奖所处的语境存在差异,这种差异必然就会形成对1978年设立的文学评奖制度的反叛或解构。新时期之初对现代化的追求助推了文学的专业化,因而使建立在文学/政治二元对立基础上的文学独立性诉求成为可能。然而充满悖论的是:当文学和知识分子不断致力于对文学独立性的追求时,猛然发现,新时期之初对文学独立性的追寻在很大的层面上也是政治投射的一种结果。这样一来,对现代化语境下实现的文学诉求的反叛也就成为题中应有之义。80年代的中后期出现的"纯文学"这一概念,就体现了文学对独立于政治,进而获得"纯粹"的文学性

---

① 贺桂梅:《"纯文学"的知识谱系与意识形态——"文学性"问题在1980年代的发生》,《文艺理论》2007年第5期。

② 洪子诚:《中国当代文学史》,北京大学出版社1999年版,第247—248页。

的向往。在这一语境下,制度与文学、评奖与文学的矛盾性就完全地凸显出来,也就是制度和评奖反而成了文学自由追求的一种羁绊。因而,1978年文学评奖制度下设立的全国性奖项在20世纪80年代后期到90年代后期就沉寂了。

二

在20世纪80年代后期到90年代后期,由于语境的变化,以及语境的变化对文学评奖逻辑自身衍化的限制,因而使这一时期的文学评奖呈现出另一番样态。不过,这里还需要强调的是,20世纪80年代后期到90年代后期文学评奖理路的调整和衍化不是突然发生的。如果仔细分辨的话,在20世纪70年代后期到80年代后期的文学评奖历史进程中,随着时间轨迹的衍变,其中已经出现了裂隙,产生了些许分裂,文学评奖的另一种样态已经在悄悄地孕育当中。那么在从20世纪70年代后期到80年代后期近十年的文学评奖进程中,细微的量变发生在哪些方面?这些细微的变化又是如何规约20世纪80年代后期到90年代后期的文学评奖的走向的?

这种微妙的变化在1982年的短篇小说评奖中就已经被意识到,正如李清泉所言:"我为什么会接受'缺乏爆炸性'这个说法?很简单,这是和一九七八至一九八〇那几年的文学创作所引起的社会反响相比较而来的。那几年的文学书刊发行量,许多书刊都大大超过历史上的最高发行数,就这样还往往瞬间销售一空,不敷需要。那几年,为某一篇作品,在短期内收到数百上千封读者来信,并不罕见。这些信都是表述读者的衷曲,对作家的崇敬,情感真挚而热烈,令人感动。那几年,常常有作品引起街谈巷议,引起社会的普遍关切,人们期望从文学作品解救其精神饥渴。这两年,这种情况已发生变化,上述情况在逐渐消失和冷却。"[①] 而"缺乏爆炸性"的

[①] 李清泉:《何谓"爆炸性"》,《小说选刊》1983年第4期,该文选自《一九八二年获奖短篇小说"漫评"(一)》。

原因在李清泉看来是"产生爆炸性的历史因素和社会心理因素,已不可复得"①,也就是历史文化语境已经发生了变化。历史文化语境的变化主要体现在两个方面:一是对文学性的追求导致文学的公共性在一定层面上被弱化;二是当现代化诉求逐渐地进入到现代性层面时,即现代化体现出的确定性和稳定性开始被削弱,由现代化提供的某种稳定的意义参照体系逐渐被解构时,文学话语对现代化诉求的表达也就较难在社会不同群体之间产生共鸣,因而文学的"轰动"效应必然会被削弱。到80年代中期,这一变化就更为明显,崔道怡在《短篇"短评"》中就指出,"如果说前五年的短篇创作时时引起轰动,从《班主任》到《围墙》的发表当时至获奖之日都曾持续取得热烈反应,那么后五年特别是近三年的情形则颇有不同"。"评奖活动再不象以前那样热热闹闹的了,几十万张选票雪片般飞来的景象一去不返,有些作品获奖之后还是那么寂静无声。"②

对文学性的追求以及现代化话语的逐渐被解构,在使整个社会失去某种集体认同的同时,也带来了一系列更开放的期望——形式的多元化趋势的出现。实际上,形式是一种意义框架,只有给某一事物、事件穿上形式的外衣时,这一事物或事件才可能在人们面前显明出来,因而现实主义也代表了赋予世界以意义的一种方式。在新时期之初,现代化诉求与现实主义之间具有相当的契合度,而随着现代化话语逐渐被解构,现代性的复杂性、多样性和矛盾性就呈现出来了,于是对世界的多元阐释也就出现了,这样一来,现实主义在文学场中的主导地位必然就被削弱。如张炯在对1985—1986年获奖的短篇小说的评价中,就从正反两个方面展现了这一时期文学创作的多元化趋势。"现代主义对我国文学发展的影响,的确无庸否认。但无论诗歌、散文、戏剧或小说领域,至今现实主义仍然生气勃勃、浩浩荡荡,这

---

① 李清泉:《何谓"爆炸性"》,《小说选刊》1983年第4期,该文选自《一九八二年获奖短篇小说漫评(一)》。

② 崔道怡:《短评"短评"》,《小说选刊》1988年第8期,该文选自《1985—1986年获奖短篇小说"漫评"(二)》。

也是不容争辩的事实。此次短篇获奖作品中,许多老作者、中年作者如乔典运的《满票》、李贯通的《洞天》、彭荆风的《今夜月色好》,固然继续走在现实主义的道路上,即如此较年青的新作者如周大新的《汉家女》,谢友鄞的《窑谷》、刘西鸿的《你不可改变我》等等,不也是沿着现实主义的道路吗?"① "从 1985—1986 年获奖的十九篇短篇佳作来看,尽管作品的题材、主题、人物、形式与风格都各不相同,但可以说,如果不是全部,也是绝大多数作品表明我们的作家走在现实主义的广阔道路上。当然,这并非停滞不前的现实主义,而是在新的历史条件下,基于当代意识对现实的观照,并积极吸收与借鉴、创造新的表现手法的、不断深化与发展的现实主义。"② 因而这一时期的文学样态也就难以仅用几个概念来概括。王干在《河床正在拓宽》中指出:"当一个时期的文学倏忽之间过去之后,面对沉甸甸的数以万计的文学报刊书籍,评论家总是希望能'拎'出几种框架或几种模式来进行评价,比如'伤痕文学''知青文学''乡土文学''反思文学''改革文学''寻根文学'之类的角度去归纳、探讨某类文学的成绩与不足。但在一九八六年小说创作的多彩景观面前,这种概括方式似乎无所适从,因为一九八六年的中篇小说创作不再是那么几大块的简单的机械的组合,而开始呈现出融合一体难以肢解的胶粘状态。"③

这样一来,随着新时期之初建立的文学价值参照体系被逐渐解构,必然就会导致在如何衡量文学作品的价值上产生某种分歧。洪子诚在《中国当代文学》中就指出,"80 年代中期文学的变化,因 1985 年这一年发生的许多事件,使这一年份成为一些批评家所认定的文学'转

---

① 张炯:《在现实主义的广阔道路上》,《小说选刊》1988 年第 7 期,这是《1985—1986 年获奖短篇小说"漫评"(二)》中的一篇评论文章。

② 张炯:《在现实主义的广阔道路上》,《小说选刊》1988 年第 7 期,这是《1985—1986 年获奖短篇小说"漫评"(二)》中的一篇评论文章。

③ 王干:《河床正在拓宽》,《小说选刊》1987 年第 4 期,该文选自《一九八六年中短篇小说"漫评"(一)》,在该栏目下的文章还有:白烨《语体与文体——八六小说一面观》,夏刚《沉寂,是下一轮高潮的前奏吗?》,这三篇文章从不同的角度说明了 1986 年中短篇小说的样态与新时期之初整一的小说样态之间的区别。

折'的'标志'"①，其中重要的标志是出现了与"伤痕""反思"小说在思想艺术形态上不同的作品，在该文学史中列举到的作品有"马原的《冈底斯的诱惑》，张辛欣、桑晔的《北京人》，史铁生的《命苦琴弦》，刘索拉的《你别无选择》，王安忆的《小鲍庄》，陈村的《少男少女，一共七个》，莫言的《透明的红萝卜》，韩少功的《爸爸爸》，残雪的《山上的小屋》，扎西达娃的《系在皮绳扣上的魂》》"②。虽然就文学评奖来说，这一时期最重要的奖项依然是中国作协框架下的全国性文学评奖，但是至少可以见出从80年代中期起，文学评价的价值参照系中已经有新的因素的出现——以"纯文学"作为参照系来评价文学作品的价值。在由"纯文学"确定的参照系下，对文学性的强调——特别是形式上的创新——就成为文学场中衡量文学价值的重要依据。由于20世纪70年代后期到80年代后期的文学评奖是中国作协框架下的全国性文学评奖，其在文学场和社会场中的位置必然会形成对某种固有的文学价值观念的坚守。这样一来，1978年文学评奖制度下设立的全国性文学评奖必然逐渐地就受到了坚持"纯粹"审美原则的知识分子的批评。比如，参与茅盾文学奖评选的评委被一些学者称为是"前文学工作者"，而所谓的"前文学工作者"指的就是，其对文学和世界的理念依然停留在过去，因而也就是落伍的和不合时宜的了。

当文学场中逐渐出现了具有一定影响力的"纯文学"诉求，要实现文学回归到文学自身的根本目标时，必然就会反叛新时期早期文学与整个国家现代化建设之间建立的紧密关系，反叛曾参与了中国现代化进程的书写、描述甚至是规划的文学形态。可是，让很多知识分子意想不到的是，对所谓"纯文学"的追求很快就将文学在社会生活中的位置边缘化，文学成为仅限于文学圈中的游戏。夏刚在《沉寂，是下一轮高潮的前奏吗？》中指出，"八六年的中、短篇小说创作态势，再次使人困惑——却不象上一年那样骚动和喧哗，而是由于沉闷和冷

---

① 洪子诚：《中国当代文学史》，北京大学出版社1999年版，第243页。
② 洪子诚：《中国当代文学史》，北京大学出版社1999年版，第244页。

寂"。"这或许意味着整整一个文学时期的结束,新格局正在冷却中形成。当前纯文学的被冷落,至少是从异常位置恢复到了正常状态。小说的纯粹度也有所提高,尽管不得不付出'市场紧缩'的代价。人类精神生产活动的得失,大概也遵循着能量守恒定律吧。"① 在这段话中我们还看不到"纯文学"诉求带来的文学边缘化及其引起的焦虑,还仅将其视为文学回归到所谓的文学本身的正常状态,但随着现代性进程的推进,文学的边缘化带来的焦虑不断地扩大,并且从背景走到前景,这一点在1993—1994年的"人文精神大讨论"中就有非常明显的体现。

　　由于文学对自身独立性的追求,以及原有的由现代化所提供的价值体系的逐渐式微,文学介入公共领域的能力就被削弱了。1978年文学评奖制度下设立的全国性奖项,在整个社会和国家中的公众性就被不断弱化。公众性被弱化的一个重要表征就是,群众推荐在整个评奖中所占有的比重逐渐减弱。如中国作家协会举办的一九八五——一九八六全国优秀短篇小说奖,其评选启事就指出:评奖依然采取读者推荐与专家评议相结合的方法。但是,在如何确定初选作品中,却新增了"邀请部分省市文学期刊编辑组成初选小组,阅读各方面推荐的作品,提出初选篇目"②。而在1978年全国优秀短篇小说的评选中,评委会是直接在"群众推荐和评议的基础上进行评选"。因而中国作家协会第八届(1985—1986)全国优秀短篇小说备选篇目的产生方式是,由水渭亭、孙里、刘元举等全国十九家文学期刊的编辑组成初选组,广泛阅读了各地推荐的近五百篇作品,以无记名投票方式,确定了三十三篇供评委会审议的初选作品③。也就是在这一届评奖活动中出现了由专家组成的初选组,"在初评工作中,评委会和初选组的同

---

　　① 夏刚:《沉寂,是下一轮高潮的前奏吗?》,《小说选刊》1987年第4期,这是就1985—1986年全国优秀短篇奖开设的专栏《一九八六年中短篇小说"漫评"(一)》中的一篇文章。
　　② 佚名:《中国作家协会举办一九八五——一九八六全国优秀短篇小说奖评选启事》,《小说选刊》1987年第1期。
　　③ 佚名:《中国作家协会第八届(1985—1986)全国优秀短篇小说奖备选篇目》,《小说选刊》1988年第5期。

志们,坚持文学的社会主义方向和百花齐放的方针,在重视艺术质量的前提下,尤其注重那些深刻反映现实生活、充满时代精神的作品和文学新人的作品,同时对创造性的艺术探索也给予了充分的注意"①。在一定层面上,群众推荐的淡出就彰显出文学从社会公共领域的事件,逐渐地成为文学领域中的事件。这一变化无疑是与对文学的独立性追求紧密相关。可充满悖论的是,文学在不断追求其独立性时,文学的意义和价值却被不断地消解,文学在社会生活中所占的位置不断被边缘化,其具有的公共意义和价值也被削弱了。正如荷兰比较文学家佛克马和蚁布思所言:"中国的情况提供了一个机会来表述一个看来非常重要的结论。只有当一政治或宗教机构决定对文学的社会作用较少表示担忧时,它才会在经典的构成方面允许某种自由。但是如果这种自由被给予了的话,那么结果有可能是文学(或作家)将会失去它们在政治和社会上的某些重要意义。"② 这样一来,当文学在某些方面失去了在政治和社会上的重要意义时,文学评奖所具有的社会效应也就逐渐消失了,文学评奖本身在文学场和社会场中也就必然被不断地边缘化,1978年文学评奖制度下设立的全国性奖项也就难以为继了。

第二节 沉寂与萌生:文学评奖的另一番样态

党的十一届三中全会后整个国家的现代化诉求带来的一个重要变化,就是对物质性层面发展的追求逐渐地取代了新中国成立后占主导地位的意识性诉求,也就是经济发展逐渐成为整个社会场域中占主导地位的逻辑,原有的文学场和社会场的主要逻辑被市场的逻辑所修改。文化事业完全依赖于政府的模式开始受到质疑,其中最为主要的表现

---

① 佚名:《中国作家协会(1985—1986)全国优秀短篇小说备选书目》,《小说选刊》1988年第5期。
② [荷兰]佛克马、蚁布思:《文学研究与文化参与》,俞国强译,北京大学出版社1996年版,第47页。

就是市场逐渐介入文化艺术活动中，随之带来的影响一方面表现为文学意识形态功能的逐渐弱化，另一方面表现为市场对文学场的逐渐介入，当然这也是一个渐变的过程。下面就将80年代后期至90年代后期的文学评奖置于具体的历史场域中来考察，并探究其与20世纪70年代末期到80年代后期的文学评奖的关系。

一

如果将20世纪70年代后期到80年代后期的文学评奖大体划分为前后五年的话，到了第二个五年，随着现代化建设的推进，物质性层面上的内容逐渐成为驱动整个社会运转的主要逻辑，文学的意识形态属性逐渐被淡化，其作为社会公共交往活动中介的意义和价值也被削弱了。在这一语境下，文学活动在社会空间中的位置有被不断边缘化的趋势，进而文学活动在社会生活中的有效性逐渐被减弱了。正如崔道怡在《短篇"短评"》中就指出，"而如今，经由加强了透明度的评奖活动选定的篇章，虽在出新人荐佳作方面一如既往，却未必能在扩大读者面上实际起到推举作用"[①]。由于纸媒的发展，在现代电子网络媒体技术大规模兴起之前这段很长的时期内，文学在中国社会现代化进程中作为公共领域的重要媒介，对某种价值体系或观念体系的建构和传播具有极为重要的意义和价值。因而，在文学活动中取得象征资本的文学家或文学理论家也极易获得相应的文化资本和政治资本，比如茅盾、鲁迅、郭沫若、周扬等。文学也成为许多人特别是年轻人获得身份认同，在社会上取得一定社会地位的一个有效途径，比如曾是农民、生产队长、农业技术员、技师的周克芹在作品先后获奖后，担任中国作协四川分会副主席；获得全国优秀短篇小说奖的古华担任湖南省作协副主席；刘心武凭借《班主任》等获奖作品，从一名中学教师蜕变为《人民文学》主编；

[①] 崔道怡：《短评"短评"》，《小说选刊》1988年第8期，该文选自《1985—1986年获奖短篇小说"漫评"（二）》。

等等。而到了80年代中后期，文学作为公共交往平台的媒介作用的弱化，以及现代化建设对物质发展的追求，必然使更具有实用性的学科，或者说能直接带来生产力发展的学科如电气、物理、化学、经济学、法学等在社会场中越来越占有重要的位置。"一个不争的事实是，包括美学、文艺学在内的80年代的人文科学热，已被90年代的社会科学（经济学、社会学、法学、政治学等）热所取代。"① 在此语境下，文学场中获得的象征资本与其他资本的转化率逐渐降低，因此，通过文学来获得身份认同和一定社会位置的通道必然窄化，这样一来，也就必然在一定层面上影响到文学的生产力。"前七届（笔者注：指前七届全国优秀短篇小说奖），一年一评，每年都有少则18篇，多则30篇获奖；第八届，两年一评，本应去年举行，又被推迟一年，两年一共才选出了19篇。而这19篇，在总体上，水平虽不低于却也未超过以前。"② 由此可见，到80年代后期，文学活动参与者人数和文学作品数量的下降，也就说明了文学生产动力的不足。1978年设立的针对各种体裁的全国性文学评奖在80年代后期逐渐低落的一个重要原因就是，文学活动到80年代后期相较于新时期初期也进入了低潮期。这一点我们也可从在文学评奖中扮演过重要角色的期刊——《小说选刊》——的兴衰中见出。1980年为配合文学评奖，《人民文学》创办《小说选刊》，而《小说选刊》从1989年8月到1995年6月停刊达六年之久，直到1995年6月《小说选刊》复刊。本来应为每年度举办的全国优秀短篇小说和全国优秀中篇小说的评奖，到1987年也变为两年评选一次，并且是中篇和短篇放在一起评选——1987—1988年《人民日报》文艺部和《小说选刊》杂志社举办的全国优秀中短篇小说奖。

当整个国家以意识形态作为重要任务，并且纸媒是传播的重要媒介时，文学必然是传播和建构特定观念体系的重要艺术类型。文

---

① 陶东风：《80年代中国文艺学主流话语的反思》，《学习与探索》1999年第2期。
② 崔道怡：《短评"短评"》，《小说选刊》1988年第8期，该文选自《1985—1986年获奖短篇小说"漫评"（二）》。

学借助语言通过作用于人的直觉和情感将意识形态的抽象符号以感性的方式呈现出来,特定的意识形态才能以使接受者感同身受的方式真正被现实化。这样一来也就不难理解,在特定时期必然会产生对读者参与文学活动的某种强制性要求。因此在新中国成立后直到新时期,文学活动或文学批评活动往往转化成具有政治属性的群众运动。在这一过程中,群众也就自然接受了文学活动或文学批评活动中传达出的观念体系。而随着这种强制性的逐渐弱化,原来的具有强制性和否定性的"批评"和"斗争"转化成了间接性和肯定性的鼓励和扶持,也就是逐渐从文学批评甚或是文学斗争转化为文学评奖。同时,当党的十一届三中全会后,整个国家发展任务的转变,也必然使群众介入意识形态活动的积极性和主动性降低。那么在这一语境下文学如何真正有效地实现"为四个现代化服务"的旨归,就成为急需解决的问题,这其中极为重要的一个面向就是,采用何种方式来鼓励群众参与文学活动,进而使群众主动接受文学活动中体现出的现代化理念。

在这一语境下,在20世纪70年代后期到80年代后期文学评奖的第二个五年,文学评奖的一个重要特征就是:通过不同的策略来推动群众或读者参与文学活动。1984年,《人民文学》就发起"我最喜爱的作品"的评选活动,此活动被称为是文学界的"百花奖"。此奖项就明确提到了文学价值的实现与读者的参与密不可分。"由群众直接投票推选佳作,对于促进文学创作更好地为人民服务、为社会主义服务,也具有相当重要的作用与意义。"① 此奖项评选的体裁包括小说、报告文学、诗歌、散文、童话、寓言、创作谈和其他文章。评奖目的是"为获取信息反馈,以进一步办好《人民文学》,特请读者在本刊所发的各种作品中,推选'我最喜爱的作品'"②。1984年,《人民文学》举办的"我最喜爱的作品"评选活动共推选出获奖中篇小说、短

---

① 伊边:《读者的意愿 宝贵的信息——从〈人民文学〉"我最喜爱的作品"推选活动说起》,《人民文学》1985年第3期。
② 《人民文学》杂志社:《"我最喜爱的作品"推选说明》,《人民文学》1984年第11期。

篇小说、报告文学、诗歌共25篇①。从这25篇获奖作品来看，占比最高的是小说，其次是报告文学。同时，获奖作品中，如《燕赵悲歌》《塔什干晨雨》《小厂来了个大学生》《门铃》《出国演出名单》等，都是现实性极强的作品。"那些直面人生，紧切时弊，及时映现生活新景象，敏锐触及社会新课题的篇章，总能更多更容易动人心弦，为人称道。"②"现实性"体现了现代化框架下对客观现实和未来的认识，报告文学在这一时期的文学场中占有重要的位置，也从另一侧面表征了对"现实性"的表达依然满足了这一时期国家意识形态和不同群体对现实关系的某种共同的想象。因而在这一时期，现代化诉求依然具有整合整个社会不同群体的力量。《人民文学》举办的"我最喜爱的作品"评选活动一直持续到1988年，在这一活动中，铁凝、张承志、韩少功、王安忆等逐渐成为群众喜爱的作家③。在这一时期，《人民文学》除了以评奖活动为中介，扩大读者或普通大众对文学活动的参与

---

① 《人民文学》1984年度"我最喜爱的作品"推选结果：蒋子龙《燕赵悲歌》（中篇小说，《人民文学》第7期），从维熙《雪落黄河静无声》（中篇小说，《人民文学》第1期），陈世旭《惊涛》（短篇小说，《人民文学》第3期），陈冲《小厂来了个大学生》（短篇小说，《人民文学》第4期），王蒙《鹰谷》（中篇小说，《人民文学》第3期），石言《魂归何处》（短篇小说，《人民文学》第8期），梁晓声《父亲》（短篇小说，《人民文学》第11期），陈世旭《惊涛续篇》（短篇小说，《人民文学》第9期），陆文夫《门铃》（短篇小说，《人民文学》第10期），刘绍棠《京门脸子》（中篇小说，《人民文学》第5期），徐迟《雷电颂》（报告文学，《人民文学》第9期），蒋子舟《出国演出队名单》（短篇小说，《人民文学》第11期），何士光《青砖的楼房》（中篇小说，《人民文学》第4期），王蒙《塔什干晨雨》（散文，《人民文学》第8期），王凤麟《野狼出没的山谷》（短篇小说，《人民文学》第9期），陈祖芬《关于候补中年知识分子的报告》（报告文学，《人民文学》第9期），理由《南方大厦》（报告，《人民文学》第8期），韩少华、小流、刘树生、王小平、张镒、刘孝存《共和国的同龄人》（报告文学，《人民文学》第11期），林希《她一双眼睛不说话》（短篇小说，《人民文学》第3期），李瑛《中国农民的起飞》（诗，《人民文学》第6期）（《本刊1984年"我最喜爱的作品"推选结果》，《人民文学》1985年第2期）。又根据选票增补了5部作品：李国文《危楼记事》（短篇小说，《人民文学》第6期），张天明《荒岛》（中篇小说，《人民文学》第2期），张为《战火青春》（中篇小说，《人民文学》第8期），谌容《大公鸡悲喜剧》（短篇小说，《人民文学》第5期），吕雷《眩目的海区》（短篇小说，《人民文学》第11期）。

② 伊边：《读者的意愿 宝贵的信息——从〈人民文学〉"我最喜爱的作品"推选活动说起》，《人民文学》1985年第3期。

③ 这一类型的评奖活动一直断断续续延续到21世纪，比如《小说选刊》在2003年举办了"庐山杯"《小说选刊》读者最喜爱的"新世纪十大小说家"的评奖活动。不过由于场域的变化，这一时期读者在文学场中的作用和意义也与80年代中后期有所不同。

外，《人民文学》也开始为众多的人群参与文学创作活动提供支持。1984年9月的《人民文学》刊登了"《人民文学》创作函授中心招收学员启事"，这一活动一直持续到21世纪。1985年，《人民文学》提出了"进一步密切读者、作者、编者的关系，加强三者的交流"，"推出文学新人，欢迎青年写、写青年的作品"①的办刊指南。1986年1月的《人民文学》又刊登了"中国作家协会鲁迅文学院招收函授生的启事"。也就是说，在文学场中颁发的象征资本与社会场中的其他资本的转化率不断降低的过程中，文学场通过调整内部场域的逻辑及相应的策略，为进入文学场的新人打开了一条上升的通道，或者说获得身份认同的通道。

这一时期文学场鼓励读者参与的方式主要是依靠文学场自身的逻辑。自1978年设立文学评奖制度以来到80年代中期，每一次的文学评奖，重要的刊物如《人民日报》《文艺报》等都会刊载多篇相关报道和评价，而这些刊物对文学评奖的介入，说明了政治资本依然是这一时期文学场中极为重要的资本类型。正如孟繁华所言："文艺刊物在计划经济时代，是文学创作、评论和理论研究最重要的载体和传播媒介，同时也是时代政治风云的晴雨表。刊物在传播文艺作品时，也担负着引导方向，宣传阐释中共的文艺方针、政策，讨论重大理论问题的'阵地'的职能，特别是重要的理论刊物，比如中国作家协会主办的理论刊物《文艺报》，就属于这类刊物。"② 而到80年代后期，关于中短篇小说评奖的信息已经很少在《文艺报》上出现。就1987—1988年的全国优秀中短篇小说评奖来看，1989年8月26日的《文艺报》仅以"人民日报文艺部和《小说选刊》评出1987—1988年优秀中短篇小说"为题，对此次评奖做了简要的介绍。报道的标题采用的是一种客观陈述的方式，与早期关于评奖的文章题目体现出的强烈的价值判断取向已经有了明显不同。由此也说明，这一时期，政治资本

---

① 佚名：《编者的话》，《人民文学》1985年第3期。
② 孟繁华：《传媒与文化领导权——当代中国的文化生产与文化认同》，山东教育出版社2003年版，第162页。

在文学场中所占比例的减弱，以及文学场颁发的象征资本与政治资本的转化率已经降低了，进而文学场的自主逻辑增强了。这样一来，这一时期的文学场也就具有了相当的包容性，新进的"闯入者"比较容易在这一场域中获得较有利的位置。因而可以看到，虽然这一时期文学对社会的作用力逐渐减弱，但文学自身的活力却是逐渐在增强。某些获奖作品也被体现了"纯文学"诉求的学院派批评家所认同，同时在文学场中凸显出来的作家，如韩少功、张承志、铁凝等的文学创作的生命力和文学价值到今天依然是不可否认的。

同时，随着意识形态在整个国家社会生活中所占比例的降低，因而到80年代中后期，面向国家和社会全体的具有总体性的意识形态诉求也就被逐渐解构了，进而这一时期意识形态的要求表现出局部性。这样一来，到80年代后期，文学活动体现出的意识形态表达，主要是以针对特定主题的征文评奖的形式出现的。"特定主题"也就说明了这类奖项针对的是特定的某种意识形态诉求，而"征文评奖"也喻示了意识形态表达和传播方式的改变——从原来具有强制性的文学批评甚至是批判活动，转化为倡导性的文学鼓励活动。1987年由人民文学杂志社、解放军文艺社并全国一百〇八家文学期刊共同发起，以"改革"为主题的"中国潮"报告文学征文活动，此活动的目的意在鼓励和促进作家们及时反映中国的改革现实。活动的时间范围为1987年11月1日到1988年9月30日，此次活动被誉为"中国文坛迄今为止规模最大的联合征文，这项活动必将在中国当代文学史上留下令人难忘的一页"①。此次活动的评奖原则是"精选、精准，适当地注意作品的分布面"，对"各刊推荐的数百篇作品进行了认真的讨论和评选，最后以无记名投票的方式评定出一等奖十篇，二等奖三十篇，三等奖六十篇"②。《文艺报》对此次评奖活动给予了足够的重视和宣传，如1988年12月10日《文

---

① 佚名：《"中国潮"报告文学征文评奖揭晓　一百篇作品榜上有名》，《人民文学》1989年第1期。

② 佚名：《"中国潮"报告文学征文评奖揭晓　一百篇作品榜上有名》，《人民文学》1989年第1期。

艺报》头版头条刊载了《在改革的洪流中"迎潮下海"》《"中国潮"征文评奖揭晓》；1988年12月24日《文艺报》头版头条刊载了《报告文学作者编辑在"文学的节日"中聚谈》、张光年《报告文学的节日》《中国潮报告文学征文优秀作品获奖篇目（续）三等奖》等。《人民日报》也对"中国潮"报告文学征文评奖给予了宣传和报道①。毋庸置疑，这一活动体现出了明确的意识形态诉求，可是，这一意识形态诉求却被有意识地"掩盖"。"中国潮"报告文学评委会主任唐达成在接受记者采访时就认为，将这一活动视为迎合政治需要的"回归现象"的看法是一种误解，并指出，作家们在征文中表现出的开拓精神和创造性视野与"钦命文学"是不可同日而语的②。这一表述方式已经说明这一时期文学场对文学自主性逻辑的追求已经具有了相当的合理性和合法性。不过，由于在这一时期，现代化话语在一定程度上依然是整合不同群体诉求的有效表达，因而这一倡议发起后，短短十天左右，就接到全国百家文艺期刊的热烈响应，不少刊物还提出许多具体的倡议③。并且仅在一年内，"刊出反映各条战线改革新貌的报告文学1000篇，获奖作品100篇。其中不少佳作，在国内引起强烈反响。这次'中国潮'征文，吸引了成千上万的文学作者，数以百万计或千万计的广大读者"④。在一定的层面上，到80年代后期，现代化话语对国家和社会的想象依然被不同的群体所认同，因而唐达成的观点并非纯粹的"掩盖"，这也是这一时期的知识分子对现代化建设的一种主动参与。随着现代化话语的逐渐式微，报告文学的创作也逐渐衰微，"1997年的报告文学整体看收获比较微薄。不能说没有好作品，但比较前几年有明显的差距"⑤。不过，由于报告文学这一体裁在表现现实

---

① 解波、高宁：《百家期刊联合发起"中国潮"报告文学征文 时间从今年11月1日至明年9月30日》，《人民日报》1987年11月11日；佚名：《"中国潮"报告文学征评选在京揭晓》，《人民日报》1988年12月10日；佚名：《"中国潮"报告文学获奖作品选将出版》，《人民日报》1989年3月14日。
② 佚名：《在改革的洪流中"迎潮下海"》，《文艺报》1988年12月10日。
③ 佚名：《全国百家期刊发起"中国潮"报告文学征文》，《文艺报》1987年11月14日。
④ 张光年：《报告文学的节日》，《文艺报》1988年12月24日。
⑤ 李炳银：《报告文学收获不丰》，《人民日报》1998年1月9日。

生活上具有的优势，到了21世纪，对报告文学的评奖又以不同的方式呈现出来。1997年设立的鲁迅文学奖中包含的一个单项奖就是"报告文学奖"。2002年由中国报告文学学会和浙江省湖州市人民政府主办、湖州电力局协办了首届"徐迟报告文学奖"，此奖项到2020年共举办了八届，被视为中国报告文学学会设立的"全国报告文学专项奖"。同时，也出现了一些针对特定事件举办的报告文学奖，如2008年由中国报告文学学会主办的"中国改革开放30年优秀报告文学奖"，"本次评奖范围为1978年12月至2008年12月在中国大陆经国家批准的正式报刊、出版社发表出版的，反映改革开放三十年的社会现实生活，讴歌主旋律，讴歌先进人物和披露评析社会阴暗面，富有思想性、文学性的长、中、短篇优秀报告文学作品，均在评选之列"[①]；为庆祝新中国成立60周年，2009年由中国报告文学学会、深圳晚报、深圳龙岗区共同主办的"庆祝新中国成立六十周年全国优秀中短篇报告文学奖"，该奖项对60年来在全国正规报刊上公开发表的中短篇报告文学作品进行一次全面的回顾与检阅；等等。

这一时期征文评奖的方式是实现意识形态诉求的重要渠道。1987年"贵州省茅台酒厂遵义卷烟厂"委托《人民文学》举办了"'茅台''银杉'文学奖征文"活动；1991年和1992年，《人民文学》又连续两年与湖南省作家企业家联谊会、零陵卷烟厂联合举办了全国文学社团作品"'风流'杯大赛"；1992年3月，为响应中央工作会议关于搞好国营大中型企业中涌现出来的先进单位与个人的宣传，并进一步繁荣文学创作，发挥报告文学迅速及时地反映现实生活的独特作用，《人民文学》与攀枝花钢铁公司联合举办了"中国脊梁（攀钢杯）"搞好国有大中型企业优秀报告文学征文活动；1994年《人民文学》又分别与《中国特产报》和《中国海洋石油报》联合举办了"沿海港口城市对外开放十年回顾征文"活动，以及"我爱蓝色国土"大型征文

---

① 佚名：《中国改革开放30年优秀报告文学奖评奖启动》，《中国文化报》2008年9月23日。

活动。"征文"与"文学创作"无疑存在一定的区别,"文学创作"在一定层面突出的是文学的文学性和独创性,而"征文"本身面对的是社会全体,较之文学创作,征文的独创性和文学性显得薄弱些。这一时期,以"征文"的方式来表达特定的意识形态诉求,在一定层面上也预示了文学的独立性和自主性在一定程度上得到了认同和肯定。

二

同时,随着整一、全面的意识形态诉求的消退,与此相应,也逐渐出现了由特定期刊主办的文学评奖。1981 年 6 月《中篇小说选刊》正式创办,8 月出版第一期。许怀中(时任福建省委宣传部副部长)在《〈中篇小说选刊〉举行创刊三周年茶话会》中指出:"在我国文学史上,往往出现一个时期以某种文学体裁为主要成就的文学现象。这几年中篇小说的发展,就是一个生动的例子。"同时还指出:"1981—1982 年全国获奖的优秀中篇小说二十部,有十五部在《中篇小说选刊》上选载过,还有一部是该刊选载过的作品(古华《芙蓉镇》,笔者注),获得首届茅盾文学奖。因此,《中篇小说选刊》得到了越来越多的读者的欢迎。"[①] 在 1984 年《中篇小说选刊》先于中国作协举办了第一届优秀中篇小说奖,1984 年度《中篇小说选刊》优秀中篇小说奖还首次推出了编辑奖[②]。这一方面是由于中篇小说在这一时期得到长足发展,成为占主导地位的文类。在改革开放的不同时期不同的文学体裁占有不同的位置。在改革开放的初期,对反映生活的及时性的要求,使短篇小说得到了极大的发展。随着时间的演进,对文学配合现实发展的需求慢下来了,作者有更充裕的时间和空间来创作,再加

[①] 佚名:《〈中篇小说选刊〉举行创刊三周年茶话会》,载《中篇小说选刊》1984 年第 4 期。
[②] 1984 年度《中篇小说选刊》优秀中篇小说创作奖、编辑奖共评选出十部获奖作品:《今夜有暴风雪》(梁晓声)、《北方的河》(张承志)、《远村》(郑义)、《折射的信息》(张健行)、《祖母绿》(张洁)、《烟壶》(邓友梅)、《啊,索伦河谷的枪声》(刘兆林)、《绿化树》(张贤亮)、《雪落黄河静无声》(从维熙)、《棋王》(阿成)。评委会的名单为,主任:康濯,副主任:肖岱,委员:于良志、王影、白冲、刘坪、江增培、肖岱、苏晨、张兴春、孟伟哉、骆文、祝方明、高光、徐光耀、康濯、谢国祥、鲁岩、斯群、颜南冲。

上短篇小说的创作对作家创作经验的积累，到 80 年代中期，中篇小说在文学场中就取代短篇成为重要的文学体裁。"与会同志谈到这些年来，在全国范围内，中篇小说比较发达，但是，其他文学体裁样式，例如诗歌、散文、报告文学等也一定要赶上去，出现新的繁荣局面。"① 另一方面，也说明当整一的意识形态诉求被弱化之后，每个刊物在一定层面拥有了明确刊物定位和刊物表达的自由，这一评奖方式逐渐地成为彰显刊物定位和刊物表达的重要方式。如《人民文学》从 1991 年起举办 "《人民文学》优秀小说奖" 评奖，评选的对象是 "凡在本年度内《人民文学》所发表的小说作品（含本刊选载的'新人佳作'）"，"采取读者推荐与专家评议相结合的方法"，"以思想性与艺术性的完美结合为评判的最高标准，提倡真实描写各种各样社会主义新人的佳作，鼓励题材、风格的开拓与创新，欢迎健康的探索与追求"②。这类由不同期刊组织的文学评奖，对评奖目的等的设置，多少改变了 20 世纪 70 年代后期到 80 年代后期文学评奖中表现出来的较为明显的同一性特征，在文学价值体系的建构上，不同刊物体现出些许差异。这类评奖到了 20 世纪 90 年代末期，也就孕育出了由一些知识分子主持，依托于一定的文学机构、出版物的 "民间奖"。比如 1997 年由《北京文学》与中国当代文学研究会专业委员会联合发起的 "当代中国文学最新作品排行榜"；1998 年《作家报》聘请诸多评论家和编辑就 1997 年中短篇小说举办的 "十佳作品" 评选活动；等等。也就是说，这类评奖更多地体现了文学场自身的逻辑，以及对文学价值和文学独立性的追求。这也是自 1978 年以来文学的意识形态功能逐渐被弱化的一个结果。

同时，由于市场的介入以及市场逻辑对文学场逻辑的修改，文学在社会场中的位置也发生了变化。柳萌在《从零开始的复刊》中指

---

① 佚名：《福建省作协主席郭风的发言》，《中篇小说选刊》1985 年第 2 期，此文是就 1984 年度第一届《中篇小说选刊》优秀中篇小说奖评选的发言。

② 佚名：《本刊举办"〈人民文学〉优秀小说奖"评奖启事》，《人民文学》1989 年第 12 期。

出,"《小说选刊》是目前作协系统报刊中,唯一不要国家补贴的单位,这就逼着大家,在不失正确方向的前提下,去积极应对市场的挑战"。同时也指出了《小说选刊》的复刊面临的问题,"当作协新一届领导班子决定复刊时,不仅市场没有了《小说选刊》的地位,而且恰好遇上纸张涨价和发行费提高,尤其没有提供足够的办公费,这就无形中加大了复刊的困难"①。这段表述已经说明了传统的文学刊物在新的语境下与国家权力关系的改变,以及市场逻辑对文学场逻辑的修改。在这一语境下,文学期刊的评奖也就表现出另一样态——出现了文学期刊与企业合作共同举办文学评奖的活动。正如邵燕君所言:"自80年代后期起,随着文学期刊体制的转轨,生存压力的加大,一些期刊开始把举办评奖活动作为寻求企业赞助、补充办刊经费的一种重要方式。"②

1987年,中国作协《小说选刊》与沈阳电冰箱厂联合举办"一九八七年'沈努西'杯优秀中篇小说奖"③。评奖启事指出,评奖结果公布后,评委会"向获奖者颁发奖杯和奖金"④;《小说选刊》1988年第8期刊载了一则评奖广告——"《乡土文学》举办全国短篇小说大奖赛",此奖项由《乡土文学》杂志社与山西榆次市兴华贸易公司举办,该奖项被命名为"'兴华'短篇小说奖"。此奖项设一等奖一名,奖金1000元;二等奖二名,奖金500元;三等奖十名,奖金各100元;创作奖三十名,奖金50元。此奖项的评选委员会主任委员为马烽、刘绍棠,名誉顾问为榆次市兴华贸易公司总经理李寿。《人民文学》1989年第三期刊载了"为迎接《人民文学》创刊四十周年设立《人民文学》宏达文学奖启事",在其刊载的评奖启事中就指出,"为答谢作家

---

① 柳萌:《从零开始的复刊》,《小说选刊》2000年第1期,此文是就《小说选刊》创刊20年发表的文章,是《〈小说选刊〉创刊20周年纪念祝贺与希望》专栏中的一篇文章。
② 邵燕君:《倾斜的文学场——当代文学生产机制的市场化转型》,江苏人民出版社2003年版,第218页。
③ 评委会委员由下列人员组成:唐达成、鲍昌、葛洛、谢永旺、从维熙、王愿坚、李国文、肖德生。
④ 佚名:《沈阳电冰箱厂与中国作协〈小说选刊〉联合举办一九八七年"沈努西"杯优秀中篇小说奖》,《小说选刊》1988年第7期。

们多年来对《人民文学》的支持，为表彰他们对我国文学事业的繁荣发展所作的贡献，为促进文学事业进一步发展，本刊与关注社会主义精神文明的云南宏达实业有限公司共同设立了《人民文学》宏达文学奖"①。刘心武（《人民文学》主编）、郭友亮（宏达实业有限总公司总经理）担任此次评奖活动主任；委员为：王朝垠（《人民文学》副主编）、陈勇（宏达实业有限总公司协作办公室主任）、李正才（宏达实业有限总公司总经理助理）、宋正荣（宏达实业有限总公司副总经理）、周明（《人民文学》副主编）、崔道怡（《人民文学》副主编）、彭国梁（宏达实业有限总公司宣教科科长）。在此次评奖启事中也指出，"将对获奖作家和作品发给证书和奖金"②，等等。到80年代后期，就连中国作协框架下的文学评奖③，也体现出了市场逻辑的介入及其对评奖机制和模式的改变。1978年评奖制度下设立的全国优秀短篇、中篇小说奖的最后一次评选，也就是1987—1988年全国优秀短、中篇小说奖的评选。从评奖启事一方面看到了此奖项的难以为继，另一方面也看到了企业对文学评奖的介入。"为了检阅我国小说创作成果，推荐小说佳作，中国作家协会举办过多次优秀中短篇小说奖。为了保持这项评奖的连续性，经与中国作家协会议定，此项活动将由《人民日报》文艺部和《小说选刊》杂志社联合部分著名企业承担。"④ 参加此奖项评奖的企业包括安徽全椒柴油机总厂、中原油田、北京燕山石油化工公司、沈阳冶炼厂、福建云霄将军山矿泉水开发公司、丹东化学纤维公司、丹东东齐电器集团公司、贵州鸭溪窖酒厂。并且在评选启事中也明确指出，"入选作品将由举办单位发给证书和奖金"。就20世纪70年代后期到80年代后期的文学评奖来看，第二

---

① 佚名：《为迎接〈人民文学〉创刊四十周年 设立〈人民文学〉宏达文学奖启事》，载《人民文学》1989年第3期。

② 佚名：《为迎接〈人民文学〉创刊四十周年 设立〈人民文学〉宏达文学奖启事》，载《人民文学》1989年第3期。

③ 中国作协作为国家权力对文学活动进行管理的最为重要的机构，长期以来一直在社会场和文学场中占据极其重要的位置。

④ 佚名：《关于举办1987—1988年全国优秀中短篇小说评奖的启事》，《小说选刊》1989年第7期。

个五年与第一个五年相比，重要的一个区别就是，"奖金"在评奖启事中被明确地提出。

到 90 年代，由于市场逻辑在社会场中具有的作用不断提升，金钱在这一时期也具有了正面意义和正面价值，文学活动中的物质性因素不断被发现和认同。因而文学评奖不只是颁发象征资本，同时还要颁发经济资本，经济资本逐渐成为文学场（文学评奖）中的重要资本类型。《人民文学》从 1991 年起举办"《人民文学》优秀小说奖"，在评奖启事中也指出，"1991 年度'《人民文学》优秀小说奖'评奖结果将于 1992 年春公布，届时将对获奖作品、作家颁发证书、奖金"[①]。1993 年《大地》杂志社与中国咸阳保健品厂设立"中华大地 505 报告文学奖"，评选范围是 1992 年在《人民文学》和《大地》月刊上发表的报告文学，此奖项也明确提出，"凡得奖者，在《人民日报》和《大地》月刊上公布，颁发证书，并发放奖金：一等奖（1 名）5500 元，二等奖（2 名）各 3500 元，三等奖（3 名）各 1500 元"[②]，等等。与此相应，此类评奖的突出点就是企业的介入，这一时期企业介入的方式又不同于 90 年代后期企业介入的方式。这无疑是与这一时期国家对文学活动管理的方式，以及对企业经济活动的改革方式紧密相关。解思忠、郭兴旺在《关于完善文化事业经济政策的几个问题》中指出，在社会主义市场经济条件下，对文化的扶持方式主要有三种，其中之一就是引导社会各方赞助。"为鼓励社会力量资助文化事业，对企业愿意赞助政府亦期望举办的文化项目和非赢利的公益性文化活动及设施，应允许赞助企业税前列支。鼓励文化单位与企业建立协作关系，为企业的文化建设和丰富职工文化生活服务。企业应给文化单位以必要的资助。打破国家独办文化的旧格局，支持和促进社会兴办文化事业，形成国家、集体、个人共同兴办文化事业的新格局。"[③] 因而

---

① 佚名：《本刊举办〈人民文学〉优秀小说奖评奖启事》，《人民文学》1990 年第 12 期。
② 佚名：《"中华大地 505 报告文学奖"评选启事》，《人民日报》1993 年 3 月 19 日。
③ 解思忠、郭兴旺：《关于完善文化事业经济政策的几个问题》，《光明日报》1994 年 2 月 28 日。

在80年代后期，企业对文学活动（主要是文学评奖活动）的介入，主要是以"关注社会主义精神文明建设"的方式来介入文学评奖活动。这一时期企业对文学活动的参与具有一定的积极性，这类评奖是在企业的赞助之下完成的，也就是在文学和企业之间，文学依然占有一定的主动性。不过，随着时间的推移，经济政策的变化、电视的极大普及等多种因素的影响，文学在社会公共领域的作用能力越来越弱化，市场逻辑却在整个社会场中占有越来越重要的地位，经济资本越来越成为社会场中占主导地位的资本类型，并且，经济资本与其他资本之间具有的转化率不断升高。因而，文学和企业之间的关系逐渐地发生了微妙的变化，也就是企业越来越占有主导地位。这样一来，这一类型的文学评奖活动大致只延续到90年代中期[1]，到了90年代后期，在诸多因素的作用下，企业大多从此类文学评奖活动中淡出。

毋庸置疑，企业赞助之下的文学评奖本身就潜在地表明了市场逻辑已经影响到文学场的逻辑，这可以说是经济资本在文学场中居于主要位置的先声。在这一趋向下，我们就不难理解90年代中期后出现的依托于特定刊物、具有商业炒作性质和较大奖金额度的奖项了。在1994年1月的创刊号上，《大家》登载了要设立"中国第一文学奖——《大家》文学奖"的启事，此次评奖的奖金额度是10万元的巨额奖金。此类奖项还有：由《当代》杂志社主办的"《当代》文学拉力赛"，最高奖金10万元；《北京文学》杂志社主办的"新世纪北京文学奖"，总奖金18万元；等等。随着时间的推移，此类奖项的奖金额度节节攀升，1997年"布老虎丛书"设立的"金布老虎"奖开出100万元的天价。而这一时段的茅盾文学奖的奖金额是：第三届，5000元；第四和第五届是1万元。与第一和第二届茅盾文学奖的2000元相比，已经提高了相当的比例，但是，与10万元和100万元相比，其颁发的经济资本依

---

[1] 1994年，为纪念《人民文学》创刊45周年，《人民文学》分别与昌达环球有限公司、银磊企业（集团）公司、零陵烟厂联合举办了"昌达杯"小说新人佳作评奖、"银磊杯"优秀报告文学评奖、"红豆杯"优秀散文评奖。

然是相当有限的。这也说明，到这一时期，20世纪70年代末到80年代末的文学评奖体现出的文学场和社会场的整一性已经被解构，原有的文学场也开始"四分五裂"，逐渐形成不同的资本类型占主导地位文学次场。

第四章 20世纪90年代后期到21世纪初期的文学评奖

1997年鲁迅文学奖的设立在一定层面上预示了文学存在样态的某种变化,这之后出现了众多的文学评奖,以至于2005年国家颁发了《全国性文艺新闻出版评奖管理办法》来对全国性的文学评奖做出一系列的规范和限制。因而2005年可以成为我们考量1978年以来设立文学评奖制度的又一个时间节点。自1978年设立文学评奖制度以来,1978年到80年代后期,最为主要的文学评奖就是中国作协框架下的、针对各种体裁的全国性文学评奖。20世纪80年代后期到90年代后期,随着从现代化到现代性进程的推进,文学评奖整齐划一的状态逐渐被解构。随着市场经济体制改革的不断推进,以及对自主性文学场的不断追求,在20世纪90年代后期到21世纪初期出现的众多的文学评奖中,按其在文学场中所占据的位置来看,大体上可分为三种类型:一是主要体现了宏观文化视野对文学的规约和引导作用,这类奖项主要包括政府奖和中国作协框架下的文学评奖;二是主要体现了市场逻辑的文学评奖,这类奖项最为典型的就是由期刊、出版社和杂志社等主办的文学评奖,如由《大家》杂志社主办的"大家·红河奖"、《中国作家》主办的"中国作家大红鹰文学奖",等等;三是主要体现了文学场的自主性逻辑,也就是以审美原则为主导逻辑的文学评奖,这类奖项主要是由一些文学机构(这类机构与由文学评奖带来的经济效益没有直接的联系)、学院派批评家等组织的文学奖项,如由中国小说学会主办的中国小说排行榜、鼎钧文学奖,等等。这三类奖项绝非单纯的并列关系,即使这三类奖项体现了不同次场中的主导逻辑,每一次场中的主导逻辑也绝非全然被限制在该次场内,其主导逻辑必然会突破该次场的界限,对其他次场的运作机制和主导逻辑产生一定的修正作用。因而在具体的论述中,也必然要探讨不同奖项之间相互纠缠和影响的张力关系。

第一节 市场逻辑下的文学评奖

在20世纪90年代后期到21世纪初期出现了许多依托于文学期刊和出版社的文学评奖,这其中还包括一些隶属于中国作协的重要文学刊物,如《人民文学》《小说选刊》《中国作家》[①]。这种类型的奖项在80年代后期就已经出现,不过其数量在80年代后期还较为有限,奖项提供的奖金额度也较低。"文学期刊为了吸引优秀稿件而举办各种有奖征文活动并不始于今日,但一开始奖金的数额并不怎么高,通常不过千把元而已,上了万的就算是'天文数字'了。"[②] 而自90年代后期到21世纪初期,此类奖项大量出现,并且奖金额度也不断攀升,提供的单项奖最高金额大多在10万元以上。那么,这种类型的奖项大幅度出现与这一时期的现代性语境之间构成了何种关系?并且在此关系的制约下,此类奖项在运作机制上又有怎样的特点?

一

到了20世纪90年代后期,随着市场经济体制改革的推进,市场成为调节物质活动和精神活动的一个重要杠杆,经济资本在各个场域

[①] 在1978年设立文学评奖制度以来,全国优秀短篇、中篇小说的评选主要就是依托于《人民文学》和《小说选刊》。在那一时期这些刊物对文学观念和文学价值的传达,以及对作家身份的认定具有举足轻重的作用。

[②] 佚名:《文学征文奖金步步攀升 重奖之下能否催生力作》,《文艺报》1997年11月20日。

中成为占主导地位的资本类型。在这一语境下，文学的商品属性成为文学性质的一个重要的不可忽视的面向。"随着社会全面转型步伐的加快，尤其是1992年之后，社会商业化、世俗化的特征日益明显，文学由此获得了新的发展空间。宏大叙事与审美叙事逐渐让位于小叙事与日常叙事，这就是以王朔等为代表的大众文化思潮的涌动，文学由原来的注重认识、教育、熏陶等功能向注重文学的消闲、娱乐这种消费文化转型。"① 当文艺自身的商品属性在整个社会场域中得到普遍认同时，作为文学载体的期刊也就必然具有商品属性，也就有了市场经济体制下的期刊社和出版社单位体制的转轨——过去主要依靠国家财政拨款的期刊社和出版社由过去的事业单位演变为自负盈亏的企业。因此，文学作品在一定层面上就成为某种消费品，也就是文学作品必须在被读者购买或消费后才能实现其生产目的，这样一来，文学作品被接受和被消费无疑就会受到消费文化特有规律的影响和制约。在特伦特大学文化分析教授费瑟斯通看来，消费文化具有两层含义："首先，就经济的文化维度而言，符号化过程与物质产品的使用，体现的不仅是实用价值，而且还扮演着'沟通者'的角色；其次，在文化产品的经济方面，文化产品与商品的供给、需求、资本积累、竞争及垄断等市场原则一起，运作于生活方式领域之中。"② 这样一来，由于受众的多寡直接影响到文化产品经济价值实现的可能性和程度，作为消费者的读者的参与就是文化资本转化为经济资本的关键所在，也就是读者成为实现文化资本向经济资本转化的"主体"或是"伪主体"。因而如何有效刺激大众的消费欲望，进而获取经济资本，就成为影响这类刊物运作机制和策略选取的一个最为重要的面向。实际上，文学评奖在一定层面上无疑就是期刊社和出版社将符号资本转化为经济资本的一种机制和策略：通过评奖来扩大刊物影响，进而扩大刊物发行量，把尽可能多的大众转化为消费者。这也是对文学评奖意义的借重，

---

① 张永清：《文学体制与新时期文学思潮》，《文艺理论》2008年第7期。
② ［英］迈克·费瑟斯通：《消费文化与后现代主义》，刘精明译，译林出版社2000年版，第123页。

文学评奖从事的也是文学价值的生产，不过，与更局限在专业领域的文学批评不同，文学评奖本身就有一定的公共参与性，即评奖活动可以溢出文学边界成为一个社会事件。因此，由各种期刊社和出版社主办的文学评奖，在策略和评奖机制的选取上是尽可能扩大奖项的辐射范围。这样一来，此类评奖在运作机制和策略的选取上就形成了以下两个主要特点。

一是担任此类评奖的评委大多包括一些具有一定社会知名度的名人或明星，而不单纯是文学领域中的专家或学者。如《大家》曾邀请金庸、中央电视台《读书时间》主持人李潘担任第三和第四届"大家·红河"奖评委，其余的三名评委分别是余华（作家评委）、王干（编辑评委）、谢冕（学者评委）。金庸和李潘担任评委引起了诸多争议，在一些批评者看来，《大家》的做法不过是借评委的知名度吸引"眼球"，是一种明显的商业炒作方式①。所谓的吸引"眼球"实际上就是要形成对大众的吸引力，在一定层面上评委中的"名人"和"明星"具有一种广告效应。广告作为消费时代最有影响力的大众媒介，其传播的功能并非完全由其内容决定，"而是出自其自主化媒介的逻辑本身，这就是说它参照的并非某些真实的物品、某个真实的世界或某个参照物，而是让一个符号参照另一个符号，一件物品参照另一件物品，一个消费者参照另一个消费者"。②也就是说，在消费社会，消费者是被生产出来的，其消费的欲望是可以被设计或被引导的。由于大众主要依据对"名人"或"明星"的认同来获得自我的身份认同，因而在评委的设置中包含一定数量的"名人"或"明星"，就是要将消费社会中大众对"名人"或"明星"的认同转化为对评奖的认同、对文学的认同和对刊物的认同，也就是作为消费符号的"文学""刊物"的意义和价值就通过"名人"或"明星"的意义和价值得到确认，进而就形成对大众参与评奖活动的"邀请"，为大众转化为书籍的购买者

---

① 赵晨钰：《〈大家〉评奖金庸当评委不够格?》，《中华读书报》2002年11月6日。
② ［法］让·鲍德里亚：《消费社会》，刘成富、全志钢译，南京大学出版社2009年版，第116页。

提供了可能性。在这类评奖中，大众媒体从业者的介入在一定层面上可以使文学突破相对狭窄的受众群体进入到更为广阔的大众视野。因此就不难理解"纯文学"刊物主办的文学评奖中，如《当代》主办的"当代文学拉力赛"，依然包含一定数量的大众媒体从业者。

同时，由于现代性带来的话语分裂解构了原有的知识分子共识，也在一定程度上解构了原有的作为启蒙者的知识分子权威。而文学评奖无疑与权威是紧密相连的，权威才能担保文学评奖所体现出来的价值判断的合理性和合法性。"对游戏（幻象）及其规则的神圣价值的集体信仰同时是游戏进行的条件和产物；集体信仰是至尊至圣权力的根源，这种权力有助于至尊至圣艺术家通过签名（或签名章）的奇迹把某些产品变成圣物。"① 也就是"游戏"要得以实现必须以对"游戏（幻象）"和"游戏规则"的"集体信仰"为前提，并且只有通过"游戏"，"游戏（幻象）"和"游戏规则"体现出的"集体信仰"才能现实化。这两者之间形成一种封闭的循环，而正是这一循环机制才使得一个作家或一部作品的神圣化成为可能。因而谁参与"游戏"，谁制定"游戏规则"就成为这一"游戏"实现的关键所在。在现代性语境下，当知识分子作为权威或启蒙者的能力被弱化时，"名人"或"明星"具有的社会引导作用，使"名人"或"明星"对某种行为或价值观念的展示，本身就具有将此种行为或价值观念"圣化"的能力。正如沙姆韦所言："由种种交相抵触的话语实践所构成，每种实践都有赖于至少一位具有一定级别的理论明星。文学研究的知识定义并不是看批评家的精湛表现，或是看事实的累积，而是看其父辈（以及越来越多的母辈，虽然明星还是以男性为主）所获得的声誉。这种权威形式既建立起了明星制度，又为明星制度所重塑。"② 因而"名人"或"明星"对文学评奖的参与，在一定程度上提供了评奖所需要

---

① [法]皮埃尔·布迪厄：《艺术的法则：文学场的生成和结构》，刘晖译，中央编译出版社2001年版，第277页。
② [美]大卫·R. 沙姆韦：《文学研究中的明星制度》，载[美]杰弗里·J. 威廉斯《文学制度》，李佳畅、穆雷译，南京大学出版社2014年版，第202页。

的"权威",被大众追捧的"名人"和"明星"成为权威的代言人。

二是此类奖项大多提供高额的奖金,其单项奖金额大多在10万元以上。比如,2000年由人民文学出版社、《当代》杂志社主办的"《当代》文学拉力赛",拉力赛的总冠军将获得10万元的奖金;长江文艺出版社举办的"九头鸟长篇小说奖"的一等奖也是10万元奖金;春风文艺出版社的"金布老虎"奖更是开出了100万元的天价(卫慧的《上海宝贝》就是春风文艺出版社推出的"布老虎丛书"中的一种)。1994年云南《大家》举办的"大家·红河"在当时开出10万元的奖金,就令文坛一片哗然,此奖项在当时也被一些人称为中国的"小诺贝尔文学奖"。然而,此奖项在首届评出莫言的《丰乳肥臀》后,第二和第三届就连续空缺,这也遭到文坛的激烈批评。《当代》主编常振家就表示:"就是勒紧裤子过日子,也必须发出大奖,以高额奖金掀起炒作热潮,又以'空缺'方式一毛不拔的伎俩,《当代》是绝不会的。"[1] 从常振家的表述中可看出,当期刊社和出版社在成为面对市场的企业后其面临的经济困境,以及经济资本对此类奖项的运作机制和策略的形成具有的重要作用。实际上,"高额的奖金额"如同参与评奖的"名人"和"明星",生产出的都是同一种话语,同一种符号,在这种话语的反复叙事中,满足了大众在这个消费时代获得身份认同和寻求金钱的无意识欲望,进而可以"邀请"大众卷入到评奖活动中,并最终成为文学的消费者。法国哲学家鲍德里亚在《消费社会》中提到一则为电影做的广告,"电影以其巨大的屏幕使您可以详尽地介绍您的产品:色彩、形状、包装。在办理广告业务的2,500座电影厅里。每周有3,500,000位观众光顾。他们中的67%在15岁到35岁之间。这都是需求旺盛的消费者,他们愿意而且有能力购买"[2]。也就是广告交换价值的实现程度主要取决于受众的规模和受众的消费能力。因而也就不难理解,此类文学评奖机制和策略的核心就在于吸引

---

[1] 周三:《"〈当代〉文学拉力赛"2000年第一站竞赛纪实》,《当代》2000年第2期。
[2] [法]让·鲍德里亚:《消费社会》,刘成富、全志钢译,南京大学出版社2009年版,第66页。

大众或者是潜在的消费者的关注和参与。

　　这样一来，读者就成为确立文学价值和价值观念的重要一极。2002年长江文艺出版社举办的首届"九头鸟小说奖"的评选，采取的就是专家和读者相结合的办法，一方面依托于专家，另一方面也由全国各地读者投票评选心目中的最佳"九头鸟长篇小说"。1997年中国当代文学研究会评论专业委员会和《北京文学》启动当代中国文学最新排行榜时，提出评选的宗旨是"纯粹、公正和权威"，其中"纯粹"指"强调作品的文学价值水准，专注于作品的艺术性"，并特别标明"为避免艺术尺度的差异，畅销书不在本榜之列"。"权威"则指"作品的推荐与遴选，均由当代处于中坚地位的年富力强的中青年理论批评家和文学期刊的编辑来操持与评定"[①]，但在后来的评选中，却根据市场要求去掉诗歌，增设报告文学，并在出版的排行榜作品集中向读者发放选票，欢迎读者参与投票评选。《北京文学》从2001年第1期开始改版，其指向就体现了强烈的读者意识和市场意识，而读者意识和市场意识在一定层面上是紧密相关的。为了拉近与读者的距离，刊物设立了"纸上交流"栏目，该栏目旨在为品评作品和刊物提供一个空间和渠道。而且《北京文学》向读者承诺：只要贴上《北京文学》原始标志，并附上返程邮票，编辑部将在规定时间内做到每信必复、每稿提出处理意见。[②] 虽然在1978年设立的针对各种体裁的全国性文学评奖中，读者也是评奖机制中的重要因素，不过，在这一时期，读者更多是作为文学作品的欣赏者或鉴赏者介入文学评奖活动，也就是读者是检验文学作品意义和价值的重要主体，在一定层面上体现了文学的意义和价值的确立要通过实践来检验的现代化意识形态。而在20世纪90年代后期到21世纪初期，中国社会已经逐渐从一个生产型社会过渡到一个消费型社会，在这一时期，读者不仅是一个欣赏者或鉴

　　[①] 《北京文学》杂志社、中国当代文学研究会评论专业委员会：《关于举办当代中国文学最新作品排行榜的告白》，载王安忆、阿来、莫言等《忧伤的年代——当代中国文学最新作品排行榜》，时代文艺出版社2000年版，第2页。
　　[②] 《北京文学》社长：《只盯名作家带不来文学繁荣》，《北京日报》2012年3月6日。

赏者，更是一个消费者。对这些已经面向市场的期刊社和出版社来说，读者作为消费者的意义就更为突出，因为当文学成为商品时，书籍的购买者才是唯一真正的读者。

因而在此基础上，也就形成此类评奖的一个重要目的：评奖成为获得企业赞助的一个途径，企业因此获得奖项的冠名权，也就是评奖本身就具有广告的意义。如2001年由《中国作家》与中国宁波大红鹰烟草经营有限公司举办的"中国作家大红鹰文学奖"；2004年《人民文学》举办的"茅台杯"人民文学奖，等等。2000年《当代》杂志社设立了"文学拉力赛"，其主要目的就是要通过投标的方式面向全国企业转让拉力赛冠名权。"我们以为招标方案能够得到社会的关注，以为我们的努力能够给冠名的企业以相当的回报"，"却没料到投标者寥寥，拉力赛十万大奖和相关费用至今不能落实"，但"我们会继续寻求经济支持"[①]。由于网络媒体的兴起，以纸媒为载体的文学对受众的吸引力逐渐减弱，正如陈晓明所言："文学毕竟属于古典时代的文化形式，它成熟于农耕文明时期，发展于工业文明时期。一种文化的功能和对时代认识方式的影响，与它所包含的技术成分也有关系。文学的技术表现手段就是纸、笔或印刷机器，印刷符号就是它的空间存在的物质媒介，它当然无法与后工业时代的图像媒介、数字化生存相抗衡。"[②] 因此，虽然此类文学评奖在运作机制和策略的选取上以读者或大众为核心，但其自身作为广告媒介的意义和价值依然有很大的局限性。这样一来，也就不难理解，随着图像媒介的普及，此类评奖也就逐渐地衰落了。

二

而正如布迪厄所言："艺术品的价值和意义的生产主体，不仅是以物质形式创造艺术客体的生产者，而是加入到场域中的行动者系统，所

---

① 《当代》编辑部：《〈当代〉编辑部告作者读者》，《当代》2000年第5期。
② 陈晓明：《挪用、反抗与重构——当代文学与消费社会的审美关联》，《文艺研究》2002年第3期。

有与艺术有关的人，包括艺术家、批评家以及艺术收藏家、中间人等在各种程度上以艺术为活的人，那些在场域中争夺艺术定义权，争夺将自己的世界观和艺术观作为支配性的原则的行动者，都卷入艺术意义的生产中。"① 20 世纪 90 年代后期到 21 世纪初期，由于经济资本成为社会场域中重要的资本类型，读者成为文化资本向经济资本转化的重要载体，进而也就成为参与到文学价值建构的一个重要力量，因而读者的介入必然会影响到各场域的结构和逻辑。不过，毋庸置疑，读者因素介入的次场不同，以及介入的方式和作用大小又受到该次场结构的影响和制约。那么，读者的介入对体现文学场逻辑的文学评奖和体现宏观文化视野的文学评奖又具有怎样的作用呢？

就文学评奖来看，读者因素遭到的最大阻力来自以自主性审美原则为主导逻辑的文学评奖。由《南方都市报》斥资设立的华语文学传媒大奖，被看作是所谓的"纯文学"大奖，该奖项提出"在文学的旗帜下奖励文学"②。由于该奖项是由媒体（《南方都市报》和《新京报》）主办的文学奖，它与市场的距离就是主办方不断强调的一个方面。《南方都市报》执行总编辑陶第迁在第三届华语传媒大奖颁奖典礼的讲话中，就这个问题——"作为媒体，你们为什么要花这些钱来办一个文学奖？"——做出了重要声明："今天，我可以诚实地告诉大家，我们之所以办这个文学奖，仅仅出于一个单纯的信念：我们热爱中国文学，并且愿意承担传播优秀文化、留存民族记忆的基本责任。请相信，从创办至今，我们未曾在'华语文学传媒大奖'身上寄托任何商业性的诉求，以前没有，我想以后也不会有。"③ 也就是，"华语文学传媒大奖"倡导的文学观和文学价值观是，文学只能成为文学的目的，文学是手段和目的的同一。作为由面对市场的媒体主办的文学

---

① Pierre Bourdieu, *The Field of Culture Production: Essay on Art and Literature*, Cambridge: Polity Press, 1991, p. 261.

② 本报记者刘伟茗、侯虹斌：《在文学的旗帜下奖励文学》，《南方都市报》2005 年 4 月 11 日。

③ 本报记者刘伟茗、侯虹斌：《因为热爱所以骄傲——"华语文学传媒大奖"主办方领导感言》，《南方都市报》2005 年 4 月 11 日。

评奖，其通过与经济资本撇清关系来表达对文学自身的独立性和自主性的追求。而参加此类评奖的评委身份大多被认定为学院批评家、资深编辑、资深评论家等。中国小说学会主办的小说"排行榜"，就是由学会的专家教授来评选代表中国当代小说最高水平的作品，该奖项强调的就是学术性和权威性，并且其学术性和权威性的体现，主要是通过区别于那些商业炒作性质的"排行榜"来定位的①。如果按照布迪厄在《学术人》中对知识分子的划分来看，这类评委拥有的资本类型大抵可归属于知识分子资本。因而在由期刊社和出版社举办的文学评奖与一些由学院派批评家依托于一些机构举办的、体现了文学场自主性逻辑的文学评奖之间，就形成某种极强的张力关系。这种张力关系本身也就意味着知识分子内部的某种分化，以及由这种分化带来的文学观和价值观的对立。正如蒋述卓所言："我总觉得我们当前的理论界、批评家对文学存在的价值、文学的意义、文学的发展路向过于悲观。一些理论家、批评家总是认为当前的文学由于受到价值多元与市场经济的冲击，意义趋于贫困化、平面化、低俗化，有的甚至持一种'新左派'的立场，认为当前文学已完全丧失了批判性，沦为金钱与肉欲的奴隶，是与消费社会、市场经济合谋而扼杀了文学。我以为这些看法有失辩证法。"②

这两类文学评奖的对立在文学观念上主要就表现为"雅文学"与"俗文学"的对立，因而"雅俗"之争也成为这一时期论争的一个重要主题，并且这一论争主要局限在受经济资本驱动的知识分子和拥有知识分子资本的知识分子之间，而非体现了宏观文化视野拥有学术资本的知识分子与体现经济资本逻辑的知识分子之间。"有一个大争论是关于《废都》，最尖锐的批评不是来自官方，而是来自知识分子，认为它缺乏人文主义的追求，写得粗俗、庸俗。"③ 也就是说，在那些

---

① 中国小说学会：中国小说学会简介，http://www.zgsxxh.com.cn/jianjie.htm。
② 蒋述卓：《消费时代文学的意义》，《文学评论》2005年第6期。
③ 子厦：《王蒙接受本报特约记者采访——纵谈经济大潮下的文坛现状》，《文学报》1993年3月24日。

拥有知识分子资本的学院派批评家看来，文学要不断通过和与其作为对立面的政治的分别来确立文学场自身的自主性，而且还需要通过与市场的分别来确立自身的自主性。"华语文学传媒盛典"组委会副主任、《南方都市报》副总编辑、《南都周刊》总编辑陈朝华在接受采访时就指出："所谓的'商业化、娱乐化、意识形态化'都是文学外部的一些标签。真正的文学应该穿透这些外在的归类和标签，直抵人心。"① 而对那些依托期刊社和出版社的文学从业者（知识分子）来讲，他们则大多会涂抹雅俗文学之间的界限。如邵燕君所言，几位当前中国最重要的"纯文学"期刊负责人在有关"纯文学"概念的拓展、雅俗文学界限的突破，以及只注重强调"纯文学"对优秀通俗文学应有所借鉴这些问题上，都持有相似的观点，而且这样的观点在《北京文学》对"好看"的提倡，以及以"好看"为"好刊"的价值取向上有相同的理论基础②。

那么读者的介入对体现宏观文化视野的文学评奖又具有怎样的影响呢？接受美学告诉我们，作品为我们提供了阅读的可能，并且这种可能性必须通过接受者（读者）的阅读，才能将其转化为现实性。而要有效实现"文化领导权"的关键就在于，将某种寄寓于符号中的意义通过读者的接受来现实化。因而就体现宏观文化视野的文学评奖来看，一方面，由于其对国家意识形态的表达，必然在文学场和社会场中占据特定的重要位置；另一方面，在消费社会中，这类评奖要解决的一个重要问题就是：如何使其表达的价值观和世界观被更广大的大众所接受。因此，在这类文学评奖中，读者因素必然也会成为影响该类奖项运作机制和策略选取的重要力量，这样一来，体现宏观文化视野的文学评奖依然会重视读者的作用，体现市场逻辑的文学评奖也会重视读者的作用，因而对体现市场逻辑文学评奖的批评更多来自主性文学场。而作为消费者的读者的介入，必然就会在某种程度上修改体

---

① 佚名：《真正的文学温暖人心》，《南方都市报》2007年3月18日。
② 邵燕君：《大师的"大家"，还是大众的"大家"？——从"大家·红河奖"的评选看"民间奖"的市场化倾向》，《文艺争鸣》2003年第5期。

现宏观文化视野的文学评奖的运作机制和策略。

第六届茅盾文学奖的评选，首次由新浪读书频道与中国作家网"中国作家协会"独家合作，共同报道评奖活动。新浪网作为当时最有影响力的商业网站，其受众的数量已具有相当规模。而茅盾文学奖随着现代性语境的变迁，其影响力逐渐减弱[①]。这一问题无疑是茅盾文学奖面临的亟待解决的问题，第六届茅盾文学奖对媒体的借重，就是对这一问题的一个回应。并且，读者作为影响该类评奖的一个因素，也在一定的层面上介入了这一时期茅盾文学奖的评奖机制和策略的选取。在第六届茅盾文学奖的评奖过程中，评奖办公室对《茅盾文学奖评奖条例》做了修改，修改稿规定，为了倾听群众的意见和呼声，在终评开始前一个月，入围名单将向社会公布，读者意见可以通过各种方式直接反馈到茅盾文学奖评奖办公室，并作为评选委员会的重要参考。新修订的《茅盾文学奖评奖条例》规定其评奖的基本准则是：坚持评奖的"导向性、群众性、公正性"，改变了原有的评奖准则——"导向性、权威性、公正性"。第七届茅盾文学奖坚持的评奖准则依然是"导向性、群众性、公正性"。用"群众性"取代"权威性"，一方面说明了现代性的分裂和矛盾使知识分子阐释世界的能力弱化了；另一方面，由于在消费社会中，读者或者是消费者作为消费"主体"或"伪主体"存在的事实，使读者或消费者成为影响文学生产机制和文学价值建构的重要因素。同时更为重要的是，体现宏观文化视野的文学评奖，其"导向性"的实现程度无疑与接受者的范围是紧密相关的。"从传播学角度看，文学艺术作为商品交换流通量越大，其意义的影响面也越大，其社会的效益也会越大，它们所具有的社会价值会得以放大。"[②] 因而也就不难理解体现市场逻辑的文学评奖与体现宏观文化视野的文学评奖之间存在的共通之处。

不过，也不能忽略这两者之间的差异，就体现市场逻辑的文学评

---

① 唐韧、黎超然、吕欣：《茅盾文学奖获奖作品调查报告》，《广西大学学报》1999年第5期。
② 蒋述卓：《消费时代文学的意义》，《文学评论》2005年第6期。

奖来看，最为重要的就是作为消费者的读者，也就是读者是其实现文化资本向经济资本转化的重要中介。而就体现宏观文化视野的文学评奖来看，读者是实现其"导向性"目标的重要因素，也就是此类评奖要通过表达其认可的价值观和世界观来稳固或重构读者认知和感受世界的框架，因而就可能存在读者的阅读兴趣与"导向性"之间的或抵触或一致的状况。就茅盾文学奖来看，自第三届以来其对现实主义的坚守，一直被许多知识精英所诟病。到第六届，由于读者或消费者作为重要因素介入到对文学的生产和定义中，同时由于自现代以来，现实主义在中国大众的阅读习惯和阅读兴趣的建构上，具有举足轻重的地位，因而在一定层面上，现实主义与大众的阅读习惯之间具有较高的切合度。这一点无疑是有益于茅盾文学奖对现实主义的坚守的。这样一来，到了第六和第七届，茅盾文学奖向更符合大众阅读习惯的现实主义作品的偏移，就表明了茅盾文学奖对大众作用的借重，因此也获得了与精英知识分子坚守的文学场自主逻辑相抗衡的"新资本"，也就有了"群众性"对"权威性"的替代。不过，我们在强调读者在消费社会中具有的意义和价值与茅盾文学奖之间相互促进的作用时，也不能忽视两者之间存在的差异。从第六届茅盾文学奖的评选来看，读者所推崇的现实主义作品，如《沧浪之水》《梅次故事》等，所建构的现实与获得茅盾文学奖的获奖作品给我们建构的现实之间是存在一定的差异的。

随着现代性语境的演变，进入消费社会后，读者或消费者的因素，在一定层面上介入到文学的生产机制和评价机制中。同时现代性带来的分裂和矛盾，使读者或消费者因素在不同的评奖场域中呈现出不同的样态。

第二节　文学场逻辑下的文学评奖

自党的十一届三中全会后，文学与政治之间的关系在一定层面上被重新考量，其中最重要的标志就是邓小平在中国文学艺术工作者第四次代表大会上的讲话。这一重新考量的动力依然是来自政治，正是与改革开放紧密相关的现代化话语支持了"知识自主"成为可能。许纪霖和罗岗在反思1990年以来中国思想文化界的重大论争时指出，"没有国家权力内部的分裂与松动，没有权力场域提供的结构性可能空间，知识场域的自主性是无法想象的"[①]。在政治权力的主导下，新时期之初开始了政治对文学一定程度上的"松绑"，新时期具有某种自主性的文学场得以建立。到90年代后期，随着市场经济体制改革的深化，经济资本作为重要的资本类型介入到社会场和文学场中，进而也就削弱了原有的政治资本在场域中与其他资本的转化率，也就意味着相较于过去，政治因素的作用在文学场中被弱化了。"随着商业时代的来临，市民社会的形成，要求有与之相应的文化市场和文化产品来满足变化了的精神与审美需求。在21世纪文化景观中，大众文化与文化的大众化是最为触目惊心的现象。文化市场和图书市场空前繁荣，文化和文学也具有了广阔的自由和空间。"[②] 也就是说，文艺的市场化在使金钱成为影响文艺存在样态的一个重要因素的同时，也为文学摆脱政治权力的干预提供了某种可能性。因而相较于新时期初期文学与政治之间的关系，随着市场经济体制改革的深入，在市场逻辑的介入下文学场的自主性逻辑变得更为复杂。那么，这一时期的文学场逻辑又具有怎样的特点？这些特点又如何规约了这一时期体现文学场逻辑的文学评奖？并且对体现其他次场逻辑的文学评奖又具有怎样的效应？

一

由于现代性与生俱来的自反性，现代性在建构之后甚至建构的同时必然要解构其建构的观念、方法等，因而现代性的核心就在于瞬时，

---

① 许纪霖、罗岗等：《启蒙的自我瓦解：1990年代以来中国思想文化界重大论争研究》，吉林出版集团有限责任公司2007年版，第263页。
② 朱栋霖、吴义勤、朱晓进：《中国现代文学史1915—2016》，北京大学出版社2018年版，第273页。

就在于不断追求永远也不会到来的明天。自20世纪后期到21世纪初期,新时期之初建立在对人的理性精神和人的主体性之上的、充满了乐观主义的现代化话语被不断地解构。这样一来,现代化进入现代性进程也带来了对人的理性精神以及对确定性和客观性的质疑。"没有了一些概念——诸如彭斯德包括在其'当代'定义中的概念(理性、进步、科学)——现代性是不可想象的,当现代性进而反对这些概念时,它是追随其最深层的使命,追随其与身俱来的通过断裂与危机来创造的意识。"① 也就是没有"理性""进步"和"科学"这些体现现代化特质的概念的出现,也就没有现代性,可是现代性对这些概念的反对又是其必然的使命。而反对的本质实际上就是关于"人的神话"的瓦解——人可以认识历史规律,规划未来的走向。同时在市场经济条件下,对作为个体消费者的强调,个体的所谓的"独特性"和"差异性"成为消费意识形态的核心,消费意识形态就必然加剧对理性的客观性、稳定性和确定性的质疑。因而不难理解,在新时期之初,中国文学重构了一个关于"大写的人"的神话,而从先锋文学开始,人的神圣性受到质疑,人的肉体的无意识欲望和人性之恶被不断地发掘和表现。这样一来,先锋文学必然放弃对某种具有永恒性和客观性的价值体系和认知体系的认可和表现,转而追求形式上的创新,追逐"能指的游戏",寻求"为文学而文学"的目的,进而文学的手段就成为文学的目的,也就从现实主义重视内容的意义,转而强调形式的价值。而正如比格尔所言:"'艺术体制'的概念既指生产性和分配性的机制,也指流行于一个特定的时期、决定着作品接受的关于艺术的思想。"② 比格尔的这段话也就说明,这样的文学观念——当文学成了"自我指涉的游戏"时,也就体现了纯粹的审美原则——的形成,必然是与特定的文学体制相关联的。在这一文学体制下,在20世纪90年代后期,出现了一些由知识分子主办的依托于一定文学机构的所谓

---

① [美]马泰·卡林内斯库:《现代性的五副面孔:现代主义、先锋派、颓废、媚俗艺术、后现代主义》,顾爱彬、李瑞华译,商务印书馆2002年版,第102页。

② [德]彼得·比格尔:《先锋派理论》,高建平译,商务印书馆2002年版,第88页。

的"民间奖"。

"民间"作为一个与"庙堂"相对的术语,突出的是与主流话语的异质性,这一概念主要是建立在文学或知识分子与政治的二元对立的基础上的,陈思和甚至将这一概念升华为独立知识分子的一种理想。即所谓的"民间奖"的实质,就是以纯粹的审美原则为文学场的自主逻辑,追求文学的目的就在于文学,而非外在于文学的政治、经济等外部因素。邵燕君将"民间奖"概括为三种类型:"由文学期刊、出版社(丛书)举办的主要奖励自己发表作品、出版作品的奖项;由各种评审委员会进行的文学评选活动(其中最典型的是文学排行榜);由个人或基金会捐助的奖项。"① 这类评奖主要有:1997年由《北京文学》与中国当代文学研究会专业委员会联合发起的"当代中国文学最新作品排行榜";1998年《作家报》聘请诸多评论家和编辑就1997年中、短篇小说举办的"十佳作品"评选活动;2000年由中国小说学会主办的"中国小说学会奖"和小说"排行榜";以及2000年由上海市作协和《文汇报》联合发起组织的全国百位批评家推荐"90年代最有影响的10部作品";鼎钧双年文学奖;等等。就这类奖项来看,它们大多依托于特定的文学期刊、出版社或机构。由于经济资本在各场域中与其他资本的转化率的提升,因而这类彰显文学的纯粹审美原则的奖项,首先撇清的就是评奖活动与组织机构之间并不存在任何经济上的利益关系,专心寻求建立在文学/政治二元对立基础上的纯粹性。因而就主要建立在与政治权力"相对立"基础上的"民间奖"来看,其民间性也主要是相对于政府奖和作协奖来说的。这样一来,在一定层面上,民间奖与政府奖和作协奖体现出来的文学观和文学价值观之间就存在某种抵牾和差异。而对立的核心实际上就在于:"民间奖"对体现了纯粹审美原则的先锋文学的肯定,意味着其放弃了对某一稳定的价值体系的坚守,进而也就怀疑人的主体性精神,也就是从现代化

---

① 邵燕君:《倾斜的文学场——当代文学生产机制的市场化转型》,江苏人民出版社2003年版,第217页。

语境下的对进步和理性的肯定，走到对人的非理性和不确定性的表现。而政府奖和作协奖在相当层面上坚守着现实主义或社会主义现实主义创作手法的意义和价值，现实主义或社会主义现实主义无疑又是与人的理性精神和进步的信念紧密相关的。正如美国文学批评家卡林内斯库所言："历史地看，先锋派的萌生和发展似乎都紧密联系着非神圣化世界中的'人'的危机"，并且，"这导致十九世纪'现实主义'的终结，而现实主义实质上是一种'人本主义'"①。

因而民间奖最突出的一个特征就是：与政府奖和作协奖较少交集，也就是一般来说，获得民间奖的作品很难获得政府奖或作协奖，反过来获得政府奖或作协奖的作品也很难获得民间奖。即使偶尔出现交集，也往往会被认为是一种意外。比如由百名批评家参与评选的"90年代最有影响的10部作品"，这10部作品中，除了《我与地坛》和《文化苦旅》为散文外，其余8部均为长篇小说，而在这8部作品中，仅有两部作品——《尘埃落定》和《白鹿原》（修订版）——获得茅盾文学奖。反过来说，涵盖了整个90年代优秀长篇小说评选的第四和第五届茅盾文学奖获奖的8部作品中，仅有两部获得由学院派批评家组织评选的"90年代最有影响的10部作品"，而这两部作品获得茅盾文学奖也被一些学院批评家认为是意外。又比如莫言的《檀香刑》和李洱的《花腔》在2003年1月获得首届"21世纪鼎钧双年文学奖"，并且这两部作品也入选了中国小说学会主办的"2001年中国小说排行榜"。当这两部作品进入第六届茅盾文学奖审读小组"推荐书目"后（并且莫言《檀香刑》高居"推荐书目"榜首），却最终落选第六届茅盾文学奖。而柳建伟的《英雄时代》是依据《茅盾文学奖评奖条例（修订稿）》——为尽可能减少遗珠之憾，由三名或三名以上的评委推荐的作品，仍可进入审读小组的推荐名单——进入推荐书目，并最终获得第六届茅盾文学奖。同时，柳建伟《英雄时代》也获得了国家的

---

① [美]马泰·卡林内斯库：《现代性的五副面孔：现代主义、先锋派、颓废、媚俗艺术、后现代主义》，顾爱彬、李瑞华译，商务印书馆2002年版，第135页。

"五个一工程"奖。不过,《英雄时代》的获奖却成为此届茅盾文学奖遭到批评的最为主要的一个面向。文学评论家解玺璋①认为:"《英雄时代》获奖是对茅盾文学奖的亵渎。"② 与此相应,就是对莫言《檀香刑》落选的批评。而在柳建伟看来,其作品的获奖优势就在于:"这部作品面对了广大读者共同关注的社会现实中的大问题。"③ 这种抵牾实际上就体现了文学观和文学价值观的差异,民间奖体现的更多是先锋文学的文学观念和认知世界的方式,茅盾文学奖更多体现的是现实主义或社会主义现实主义的文学观念和认知世界的方式。因而我们就不难理解为何这一时期的重要的先锋派作家——如苏童、格非、马原等——均未获得政府奖和作协奖。

实际上,民间奖与政府奖和作协奖的抵牾也彰显出现代性语境下知识分子内部的某种分化。"90 年代最有影响的 10 部作品"的评选虽然是由上海作协主办,但是,其评审人员是由学院派批评家组成,参与评选的 98 位来自全国各地的由老、中、青三个年龄段组成的评委,其身份全部是"专业从事文艺理论批评的专家学者"④。也就是这些评委掌握的更多是智识资本,体现出的是独立分化的文学场逻辑,"是科学名望的问题"⑤。因而他们的评选往往被认为是体现了具有自主性的纯粹审美原则。而参加这几届茅盾文学奖评选的委员往往被指称为"老年"的"前文学工作者",由于不可逆的时间在现代性中占有举足轻重的位置,因而对"过去"和"传统"的颠覆在现代性中无疑是具有正向意义的,"老年"和"前文学工作者"从时间上看是与"过去"

---

① 解玺璋曾担任多项文学评奖的评委,如首届"《当代》文学拉力赛"的五名专职评委之一,第三届老舍文学奖评委,等等。

② 本报记者吴小曼、特约撰稿人付艳霞:《茅盾文学奖背后的利益角逐》,《财经时报》2005 年 5 月 30 日。这是在第六届茅盾文学奖评奖结束后,《财经时报》走访了多位评委、学者、获奖和落榜作家后撰写的文章。

③ 胡殷红:《第六届茅盾文学奖获奖作家述说获奖感受》,《文艺报》2005 年 4 月 14 日。

④ 徐俊西:《一份关于 90 年代文学的集体答卷》,《文汇报》2000 年 9 月 16 日;陈思和:《文学批评与 90 年代文学的互动》,《文汇报》2000 年 9 月 16 日。

⑤ [法]皮埃尔·布迪厄、[美]华康德:《实践与反思——反思社会学导引》,李猛、李康译,中央编译出版社 2004 年版,第 111 页。

和"传统"相连,这样一来,他们的身份就不断地受到学院派批评家和编辑家的怀疑。这两类知识分子的对立在茅盾文学奖的评选中,就表现为评选委员会与审读小组之间的对立。评选委员会中的知识分子主要掌握的是学术资本,学术资本主要由体制内的权威来提供,"是指与那些控制着各种再生产手段的权力相联系的资本"①。这些评委大多担任了重要的文艺部门的领导工作,这一点与20世纪70年代后期到80年代后期的文学评奖一脉相承。这也成为一些知识精英质疑茅盾文学奖的一个重要面向,"他们自身的权力身份,又规约着他们必须站在社会学的层面上,从文学教化功能考虑评奖结果"②。与茅盾文学奖评选委员会相对,主持民间奖的知识分子和茅盾文学奖"审读小组"的成员所拥有的资本就更多属于智识资本,这些学者往往是通过同行的认同,或者凭借其作品被同行接受,最终获得政治体制外的声望。因而拥有智识资本的知识精英体现更多的是以先锋文学为代表的纯粹审美原则,而拥有学术资本的知识精英更多体现的是以现实主义或社会主义现实主义文学为代表的审美原则。

二

由于纯粹审美原则可能会割断文学与生活实践的联系,先锋文学在一定层面上可能既失去了文学原有的社会功能,又失去了市场。那么体现纯粹审美原则的民间奖又是如何产生和存在的呢?在比格尔看来,在任何时代从历史上看都存在具体的审美实践的体制化,并且"只有体制本身,而非关于艺术作品的先验概念,才能以精确的、历史性的、可重复出现的方式说明艺术的本质"③。也就是,特定时期关于文学艺术的思想无疑是与特定的文学艺术的生产和分配机制紧密相

---

① [法]皮埃尔·布迪厄、[美]华康德:《实践与反思——反思社会学导引》,李猛、李康译,中央编译出版社2004年版,第111页。
② 洪治纲:《无边的质疑——关于历届"茅盾文学奖"的二十二个设问和一个设想》,载洪治纲《无边的迁徙》,山东文艺出版社2004年版,第304页。
③ [德]彼得·比格尔:《先锋派理论》,高建平译,商务印书馆2002年版,第41页。

关,那么纯粹审美原则成为文学场中的主导原则,无疑就是以这一时期的文学体制为基础的。自新时期之初,对"外行"领导"内行"的反思,使各个学科的专业边界变得更为清晰,也就是只有拥有特定专业知识、接受专业训练的人才能介入该领域。同时现代性的分裂和矛盾,以及伴随这种分裂和矛盾出现的相对主义,使知识分子和文学也放弃了对世界整体的把握和阐释,文学和文学从业者(知识分子)也就在一定程度上被限制在文学的边界内,也就是"为文学而文学"。因而我们就不难理解为何民间奖一再强调"学术性"和"权威性"。比如:由中国小说学会设立的"中国小说学会奖",每两年评选一次,由学会的专家教授评选出代表当代小说最高水平的作品。"专家教授"和"代表当代小说最高水平的作品"就是"学术性"和"权威性"的保障和体现。实际上,"学术性"和"权威性"是一体两面的,"学术性"代表了由专业知识分子形成的文学场域的边界,而边界具有筛选功能,也就是只有那些拥有与该场域相匹配的专业知识的知识分子才允许进入这一场域,而允许进入这一场域的知识分子也就具有就各类文学作品和文学事件发表判断、说明和解释的合理性和合法性,并且其作出的判断、说明和解释也就具有一定的权威性。正如布迪厄所言:"内部等级化原则,也是特殊认可的程度,有利于被他们的同行或他们自己认可(至少在他们事业的最初阶段)的艺术家(等等),他们至少应该消极地把自己的声誉归功于他们丝毫不向'大众'的要求让步。"[①] 因而我们也就可以理解,在民间奖的评选中,几乎是没有读者的介入的,这一点也构成了与体现市场逻辑的期刊社、出版社主办的文学评奖的不同。

因此在现代性语境下,是文学体制本身给予了民间奖和先锋文学追求文学自身独立性的可能。但是,一方面,当文学不断摆脱对其他领域(特别是政治和市场)的限制或依附时;另一方面,文学作为一

[①] [法]皮埃尔·布迪厄:《艺术的法则:文学场的生成和结构》,刘晖译,中央编译出版社2001年版,第265页。

种精神活动或精神生产本身是无法摆脱其具有的物质性因素的限制的，那么，这种可能是如何转化为现实的呢？布迪厄在《实践与反思——反思社会学导引》中就指出，在从主观立场对研究对象做出分析以前，必须对研究对象做出客观主义的理解。因为行动者的认知方式必然受到其在客观社会空间中所处的位置以及客观社会空间结构的影响和制约，并且在一定层面上，客观社会空间的结构和其在该社会空间中所处的位置具有优先性，因此，布迪厄的理论也就打破了主观主义和客观主义的二元对立。也就是说，对此问题的思考，除了要考量客观社会空间的结构，还需要考量民间奖在客观社会空间中所处的位置，这样才能厘清民间奖的产生和存在如何从可能转化为现实。实际上，承担民间奖的组织和机构大体上可分为两类：一是体制内的组织和机构。比如主办"中国小说学会奖"和小说"排行榜"的中国小说学会，该学会是1985年成立于天津的一个全国性学术团体。首届学会由唐弢担任会长，后因各种原因学会活动中断十年（这一时期对应的是1978年设立的文学评奖制度的衰落期），1995年9月举办了中国小说学会第二届年会，王蒙担任本届年会会长。中国小说学会挂靠在天津师范大学，"天津师范大学领导对小说学会极为重视，为学会特拨了专用的办公房间并提供了必要的办公设备"[①]，而中国小说学会的会员大多是高校教师或科研机构的科研工作者，比如中国小说学会2000年度中国小说排行榜评委会委员名单：主任：冯骥才（作家），副主任：雷达（评论家）、陈俊涛（评论家）、汤吉夫（教授）。委员：马相如（教授）、刘俐俐（教授）、吴义勤（教授）、陈冲（教授）、陈公仲（教授）、李星（评论家）、李大鹏（教授）、李运抟（教授）、李国平（评论家）、杨剑龙（教授）、金汉（教授）、洪治纲（教授）、施战军（评论家）、夏康达（教授）、盛英（评论家）、韩石山（作家）、谢有顺（评论家）、谭湘（评论家）。[②] 由此可见，中国小说学会并非如同

---

① 中国小说学会：中国小说学会简介，http：//www.zgxsxh.con.cn/jianjie.htm。
② 中国小说学会：《2000中国小说学会排行榜》，二十一世纪出版社2012年版，扉页。

推向市场的期刊或出版社，而是间接依赖于体制的机构或组织，并且其成员全部是体制内的、拥有智识资本的学者。二是拥有一定的经济资本的组织或机构。比如，鼎钧双年文学奖（该奖项得到赞助，奖金赞助者表现低调，不肯公开姓名）、华语文学传媒奖，等等。鼎钧双年文学奖是由国内十一位文学人士发起并担当评委的专业奖项，这十一位评委是高校及社科院的学者、著名文学刊物的编辑。该奖项指出，评选结果完全是建立在十一位评委的阅读体验上，与主流观念和市场标准没有关系。在现代性语境下，对文学自主性不断追求的过程中，当解构了一些具有客观性和稳定性的价值体系后，个体经验成为体现文学本质的重要面向。

从这些承担民间奖的组织、机构以及参与评奖的评委来看，是体制为民间奖提供了可能性。正如汤普森在《意识形态与现代文化》中指出，在18世纪及以前，赞助人制度可以保护艺术家不受生活需求的影响，而使艺术品在市场外保持某种独立性[①]。因而正是以对体制以及由体制为其提供的位置的某种依赖为基础，才使对文学场自主逻辑的追求成为可能。因而充满悖论的是，文学对自由本质的追求和实现是以体制以及其在体制中的位置为基础的。这也成为民间奖面临的困境，一方面，体制是其追求文学自由本质的基础；另一方面，体制又对机构、组织和知识分子都有一定的收编和同化的能力，而这两个方面既给予文学以自由，又会形成对自由的限制。那么，是不是在这一时期，对文学场自主逻辑的追求全然是被动的，完全是由现代性语境和体制所建构的？回答是否定的。由体制给予文学的自主性必然会反抗体制对文学的建构，文学自主性的提升必然使智识资本与其他资本的转化率大幅提升，"这些资本是依据自主性力量而赢得的，并得到文化生产场的自主性的庇护"[②]。而拥有智识资本的知识精英大多是高

---

① [英]约翰·B. 汤普森：《意识形态与现代文化》，高铦等译，译林出版社2005年版，第109页。

② [法]皮埃尔·布迪厄：《文化资本与社会炼金术》，包亚明译，上海人民出版社1997年版，第86页。

等教育的主要承担者，其对文学接受者的审美趣味具有一定的建构能力。正如法国作家埃斯卡皮所言，文学的接受者"跟其他各种消费者一样，与其说进行判断，倒不如说受着趣味的摆布"。① 也就是，"趣味"本身也是由各种社会话语所建构，而教育在其中扮演着重要的作用，文学史教材的编写无疑就是建构文学趣味的重要面向。20世纪90年代后期到21世纪初期，影响较大的文学史教材有：洪子诚《中国当代文学史》（北京大学出版社1999年版），陈思和主编的《中国当代文学史教程》（复旦大学出版社1999年版），以及杨匡汉、孟繁华主编的《共和国文学50年》（中国社会科学出版社1999年版）。在这三部文学史中，洪子诚《中国当代文学史》提到过获得历届茅盾文学奖的获奖作品有：周克芹《许茂和他的女儿们》、古华《芙蓉镇》、李国文《冬天里的春天》、张洁《沉重的翅膀》、刘心武《钟鼓楼》。而另外两部文学史根本就没提到获得茅盾文学奖的获奖作品。文学史的编撰必然是建立在特定的文学观和文学价值观的基础上，绝没有所谓的价值"中立"的态度。"在文学史中，简直就没有完全属于中性'事实'的材料。材料的取舍，更显示对价值的判断，初步简单地从一般著作中选出文学作品，分配不同的篇幅去讨论这个或那个作家，都是一种取舍与判断。甚至在确定一个年份或一个书名时都表现了某种已经形成的判断，这就是在千百本书或事件之中何以要选取这一本书或这一事件来论述的判断。"② 如果获得政府奖和作协奖的文学作品在进入文学史视野时受到限制，也就意味着不能进入大学的学术传播渠道，而高等教育机构无疑为一部作品的认可提供了"经教育转化了的大众"③。这样一来，这些奖项就可能成为"作协一个与文学无关的话

---

① ［法］罗贝尔·埃斯卡皮：《文学社会学》，于沛选编，浙江人民出版社1987年版，第86页。
② ［美］勒内·韦勒克、奥斯汀·沃伦：《文学理论》，刘象愚、邢培明、陈圣生、李哲明译，江苏教育出版社2005年版，第32页。
③ ［法］皮埃尔·布迪厄：《艺术的法则：文学场的生成和结构》，刘晖译，中央编译出版社2001年版，第180—181页。

题"①，其颁发的象征资本与其他资本的转化率必然会下降，对作家身份认定的能力也随之减弱，这类文学作品的生产和传播的能力也就降低了。因此，政府奖和作协奖在对文学观和文学价值观的建构上，其话语权也就被弱化了。

　　柳建伟《英雄时代》获得第六届茅盾文学奖，莫言《檀香刑》落选第六届茅盾文学奖，当这一结果带来对此届茅盾文学奖的批评时，中国作协党组书记陈建功对这些批评的回应，就充分说明该类奖项在文学场中的话语建构能力的弱化。"我知道很多批评意见是认为柳建伟的作品过于关注现实，这属于文学流派之争。而茅盾文学奖对于不同流派、文学主张就是要采取包容、宽容的态度，保护文学的多样化，特别是保护关注现实的创作。"②从陈建功的回应可见出，这一时期体现文学场自主性逻辑的先锋文学，在追求文学的自主性或文学的独立本质时具有排他性，也就是先锋文学在"内容—形式"的结构关系中，重心已经从所叙述的"内容"转移到了叙述的"形式"，形式被认为体现了纯粹的审美原则——也就是自主性文学场中的主导逻辑。而在这一时期的现代性语境下，现实主义或社会主义现实主义写作模式不断被边缘化，因而现实主义作为一种写作模式存在的必要性更多是通过"多元共存"来说明，也就是其对现实主义或社会主义现实主义的合理性的说明，更多的是依据自主性文学场对文学自由本质的确认——"茅盾文学奖对于不同流派、文学主张就是要采取包容、宽容的态度，保护文学的多样化"。而从第八届茅盾文学奖开始，由于现代性语境的变化，现实主义的意义和价值得到了来自其本身的说明③。这也就体现了纯粹审美原则对这一时期其他次场的主导逻辑的修正和引导作用。

　　在这一时期现代性语境下的文学体制具有的社会空间结构，以及民间奖在此空间结构中占据的位置，使民间奖对体现纯粹审美原则的

---

① 陈晓明：《请慎重对待第五届"茅盾文学奖"》，《科学时报》1999年11月27日。
② 东方：《中国作协回应〈檀香刑〉争议》，《长沙晚报》2005年7月28日。
③ 参见本书第六章第四节。

文学作品的认可成为可能。而由于现代性的流动性，以及体制本身对文学自主性逻辑的作用和限制，当先锋文学的写作逐渐式微时，也就意味着文学体制具有的社会空间结构出现了变异，以及民间奖在该空间中所处位置发生了变化，这类评奖也就难以为继了。

第三节　宏观文化视野下的文学评奖

到20世纪90年代后期，由于包括文学艺术在内的各领域的市场化，文艺自身的商品属性在整个社会场域中被广泛认同，因而那些以市场逻辑为主导的文学活动在社会场和文学场中也获得一定的合法性和合理性。同时，市场也有助于现代性语境下文学作为社会子系统的独立分化，"在一定的历史时期，市场为艺术家提供了摆脱政治权力干预的可能性"[1]，因而纯粹审美原则成为文学场中的主导逻辑。不过，即便如此不可否认的是，由于文学相较于其他媒介，对人的复杂细腻的情感、感受的表现更为自由，而任何理性的认识只有和情感体验黏合在一起时，理性认识才能被真正运用于生活实践中，并实现对生活实践的改变，因而文学依然是一种重要的意识形态表现形式。因此，虽然文学的商品属性被发现、被认同，作为相对独立的社会子系统的文学体制在一定程度上得到建立和完善，但是，国家意识形态从宏观文化视野上依然对所有的次场具有规范和引导的作用，而这种规范和引导无疑是具有合理性和必要性的。2006年1月13日《人民日报》刊载了中共中央、国务院发出的《关于深化文化体制改革的若干意见》的信息，次日又刊登了中共中央宣传部要求认真学习此文件的通知，中宣部在通知中指出，"要高度重视文化的意识形态属性，充分考虑文化的产业属性，把两者统一到文化体制改革的全过程"[2]。那么，体现客观文化视野的文学评奖作为对文学价值做出判断，引导文

---

[1]　陶东风：《文学理论基本问题》，北京大学出版社2004年版，第15页。
[2]　佚名：《中宣部通知要求认真学习〈中共中央、国务院关于深化文化体制改革的若干意见〉》，《人民日报》2006年1月14日。

学生产和文学接受的重要方式，随着文学作为社会独立子系统的文学体制的建立，以及市场经济体制下经济资本在各场域中一跃成为重要的资本类型，在这一时期又呈现出怎样的样态？并且其他次场的主导逻辑对该类评奖的运作机制和策略的选取又具有怎样的作用呢？

一

正如布迪厄所言，在对研究对象做出主观主义的分析之前，首先要进行客观主义的分析。各类文学评奖都置身于一定的客观社会空间结构中，同时，不同的文学评奖又与承担此类奖项的主体在文学场和社会场中所处的位置紧密相关。就体现宏观文化视野对文学规范和引导的奖项来看，承担此类奖项的组织或机构在文学场和社会场中都占据着重要的位置，主要包括由政府重要部门主办的奖项和中国作协框架下的文学评奖，也就是政府奖和作协奖。政府奖主要是指政府"三大奖"，即由新闻出版总署主持的国家图书奖、中国出版工作者协会主办的中国图书奖，以及由中共中央宣传部主办的"五个一工程"奖，在这三大奖下又包括众多的子项目。这一时期，中国作协框架下的文学评奖，与1978年文学评奖制度下设立的奖项在命名上有些不同，在1978年文学评奖制度下设立的各类奖项，除茅盾文学奖外，其余的奖项主要是根据体裁来命名，如全国优秀短篇小说奖、全国优秀新诗奖、全国优秀中篇小说奖，等等。而到了这一时期，中国作协框架下的各类文学评奖大多是以中国现当代文学史上著名的作家来命名，如鲁迅文学奖、老舍文学奖，等等。以中国现当代文学史上著名作家来命名的方式本身就为这类奖项提供了某种符号价值，使奖项本身具有一定的象征意义。中国作协框架下的奖项主要有三类：一是中国作家协会的四大奖——茅盾文学奖、鲁迅文学奖、全国少数民族文学"骏马奖"、全国优秀儿童文学奖。二是各省、市、自治区和直辖市作协（文联）主办的各种文学评奖，如四川省作协主办的"四川文学奖"、海南省作协主办的"海南省青年文学奖"，等等。这类奖项主要用于奖励本省或本市的作家或在这一省市刊物上发表的优秀作品。目前较有影响的是：由北京市文联和老舍文艺基金会主办的"老舍文学奖"，此奖项设立于1999年，并于2000年6月首次颁奖；山西省作协于2004年恢复了中断20年的"赵树理文学奖"（此奖项设立于1985年，后来主要因为资金的缘故，评奖很快就中断了）；等等。三是由中国作协下属的中华文学基金会主办的各类奖项，如庄重文文学奖、冯牧文学奖，等等。中华文学基金会成立于1986年，直属于中国作家协会，财政部曾经给予一次性拨款两百万元人民币的资助，此基金会还接受个人、企业等单位对文学事业发展提供的经济资助。

　　承办政府奖、作协奖的组织和机构本身就在国家体制内占据着重要位置，体现的是宏观文化视野对文学的规范和引导作用。相较于作为次场的文学场，宏观文化视野在一定的层面上与作为元场域的权力场有一致之处，也就是宏观文化视野对其他次场的主导逻辑和规范会产生某种引导和规约作用，而这种规范和引导作用对文学的健康发展是具有一定的合理性和必要性的。正如布迪厄所言："在权力场内部的文学场（等等）自身占据了被统治地位。"① 也就是说，虽然随着自主性文学场不断完善、在社会各场域中经济资本与其他资本的转化率不断提升，权力场作为元场域，依然拥有在社会场及各个次场中占据重要位置的政治资本和经济资本，以及颁发各类文化资本的权力。宏观文化视野对文学的规范和引导作用，也可从政府奖和作协奖所颁发的象征资本与其他资本之间的转化率见出，转化率越高，其宏观文化视野对其他次场主导逻辑的介入力量就越强。如湖南省委宣传部就建立了"五个一工程"专项经费，每年拿出一百万元支持"五个一工程"的实施，并且湖南省委明确，在"五个一工程"评选中获奖的作品就成为湖南省新闻出版奖、文学艺术奖、社科理论奖的当然获奖对象，给予重奖；同时，凡有一项精神产品在全国"五个一工程"评选中获奖的省直厅局、地市州委宣传部，则成为湖南省一年一度的"五

---

① ［法］皮埃尔·布迪厄：《艺术的法则：文学场的生成和结构》，刘晖译，中央编译出版社2001年版，第263页。

个一工程"组织奖的当然获奖单位①。因此，在宏观文化视野的介入下，文学的意识形态功能必然在文学场和社会场中得到一定程度上的实现。下面主要以"五个一工程"奖为例，对宏观文化视野框架下的文学评奖做一简单说明。

1991年，中宣部、文化部、广播电影电视部联合发出《关于当前繁荣文艺创作的意见》，正式提出设立"五个一工程"奖。暨"各省、自治区、直辖市的党委宣传部门和政府文化部门、广播影视部门，要像抓重点建设工程那样，集中力量有计划有重点地组织文化艺术产品的生产。1991年内，要拿出质量上乘的一本好书、一台好戏、一部优秀影片或电视剧、一篇或几篇有创见的文艺理论文章。并在此基础上，制定出三至五年包括各种文艺门类在内的重点创作的规划。对于列入重点的项目，要采取硬性措施加以逐项落实和考核"②。"五个一工程"设立之初，共设戏剧、电影、电视剧（片）、图书、理论文章五个子项。文学作为国家意识形态和文化战略的重要方面，在"五个一工程"奖的最初，是被纳入"一本好书"中进行评选的。1995年年初，江泽民在全国宣传部长会议上突出强调要重点抓好文学（特别是长篇小说）、电影和儿童文艺（简称"三大件"）的创作，长篇小说位居"三大件"之首。因而在中央到地方各级部门行政力量的介入下，90年代初已经出现的"长篇热"被推向高潮。"据统计，1995年长篇小说的出版（发表）量在700余部，1996年突破800部，1997年预计逼近1000部。这样的数量确为百年文学史上所仅见。"③ 2005年《全国性文艺新闻出版评奖整改方案》出台后，"五个一工程"奖由八个子项缩减为五个，分别为电影、电视剧（片）、戏剧、歌曲、文艺类图书。"五个工程·一本好书"只限于评选"文艺类图书"，因此，"五个一工程"奖更加成为引导文学生产和消费的重要的评奖机制。既然"五个一工程"奖要实现宏观文化视野对文艺创作活动的规约和引导，

---

① 佚名：《湖南省每年资助"五个一"一百万》，《文艺报》1994年10月8日。
② 佚名：《关于当前繁荣文艺创作的意见》，《人民日报》1991年5月10日。
③ 何镇邦：《九十年代"长篇热"透视》，《光明日报》1998年2月26日。

最终要为不同群体提供某种具有稳定性的观念体系和价值体系，那么为了实现这一评选目的，"五个一工程"奖作为一个奖项必然要具有其鲜明的特点。李宝善就指出，"五个一工程"奖评奖原则具有三个特点：第一，"坚持标准，质量第一"，"要努力创作出思想性、艺术性、观赏性完美统一，深受群众欢迎，并能经受历史检验的优秀作品"。第二，"注重评奖的导向作用，通过评奖引导创作"，"通过'五个一工程'评奖加强对创作思想的引导，是新形势下党领导文艺工作的一个创造"。第三，"调动各地区、各部门组织精神产品生产的积极性"，"'五个一工程'奖，重在奖励组织工作成绩突出的单位"[①]。

"五个一工程"奖的设立说明了党对文艺工作管理和调控模式的改变。新时期以来，对新中国成立后党对文艺生产管理和调控模式的反驳，使评奖成为引导文艺活动的一个重要动力。"五个一工程"奖提出的"坚持标准，质量第一"，要实现"思想性、艺术性、观赏性完美统一"的评奖原则，无疑与中国作协框架下的文学评奖原则具有一致性——在三者的关系中，更为突出思想性的统摄作用，在一定程度上艺术性和观赏性主要是有助于思想性的实现，也就是以一种作用于人的感性体验和情感体验的方式，将具有一定抽象性的思想形象化，这样才有利于接受者接受和内化某种抽象观念体系和价值体系。不过，由于评奖不同于文艺批判运动，其对文艺生产的调控是"柔性"的，因而评奖具有的作用，就与奖项颁发的资本类型及其与其他资本的转化率紧密相关。"五个一工程"奖的一个重要评奖原则是："调动各地区、各部门组织精神产品生产的积极性"，也就是各省、自治区和直辖市的政府行政力量要直接介入到"五个一工程"奖的实施过程中，各级部门行政力量的介入形成和提升了奖项本身的符号价值，提升了奖项颁发的象征资本与其他资本的转化率。因而这一评奖原则本身就体现出"五个一工程"奖颁发的象征资本或符号资本与政治资本（当然也包括经济资本）之间具有较高的转化率。如2021年四川省

---

① 李宝善：《关于精神文明建设"五个一工程"》，《人民日报》1998年5月7日。

出台了《四川省重大文艺项目扶持和精品奖励办法（试行）》，获得"五个一工程"奖的电影可奖励600万元；获得"五个一工程"奖的图书可奖励200万元；获得"五个一工程"奖的电视剧、动画片可奖励500万元；获得"五个一工程"奖的广播剧可奖励100万元；等等。如果说思想性是导向性的基础，那么其颁发的符号资本的价值，无疑是思想性和导向性实现的重要动力，在思想性的基础上，通过奖项颁发的符号资本和经济资本，最终实现"五个一工程"奖的另一个重要的评奖原则"注重评奖的导向作用，通过评奖引导创作"。这种实现最终有利于为整个国家和民族提供特定的观念体系和意义体系。正如何言宏所言："正是以评奖制度作为核心，国家在文学场域组织了'主旋律'文学的大规模生产，从而建立了一套体系庞大、高效运作的文学生产机制。某种意义上，我们甚至可以将'主旋律'文学的生产机制极为简单地概括为'抓评奖，促生产'。"[①] 因而，"五个一工程"奖是有效发挥国家意识形态在文艺生产中的引导作用的重要方式。

由于中国作协在文学场中所处的位置是作为宏观文化视野对文学场产生作用的中介，所以，中国作协框架下的评奖必然也要体现国家意识形态对文学的规范和引导。从中国作协主持的专门针对少数民族文学评奖的"骏马奖"来看，其评奖条例指出，在要求作品符合基本的社会主义文学规范的同时，强调"对于体现时代精神和历史发展趋势，反映现实生活，塑造社会主义新人形象，催人奋进、鼓舞人心的优秀作品，应重点关注"[②]。从"骏马奖"的评奖条例中也可见出其对获奖作品的思想性的强调，并且其对思想性的具体阐释与中国作协框架下的其他文学奖项对思想性的阐释大体是一致的。正是在此基础上，邵燕君指出，1997年设立的鲁迅文学奖与设立于1978年的全国优秀

---

① 何言宏：《国家文化战略与"主旋律"文学的生产机制——对于1990年代中国文学的历史回望》，《南京师范大学学报》（社会科学版）2007年第3期。

② 佚名：《关于开展全国第八届少数民族文学创作"骏马奖"评奖工作通知》，《文艺报》2005年1月11日。

短篇小说奖在文学观念上并没有什么大的突破①。

因此，作协奖和政府奖往往存在高度的重叠。如获得第六届茅盾文学奖的柳建伟先后获得了众多的政府奖：柳建伟曾获得中宣部"五个一工程"奖、首届冯牧文学奖、国家图书提名奖、中国图书奖、全国优秀图书编辑奖、解放军文艺奖、四川省文学奖，等等，其《突出重围》入选新中国成立五十周年献礼十部长篇小说。获得茅盾文学奖和鲁迅文学奖的许多作家也获得了各种政府奖，如张平《抉择》获得中宣部"五个一工程"奖，也是向新中国成立五十周年的重点献礼作品；党益民获得过"五个一工程"奖，其报告文学《用胸膛行走西藏》获第四届鲁迅文学奖；关仁山获得过"五个一工程"奖，其报告文学《感天动地——从唐山到汶川》获第五届鲁迅文学奖；等等。

二

虽然宏观文化视野对各次场的空间结构都会产生一定的规约作用，但是，当各次场的自主性逻辑不断增强时，也必然在一定层面上对宏观文化视野体现出来的主导逻辑的现实化产生一定的影响，甚至在一定层面上修正宏观文化视野的主导逻辑。作为独立的社会子系统的文学体制的建立，以及经济资本对各个场域的介入，必然使政治资本与其他资本的转化率降低，因而对政府奖和作协奖来说，其对作家身份的认同和认定作用必然就会被弱化。如果我们将获得1978年全国优秀短篇小说奖的刘心武的获奖感言，与2000年记者对其的采访做一个对比的话，就能清楚地见出其中的不同。刘心武的《班主任》获得1978年全国优秀短篇小说奖，在颁奖大会上代表获奖者发言，刘心武指出："我们要把党和人民给予的奖励，当作前进的动力，谦虚谨慎，戒骄戒躁，更积极地投身到为四个现代化而奋斗的时代激流中去。我们要更自觉地运用马克思主义立场、观点、方法，去观察、体验、研究、

---

① 邵燕君：《倾斜的文学场——当代文学生产机制的市场化转型》，江苏人民出版社2003年版，第215页。

分析社会生活，更刻苦努力地提高艺术修养和写作技巧，争取写出更能传达时代脉搏、表达人民愿望的新作品来，更好地发挥文学轻骑兵的作用。"① 而因《钟鼓楼》获得第二届茅盾文学奖的刘心武，在2000年面对记者的采访时说，"我觉得这件事和我没有关系，也不大关心……至于上次获奖，那是某一天突然有人打电话来通知的，至于怎么评的，我不知道。我一个电话没打过，一个人没问过"②。由此可见，当文学场自主逻辑不断被强化时，"输者为赢"的逻辑反而在对一个作家的身份认同，以及改善其在文学场中所处位置的能力上有显著提升。"在正在实现自主的场的自身逻辑中建立秩序的要求，其有效性在这种认识中得到最好的证明，即表面上最直接服从外部要求或限制的作者，不仅在他们的社会行为方面，而且他们的作品本身，越来越经常地被迫遵守场的特殊规则；仿佛为了无愧于他们的作家身份，他们理应与占统治地位的价值保持一定距离一样。"③ 那么其他次场的逻辑——主要就是文学场的自主性逻辑和市场逻辑——对政府奖和作协奖的评奖策略和机制的形成又有怎样的作用呢？

策略的调整主要体现在两个方面：一是在市场逻辑下，政府奖和作协奖的奖金额度也呈上升趋势。不过，与体现市场逻辑的文学评奖相比，其奖金额度依然是保持在一定限度内的，如茅盾文学奖和鲁迅文学奖的奖金从2000元上升到1万元。同时，由于在市场逻辑下，随着读者在文学场中所占位置的提升，读者成为介入文学场逻辑的一个重要因素。而就更多体现出文学意识形态功能的政府奖和作协奖来看，其倡导的观念和认知方式必须通过接受者（读者）的阅读才能将其现实化。因而读者对这一时期的政府奖和作协奖的策略选取和运作机制的形成就具有相当的影响。这样一来就不难理解，在第六届茅盾文学奖评选过程中，评奖办公室对《茅盾文学奖评奖条例》的修改了，也

---

① 佚名：《全国优秀短篇小说评选发奖大会在京举行》，《人民日报》1979年3月27日。
② 思思：《茅盾文学奖：人文话题知多少》，《北京日报》2000年10月25日。
③ ［法］皮埃尔·布迪厄：《艺术的法则：文学场的生成和结构》，刘晖译，中央编译出版社2001年版，第84—85页。

就是将茅盾文学奖评奖的基本准则——坚持评奖的"导向性、权威性、公正性",替换为"导向性、群众性、公正性"。用"群众性"替代"权威性",一方面,弱化了拥有知识分子资本的知识精英对纯粹审美原则的推崇;另一方面,由于绝大多数读者的阅读史大多是以现实主义作品为主导的,因而其审美趣味和审美惯习与作协奖和政府奖倡导的现实主义或社会主义现实主义作品之间具有一定的契合性。这样一来,相较于第四和第五届茅盾文学奖,第六届茅盾文学奖就向更符合大众审美习惯的现实主义或社会主义现实主义作品偏移,也就说明了读者或大众对文学场的介入,使茅盾文学奖在一定程度上获得了与知识精英相抗衡的新资本。不过,我们在强调读者或大众的阅读习惯与茅盾文学奖评奖标准的一致性时,也不能就此忽略两者之间的差异。比如在第六届茅盾文学奖的评奖过程中,读者推崇的现实主义作品,如《沧浪之水》《梅次故事》等,这些作品对现实的定义和表现无疑与茅盾文学奖对现实的定义和表现方式之间存在抵牾。因此,我们就不难理解,茅盾文学奖的评奖标准用"群众性"取代"权威性"之后,其重要的一个评奖标准依然是"导向性",也就是要通过茅盾文学奖和其获奖作品实现对读者和大众的审美趣味,以及世界观和人生观的建构。

同时,由于读者对政府奖和作协奖的评奖意义的实现具有举足轻重的作用,也就是接受者的接受是这类评奖所持守的意义和价值现实化的必要条件,因此,现代传媒技术对传播和接受所具有的价值在这类评奖中就具有某种策略性的意义。正如汤普森所言:"如果我们关心意义用于建立和维持统治关系的方式,那么我们必须研讨大众传媒象征形式所推动的意义如何被人们所了解和占用,人们在他们日常生活的过程中接受传媒信息,把它们结合进他们的生活。"① 这样一来,我们可以看到,从第六届茅盾文学奖的评选开始,茅盾文学奖有了对网络传播媒介的借重。第六届茅盾文学奖的评选首次由新浪读书频道

---

① [英]约翰·B.汤普森:《意识形态与现代文化》,高铦等译,译林出版社2005年版,第26页。

与中国作家网"中国作家协会"独家合作,共同报道评选活动。新浪网作为当时最有影响的商业网站之一,其受众的数量已经具有相当规模。而第七届的获奖作品麦家的《暗算》,在一些知识精英看来,无疑是得益于大众文化的支持。"《暗算》的获奖,一方面可能与电视剧的热播存在一定的关系,另一方面与1990年代以来日益强大的大众文化氛围有着更密切的联系。"① 而《暗算》在改编成电视剧后,成为谍战剧的开山之作,在开播后即引发收视狂潮,并开创了中国谍战剧时代,麦家因此涉足影视圈,走入公众视野。

策略调整的另一方面体现在文学场逻辑下,纯粹审美原则使该类奖项在突出思想性时,也将艺术性置于较为重要的位置,并且形成对艺术性的某种新的定义。在不同的背景下对艺术性有不同的阐释,现实主义的艺术性要求的是内容与形式的和谐统一,形式是为着内容的完全彰显。而就先锋文学来看,艺术性强调的是文学的审美属性,是文学之所以成为文学的区别性特征,在"内容—形式"的结构中,重心从内容转移到了形式。在这一语境下,该时期获得政府奖和作协奖的作品有向历史题材和"纯文学"作品偏移的趋势。正如邵燕君在《茅盾文学奖:风向何处吹?——兼论现实主义文学的创作困境》中指出,当现实主义的书写方式与这一时期的艺术性观念之间存在抵牾时,就从推崇体现现实性的茅盾文学奖来说,"并非没有逃逸之途。最体面的道路有两条,一是逃向艺术,一是逃向过去"②。因而在文学场逻辑以及茅盾文学奖在文学场中所处位置的合力下,在第四和第五届茅盾文学奖的评选中,出现了具有某种"纯文学"意义的作品——《长恨歌》《尘埃落定》和《白鹿原》,这三部作品在获得第四和第五届茅盾文学奖的八部作品中,所占比例为3/8。并且历史题材获奖作品所占比例也逐步提高,在整体上高于现实题材获奖作品所占的比例。到了第六届,获奖的五部作品中,除了柳建伟《英雄时代》外,全部为历史题材的作品。从

---

① 王春林:《依然如此的茅盾文学奖》,《小说评论》2009年第1期。
② 邵燕君:《茅盾文学奖:风向何处吹?——兼论现实主义的创作困境》,《粤海风》2004年第2期。

第四届茅盾文学奖到第六届茅盾文学奖的评选,我们可以较为清晰地看到,文学场逻辑和市场逻辑对体现宏观文化视野的作协奖的影响和制约。不过我们也应注意到,市场逻辑和文学场逻辑中既具有相应的部分,也有对立的部分。并且在不同的语境下,各自的主导逻辑又具有不同的动力,因而两者形成的合力对体现宏观文化视野下的文学评奖产生的差异在不同的时期又有所不同。在20世纪90年代后期,文学场的纯粹审美原则依然在文学场中具有较大的作用,也就是具有较大的动能,因此在第四和第五届茅盾文学奖的评选中,出现了向"纯文学"作品的偏移。不过,不能忽略的是,由于茅盾文学奖在文学场和社会场中的位置,这种修正和调整是在一定的限度内的。到21世纪初期,由于现代传媒技术的普及,读者在文学场和社会场中成为影响其主导逻辑的重要力量,在这种力量的合力作用下,第六届茅盾文学奖向更符合大众审美习惯的现实主义作品偏移。

三

文学评奖虽然也颁发经济资本或者是政治资本,不过应该说,文学评奖主要颁发的还是象征资本,象征资本遵循的是"物以稀为贵"的原则。而这一时期出现的众多体现不同次场逻辑的文学评奖,无疑会造成评奖本身对文学规范和引导作用的弱化。在当时的文坛,一个作家可能获得十几个甚至更多的奖项。同时处于不同位置及拥有不同身份的作家,大多能在文学场中与其位置大体一致的文学评奖中找到身份认同和自我认同。如李洱《花腔》进入第六届茅盾文学奖推荐书目后,但最终落选第六届茅盾文学奖,而在2003年获得首届"21世纪鼎钧双年文学奖",入选中国小说学会评选的"2001年中国小说排行榜";张一弓《远去的驿站》进入第六届茅盾文学奖推荐书目后,最终却落选第六届茅盾文学奖,但《远去的驿站》2003年获得首届"九头鸟长篇小说奖"二等奖,并入选中国小说学会"2002年中国小说排行榜";等等。需要强调的是,这里并不是要对这些作品做出某种价值判断,而只是由此指出文学评价标准的多元共存状态,并且多元中的各个"元"彼此之间却较少交集,因而难以形成彼此间的沟通对话,最终也就只能成为有限次场中的自说自话,进而也就失去了对文学共识的塑造,各种不同次场中的文学评奖就难以形成某种"合力"。正如洪治纲所言:"虽说文学评奖对于一个作家的创作并没有多少特殊的意义,它充其量只是一种肯定,一种激励,一种倡导,但是,倘若众多的文学奖项都能真正地形成某种'合力',这种激励和倡导的力量我们应该不可小觑。"①

在这一背景下,2005年中共中央颁发了《全国性文艺新闻出版评奖管理办法》,主要目的就是规范名目繁多的各种全国性文学评奖。在《全国性文艺新闻出版评奖管理办法》中,对全国性文学评奖的内涵和外延都做出了限定,"全国性文学评奖"是指"在全国范围内对文艺、新闻、出版领域的人物、作品进行的评奖活动。包括文艺、新闻、出版领域跨省、自治区、直辖市的各类评奖活动,以及冠以'全国''中国''中华'等名称的评奖活动"。同时,对举办全国性评奖的组织和机构的资格做出了相应的限制。在此基础上,中央宣传部依据《全国性文艺新闻出版评奖管理办法》制定了《全国性文艺新闻出版评奖整改总体方案》,此方案大幅度削减了全国性文学评奖的种类和数量。"全国性文艺新闻出版评奖原计90个,整改后减至24个,减少66个。其中全国性文艺评奖现有奖项44个,减至18个,减少26个;全国性新闻评奖现有奖项14个,减至2个,减少12个;全国性出版评奖现有奖项31个,减至3个,减少28个。精神文明建设'五个一工程'奖在已经改进的基础上,进一步压缩子项数量。"②

第四节　鲁迅文学奖:文学评奖架构上的新坐标

自1978年设立了文学评奖制度后,先后设立的针对各类体裁的全

---

① 洪治纲:《棒喝:利益纠缠程序暧昧　文学评奖呼唤真诚公正》,《北京日报》2005年1月11日。

② 中宣部:《全国性文艺新闻出版评奖整改总体方案》。

国性奖项,如全国优秀短篇小说奖、全国优秀中篇小说奖、全国优秀新诗奖、茅盾文学奖等,到80年代后期,都停止了(除茅盾文学奖外)。而在这段时期随着市场经济体制改革的深入,市场逻辑成为重要因素不断介入文学场,形成对文学和文学活动产生规约和引导的不可小觑的力量,因而在这段时期也出现了一些由文学刊物与企业联办的文学奖项①。正如严昭柱所言:"在我国现阶段加强文化市场的建设是完全必要的。不过应当明确,文化市场只是我们文艺事业的一部分,尽管是相当重要的部分。我们的文化市场必须有利于社会主义文艺事业的整体和全局,而不能以文艺事业服从文化市场,更不能以文化市场代替文艺事业。"② 在这段话中,一方面不难看到市场逻辑对文学和文学活动的介入,另一方面也可见出宏观文化视野对文化市场进行规约和限制的必要性和紧迫性。随着党的十一届三中全会以来国家对文学调控和管理方式的改变,文学评奖就成为宏观文化视野管理和调控文学的一种重要方式。

在此背景下,中国作协设立了"鲁迅文学奖"以及由中国文联和中国戏剧家协会共同主办的"曹禺戏剧文学奖"。1997年鲁迅文学奖首次评奖,评选范围为1995—1996年度的作品,包括以下各奖项:全国优秀短篇小说奖、全国优秀中篇小说奖、全国优秀新诗奖、全国优秀报告文学奖、全国优秀散文和杂文奖、全国优秀文学理论和文学评论奖、全国优秀文学翻译彩虹奖。到2022年,鲁迅文学奖已经举办了八届,鲁迅文学奖与茅盾文学奖、老舍文学奖、曹禺戏剧文学奖并称为"中国四大文学奖"。可以说,鲁迅文学奖的设立无疑也是中国文学评奖历史进程中的一个新的坐标,因而1997年也成为考察文学评奖制度的一个重要时间节点。对鲁迅文学奖的考察,主要是考量该奖项在文学场和社会场中的位置,以及由此位置形成的某种稳定性和特质;同时又要厘清该奖项在文学场中是如何实现对文学的规约和引导作用

---

① 请参见本书第三章第二节。
② 严昭柱:《文化市场的二重性问题》,《光明日报》1994年2月2日。1994年3月12日的《文艺报》转载了此文。

的。当然，鲁迅文学奖也是处在时间之中，在不同的语境下，文学场的结构以及鲁迅文学奖在文学场中的位置都会有些许变化。在本书中，由于篇幅的限制，主要考察鲁迅文学奖的某种客观性，暂时悬置该奖项在时间中衍化的轨迹。

一

鲁迅文学奖由中国作协主办，该奖项设立了除长篇小说外的针对各种体裁的七个单项奖，包括：由《人民文学》承办的全国优秀短篇小说奖；由《小说选刊》承办的全国优秀中篇小说奖；由《中国作家》承办的全国优秀报告文学奖；由《诗刊》承办的全国优秀诗歌奖；由《文艺报》社承办的全国优秀散文、杂文奖；由《文艺报》社承办的全国优秀文学理论、文学评论奖；由中国作协外联部和中外文学交流委员会承办的全国优秀文学翻译彩虹奖[1]。鲁迅文学奖的设立在一定层面上是对1978年文学评奖制度下设立的、中国作协主办的针对各种体裁的全国性文学评奖活动的恢复。"这是在连续多年多数文学门类没有进行全国性评奖后一次文学实绩的检阅，显示了文学界逐步形成的民主、团结、鼓励、繁荣的氛围。"[2] 因而，中国作协在文学场和社会场中所占的位置[3]，必然对鲁迅文学奖评奖机制、评奖策略和价值导向的形成具有根本性的规约作用，也就是鲁迅文学奖最终要实现宏观文化视野对文学的规范和引导作用。而这种规范和引导作用的实现最终是通过文学评奖机制、评奖颁发的资本类型以及与其他资本的转化率来实现。

由于鲁迅文学奖在文学场中所占据的位置——中国作协框架下的全国性文学评奖，其评奖无疑就受到这个位置的规约和限制。鲁迅文

---

[1] 佚名：《全国性文学大奖——鲁迅文学奖评选工作正式启动》，《文艺报》1997年8月19日。
[2] 佚名：《首届"鲁迅文学奖"评奖揭晓》，《光明日报》1998年2月10日。
[3] 参见本书第二章第三节。

学奖的评选标准是"坚持思想性与艺术性相统一的原则"①。在思想性和艺术性的统一中，暗含着思想性对艺术性的统摄作用，也就是艺术的目的应该是以"美的"方式更有效地表现和凸显思想性。因而思想的统摄贯穿鲁迅文学奖评奖的始终，而这一点也成为鲁迅文学奖遭到批评的最为主要的方面。"我浏览了一下五届小说获奖的名单，在里面没有找到莫言、张承志、马原、余华、王朔、王小波这六位对当代小说和散文文体建设有过贡献的名字。"② 莫言、张承志、马原、余华、王朔在一定层面上更多体现出的是"纯粹"审美原则的文学写作样态。莫言《檀香刑》虽然高票进入第六届茅盾文学奖审读小组的备选名单中，但最终落选第六届茅盾文学奖，《檀香刑》的落选也使第六届茅盾文学奖的评选遭到质疑和批评，而质疑和批评的基本出发点就是文学的文学性或审美原则。不论是鲁迅文学奖还是茅盾文学奖，因其在文学场中的位置，必然要凸显出宏观文化视野对文学的管理和调控，强调文学对社会生活和民族文化心理的建构作用。这也形成中国作协框架下的文学评奖的重要特点。正如吴俊所言："它（中国作家协会，笔者注）一方面，也是最主要的方面是要为国家权力负政治责任，这是它的存在，也包括茅奖、鲁奖之类评奖意义和价值的首要（政治）前提。"③

因而与鲁迅文学奖的评奖标准相匹配，就形成了鲁迅文学奖评奖运作机制上的诸多特点。鲁迅文学奖的评奖程序主要包括三步：首先是经中国作协书记处批准后，各省、市、自治区作家协会、解放军总政治部文化部、各产业文协（作协）归口评选出所辖出版社、文学报刊社的优秀作品，报送各奖项承办单位备选；各奖项承办单位组成由全国部分文学报刊社编辑和文学评论工作者组成的初选小组，由初选小组推荐备选篇目给评奖委员会，并且经由三名评委会委员联名提议，

---

① 佚名：《鲁迅文学奖评奖条例》，《文艺报》2022年8月16日。
② 徐江：《鲁迅文学奖：谁的?》，《南方周末》2010年11月18日。
③ 吴俊：《中国当代文学评奖的制度性之辨——关于茅盾文学奖、鲁迅文学奖之类"国家文学"评奖》，《当代作家评论》2011年第6期。

也可在初选小组的推荐书目外,增补候选篇目;最后由评奖委员会采取无记名投票的方式选出获奖作品。在评选过程中,可适当召开读者座谈会,听取读者的意见①。实际上,茅盾文学奖和老舍文学奖②等作协奖的评奖程序也大致如此。这类中国作协框架下的全国性文学评奖,其评奖机制大多面临一个初选小组和评选委员会权限的问题,这个问题也是该类奖项引发争议的一个重要方面。到了第六届,鲁迅文学奖采用"初评委员会"代替了原先的"初选审读组",将"审读组成员"改称为"初评委员",并对终评委提名增补作品的数量做了限制,即每种体裁不得多于两篇(部)。此外,从第五届开始评选范围包括由国家批准拥有互联网出版许可证的网站上发表和出版的作品。与此相应,茅盾文学奖从第八届开始,评奖委员会也对评奖条例做了修改:组成62人规模的评奖委员会,初评到终评的全部工作都由评奖委员会承担,也就是取消了初选小组或审读小组,并且首次宣布将网络文学作品纳入评奖范围。

实际上,茅盾文学奖和鲁迅文学奖评奖委员会人员的组成存在着较多的重复。如第五届鲁迅文学奖中篇小说终评委员会的组成:主任铁凝,副主任胡平、雷达,委员丁帆、于青、包明德、朱晖、朱向前、李国平、余德庄、周大新③。其中,铁凝也是第八届茅盾文学奖评选委员会主任,胡平、雷达、包明德、朱向前、李国平、周大新担任第八届茅盾文学奖评奖委员会委员④。如果我们将鲁迅文学奖包含的各奖项考虑在内的话,评委的重复率就更高。因而,正如周俊生所言:"目前鲁奖、茅奖评选人员的组成多有重复,同一拨人参与两个名目的评奖,自然很容易使评奖结果雷同。"⑤ 这种"雷同"与1978年设

---

① 佚名:《全国性文学大奖——鲁迅文学奖评选工作正式启动》,《文艺报》1997年8月19日。
② 佚名:《第二届老舍文学奖评奖办法》,《北京文学》2002年第6期。
③ 佚名:《第五届鲁迅文学奖终评委员会组成名单》,2010年10月19日,中国作家网,http://www.china writer.com.cn/zx/2010-10-19/2892.html。
④ 请参见附录5。
⑤ 周俊生:《鲁迅文学奖要不要回避长篇小说?》,《光明日报》2018年8月14日。

立的针对各种体裁的全国性文学评奖中评奖委员会构成的"雷同"存在某种一致之处①。从鲁迅文学奖的评选委员会委员的构成来看，大多在中国作协或各省市自治区作协、文联等担任一定的领导职务，即评奖委员会委员大多是拥有一定学术资本的知识分子，并且在文学场中占据着某个重要位置。因而，评选委员会委员体现更多的是现实主义或社会主义现实主义审美原则。布迪厄用"惯习"这一概念打破了客观社会结构与主观心理结构之间的对立，"社会行动者与社会结构间的对立关系，并不是一个主体（意识）与一个客体之间的关系，而是社会建构的知觉与评判原则（即惯习）与决定惯习的世界之间的'本体论契合'"②。同时，这一概念也暗含着一个基本的研究思路：在对研究对象进行主观立场的分析之前，首先要对对象进行客观主义的分析。由于评选委员会委员在文学场和社会场中所占据的位置，这一客观规定性必然使其审美经验和审美趣味更偏重于现实主义或社会主义现实主义，也就是现实主义或社会主义现实主义是评选委员会主要的审美欣赏"惯习"。因而，评选委员会从根本上确保了采用现实主义或社会主义现实主义手法的作品在获奖作品占有较高的比例，使评奖向某类作品的偏移成为可能。舒晋瑜就以"导向突出 题材现实 第七届鲁迅文学奖在京颁奖"为题对第七届鲁迅文学奖的评选做了概括。这篇文章指出，第七届鲁迅文学奖获奖作品的一个重要特点就是"导向突出鲜明，现实题材显著加强"③。因而，就不难理解在鲁迅文学奖和茅盾文学奖的评奖过程中，评奖委员会构成的重复之处。由这些拥有学术资本的委员构成的评奖委员会从根本上确保了评选标准的现实化，同时这种重复也使中国作协框架下的文学评奖对特定文学价值和文学理想的坚守具有某种一致性和同一性，而这种同一性和一致

---

① 参见本书第二章第三节。
② [法] 皮埃尔·布迪厄、[美] 华康德：《实践与反思——反思社会学导引》，李猛、李康译，中央编译出版社 2004 年版，第 22 页。
③ 舒晋瑜：《导向突出 题材现实 第七届鲁迅文学奖在京颁奖》，《中华读书报》2018 年 9 月 26 日。

性对文学评奖本身是具有一定的必要性和合理性的。

不过，由于文学场并非铁板一块，文学场的变化必然带来文学场中不同位置的变化，以及不同位置占据者之间关系的变化。新时期以来，随着文学场自主性的生成和强化，对自主性文学场的追求必然要寻求文学的独立性和文学性，也就是要尽量剔除文学对外在于文学的政治、经济等因素的依附。在这一语境下，对鲁迅文学奖——或者说是中国作协框架下的文学评奖——的批评也是自然的。鲁迅文学奖"作为体制内文学大奖，它的评选除了思想性、文学性，其背后的指导思想则是'马列主义、邓小平理论与时代精神'的结合，这就决定了这些体制内文学奖看中的不是入围作品的'文学成就'而是作品是否弘扬了主旋律精神"①。鲁迅文学奖和其面对的批评本身也体现出，自新时期以来，中国文学在解决文学与政治的关系，或者说是文学性与公共性的关系时，面对的一种困境和难题，也就是如何在保持文学的文学性时又不失去文学的公共性——政治性无疑是公共性的重要面向。这个问题不仅是鲁迅文学奖面对的问题，也是新时期文学面对的问题。评奖委员会委员的构成在一定层面上使中国作协框架下的鲁迅文学奖对特定文学价值和文学理想的坚守成为可能，但是该奖项如何实现对文学活动的引导和规约作用，以及其具有的影响大小，无疑又与该奖项颁发的资本类型，以及其颁发的象征资本与其他资本的转化率紧密相关。

二

在1978年设立了文学评奖制度后，中国作协逐步设立了针对各种体裁的文学奖项。这些奖项中，除茅盾文学奖是以中国现当代文学史上著名作家、文学理论家茅盾先生的名字来命名外，其余奖项都是以"全国性"奖项这一方式来命名。自鲁迅文学奖起，中国作协逐渐设立的奖项大多是以著名作家、文学理论家的名字来命名奖项。如曹禺

---

① 吴小曼：《变异的"鲁迅文学奖"》，《华夏时报》2015年7月9日。

文学奖、老舍文学奖、路遥文学奖、冯牧文学奖，等等。以著名作家、文学理论家来命名奖项本身就赋予这一奖项特定的含义和符号价值。中国作协主席铁凝在第四届鲁迅文学奖颁奖典礼上的祝词中就指出："以鲁迅先生的名字命名的鲁迅文学奖，不仅是对这个时代优秀文学作品的发现与关注，更是对我们文学理想的见证。"① 因而以鲁迅先生的名字命名的鲁迅文学奖本身就具有相当的符号价值，其所颁发的象征资本也因此具有某种坚实的基础，就是那些从反面否定鲁迅文学奖的批评言论，也难以否定"鲁迅"这一符号具有的文学价值。

鲁迅文学奖评奖的活动经费主要是通过国家拨款及社会赞助的方式来解决。鲁迅文学奖设立之初，奖金只有 3000 元，第二届奖金为 8000 元，第三届奖金为 1 万元。后来，在李嘉诚先生的资助下，第六届鲁迅文学奖奖金上升到 10 万元。随着市场经济体制的改革，经济资本在文学场和社会场中具有的价值变得更为突出，因而奖项颁发的经济资本成为奖项介入文学活动的一个重要资本类型。在第五届鲁迅文学奖评奖结束后，记者采访了诗人雷抒雁、文学评论家李敬泽和阎晶明，其中就谈到短篇小说在当前创作中的问题，阎晶明谈道："在今天还执着于短篇小说创作的人，可以理解为是对文学的忠诚。因为短篇小说发表容易成书难，没有什么市场效益"，而当前短篇小说面对的一个主要困难就是，"奖励机制不健全"，因而解决这一问题的一个重要出发点是"如何创造一种更具广泛性的鼓励机制，多方面鼓励作家从事短篇创作，需做更多探讨"②。从这段话中，可以见出市场逻辑对文学和文学活动的介入和影响，虽然文学活动主要是一种精神活动，但其中不可避免的物质因素必然使奖项颁发的经济资本成为重要的资本类型。不过不能忽略的是，经济资本介入文学场的动力大小又与文学场的结构紧密相关。市场经济体制的改革，文学活动中市场化因素的增加，必然使文学场的结构在一定程度上有利于提升经济资本与其

---

① 铁凝：《当代作家要继承鲁迅精神》，《人民日报》2007 年 10 月 31 日。
② 张健、王立言：《从鲁迅文学奖管窥当代文学》，《人民日报》2010 年 10 月 26 日。

他资本的转化率，使经济资本成为介入文学活动的重要一极，因而我们看到鲁迅文学奖颁发的经济资本呈不断上升的趋势。不过，虽然鲁迅文学奖颁发的奖金额度逐届上升，但是，鲁迅文学奖与这一时期体现市场逻辑的文学评奖相比[①]，其颁发的经济资本还是有限的。因此，在鲁迅文学奖的评奖中，除了颁发经济资本外，颁发的更为重要的资本类型应是象征资本或符号资本，也就是鲁迅文学奖介入文学活动的力量大小还取决于其颁发的象征资本或符号资本与其他资本的转化率。

鲁迅文学奖是中国作协框架下的国家级奖项，因而鲁迅文学奖的评选就成为各省、自治区、直辖市文化生活和社会生活中的一个重要事件，各省、自治区、直辖市作协和相关文化部门把本地区作家和作品的获奖，视为当地文化工作中取得的一个重要成绩。比如，湖南作家纪红建的长篇报告文学《乡村国是》获得第七届鲁迅文学奖后，湖南省作协主席王跃文在接受记者采访时表示："《乡村国是》获得鲁迅文学奖，这是湖南文学界的一件大喜事。"[②] 同时这部作品还先后入选"2017年中国报告文学优秀作品排行榜""《北京文学》2017年中国当代文学最新作品排行榜"。四川省2021年出台了《四川省重大文艺项目和精品奖励办法（试行）》，该办法特别明确了对文学作品的奖励。其中，获得"茅盾文学奖"可获400万元奖励；获得"鲁迅文学奖"可获200万元奖励，等等。正如曾担任第一届、第二届、第四届、第五届鲁迅文学奖诗歌奖评委的吴思敬所言："由于鲁迅文学奖是中国作家协会设立的，一些地方作协，把它视为国家级奖项，获奖不仅是诗人自身的荣誉，而且成了地方政府、地方文联作协的政绩。鲁迅文学奖的奖金，不仅逐届提高，地方政府、文联作协的匹配更是加倍增长，获奖者不只是获得丰厚的奖金，而且在评职称、提职、提干、调动工作、分配房屋，乃至安排家属等方面都可能获得照顾。"[③] 所以我

[①] 请参见本书第四章第一节。
[②] 陈薇、杨沛璇：《连线鲁迅文学奖得主纪红建：在行走中记录》，《湖南日报》2018年8月12日。
[③] 舒晋瑜：《深度对话鲁奖作家》，人民文学出版社2021年版，第511页。

们看到：刘庆邦在获奖的当年年底，就调到北京作家协会当了专业作家；王十月在获奖后当上了广东省作协副主席，等等。由此可见，鲁迅文学奖颁发的象征资本或符号资本与其他的资本之间具有较高的转化率。这样一来，鲁迅文学奖对一个作家身份的建构，及其在文学场中位置的提升就具有相当的作用。

因此，鲁迅文学奖作为一重要的公共活动平台，一个作家在这一重要的公共空间被他人看见和听见，无疑就对其身份的建构和社会的认同提供了重要的支撑。正如政治理论家阿伦特所言："被他人看见和听见的意义在于，每个人都是站在一个不同的位置上来看和听的。这就是公共生活的意义，相形之下，即使是最丰富、最惬意的家庭生活也只能使一个人自己的立场以及与之相伴的各种视点和方面得到延长和倍增。"① 也就是个人价值的实现是需要在公共空间中完成的，被处在不同位置的他人看见和听见无疑对一个作家身份和价值的认定提供了坚实的基础。当面对记者提出"你不是第一次获全国大奖了，鲁奖对你而言有着什么不一样的意义呢"这样的问题时，获得第五届鲁迅文学奖的熊育群的回答是："一个人做件事是希望得到肯定的，鲁奖对我而言是一个最高肯定。我心里误入歧途的感觉可能不会那么强烈了。对文学的热爱，让我对其他的事情热爱不起来。"② 冯骥才在获得第七届鲁迅文学奖后，面对舒晋瑜的提问"这个奖对您来说有何意义"时，回答道："一个重要的文学奖项，对于一个年轻作家是一个很大的鼓励，对于一个年老的作家则是一种精神的安慰。"③ 由此可见，鲁迅文学奖对一个作家身份和价值的认可具有的意义，并且，鲁迅文学奖也为一个作家对文学的选择提供了有力的支撑。因此，在历届鲁迅文学奖的评奖过程中，虽然也存在各种批评和质疑，但是，对鲁迅文学奖价值的肯定也是不可忽视的另一种声音。获得第五届鲁迅文学

---

① ［美］汉娜·阿伦特：《公共领域和私人领域》，载汪晖、陈燕谷主编《文化与公共性》，生活·读书·新知三联书店2005年版，第88页。
② 熊群育、音希：《与鲁迅文学奖获得者熊群育对话》，《广州日报》2010年11月23日。
③ 舒晋瑜：《深度对话鲁奖作家》，人民文学出版社2021年版，第75页。

奖的广东作家共有三位——散文杂文奖获得者熊育群、中篇小说奖获得者王十月、短篇小说奖获得者盛琼。《广州日报》在三位获奖者赴绍兴领奖前夕，记者采访了熊育群。此采访面对评奖中产生的质疑和争议，肯定了鲁迅文学奖的价值，"中国文学的最高奖项之一——第五届鲁迅文学奖即将于11月9日在鲁迅的故乡——绍兴颁奖，但'羊羔体'和'买奖'的喧哗，几乎淹没掉了这一届获奖优秀作家和作品，被泛娱乐化的鲁奖成了大众街头巷议的闲话，文学本身的高贵却已被淡化和忘却"[1]。周啸天的诗歌获得第六届鲁迅文学奖，鲁迅文学奖就此也遭到批评，《北京青年报》（2014年8月15日）刊载了潘彩夫以"全盘否定鲁迅文学奖 是态度轻浮且不负责任"为题的文章，肯定了鲁迅文学奖在评奖机制上的进步和奖项本身的价值。[2]

　　因而鲁迅文学奖在一定程度上能有效介入文学价值和走向的建构，这本身也说明了鲁迅文学奖在文学场和社会场中具有一定的权威性。而权威性本身也容易使奖项陷入一种"阐释的循环"：鲁迅文学奖具有的动能有助于完成对作家身份的认定，以及提升其在文学场中所占的位置，与此相对，获奖者的身份和其在文学场中的位置本身又能从反向巩固鲁迅文学奖的权威性。因而，在鲁迅文学奖的评选中，就出现一个现象：颁发的象征资本与获奖作者的身份之间形成了相互建构的关系。如李敬泽的文学理论评论《见证一千零一夜——21世纪初的文学生活》获第四届鲁迅文学奖，担任中国作家协会党组成员、副主席和书记处书记；徐坤短篇小说《厨房》获第二届鲁迅文学奖，担任《小说选刊》杂志社主编；王跃文中篇小说《漫水》获第六届茅盾文学奖，担任湖南省作家协会主席；刘醒龙中篇小说《城乡简史》获第四届鲁迅文学奖，担任湖北省文联主席；贺绍俊论文集《建设性姿态下的精神重建》获第六届鲁迅文学奖，担任辽宁省作家协会副主席；鲁敏短篇小说《伴宴》获第五届鲁迅文学奖，担任江苏省作家协会副

---

[1] 熊群育、音希：《与鲁迅文学奖获得者熊群育对话》，《广州日报》2010年11月23日。
[2] 潘彩夫：《全盘否定鲁迅文学奖 是态度轻浮且不负责任》，《北京青年报》2014年8月15日。

主席；等等。而这一点也成为鲁迅文学奖遭到质疑的一个方面，如2007年的第四届鲁迅文学奖，雷达、李敬泽、何建明和洪志纲等人同时为评委和获奖者，2010年第五届鲁迅文学奖获奖者，武汉市委常委、纪委书记车延高因诗集《向往温暖》获奖，其作品《徐帆》和《刘亦菲》被网友命名为"羊羔体"，等等。这些批评从反面也说明，鲁迅文学奖评奖中存在着获奖者身份与奖项之间的一种相互印证和相互建构的关系。

  我们首先不能全然否定这一关系中存在的某种合理性。我们可以看到，在历届鲁迅文学奖的评选中，在当代文坛中具有重要地位的许多作家都获得过鲁迅文学奖，如史铁生、毕飞宇、阎连科、苏童、刘庆邦、铁凝、迟子建、刘恒、陈世旭、杨黎光、匡满等，诗人东西、红柯、衣向东、夏天敏、温亚军等。他们当中有许多人的作品已经进入文学史和大学的文学教材。也就是，文学评奖（鲁迅文学奖）在一定层面上确立或巩固了这些作家在文学场和社会场中的位置，反过来这些重要作家的获奖也稳固和提升了鲁迅文学奖在文学场和社会场中的位置，这种关系在一定层面上是良性的彼此建构的关系。但是，这种相互建构的关系也容易使奖项滑入某种固化状态，因而，奖项面对的一个问题就是如何接纳边缘作家或文学新人。也就是鲁迅文学奖在一定层面上划定了何为"好的文学"的边界，而边界在体现出自身的封闭性时，又当如何使边界体现出恰当的开放性？李敬泽在回答舒晋瑜关于鲁迅文学奖的提问时，就指出，"评奖，特别是鲁迅文学奖这样作为国家公器的评奖，它本身有推动形成共识的功能，所以，我总是说，做这样的评委不能太任性，你代表你个人，同时你也要充分考量文学界和读者的一般看法。另一方面，我们也不能在艺术上过于保守，待在舒适区内，不敢肯定那些我们认为真正有价值的探索和创新"[1]。也就是在坚守鲁迅文学奖作为国家公器的评奖，推动形成共识的过程中，也不能忽略鲁迅文学奖划定的文学边界的开放性和包容性。

---

[1] 舒晋瑜：《深度对话鲁奖作家》，人民文学出版社2021年版，第7页。

鲁迅文学奖作为一个动力系统，其产生的动力应该能推动更多的新人进入文学场域中，从事文学的生产和创造，为文学活动建立良好的文学生态系统。

走过二十多年的鲁迅文学奖，在评奖标准、评奖机制和策略上都是一个不断探索和完善的过程，鲁迅文学奖无疑也是1978年以来文学评奖制度历程中具有历史新坐标意义的文学奖项，其对文学环境的营造和对文学评奖实践的探索都具有不可忽视的意义和价值。

第五章　21世纪早期的文学评奖

在2005年中共中央颁发了《全国文艺新闻出版评奖管理办法》后,中宣部据此制定了《全国文艺新闻出版评奖整改总体方案》,此方案大幅度削减了全国性文学评奖的种类和数量。由于文学评奖在文学活动中具有着不可取代的意义和价值,在这一时期,除了全国性奖项外,主要还有以下这些奖项:由于网络文学的兴起和发展,各网络文学网站——如榕树下、晋江文学城等——举办的以排行榜方式呈现的网络文学评奖;同时还有各省市、自治区作协、文联等设立的网络文学评奖,如2016年四川省设立的"金熊猫网络文学奖";由浙江省作协、宁波市文联和慈溪市委宣传部主办的"网络文学双年奖",等等。同时还出现了一些文学刊物与地方政府合办的文学评奖,如《十月》杂志社与四川省宜宾市翠屏区人民政府共同举办的"十月文学奖",《小说选刊》与辽宁省铁岭市共同主办的"中国小说双年奖",等等。这一时期的文学评奖呈现出多样化,不过我们透过这些多样,可以发现在多样的背后存在一条将这些奖项联系起来的主线。2015年刘奇葆在与第九届茅盾文学奖获奖作家座谈时就强调,广大作家要"坚定对文学价值的信念"[1]。《人民日报》2015年8月25日刊登了《何以达成高度共识——谈第九届茅盾文学奖》的文章,在这篇文章

---

[1] 本报编辑:《刘奇葆在与第九届茅盾文学奖获奖作家座谈时强调　坚定对文学价值的信念》,《光明日报》2015年9月30日。

中就指出，在"文化领域因为鲜明的多元化、差异化倾向，建立共识的难度更大"，但是，第九届茅盾文学奖的评选在面对多元和差异时，依然达成了有价值的共识："这次评奖却以相当高的共识度从252部参评作品中推选出了5部，这5部作品在大众读者中也有高度共识，以至于对谁获奖没获奖的关注让渡给了更有价值的问题——共识从何而来？"[①] 由此可见出，这一时期文学评奖的一个重要特征就是要再建构某种具有同一性和整体化的认知体系和价值体系，这一点也成为21世纪早期文学评奖的重要特点。因而对21世纪早期文学评奖的考量主要就集中在以下两个方面：一是何种观念体系和价值体系成为构建文学评奖共识的基础；二是为何在这一时期出现了再建构文学评奖的同一性和整体化的趋向。

第一节 现实主义的再回归与文学评奖的样态

自1978年设立文学评奖制度以来，不同时期的各类文学评奖的标准和尺度在一定程度上受限于特定时期的文学潮流、文学场的主导逻辑，以及文学场与社会场之间的关系。现实主义体现的理念一直或隐或显地被权力场所认可，因而现实主义在1978年以来的文学评奖中，从不同的程度上被某些奖项——如20世纪70年代后期到80年代后期的文学评奖、政府奖和作协奖等——认可。自"五四"以后，现实主义逐渐成为极其重要的一种写作模式，同时在历史进程中现实主义也发生了一些变化，如出现了社会主义与现实主义、浪漫主义与现实主义相结合，等等。这样一来不同历史阶段镌刻在其上的痕迹，使"现实主义"这一概念本身就变得极为复杂。由于本书研究论题的限制，故不对此概念作出细致的辨析。本书赞同王富仁先生对"现实主义""现代主义"和"后现代主义"的区分，王富仁指出，"现实主义"在认识论上坚持"可知论"，在价值论上坚持"意义论"。也就是从现实

---

① 任艺萍：《何以达成高度共识——谈第九届茅盾文学奖》，《人民日报》2015年8月25日。

主义的视域来看：世界是可以被认识的，并且也具有确定的意义，本书在此意义上使用"现实主义"一词。虽然有学者提出"现实主义的当代化"，但由于论题的限制，不做具体的辨析，只要其在认识论上持守"可知论"，在价值论上持守"意义论"的再现作品，就视为现实主义作品。

人的主体性或理性精神无疑是现实主义体现出的认知体系和价值体系的核心和基础，而人的主体性或理性精神又是人在解构传统或神的权威之后，为人类自身留下的一个意义和价值的锚点。随着现代性进程的推进，先锋文学在不同程度上解构了人的主体性和理性精神，进而使解构和创新成为先锋文学的题中应有之义。不过，如果只有不断解构和创新的话，解构和创新本身也就会失去意义，这也是现代性自反性的一个表现。随着新写实主义的兴起，再现的逼真性在新写实主义作品中得到彰显，不过，在新写实主义作品中，逼真主要停留在碎片化的表层上，在逼真的后面缺少了对历史、社会、人生等更为宏大的事物或现象的解释和说明。而正如柏拉图所言，如果文学仅仅停留在对现实的简单再现上，那么文学与真理就隔了三层。并且在对人的主体性和理性精神不断地消解后，如果缺乏来自彼岸世界提供的意义，人在体会到消解意义和价值的快感和自由后，很快就会坠入空洞和虚无的深渊。正如德国哲学家卡西尔所言："所有那些从外部降临到人身上的东西都是空虚的和不真实的。人的本质不依赖于外部的环境，而只依赖于人基于他自身的价值。财富、地位、社会差别，甚至健康和智慧的天资——所有这些都成了无关紧要的。唯一要紧的就是灵魂的意向、灵魂的内在态度；这种内在本性是不容扰乱的。"[1] 也就是在变动不居的现实中，人所需要的意义和价值——"灵魂的意向、灵魂的内容"——却是具有客观性和永恒性的。在现代性语境下，现实主义包含的客观性无疑就为这一现代性难题的解决提供了一个有效的路径。现代以来，当传统或神的权威被解构后，人只能在世俗和现

---

[1] ［德］恩斯特·卡西尔：《人伦》，甘阳译，上海译文出版社2004年版，第11页。

实世界中去找寻对世界、人生和社会的解释，现实世界也就成为意义的源泉，而客观现实是能在一定层面上提供关于真理和价值的客观性和永恒性的某种保障的。因而到了21世纪长期倍受冷落的现实主义所具有的意义和价值，逐渐地又被文学场中的知识分子所认同，一种新的写作方式——非虚构写作——成为文学创作方式中的重要面向。语境的改变也打破了20世纪后期到21世纪初期知识场域中的自说自话的状态，现实主义为这一时期的拥有知识分子资本和学术资本的知识分子提供了某种共识，共识无疑可以为社会甚至是世界提供某种具有稳定性的参照系，而稳定的参照系是人类意义和价值的源泉。正如美国批评理论家萨义德所言："有关什么构成客观性的共识已经消失了——虽然我们这么哀叹是正确的，但不能就此完全放任于自我陷溺的主观性。"[1]毋庸置疑，这一语境也投射到这一时期的文学评奖中，并形成这一时期文学评奖策略和机制上的某些共同特点。

一

由于关于现实主义共识的形成，在20世纪90年代后期到21世纪初期体现不同次场逻辑的文学评奖逐渐就表现出整一化的趋势，呈现出更多的同一性。当现实主义和支撑现实主义的理念成为这一时期判断文学价值的一个重要的参照系，或者成为具有普遍意义的参照系时，这一参照系也成为判断网络文学写作价值的重要指针。从第七届茅盾文学奖开始，参评作品中就包括网络文学，而网络文学在接下来的几届茅盾文学奖的评选中，均无缘茅盾文学奖。欧阳友权在《网络文学"陪跑茅奖"的缘由与启示》中提出，由于网络文学面对的是市场，其作者身份及面对受众的不同，使网络文学作品及其写作方式体现出来的价值理念与获得茅盾文学奖的作品及其写作方式之间就具有很大的差异性，进而导致网络文学到目前为止一直无缘于茅盾文学奖。欧阳友权在分析

---

[1] [美]爱德华·W.萨义德：《知识分子论》，单德兴译，生活·读书·新知三联书店2002年版，第83页。

了网络文学生产机制与传统文学生产机制的差异后，指出体现长篇创作成就的茅盾文学奖的评价标准和尺度具有不可忽视的意义和价值。"人们对茅奖作品的综合评价主要还是集中在是否拥有现实主义精神，或用独特的文学方式艺术地表达这种精神。这样的精神是茅奖的标的，却不是茅奖的专属，而是中外文学传统的深厚积淀给予每一个时代文学的伟大赋予，它的精神品格已经内化为人类文学的逻各斯基因，是任何一个好的作品或任何一种真正的文学都摆不脱、逃不掉的。""现实主义精神是一切文学的意义'硬核'，不仅是茅奖评选尺度，也是我们评价所有文学作品的价值圭臬。"① 由此可见，网络文学与传统文学生产机制上的差异，使网络文学的写作更受市场驱动，两者之间的差异依然不能掩盖茅盾文学奖评奖标准——对现实主义的肯定——的合理性及其具有的超越时空的意义和价值。这一点如果我们对比一下前几届茅盾文学奖（至少在第六届之前）的评选，就更能清楚见出，现实主义从代表"过去"的不符合时代需求的创作方式，一跃成为具有普遍意义的创作方式。在前六届茅盾文学奖的评选中，茅盾文学奖对现实主义的"偏爱"，是该奖项遭到诟病的最为根本的问题。对茅盾文学奖评奖机制中审读小组和评奖委员会权限的质疑，根本上体现了两种文学观念的抵牾和对立——评奖委员会体现的是现实主义的文学观和文学价值观，审读小组代表的是所谓"纯文学"的文学观和文学价值观。因而在前六届的评奖中，茅盾文学奖被一些学院派批评家认为最多代表了现实主义创作的成就，而不能体现整个长篇小说创作的成就。现实主义的再回归使这一时期的茅盾文学奖逐渐被认可为代表中国长篇小说创作最高成就的大奖。

茅盾文学奖的评奖标准在这一时期的不同文学评奖中都有一定的体现。如2016年10月28日为纪念《西游记》作者吴承恩诞辰510周年，由《人民文学》杂志社与淮安区委、区政府共同设立的全国性文学大奖——"吴承恩长篇小说奖"标志着又一全国性文学大奖正式诞生。首届"吴承恩长篇小说奖"于2017年10月启动，评奖范围为

---

① 欧阳友权：《网络文学"陪跑茅奖"的缘由与启示》，《当代文坛》2020年第2期。

2015—2016年出版的长篇小说。《人民文学》杂志社、江苏省作协聘请了9名文学评论家、作家和专家学者组成评委会,依据公开透明,坚持导向性、权威性、公正性和少而精、宁缺毋滥的原则,按照严格程序从符合申报条件的230部参评作品中评出了7部获奖作品,力求思想性、艺术性的完美统一。该奖项强调的"导向性、权威性、公正性",以及思想性和艺术性的统一无疑与茅盾文学奖评奖标准如出一辙①。吴义勤在首届"吴承恩长篇小说奖"颁奖致辞中指出,"首届获奖作品体现了近年来我国长篇小说的收获,体现了文学关注现实、反映时代的精神风貌,体现了文学在艺术创新之路上不断前行的丰硕成果"②。"关注现实""反映时代的精神风貌"无疑都体现了现实主义的创作理念和价值观念。2015年由中国作协主办的年度中国网络小说排行榜,其评奖标准是:"中国网络小说排行榜重点关注弘扬社会主义核心价值观、坚持向上向善总基调、为社会提供正能量的优质网络文学原创作品,旗帜鲜明地反对'三俗'。上榜作品具有较高的文学艺术价值,兼具鲜明的网络特质。"③ 这一背景,也就带来了网络文学创作中的现实主义潮流。黎杨全就指出,"网络文学开始出现现实题材创作的热潮,有关部门积极提倡现实题材创作,一些代表性的文学网站开始设置专门的'现实频道',在中国作协发布的'2018年中国网络小说排行榜'上,现实类题材作品占据了一半的席位"。并且在这篇文章的"编者按"中就明确指出:"实践证明,只有坚持现实主义创作立场。作品才会具有永久生命力。我们期待更多现实主义网络文学作品及理论观点。"④ 由此可见,不论是网络文学还是传统纸媒文学,在评奖标准上都体现出某种一致性,而这种一致性实际上就表现

---

① 第八届茅盾文学奖又将第六届茅盾文学奖评奖条例中的"群众性"还原为"权威性"。
② 尹超:《首届"吴承恩长篇小说奖"在京颁奖》,http://www.chinawriter.com.cn/n1/2017/1229/c403994-29736557.html。
③ 本报记者饶翔:《20部作品入选2015年度中国网络小说排行榜》,《光明日报》2016年2月1日。
④ 黎杨全:《开启新媒介现实主义 切近网络文学发展实际》,《光明日报》2020年2月5日。

为对现实主义体现出的认识论和价值论的持守。

二

当现实主义成为具有普遍性的文学观和文学价值观时，各类文学评奖的策略选取和运作机制都会受制于这一理念，并且也力图体现这一理念。文学评奖颁发的重要资本类型：一是经济资本；二是象征资本。这两类资本之间的关系，及其与其他资本转化率的高低，无疑都受制于场域的结构。所以在 20 世纪后期到 21 世纪初期，我们可以看到，经济资本在整个文学场和社会场中具有的功能的提升，进而使作协奖颁发的经济资本逐渐提升，而其颁发的象征资本与其他资本的转化率却具有被弱化的趋势。到了这一时期，绝大多数奖项颁发的经济资本在 10 万元（也有低于 10 万元的奖项，如"《人民文学》长篇小说双年奖"奖金额为 2 万元），原有的天价奖金逐渐消失了。同时奖项承办组织或机构获取经济资本的途径也发生了变化，如果说在 20 世纪后期到 21 世纪初期，企业或市场是文学评奖获取经济支持的一个重要渠道的话，而到了这一时期，政府部门就成为评奖经费最主要的承担者。就茅盾文学奖来看，从开始市场经济体制改革直到第九届茅盾文学奖，经费来源主要包括三个方面：一是茅盾先生的捐赠；二是中国作家协会书记处筹措；三是企业、团体、个人对茅盾文学奖的赞助，而自第九届开始，经费来源中没有了企业、团体和个人的赞助。经费来源的渠道相对 20 世纪后期到 21 世纪初期变得狭窄了一些，也就是经费主要是来源于体制内，这也说明了经济资本在文学场中作用力的弱化。弱化的原因主要有两个：一是网络电子媒介的大量普及和发展，各类影视明星等的兴起，使文学或文学活动介入社会生活的力量相应弱化了，其具有的将文化资本或象征资本转化为经济资本的能力也就被弱化了，其中重要的表征就是其具有的广告功能和效应的弱化。这样一来，对于面对市场的企业来讲，其希图通过文学提供的象征资本或文化资本来提升其获得经济资本的能力也就相应地减弱了，因而必然削弱面对市场的企业介入文学活动的积极性和主动性。与 20 世纪后期到 21 世纪初期相比，许多重要的刊物如《人民文学》《小说选刊》《当代》等通过与企业合作主办的文学评奖数量大幅降低，主要剩下的就是《人民文学》与茅台酒厂共同主办的"茅台杯"人民文学奖，而茅台酒厂属于国有企业，非完全面对市场的企业。因而到这一时期，与企业合作的文学评奖式微，逐渐转化为文学评奖与地方政府的合作，文学评奖成为打造地方文化资源的一个载体。

在此基础上，就形成这一时期文学评奖运作机制上的一个突出特点：文学评奖主要是由期刊或各类机构、组织等与各级政府部门共同举办。比如，2010 年《人民文学》杂志社和中共慈溪市委、慈溪市人民政府共同设立"《人民文学》长篇小说双年奖"，该奖项旨在表彰当下汉语长篇小说的卓越成就。该奖项每两年颁发一次，评选范围为颁奖年度前两年内在中国大陆首次发表和出版的原创长篇小说，颁奖地点永久定为慈溪市。著名作家刘震云、莫言、阿来、苏童、严歌苓分别凭借他们在 2008—2009 年两年内发表和出版的长篇力作《一句顶一万句》《蛙》《格萨尔王》《河岸》和《小姨多鹤》获此殊荣，五位作家共同平分十万元奖金。2015 年 12 月，《十月》杂志社与四川省宜宾市翠屏区人民政府签署战略合作协议，宜宾李庄古镇成为"十月文学奖"的永久颁奖地。作为李庄文化的传承和传播者，翠屏区将充分发挥作为"十月文学奖"永久颁奖地的优势，把此项文学盛宴打造成宜宾文化的长期性活动品牌——"十月文学"。2018 年《小说选刊》与辽宁省铁岭市共同举办了首届"中国小说双年奖"。自 2002 年设立的徐迟报告文学奖，随着时间的推移，企业逐渐退出该奖项的评奖，该奖项成为中国报告文学学会与浙江省湖州市南浔区委宣传部联合主办的全国报告文学专项奖，南浔成为徐迟报告文学奖的永久颁奖地，等等。而与地方政府合作的期刊类评奖，就承办的期刊来看，大多是在文学场中占有重要位置的期刊，如《人民文学》《小说选刊》《十月》等。在 20 世纪后期到 21 世纪初期，期刊类的评奖主要是寻求与企业的合作，如 2001 年由《中国作家》与中国宁波大红鹰烟草经营有限公司举办的"中国作家大红鹰文学奖"，2000 年《当代》杂志社设立的文学拉力赛,等等。这种变化也带来了评奖机制的转变,这一点在茅盾文学奖的评选中也有清楚的表现。

  自第八届茅盾文学奖起,茅盾文学奖评奖委员会就取消了审读小组和评奖委员会的分别,统一由茅盾文学奖评选委员会评选获奖作品。从20世纪后期到21世纪初期,在文学场中占据不同位置的作家往往只能获得与其位置相近的机构或组织等设立的文学奖项,因而一般来讲,获得政府奖或作协奖的作家是很难获得由学院派批评家主持的体现纯粹审美原则的文学评奖;反之亦然。这一时期由于现实主义成为文学场和社会场中的某种共识,因而这一语境下的文学评奖的一个重要特征就是:不同文学评奖之间的壁垒被打破了。我们看到曾经代表不同的文学观和文学价值观的作者列于同一个文学评奖的获奖名单中,比如格非、李洱、毕飞宇等曾经的先锋文学作者获得了茅盾文学奖。当然这些作家的获奖本身也有其创作上的改变,也就是其创作重心从形式转移到了内容,从主观表现转移到客观再现。如格非就谈到自己创作上的改变,"《江南三部曲》是从上世纪90年代末开始构思的。当时打算用地方志的结构和方法。延续现代主义的表现方法,描述100多年来的中国近现代社会。在写作中,我一方面对过去的写作模式产生了疑虑,同时也觉得在一本书中概括100年的历史实在过于困难"[1]。这种改变本身也说明了文学场中的主导逻辑的变化。因而过去处在不同次场中的作家、评论家等由于对现实主义的共识,使原有不同次场逻辑之间的分裂和差异逐渐被同一和整一所取代。这样一来我们就不难理解在第十届茅盾文学奖的评选中获奖作者是一个四世同堂的创作队伍。如果我们还记得茅盾文学奖评选委员会委员被称为"前文学工作者"的话[2],那么我们就更能理解

---

[1] 本报记者行超:《格非:文学的变革在微小之中》,《文艺报》2015年9月28日。这是《文艺报》对第九届茅盾文学奖获奖作家所做的访谈之一。

[2] 可以说,"前文学工作者"体现出强烈的代际差异,"前"属于过去,在不断颠覆瓦解过去和传统的现代性际遇中,只有现在才具有意义和价值,因而过去和现在之间的价值差异是不言自明的。

出生于不同时代的作家的并列本身，就意味着某种同一性和普遍性的重新建立。同时，正因为同一性和整一性的重构，这一时期同一个作家或同一部作品往往获得了多项不同的奖项，比如在2019年，梁晓声新作《人世间》获第一届吕梁文学季"吕梁文学奖"年度小说奖、第二届吴承恩长篇小说奖和第十届茅盾文学奖；李佩甫曾先后获全国庄重文文学奖、飞天奖、华表奖、"五个一工程"奖、人民文学优秀长篇奖、《小说选刊》优秀作品奖、《小说月报》优秀小说奖、《中篇小说选刊》优秀中篇奖、《中华文学选刊》首届文学奖、全国"金盾文学奖"、"全国十佳小说奖"、第九届茅盾文学奖等多项大奖。因而相较于20世纪后期到21世纪初期体现出不同次场逻辑的文学评奖来说，这一时期的文学评奖大体上可以分为两类：一是纸媒文学的评奖；二是网络文学的评奖。并且，这两类文学评奖分享着大体一致的文学观念和文学价值观念。

就网络文学评奖来看，我们仔细划分的话，又可分为以下两类。

一类是在中国作协框架下的网络文学评奖，主要包括中国作协网络小说年度排行榜，以及省、自治区、直辖市作协主办的网络文学奖。如网络文学双年奖（由浙江省网络作家协会、宁波市文联、中共慈溪市委宣传部共同设立，浙江省网络作家协会、宁波市网络作家协会、慈溪市网络作家协会联合承办）、四川金熊猫网络文学奖（由成都市互联网文化协会主办、成都市网络文学联盟承办）等。在网络文学兴起后，以中国作协为代表的各级作协机构，就采取一系列的措施和策略——如举办网络文学评奖，将网络文学纳入传统文学评奖体系、将网络文学作家纳入中国作协会员等方式——将网络文学的写作尽量纳入对纸媒文学写作的规范体系中。比格尔、豪泽尔等理论家都谈到文学制度不仅是文学存在的物质性因素，同时也会形成关涉审美趣味、价值理念等的意识性诉求。中国作协属于文学制度的重要组成部分，也是将特定的文学观念和价值观念现实化的重要中介。正如匈牙利文化社会学家豪泽尔所言："这些中介体制包括宫廷、沙龙、同人俱乐部、艺术家茶话会、艺术家协会、艺术家聚居地、艺术工作坊、学校、艺术学院、剧院、音乐会、出版社、博物馆、展览会和各种非官方的艺术团体，它们为艺术发展提供了道路并决定着艺术趣味变化的方向。"① 因而这类中国作协框架下的网络文学评奖，体现出的依然是对现实题材作品的偏爱以及对现实主义手法的推崇。与此相应，参与网络文学评奖的专家本身也是在传统文学领域拥有一定话语权的专家或学者。如2018年中国网络小说排行榜评选工作延续文学网站、专家推荐相结合的办法，同时增加了各省市作协申报的方式。这一年度申报网站共32家，各省市作协共9家，共征集作品294部。经过初评与终评程序，评委对所有作品进行了严格审读和充分讨论。最终，经陈崎嵘、胡殷红、何弘、鲍坚、安亚斌、白烨、欧阳友权、肖惊鸿、陈定家、夏烈、王祥、邵燕君、何平、庄庸、马季、周志雄、黄发有17位终评评委实名投票确定最终上榜作品。而正如布迪厄所言，"至尊至圣的作者通过团体展开或序言的方式，为更年轻的人祝圣，而后者也反过来尊前者为大师或流派的领袖"②。也就是说，当特定的团体是"更年轻的人"获得身份认同的渠道时，该团体持守的观念体系和价值体系就通过为"更年轻的人祝圣"的方式，被"更年轻的人"所接受，并内化为其特定的主观心理结构，于是这一团体体现出的理念也就得到延续和发展。因而，虽然这类评奖面对的文学样态与新媒介紧密相关，但是新媒介对这类评奖的标准和机制的影响却非常有限。

另一类主要是由网站自己主办的各类评奖，如榕树下网站组织的各类排行榜，等等。这类网站的评奖虽然从表面上看游离于作协框架下的文学评奖，但这类评奖无疑主要顺服于市场"这双无形的手"的影响和制约，也就是新媒介网络并没有制造出文学制度的真空。正如卡林内斯库所言："在我们的时代，成为流行就是为市场而创作，就是回应市场的需求——包括急切且相当容易辨识的对'颠覆'的需求。流行即使不等于接受'体制'，也等于是接受它的直

---

① ［匈］阿诺德·豪泽尔：《艺术社会学》，居延安译，学林出版社1987年版，第168页。
② ［法］皮埃尔·布迪厄：《艺术的法则：文学场的生成和结构》，刘晖译，中央编译出版社2001年版，第278页。

接表现形式，即市场。"① 因而由于这类文学网站要尽最大可能迎合读者的需要，而读者在网络文学上最想看到的就是人们常说的"爽文"，于是，网络文学往往尽可能绕开那些"不爽"的所谓"雷点""毒点"与"郁闷点"，也就是面对市场的网络文学及网络文学的作家制度及运作机制都体现了资本和利润对其的推动和建构作用。于是各网站组织的文学评奖在资本的推动下，其评奖的最主要标准就是市场。因此其所体现的价值理念在一定程度上无力为整个社会、民族和国家的精神力量的形成提供某种参照。这样一来，也就无法与体现了现实主义诉求的文学评奖（包括纸媒文学评奖和作协框架下的网络文学评奖）构成某种对话关系。因此20世纪后期到21世纪初期的文学评奖中体现的各类次场不同主导逻辑的对立和冲突就弱化了。

第二节 同一性与整体化：文学评奖制度的再建构

自1978年设立中国文学评奖制度以来，中国文学评奖到今天已经走过40多年的历程。2005年中共中央颁发了《全国性文艺新闻出版评奖管理办法》，该办法对全国性文学评奖的内涵和外延都做出了限定，规范了名目繁多的各种全国性文学评奖，使全国性的文艺评奖项目大幅度降低。因而，2005年也成为考量文学评奖的一个重要时间节点。同时，我们也可以看到文学评奖的某些变化。鲁迅文学奖自第六届起取消了初选小组，茅盾文学奖自第八届起取消了审读小组，并且二者都将网络文学纳入评奖范围，等等。这些现象说明了文学评奖制度存在某种再建构的趋势，那么如何来理解这些现象或这些现象体现出的文学评奖制度的再建构呢？对这一问题的思考，主要从两个方面展开：一方面，文学评奖制度作为文学现代性进程中的一个必然结果，

---

① ［美］马泰·卡林内斯库：《现代性的五副面孔：现代主义、先锋派、颓废、媚俗艺术、后现代艺术》，顾爱彬、李瑞华译，商务印书馆2002年版，第155页。

现代性自身的动力及其面对的困境会投射到文学评奖上,并形成文学评奖内在的某种必然趋势;另一方面,21世纪早期的中国文学评奖又处身于具体的历史语境中,对其的思考又不能忽略历史现场本身的具体性和特殊性。

一

古代社会对世界的阐释既具有整体性又具有保守性。比如对西方世界而言,对世界阐释的依据主要就是上帝的话语《圣经》;在中国古代也形成了一套阐释世界的基本框架和体系,其中最为重要的就是"圣人言",孔子强调的是"述而不作",也就是对世界、社会和人生的解释是受制于具有相当稳定性的认知框架和价值体系的。所以不难理解,金观涛和刘青峰提出的"中国社会的超稳定结构"这一观点。因而在西方,宗教成为文学的主要目的;在中国,"文以载道"成为文学的主要目的。在现代以前,我们当下所说的更多用于表情达意的文学大多都局限在私人领域。就西方来讲,直到18世纪末,作家、艺术家还仅仅是为资助人和宫廷而写作;而从中国古代占主导地位的文类诗歌来看,许多诗歌是以"答……""谢……""赠……"的形式出现,也就是主要限于私人之间的应和。

自18世纪启蒙主义以来,人的理性精神被高举,人不但成为阐释世界的核心,也成为为世界立法的主体。人不但能认识过去、现在和未来,并且也能在认识的基础上,规划现在和未来的基本走向。因此,传统社会的认知框架和价值体系就逐渐衰落了。正如伊格尔顿所言:"如果有谁被要求对19世纪后期英国文学研究的增长只给出一个解释,他的回答也许勉强可以是'宗教的衰落'。"[①] 伴随资本主义的出现,文学逐渐摆脱宗教等因素的制约,进入社会公共领域,并且也逐渐成为一个独特的、具有一定独立性的社会子系统。文学制度的出现在一

---

① [英]特里·伊格尔顿:《二十世纪西方文学理论》,伍晓明译,北京大学出版社2007年版,第21页。

定层面上就是文学成为具有一定独立性的社会子系统的重要表征。因此自现代以来，文学就寄寓于一定的制度场域中，存在于文学制度划定的界限内。文学制度在相当的程度上确定了什么才是文学，或者是"好"的文学。在古代，文学的价值是由宗教或传统来界定的，并且也是宗教和传统推动着所谓的文学活动；而进入现代后，文学制度成为界定文学价值的核心要素，也成为推动文学活动的重要动力。

雷蒙·威廉斯认为，institution 包含制度、机制和机构三方面的意义，当 institution 被解释为制度时，它被用来描述"某个明显的、客观的与有系统的事物"，"一种被制定、订立的事物"①。也就是，制度既具有某种客观性和系统性，同时制度又与人的主体性紧密相关，由此就使制度和文学之间存在某种紧张的张力关系。一方面，制度的客观性和系统性必然形成制度的某种限定性，制度的边界作用将文学活动置于某种特定的框架内，因此，制度与被视为具有"创造性想象力"的文学活动之间是存在一定的抵牾的，这一点也成为布达佩斯学派对文学制度进行批判的最为根本的面向。另一方面，制度在一定层面上又可以限制人的主体性过度膨胀带来的破坏性和不稳定性，故而，制度在一定程度上对人的主体性的限制，又能为文学活动的展开提供一定的保障。正如陶东风所言："中国文艺的自主性的缺乏说到底是因为中国社会还没有发生、更没有确立类似西方 18 世纪发生的制度性分化，文学艺术场域从来没有彻底摆脱政治权力场域的支配（这种摆脱不是个人力量的胜利，而是要依赖制度的保证）。"② 也就是，制度性的力量在一定程度上能为文学的自由创作提供某种保障。在新时期，对文学制度的探索和建立无疑对文学生产力的提升产生过极大的促进作用。这样一来，如何保持这两个面向之间的张力平衡，就是实现文学制度与文学之间良性互动的关键。正如布迪厄所言："理性是一种历史的产物，但又是一种极度矛盾的历史产物，因为它在某些特定条

---

① ［英］雷蒙·威廉斯：《关键词——文化与社会的词汇》，刘建基译，生活·读书·新知三联书店 2005 年版，第 242 页。

② 陶东风：《文学理论基本问题》，北京大学出版社 2004 年版，第 17 页。

件下能够'摆脱'历史（即特殊性），不过要（再）生产这些特定条件的话，就必须做出十分细致的努力以保障理性思想的制度基础。"①文学制度与文学活动之间存在的这种两面性本身就体现出现代性悖论：在发挥人的理性精神和主体性的同时，又要合理限制人的理性精神和主体性的膨胀。文学评奖作为文学制度的一个面向，制度与文学的张力关系必然会投射到文学评奖与文学的关系上。

文学评奖作为文学制度包含的诸多面向之一，其本身也是现代性进程中的产物，不过文学评奖在文学制度的诸多要素中又具有"个体"的独特性。文学评奖的出现与现代性进程中的某些特定因素紧密相关，在笔者看来，主要包括两方面的因素。首先，当人摆脱古代的宗教和传统的束缚后，对过去的颠覆使"现在"具有的意义和价值凸显出来。17世纪法国的"古今之争"得出的一个基本观点就是：古代人和"我们"一样都是人，他们中最突出的作家也有他们自己的不足之处。对古代人一定层面上的否定使"我们"可以重新为自身和世界立法，人在"现在"的语境下能建立起自己的认识论、方法论和价值论。文学评奖就是对人的主体性和理性精神认可的一个结果。因而，评奖体现了对人的主体性和理性精神的高扬，彰显了对人类的劳动及其创造性成果的尊重。人有能力做出判断和裁定，不必再依靠神或"圣人言"作为判断的参照系。其次，评奖又与现代印刷技术下阅读群体的出现紧密相关。正如本雅明在《机械复制时代的抒情诗人》中讲到，现代技术特别是机械复制技术导致了原有的传统艺术"灵韵"的丧失，文学艺术从具有神圣性的领域变为世俗世界的一个部分。文学创作不再是为宫廷贵族、宗教组织写作，作家面对的是世俗社会中的大众和市场化中的消费者。新的阅读群体的出现使文学接受或文学消费成为文学活动中的重要一环。在这一语境下，如何建构读者的阅读兴趣、审美观念就会成为一个问题。由于文学评奖建立在对人类认

---

① ［法］皮埃尔·布迪厄、［美］华康德：《实践与反思——反思社会学导引》，李猛、李康、邓正来译，中央编译出版社2004年版，第51页。

知和改造世界的精神力量的认可上，也就是文学评奖本身就预设了某种肯定性的价值判断，文学评奖对这一问题的解决无疑就具有一定的作用。同时，由于文学生产和文学消费本身就是一体两面、相辅相成的，文学评奖必然就会对文学生产产生一定的规约作用，进而在一定程度上就可以实现对文学观和文学价值观等意识性因素的建构。

既然文学评奖预设了某种肯定性的价值判断，那么文学评奖必须要具有使某个作家或作品成为"圣物"的能力。正如布迪厄所言，"对游戏（幻象）及其规则的神圣价值的集体信仰同时是游戏进行的条件和产物；集体信仰是至尊至圣权力的根源，这种权力有助于至尊至圣艺术家通过签名（或签名章）的奇迹把某些产品变成圣物。为了得出集体信仰从中产生的集体劳动的大致印象，应重建数不胜数的信用行为的循环机制"①。也就是对文学评奖这一"游戏"来说，对文学评奖的"神圣价值"的"集体信仰"才能使文学评奖活动得以实现，同时，文学评奖本身又要巩固或生成这一"集体信仰"。毋庸置疑，具有"神圣价值"的事物或理念必然是超越时空限制的，必然会体现出某种客观性和永恒性。但是，自现代以来，人对世界的阐释主要依据于人自身或者主要依靠人的理性精神，因而流动性和易变性就成为现代性的重要特征，而流动性和易变性无疑是与"神圣价值"相矛盾的。正如伊夫·瓦岱所言："现代性就像拼图游戏或者迷宫，是一个让人迷失方向的历史空间，在那里我们既要前进却又缺少前进的路标，每个集体，每个人——尤其是每个艺术家——必须在那里找到自己的路，但却不能确定无疑地去信赖大家共享的知识或信仰可能带给他的整体观念。"② 这样一来，文学评奖也同样陷入现代性的悖论中——在现代性的流动性和易变性下，文学评奖表达出的对特定文学观和价值观的肯定又必须要具有一定的客观性和永恒性。因而，产生于现代的文学评奖无疑就与现代性语境之间形成极强的张力关系，文学评

---

① ［法］皮埃尔·布迪厄：《艺术的法则：文学场的生成和结构》，刘晖译，中央编译出版社2001年版，第277页。
② ［法］伊夫·瓦岱：《文学与现代性》，田庆生译，北京大学出版社2001年版，第4页。

奖面对的这一困境或悖论同样也会投射到自1978年开始的中国文学评奖中。

二

1978年设立的文学评奖制度与整个国家的现代化建设是紧密相关的。现代化中体现出的对人的主体性能力的认可，以及对知识领域的独立性的认同，使知识分子在阐释世界或为这个世界立法上获得了一定的合法性和合理性，并且也赋予了知识分子一定的话语权，因而在这一语境下又出现了现代意义上的文学评奖①。1978年文学评奖制度的建立在很大程度上不是文学活动自身发展的结果，而更多的是整个国家实现现代化建设的结果。"现代化"话语为70年代后期到80年代后期的文学评奖提供了某种共识，因此在20世纪70年代后期到80年代后期的文学评奖中，"专家意见""群众推荐"和"国家意识形态"存在某种同一性。在这一时期，现代化提供的关于未来的图景成为审视过去和现在的参照系，同时，现代化话语也为现实主义的表达模式提供了合法性和合理性依据。在这一框架下，1978年文学评奖的获奖作品对现实性的追求表现出相当的同一性和一致性，这一时期也就成为文学写作与追求现代化的"蜜月期"，文学与政治话语一道共同论证了"新"的社会主义现代化选择的合理性和合法性。

随着历史进程的推进，现代性话语的分裂和矛盾日益突出，20世纪70年代后期到80年代后期具有某种同一性和整体化的文学场逐渐发生了分化。到90年代后期就出现了体现不同次场逻辑的文学奖项，就这些文学奖项之间的关系来说，一方面，在特定语境下不同次场的主导逻辑会不同程度介入其他次场，在不同程度上修改其他次场的主导逻辑。比如在第四和第五届茅盾文学奖的评选过程中，自主性文学场的合理性得到认同和张扬，因而可以见到，"纯粹"的审美原则对评奖策略和评奖机制等的介入和影响；到了第六和第七届，又可以看

---

① 我国从晚清就开始了我国的现代性进程，到民国时期也出现了一些不同类型的文学评奖。

到市场特别是读者的介入对茅盾文学奖评奖机制和策略的影响。另一方面，更为重要的是，不同的次场在社会场中的位置等因素的限制，必然使其他次场对其的影响被限定在一定的范围内，因此在一定层面上，不同的次场都会形成相应的主导逻辑。于是文学评奖就呈现出一种多元分化的样态，这种样态在一定层面上就是现代性的流变性在文学评奖中的体现。

基拉尔在《浪漫的谎言与小说的真实》中分析了斯丹达尔、塞万提斯和福楼拜的作品后，提出了一个问题：在解构了传统话语，进入现代以后，何种观念体系能为解释和认识世界、社会、人生提供一个稳定的锚点？在此著作中基拉尔指出："巴尔扎克说过，现代人的贪婪失去了王权的限制和控制，便没有合理的界限可言，唯一的上帝就是欲望。人将互为上帝。"① 也就是进入现代后，由于某种具有稳定性的参照系被不断解构，更多的人只能从他人的欲望中去模仿欲望，以他人为基础来完成自我的建构。因此，世界就随着偶像的变化不断被重新组织，新的自我不断代替旧的自我，进而使个体人对自我的追求最终也落入虚无之中，整个社会就此也会陷入混乱和虚无当中，于是各种非理性主义思潮和历史虚无主义思想就出现了。这样一来，到了21世纪早期就产生了对同一性和整体化话语的追求，"中国作家协会党组感到各个杂志各自为政，各搞一套，于文学事业不利，便加以规范，改成统一由中国作协主持"②。这也是历史语境变化产生的必然结果。当然，我们不能就此全然否定人的理性精神和主体性在流变中得到彰显具有的意义，以及由此产生的多元共存局面对文学活动的推进。

从文学评奖的角度来看，由于稳定性和客观性是实现文学评奖价值的基础，在一定层面上，流变性不利于形成文学评奖价值所要求的某种稳定性和客观性。正如第四届鲁迅文学奖评委张陵所言："中国

---

① ［法］勒内·基拉尔：《浪漫的谎言与小说的真实》，罗芃译，生活·读书·新知三联书店2021年版，第132页。

② 刘锡诚：《在文坛边缘上：编辑手记》，河南大学出版社2009年版，第537页。

文学发展繁荣进程中是有个低谷时期的,也可以称为困难时期。尽管那个时期也评出了不少优秀作品,评奖也搞得轰轰烈烈,但总是改变不了文学'边缘化'的格局——作家们过当地沉湎个人小圈子生活,思想格局登不上时代精神的高度;评论家全方位'失语''缺席',听不到时代艰难前进的脚步声。造成这种局面,文学界当然有不可推卸的责任,但整个社会核心价值的缺失是最根本的原因。"① 这段话在说明文学评奖面对的问题时,也更加宏观和深刻地揭示了产生这一问题的根本原因:"整个社会核心价值的缺失",也就是,缺失了为整个社会和不同个体提供审视现实、世界和人自身的有效的参照系。正因为整个社会无力为不同团体、阶层和人群提供认识社会、世界和自身的某种共识,所以虽然各种话语充斥整个社会,但是每种话语更多体现的是私人的角度和私人的眼光。这样一来,必然导致作家过当地"沉湎个人小圈子生活",难以提供具有一定精神高度和思想深度的作品;评论家在文学活动中全方位"失语"和"缺席"。这样一来,对同一性和整体化的追求就成为文学价值的重要基础。正如中国作家协会副主席吉狄马加对获得第七届鲁迅文学奖的诗歌的评价所言:"一个诗人除了有责任抒写个人的喜怒哀乐和所见所闻所感所想之外,还应该对这个时代甚至人类的整体命运有及时和有效的把握与反映,应该能够具有精神引领作用和思想的提升能力。我想,这是当下的中国诗人应该努力的大方向。这是一个历史的标准,也是时间的标准。"② 在这篇文章中,吉狄马加强调,个人化的反思或个人化的写作最终要实现对时代甚至是人类整体的把握,为时代甚至是社会提供某种同一性和整体化基础。徐坤在由绍兴市人民政府与《小说选刊》杂志社共同举办的"鲁奖作家鲁迅故乡行"的采风活动中,就谈道:"学习和发扬鲁迅精神,就是要积极构建人类命运共同体意识,增强对民族命运的

---

① 颜慧:《发现新生活、新观念、新矛盾、新人物——访第四届鲁迅文学奖短篇小说奖评委》,《文艺报》2008年1月22日。
② 吉狄马加:《他们代表了多元化的写作方向——第七届鲁迅文学奖诗歌奖获奖诗人的阅读印象》,《文学报》2018年8月20日。

关注，对人类的关怀。"①

因此，21世纪早期的历史语境就为文学评奖的再建构提供了某种契机，对同一性和整体化的追求必然也会在文学评奖和文学评奖的运作机制上呈现出来。因此可以看到，茅盾文学奖和鲁迅文学奖在评奖规则上的改变，比如，取消了审读小组或初选小组，整个评奖由评奖委员会完成；第六届茅盾文学奖将评奖的"权威性"替换为"群众性"，到了第七届，在保留"群众性"的基础上，又增加了"权威性"，到了第八届，取消了"群众性"，评奖基本原则为"坚持导向性、权威性、公正性"②；等等③。

三

那么什么样的观念体系和价值体系能成为文学评奖制度再建构的基础？或者说成为实现同一性和整体化的基础？

党的十一届三中全会确立的国家现代化诉求，为现实主义的表达模式以及其体现出的观念体系和价值体系提供了合法性和合理性依据。在1978年以后出现的现实主义回归，在文学评奖上对应的就是1978年文学评奖制度下设立的针对各种体裁的全国性奖项，现实主义的回归使前几届的各类全国性文学评奖表现出相当的一致性。而随着历史进程的推进，现代性话语的分裂和矛盾日益突出，"先锋文学"无疑就是现代性分裂和矛盾的重要表征。由于"先锋文学"在一定层面上无力为同一性和整体性诉求提供某种答案，"艺术将自身与它在社会中的交流功能分离，并将自身定位于与社会彻底对立。这一变化在艺术的内容层面上表现出来；它的功能不变，却导致对文学能在规范与价值之间起调停作用的思想持拒斥态度"④。因而，"先锋文学"的这

---

① 越牛新闻记者沈卫莉、徐霞鸿、於泽锋、童波：《相聚鲁迅故乡，共话精神原乡》，《绍兴日报》2021年9月29日。
② 请参见附录4。
③ 请参见本章第一节。
④ ［德］彼得·比格尔：《先锋派理论》，高建平译，商务印书馆2002年版，第37页。

一困境在一定程度上也为现实主义的再回归提供了某种契机。进入21世纪以来，现实主义的再回归，使文学评奖对现实主义的持守获得了一定的基础和支持[1]。正如贺绍俊所言，"第十届茅盾文学奖的意义就在于，它体现了在后现实主义语境下对现实主义文学的坚守，它同时也充分肯定了对现实主义文学所作出的突破"[2]。当然也不能忽视，即使在20世纪90年代后期到21世纪初期文学评奖多元分化的状态下，政府奖和作协奖依然长期保持了对现实主义体现出的认知体系和价值体系的持守。不过，政府奖和作协奖对文学活动的引导和规约作用，无可避免地受到特定时期的历史语境以及文学场结构的影响，并且，由于文学评奖（文学制度）与文学的张力关系所产生的限制，在特定的时期并没有对文学潮流和文学观念的建构产生更为充分的作用。

现实主义的再回归本身就说明了我们对具有稳定性、客观性的认识论和价值论的需要。正如伊夫·瓦岱所言："创新就是这个病态现时的临床表现。它不但没有为语言开拓出新的发展领域，而且变成了一个世界末日的病态征兆。"[3]确实，人或社会存在和发展于这个世界，总是需要一个能提供认识和价值永恒性的锚点，而现实主义的再回归就是对这一问题一定层面上的回答和解决。正如比格尔所言："在资产阶级上升时期，文学（古典主义和现实主义）占据着重要的地位，就像希腊艺术在黑格尔的体系中占据重要地位一样。尽管实际上受着历史条件的制约，它在当时被当作是永恒的形式。"[4]也就是说，古典主义和现实主义在文学活动中所占据的重要位置，是与资产阶级上升时期的历史语境紧密相关的。因此，虽然古典主义和现实主义的形式在当时被认为具有"永恒性"，但实际上所谓的"永恒性"依然是受到历史语境的限制和制约的。那么在这一变动不居的现代性语境下，自"五四"以来就进入中国的现实主义如何来承担这一重

---

[1] 请参见本章第一节。
[2] 贺绍俊：《从第十届茅盾文学奖谈起》，《文学报》2019年11月3日。
[3] ［法］伊夫·瓦岱：《文学与现代性》，田庆生译，北京大学出版社2001年版，第87页。
[4] ［德］彼得·比格尔：《先锋派理论》，高建平译，商务印书馆2002年版，第56页。

任呢？

　　《新文学评论》2020年第2期刊载了一组重评第十届茅盾文学奖的评论文章，其中主持人贺仲明就指出，无论是作为一个当代文学研究者还是普通作者，都会对第十届茅盾文学奖入围作品思想上的匮乏感到失望。在此篇文章中，贺仲明还指出，对于长篇小说，思想的深邃比艺术的精致更为重要，因为长篇小说是内涵最为厚重的文体，承载传达时代思想的任务①。从贺仲明的表述中可见出，获得第十届茅盾文学奖的现实主义作品还缺乏应有的思想深度。如，获得第十届茅盾文学奖的李洱《韦应物》总计90多万字，所写的就是一所高校筹办孔子学院的故事，涉及的主要是，知识分子之间在这一事件中琐屑的甚至是没有多少意义的冲突和矛盾。这类作品与1978年之后以《芙蓉镇》《许茂和他的女儿们》等作品体现出的现实主义相比，两者之间差异的根源依然是在于语境的变迁上——与党的十一届三中全会后形成的现代化语境不同，现代性语境的分裂和矛盾在一定程度上已经较难为现实主义提供意义和价值的阐释框架。这样一来，现实主义本身必然具有的对社会现实本质的表现及未来走向的预言，就可能难以获得坚实的基础。因此，在当下的现代性语境无力为现实主义阐释模式提供认识论和价值论的基础时，现实主义可能只会流连于琐碎细节的呈现，而无法表现宏阔的历史、现在和未来，而成为"饶舌现实主义"。在当中可以看到存在某种"阐释的循环"带来的困境：具有某种同一性和整体化的观念体系和价值体系无疑为现实主义的写作方式提供了认识论和价值论的支撑，反过来，在现代性带来的分裂和矛盾中，由于同一性和整体化共识的削弱，进而使现实主义要承担建构某种社会核心价值的要求。那么，如何使现实主义这一形式在某种层面上具有永恒性，使其成为建构同一性和整体化的重要基础？这个问题就不仅是文学活动面对的问题，也是有40多年文学评奖历程的文学界和理论界应该思考的问题。

---

① 贺仲明：《主持人语》，《新文学评论》2020年第2期。

文学评奖自身必然要体现对某些具有一定客观性和稳定性的文学观和文学价值观的坚守，也就是文学评奖必然要具有一定的超越性——能超越具体时间和空间的限制。只有这样才能最终维持和巩固文学评奖的价值，并最终形成对文学活动的有效引导，文学评奖的意义才能真正现实化，也才能在更大范围、更大程度上对文学活动产生影响。自21世纪早期以来，对同一性和整体性的诉求，无疑是文学评奖再建构的重要契机。现实主义的再回归如何能成为文学评奖再建构的重要锚点呢？对这一问题的思考和解决，将使文学评奖在对认知体系和价值体系的倡导上，有助于为人类认识世界、认识自身提供更具合理性的认识论基础，也能为人类生存和发展所需要的意义和价值提供更具有超越性的价值论基础。

第六章 1978 年以来文学评奖的衍化
——以茅盾文学奖为中心

自 1978 年设立了中国文学评奖制度以来，茅盾文学奖是唯一自 1981 来设立后，一直延续到当下的文学奖项，因此，对该奖项的考察有助于我们更好地把握 1978—2020 年 40 多年的文学评奖历程。对一共举办了十届的茅盾文学奖的考察主要是通过将每一届的奖项放入具体的历史语境中来思考，同时由于语境本身既具有某种稳定性又具有变化性，因而就将根据不同时期的茅盾文学奖所处的历史语境的异同以及语境与茅盾文学奖的张力关系对其作出概括和划分，厘清不同时期茅盾文学奖的共性和差异性。第一和第二届茅盾文学奖体现了 1978 年文学评奖制度下设立的全国性文学评奖的特质。第三、第四和第五届茅盾文学奖置身于多元分化的文学场域中，一方面，不同次场的逻辑介入了该时期的茅盾文学奖；另一方面，茅盾文学奖在文学场和社会场中所占的位置，又从根本层面上规约了茅盾文学奖的评奖。在第六和第七届，读者作为重要一极介入文学活动中，与此对应的就是精英逻辑的弱化，而这些变化无疑都会与茅盾文学奖之间形成相互影响和制约的关系。到了第八、第九和第十届，由于对同一性和整体化的诉求，茅盾文学奖又开始寻求重建某种同一性。因而本书就将十届茅盾文学奖划分为以下几个阶段：第一和第二届茅盾文学奖；第三、第四和第五届茅盾文学奖；第六和第七届茅盾文学奖；第八、第九和第十届茅盾文学奖。

第一节 1978年文学评奖制度下的茅盾文学奖

文学制度既具有客观规定性，同时这一客观规定性在一定层面又能转化为主体的主观心理结构，因而文学制度这一概念打破了主观和客观、结构性和能动性之间的对立，也为我们打破文学研究中的外部研究和内部研究之间的对立提供了某种可能性。这样一来也就不难理解，在场域和惯习之间存在某种相互的生成性，也就是，特定的历史的、文化的语境对个体人的认知建构具有主导作用，反过来个体人对世界的解释和理解又以反作用的方式巩固了历史和文化的既定建构。正如法国文艺理论家丹纳所言，"艺术家本身，连同他所产生的全部作品，也不足孤立。有一个包括艺术家在内的总体，比艺术家更广大，就是他所隶属的同时同地的艺术宗派或艺术家家族"，并且"这个艺术家庭本身还包括在一个更广大的总体之内，就是在它周围而趣味和它一致的社会"[①]。因而，对1978年文学评奖制度下的茅盾文学奖的梳理，也就是对第一和第二届茅盾文学奖的梳理，主要就立足于打破内部研究和外部研究之间的壁垒，对获奖作品的文本特征和作家身份与特定的现代化语境之间的关系进行分析，在此基础上，厘清这一时期的文学评奖制度（茅盾文学奖）对文学生产具有的动能。

一

第一和第二届茅盾文学奖的评奖对象为1977年到1984年间中国公开发表或出版的长篇小说。第一届茅盾文学奖的评奖对象是1977年到1981年间在中国公开发表的长篇小说，评选工作在1981年启动，整个评奖工作耗时一年，第一届茅盾文学奖于1982年在北京人民大会堂颁奖。在这一时段公开发表和出版的长篇小说有四百多部，各地区推荐的参评作品共143部。第一届茅盾文学奖评选出获奖作品6部：

[①] ［法］伊波利特·丹纳：《艺术哲学》，傅雷译，江苏人民出版社2017年版，第3页。

周克芹《许茂和他的女儿们》（四川《沱江文艺》特刊和《红岩》1979年第2期发表，百花文艺出版社1980年版），古华《芙蓉镇》（发表于《当代》1981年第1期，人民文学出版社1981年版），姚雪垠《李自成》（第二卷）（中国青年出版社1977年版），魏巍《东方》（人民文学出版社1978年版），莫应丰《将军吟》（人民文学出版社1980年版），李国文《冬天里的春天》（人民文学出版社1981年版）。在6部获奖作品中，有4部现实题材的作品，2部历史题材的作品。就这2部历史题材的作品来看，魏巍的《东方》属于革命历史题材小说，姚雪垠的《李自成》属于历史题材小说。第二届茅盾文学奖评奖对象是1982年到1984年间在中国公开发表或出版的长篇小说。第二届茅盾文学奖于1984年启动，于1985年年底在北京颁奖。此时段公开发表和出版长篇小说400多部，比前五年（1977—1981）有较大幅度的增加。各地推荐的参评作品共有80部，评选耗时一年，共评选出3部获奖作品：刘心武《钟鼓楼》发表于1984年的《当代》杂志，后由人民文学出版社出版；李准的《黄河东流去》（上、下集），上集1979年由北京出版社出版，下集先发表于北京十月文艺出版社《长篇小说》丛刊第5期，后由该出版社出版；张洁《沉重的翅膀》先发表于1981年《十月》杂志，同年由人民文学出版社出版，发表后立即引起争议。后来，张洁对其做了修改，也就是1984年的修订本，"韦君宜同志告诉我，全书三分之一是重新改写的"①。获奖的就是1984年的修订本。就获得第二届茅盾文学奖的3部作品来看，《沉重的翅膀》和《钟鼓楼》属于现实题材作品，《黄河东流去》属于历史题材作品。

从题材的角度看，获得第一和第二届茅盾文学奖的9部作品分属两类题材：现实题材和历史题材。在这9部获奖作品中，现实题材作品大约占整个获奖作品的66.7%。而就历史题材作品来看，魏巍的《东方》构思和写作逾二十年——最初动笔于1959年，1977年完稿；

---

① 张光年：《〈沉重的翅膀〉修订本序言》，《文艺报》1984年第9期。

姚雪垠的《李自成》的创作动机萌发于40年代，其第一卷出版于1963年，就在"文化大革命"之前就开始构思的这部作品来看，其第二卷是不能脱离第一卷而孤立存在的。李准《黄河东流去》，上集完成于1978年，下集完成于1984年。因而如果从创作时间来看，这三部作品并非完全意义上的"新时期"作品。如果我们把这些因素考虑在内，那么，创作和发表于"文化大革命"结束后、获得第一和第二届茅盾文学奖的作品中，现实题材作品所占的比例就更高了。同时，正如德国当代著名学者奥尔巴赫所言，"无论是历史题材还是现代题材，观察人类生活和人类社会的方法基本上是一样的。观察历史方法的变换必然会很快影响到对现实状况的观察"①。也就是，观察历史的方式必然会影响到对现实的观察，反之，观察现实的方式同样也会投射到对历史的观察上。从《李自成》的创作和发表也可见出这一特点，虽然在40年代《李自成》的创作动机就已萌芽，但它的创作和第一卷的出版时间是在中国社会的一个特殊敏感期，以后各卷又在新时期陆续出版。在於可训看来，这其中隐含着《李自成》创作的一个重要秘密，而这一秘密首先就在于古为今用的创作原则，因而"《李自成》虽然不是一部现实题材的作品，但它的强烈的现实性显然是不应当受到怀疑的"。并且於可训指出："不管个人的主观好恶如何，都无法改变《李自成》作为一部现实主义的历史小说这一基本的事实。"②因而，这三部历史题材作品的认知和表现历史的方式和具有"现实性"的现实题材作品的认知和表现现实的方式是一体两面的。

现实性和现实意义无疑是20世纪70年代后期到80年代后期文学评奖活动中获奖作品的一个极其重要的价值指针。从冯牧对获得1978年全国优秀短篇小说作品的价值判断中，我们也可以清楚地看到这一

---

① ［德］埃里希·奥尔巴赫：《摹仿论》，吴麟绶、周新建、高艳婷译，商务印书馆2016年版，第522页。
② 於可训：《历史转折期的艺术见证——重读首届茅盾文学奖获奖小说》，《当代作家评论》1995年第2期。

点,"它们从不同的角度,以不同的方式提出和回答了广大人民所密切关心和切盼回答的问题"①。短篇小说的篇幅特征是有利于对现实性问题的表达的,而长篇小说的篇幅特征可能就容易滞后于对现实性问题的表达。不过,在这一时期,现实性依然是长篇小说创作的一个重要指向。在《人民日报》发表的有关第一和第二届茅盾文学奖的评论文章中,也一再强调长篇小说贴近生活的可能性和必要性,"长篇小说固然不能像短篇小说那样敏锐快捷,但绝非命定地要同现实生活保持距离,它完全能够对当代社会问题和人们的战斗风貌做出及时而出色的描绘,引起读者的共鸣","我们希望长篇小说同我们的时代更贴近一些,同当代人民生活更贴近些"②。因而,在第一和第二届获得茅盾文学奖的6部作品中,第一届获奖的4部现实题材作品,主要表现了"文化大革命"时期的"左"倾思想对人民造成的伤害,以及在党的十一届三中全会后,我们的社会生活发生的巨大变化。如《芙蓉镇》揭露了"'左'倾政策的谬误,又通过'她'终于得到爱情和安定的生活,展示了三中全会前后农村的巨大变化"③。这些作品大体可归属于"伤痕文学"和"反思文学"。就获得第二届茅盾文学奖的2部现实题材作品来看,张洁的《沉重的翅膀》历来被看作是"改革文学"的经典之作,"表现了进行改革的历史必然性、现实的迫切性以及斗争的复杂性,同时也表现出我们民族起飞翅膀的沉重感"④。虽然刘心武的《钟鼓楼》没有从正面表现改革,不过,其彰显的依然是改革对人们的生活和精神带来的影响和变化。这两部作品大体可归属于"改革文学"。就获得第一和第二届茅盾文学奖的现实题材作品来看,其和十一届三中全会后整个国家的现代化建设路径是相吻合的,并具有高度的一致性。也就是,当生活在文学中被呈现时依然还带着热气

---

① 冯牧:《短篇小说——文学创作的突击队》,《人民文学》1979年第4期。
② 本报评论员:《祝长篇小说繁荣发展》,《人民日报》1982年12月16日。
③ 中国作家协会研究室:《首届"茅盾文学奖"获奖的六部长篇小说及其作者简介》,《人民日报》1982年12月16日。
④ 何镇邦:《第二届"茅盾文学奖"获奖作品简介》,《人民日报》1985年12月23日。

腾腾的生活气息,生活和艺术是被紧密地黏合在一起的。正如张洁所言:"回忆我的创作,凡是比较真实地反映了社会生活的作品,如《爱,是不能忘记的》《沉重的翅膀》,尽管艺术表现还很粗糙,甚至文理不通的句子俯拾皆是,却引起了读者较多的注意,或是争议,我想道理就在于此。"① 张洁的这段话就蕴含了时代氛围及在此氛围下的文学创作和文学评奖的特质。

二

毋庸置疑,题材的选取当然是体现现实性的一个重要面向。不过,就现实主义手法来看,除了题材本身外,更为重要的是:我们是透过什么样的眼光来"看"题材或素材,也就是什么才是"现实性"或"现实意义"的问题。环境和时代对于一部作品的产生具有相当的作用,然后环境和时代并不能自然而然就成为作品的成分。时代和环境向作家提出问题,一个真正的作家就要对问题作出回应。也就是说,当作家在表现发生于特定环境和时代的事件时,还需要对这一事件的前后逻辑关系,以及或隐或显地包含在这一事件中的、与时代相关的问题做出某种回答。而不同的认知方式和价值体系就会对这些粗糙的事件进行不同的梳理,这样一来,这些事件在不同的文学作品中就会呈现出不同的样态,甚至可能呈现为完全相异的表达。

20世纪70年代后期到80年代后期文学评奖认可的文学价值就是:具有现实性和现实意义,这一点在1978年文学评奖制度下设立的针对各类体裁的评选启事中也有清楚的说明。比如在全国优秀短篇小说评选启事中就指出,评选的标准是"从生活出发";在茅盾文学奖的评奖条例中强调的也是"注重鼓励关注现实生活的作品"。不过,这里依然存在的一个问题就是,题材要表达的是何种现实性?具有何种现实意义?这一点对魏巍、姚雪垠和李准这些经历过新民主主义革命的作家来说,可能不会成为一个问题。就其创作的历史题材和

---

① 佚名:《短篇小说获奖者的话》,《文艺报》1982年12月16日。

革命历史题材作品来看，作品中涉及的题材所蕴含的历史本质和历史走向，主流话语早已有了清晰和准确的认识。正如美国杜克大学教授阿里克·德里克在《革命与历史——中国马克思主义历史学的起源，1919—1937》中所言，"当革命成为衡量史学有效性的标准时，历史与革命的关系不可避免地沦为一种同义反复——特定的革命目标决定了历史的阐释，而后者又反过来使隐含于这些革命目标之中的革命行动的具体过程合法化"①。也就是，"革命"为"历史"的叙述提供了线索和方向，"历史"具有的所谓客观性又为"革命"提供了合法化依据。因而"革命"就为历史题材或革命历史题材小说提供了认识论和价值论上的依据，而这一"认识"就是历史题材和革命历史题材的作品要体现出的现实性。

那么，对新时期才开始创作的文学新人来讲，如何来认识其掌握的题材？也就是如何来表达这段刚刚才过去的历史？并且赋予其怎样的意义？指向的又是怎样的未来？这些都会成为问题。如从《芙蓉镇》的创作来看，这一小说取材于一个寡妇的冤案——"故事本身很悲惨，前后死了两个丈夫，这女社员却一脑子的宿命思想，怪自己命大，命独，克夫"。当时听到这一故事，作者也觉得意思不大，然而"三中全会的路线、方针，使我茅塞顿开，给了我一个认识论的高度，给了我重新认识自己、剖析自己熟悉的湘南生活的勇气和胆魄"②。也就是，"三中全会的路线、方针"使原本在作者看来没有多少意义和价值的事件，成为作者表达和叙述的题材。"三中全会"这一概念实际上隐喻着特定的现代化转向，也即是三中全会以来的现代化诉求为作者提供了一种视野。正是在这一视野的光照下，原本在作者看来没有多少意义和价值的题材凸显出某种特有的意义和价值。

实际上，党的十一届三中全会提供的现代化认识框架成为这一时期作家选取、切割特定事件，并对粗糙的事件进行逻辑梳理、价值分

---

① [美] 阿里克·德里克：《革命与历史——中国马克思主义历史学的起源，1919—1937》，翁贺凯译，江苏人民出版社2005年版，第205页。
② 古华：《话说〈芙蓉镇〉》，载古华《芙蓉镇》，人民文学出版社1981年版，第204页。

类的核心支点，也就是说这一认识框架犹如黑夜中的探照灯，把事物的本质和走向全然呈现出来。正如英国哲学家欧克肖特所言，"一种政治意识意味着一个抽象原则，或一套抽象原则，它独立地被人预先策划。它预先给参加一个社会安排的活动提供一个明确表述的、有待追求的目的，在这么做时，它提供了区分应该鼓励的欲望和应该压抑或改变其方向的欲望的手段"①。现代化对未来的乐观，以及对人理性的合理性认可与现实主义的本质是相契合的。现实主义对环境的解释强调过去、现在和未来的某种一致性，并且现实主义更多是通过未来来解释现在和过去，明确的、乐观的未来给了我们可以认识和表现现在和过去的视角，这一视角会清晰地对过去和现在的不同事件做出明确的价值判断，而判断的重要依据就是现在或过去的不同事件与未来之间的关系——是推动或形成未来的动力，还是阻碍或抵挡未来的力量。正如丹纳所言，"艺术品的目的是表现基本的或显著的特征，比实物所表现的更完全更清楚。艺术家对基本特征先构成一个观念，然后按照观念改变实物。经过这样改变的物就'与艺术家的观念相符'，就是说成为'理想的'"②。

因而，是某种特定的认识或观念从根本上架构了文本的基本结构。从获得第一和第二届茅盾文学奖的获奖作品的结构上看，大体上都包含一种二元对立的结构方式。人被简单划分为善恶对立的两极，事件也被简单划分为对立的两极——改革/守旧，进步/落后，同时对事件的认识方式与人物的善恶也形成一种对应关系，比如《芙蓉镇》中的谷燕山/王秋赦，《许茂和他的女儿们》中金东水/郑百如，等等。人物道德上的善恶，与以党的十一届三中全会为分水岭的新/旧事件的态度完全吻合，这也容易导致把一种更为复杂的认识论问题转化为相对容易把握的表层道德问题，因而不同事件和人物之间的高/下，胜/衰就一目了然了。正如季红真在《文明与愚昧的冲突——新时期

---

① [英]迈克尔·欧克肖特：《政治中的理性主义》，张汝伦译，上海译文出版社2003年版，第41页。
② [法]伊波利特·丹纳：《艺术哲学》，傅雷译，江苏人民出版社2017年版，第258页。

小说的基本主题》①中所言,"新时期"之初的"伤痕""反思""改革"小说的基本主题都可以概括为"文明"与"愚昧"的冲突,而与"文明"和"愚昧"一一对应的是,进步/落后,改革/守旧,新/旧等二元对立项,这样一来,泾渭分明的价值判断也就会在不同程度上掩盖事件和人物本身的复杂性,因而,这一时期人物的塑造依然大多表现为好人/坏人的简单二元对立模式。这种处理方式在历史的转折期,能够如快刀斩乱麻般地为人们清理出过去和现在的问题,对问题的清理也使未来的道路更加清晰。而正是这种清晰,使这一时期的不同群体和个人对未来充满了希望和理想,也鼓励了更多的人投身到公共领域中,因而这一时期也被许多学者认为是充满了理想的年代。在这一氛围下,小说一出版,往往能产生极大的社会效应。"长篇小说《芙蓉镇》在今年《当代》第一期刊载后,受到全国各地读者的注意,数月内《当代》编辑部和我收到了来信数百封。"② 这种强大的社会效应,我们也可从这一时期参与文学评奖的读者人数见出。

既然"现象"或"真实"的呈现或再现绝不是自然生成的,正如奥尔巴赫在分析薄伽丘的《十日谈》时指出,薄伽丘在描绘当时生活丰富多彩的真实时,"恰恰是在那些薄伽丘竭力要揭示问题和悲剧的地方,我们可以看到他的早期人文主义思想的不明确性和无把握性","像薄伽丘这类人的世俗性还很不牢靠并无根基,还不足以给人提供一个基础,一个可以赖以从整体上将世界作为真实世界来排列、解释和描绘的基础"③。也就是,对真实世界的认识必须要以某种坚实的认识论和价值论为基础,由于"薄伽丘这类人"世俗性的薄弱,使其依然无法把世界作为一个真实和客观的世界来表达。党的十一届三中全会后的统一认识——实现民族和国家的现代化——为这一时期的知识分子

---

① 季红真:《文学与愚昧的冲突——新时期小说的基本主题》(上),《中国社会科学》1985年第3期。
② 古华:《话说〈芙蓉镇〉》,载古华《芙蓉镇》,人民文学出版社1981年版,第200页。
③ [德]埃里希·奥尔巴赫:《摹仿论》,吴麟绶、周新建、高艳婷译,商务印书馆2016年版,第272页。

和普通群众，提供了可以认识现象真实的现代化框架，也就为现实主义所追求的现实性和现实意义提供了认识论和价值论上的支撑。这样一来，现实主义的表达方式与主导话语之间就具有某种同一性，因而，在第一和第二届茅盾文学奖获奖作品中，叙述主体对事件的叙述与社会主流话语的解释框架之间存在最大的通约性。这些"伤痕""反思"和"改革"文学作品建构的现实是得到党的意识形态领导机构和领导人的肯定的。在首届茅盾文学奖授奖大会上，周扬就指出："我过去讲过，'文化大革命'一定要在文学中得到反映，不反映那是不可能的，不合乎事物发展规律。现在这四部长篇虽然还不能说已经达到了高度的艺术概括，但确已向这个方向迈出了一步，所以大家重视这些作品，推荐这些作品是有理由的。"① 因而，在新时期之初，不论是知识分子、社会群体，还是政治权力都处在共同的意识形态和现实问题中，并且对这些问题的思考都有较为一致的认识和价值推断。这样一来，这一时期的全国性文学评奖实现了"专家奖""政府奖"和"民间奖"的统一。

当然，我们也不能忽略这种"一致"或"统一"的脆弱性，随着现代化进程的推进，这一进程本身的复杂性和矛盾性就显露出来了，人的体验也会变得更加深刻和复杂，"变化"使原有的"一致"或"统一"出现了动摇。而正如英国社会学教授鲍曼所言："快速的变化揭示了所有话语安排的暂时性，而且暂时性（而不是神赐性和存在性）恰恰是人类的特征。"② 由于现实主义作为一种具有一定稳定性的话语表达方式，在不知不觉间就与快速变化的现实之间产生了裂隙。在使用现实主义手法创作文学作品时，依然采取设定的现代化诉求来切割和重组复杂的经验事实，在情节结构、人物塑造上就会显得生硬，也就可能使生动活泼的事件和人物被既定的观念扭曲和变形。这样一来，在作品和人的真切体验之间就会出现距离，这一问题到第二届茅

---

① 周扬：《在首届茅盾文学奖授奖大会上的讲话》，《文艺报》1983年3月。
② ［英］齐格蒙特·鲍曼：《作为实践的文化》，郑莉译，北京大学出版社2009年版，第7页。

盾文学奖时就隐隐出现。在90年代中期对历届茅盾文学奖的反思中，林为进在《历史的限制与现实的选择——重评第二届茅盾文学奖》中就指出："不好看是这三部作品（指获得第二届茅盾文学奖的三部作品，笔者注）的共同特点，不过，这样的特点也不仅仅是存在于这三位作家的创作之中。当代中国的文学创作，于90年代以前，从来就没有好看与不好看的考虑。作家们坚持不懈的是如何引导读者去认识我们现在能够允许人们去了解的历史和社会。"① 因而在这篇文章中，作者得出了这一结论，"作为中国文学最高奖，只能选择出《黄河东流去》《钟鼓楼》《沉重的翅膀》这样的作品"。也就是说，用90年代中期的眼光来看，"不好看"是90年代以前作品的共同特征。"不好看"的主要原因，就是用某种既定的观念和框架来切割或固化了活生生的现实和活生生的人生，这也是中国式现实主义存在的一个问题。不过正如本文所谈到的，在这一时期，现代化话语体系为现实主义提供了认识论和价值论上的支撑，因此，现实主义的表达对时代的描绘依然具有不可否认的意义和价值。在这一语境下，茅盾文学奖在这样的文学创作中做出的选择就体现了那一时期文学创作的成绩。

三

现实主义表达方式的实现必须经由创作主体来完成，那么，现实主义的表达方式与这一时期创作主体——作家——之间又有怎样的关系呢？从获奖作家的出生年代来看，在获得第一和第二届茅盾文学奖的九名作家中，成长于新民主主义革命时期的作家有三人：魏巍、姚雪垠、李准。魏巍1920年生，1937年参加革命工作，1939年起在报刊发表诗作。姚雪垠1910年生，1938年发表第一篇小说《差半车麦秸》，在重庆期间被选为中华全国文艺界抗战协会理事。李准1928年生，1953年开始发表作品。毋庸置疑，他们所经历的时代也建构了这

---

① 林为进：《历史的限制与现实的选择——重评第二届茅盾文学奖》，《当代作家评论》1995年第2期。

一代作家的审美趣味和审美表达。自"五四"以来，现实主义逐渐成为最为重要的一种表现形式。实际上，现实主义也不仅仅限于是一种表达技巧和方法，自现代以来，现实主义为人类提供了一种"新"的认知世界的价值观和方法论。其中最为重要的一点就是，现实主义将人的眼睛从主要关心彼岸世界，转回到现实世界，说到底也就是从"神本"走向了"人本"，不再是由神而是由人来为人和世界做出规划和设计，是人——而非神——指明人和世界未来的路径和方向。这成为19世纪到20世纪初期占主要地位的跨越了东西方的时代主流。"19世纪，甚至20世纪初，在这些国家中占主流的是可以明确表述和得到公认的共同的思想和感情，因此一个写实作家在梳理现实时便有了可靠的标准；他至少能够在变化的时代背景下辨明方向，能够比较清楚地区分各种矛盾的思想或生活方式。"① 也就是自现代以来——雷哈特·克瑟莱克将18世纪命名为"转折的时代"，在随后的两百年左右的时间内，人的主体性成为人认识世界并且获得在这个世界安身立命之所的一个锚点，在这一巨大的时代潮流的推动下，现实主义一度成为人解释世界和人自身的一个锚点。不过在西方，由于宗教等传统的影响，以及对人的理性精神的怀疑和非理性思潮的出现，由现实主义提供的这一稳固的锚点不久之后就遭到质疑。正如鲍曼所言："在一个由疯狂地寻求人类秩序坚固的和不可动摇的基础所控制的时代之后，一个意识到了这一基础的脆弱性并丧失了信心的时代来到了。"② 于是，理性就被非理性所取代，接踵而至的就是各种现代主义思潮。在中国，由于特定的历史语境，自晚清到新中国成立，中国一直处于内忧外患的境况中，对人的理性精神的强调就具有相当的合理性和紧迫性，在这一语境下，在一定层面上必然形成对人的非理性精神的遮蔽，以及对非理性精神的认识和表现的滞后。特别在"左翼"文学中，对人的肯定——主要表现为大众的肯定——就成为一个基本的出发点，

---

① ［德］埃里希·奥尔巴赫：《摹仿论》，吴麟绶、周新建、高艳婷译，商务印书馆2016年版，第648页。

② ［英］齐格蒙特·鲍曼：《作为实践的文化》，郑莉译，北京大学出版社2009年版，第5页。

甚至成为世界观的问题。因而现实主义逐渐就成为解放区和国统区具有"左翼"倾向作家的必然选择，最终现实主义成为整个新民主主义革命时期最为重要的创作手法。同时，现实主义也满足了这一时代以及广大民众的需求，现实主义对世界本质的把握以及对世界未来趋势的乐观明确的表达，为自晚清以来处在内忧外患的中国人提供了对未来的信心和盼望，也为更多投身到中国革命中的知识分子等群体提供了源源不断的动力，这也是"为艺术"的创造社的地位逐渐被边缘化，"为人生"的文学研究会在中国现代文学史中的地位变得更为突出的原因。

因而从获得第一和第二届茅盾文学奖的作家来看，魏巍、姚雪垠、李准就属于成长于新民主主义革命时期的作家，从严格意义上讲，这些作家是不能完全归属于"新时期"作家的。布迪厄反思社会学的一个基本概念和基本范畴就是"惯习"，这一概念克服了主观主义与客观主义，以及实证唯物主义和唯智主义唯心论之间的虚假对立。在布迪厄看来，"惯习"（habitus）不是"习惯"（habit），"惯习"是"深刻地存在在性情倾向系统中的、作为技艺（art）存在的生成性（即使不说是创造性的）能力，是完完全全从实践操持（practical mastery）的意义上来讲的，尤其是把它看作某种创造性艺术（arsinveniendi）。"[①] 也就是说，个体行动者的偏好结构，与产生那些偏好、并不断被偏好生产的客观结构之间是辩证统一的。那么从创作模式、文学观念等的选择来看，这些作家对现实主义的选择，一方面是创作个体的主观选择，同时这种主观选择中又体现了必然的客观的社会建构，是"个体历史"和"集体历史"相互作用的结果。他们的人生经历已经自然而然地将现实主义作为认知世界的一个框架，并且在一定层面上也成为其信念。就这些经历了新民主主义革命的作家来说，他们的文学观念和价值体系与社会主义文学规范之间存在某种一致性。因而

[①] ［法］皮埃尔·布迪厄、［美］华康德：《实践与反思——反思社会学导引》，李猛、李康译，中央编译出版社2004年版，第165页。

1978年之后，他们当中的大多数，就成为1978年以来文学评奖制度化下出现的各种全国性文学评奖的参与者和评判者。如魏巍和刘白羽分别参加了1978届、1979届、1980届等全国优秀短篇小说的评奖；魏巍还参加了1978年第四届茅盾文学奖的评奖工作，刘白羽还参加了第一至第四届茅盾文学奖的评奖；等等。所以也就不难理解，在新民主主义时期就从事文学活动的作家或评论家被当下的某些学者称为"前文学工作者"，这就意味着：在新的文学语境下，他们的评论模式和写作模式已经是"陈旧"的了。这种"陈旧"大体上也就可以理解为，现实主义提供的感受——表达模式已经与所谓"现在"的感觉——物质经验之间存在某种矛盾。

从获奖作家的出生年代来看，另一类就是出生在新中国成立前，并且在1949年后才开始创作的获奖作家共有六名。周克芹1936年出生在一个偏僻的小山村，1958年从成都农业技术学校毕业后，回乡务农。曾任生产队会计、不脱产的农业技术员，在公社、区里当过干部。1960年开始发表小说，1979年调到中国作家协会四川分会从事专业创作。莫应丰出生于1938年，1961年在湖北艺术学院肄业时参军，曾在广州军区文工团担任乐队演奏、作曲和剧本创作等工作，1970年复员，到长沙市文化工作室（后改为"文化馆"）担任文学组长。古华1932年生，1961年肄业于湖南省郴州地区农业学校，后在农业科学研究所当农工，1962年开始发表作品，1975年调至地区歌舞团任创作员，1979年到地区文联工作。李国文出生于1930年，1946年在南京国立戏剧专科学校学习，1949年在北京华北革命大学学习，1950年至1953年间，先后担任天津铁路文工团和入朝志愿军某部文工团的创作组长。刘心武1942年生，1961年毕业于北京师范专科学校，到中学任教并开始文学创作。张洁1937年生，1960年毕业于中国人民大学，1978年发表处女作《从森林里来的孩子》。

就这些作者的人生经历和形成文学素养的渠道来看，现实主义依然是这一时代作家基本的认识世界和表现世界的方式。现代文学史后期的作家，比如茅盾、巴金、萧红等等，他们接受了他们所处的那个时代来自西方的各类思潮对其的影响，因而他们对现实主义的选择有一种与个人性格、气质相一致的契合性，也就是具有一定的主动性和自觉性。而对于出生在新中国成立前、在1949年后开始创作的这一代作家来讲，随着现代文学史上创作模式和技巧的越来越整一化，现实主义或者说社会主义现实主义几乎成为唯一具有合法性的创作手法。因此，这类作家对现实主义的选择更多是由客观的情势所形成，也就是在客观上主要接受现实主义这一艺术手法对自身艺术品位和艺术创作能力的陶造。古华在《话说〈芙蓉镇〉》中就谈到了自己的阅读经验：在家乡农村囫囵吞枣地读过一些剑侠小说，志怪传奇，"三国""水浒""西游""红楼"，然后读"五四"以来的名作，才稍许领味到一点文学价值所在，对西方文学的涉猎主要是十八、十九世纪的西方文学——屠格涅夫、列夫·托尔斯泰、梅里美、巴尔扎克、乔治·桑。而这之中的屠格涅夫、列夫·托尔斯泰、巴尔扎克等都是现实主义的大师①。这样一来，在这些历史累积因素和创作主体惯习倾向的共同作用下，现实主义依然是1978年到80年代中期以来最为重要的一种创作方法。同时正因为这一原因，在这六位获得第一和第二届茅盾文学奖的作家中，绝大部分作家的创作生命大体也只延续到80年代中后期，也就是说，当时势发生变化之后，他们既有的创作经验在一定层面上与需要表达的世界和人情已经有了一定的距离。

因而，获得第一和第二届茅盾文学奖的作家可以归属于两个作家群体，一是新民主主义意义上的作家群，二是1978年以后出现的文学新人，或者说，是在1978年以来文学评奖制度化下出现的文学新人。正如罗贝尔·埃斯卡皮指出："'群体'就是指一个包括所有年龄的（尽管有一个占优势的年龄）作家集团，这个集团在某些事件中'采取共同的立场'，占领着整个文学舞台，有意无意地在一段时期内压制新生力量的成长。"② 在这两个群体中，所谓的"文学新人"在

---

① 古华：《话说〈芙蓉镇〉》，载古华《芙蓉镇》，人民文学出版社1981年版，第201页。
② ［法］罗贝尔·埃斯卡皮：《文学社会学》，于沛选编，浙江人民出版社1987年版，第23页。

1978年设立的各类全国性文学评奖中占有明显优势。在获得第一和第二届茅盾文学奖的获奖者中，魏巍、姚雪垠和李准三人未获得1978年以来逐渐设立的其他全国性文学奖项。而在余下的六名获奖者中，有五人多次获得全国优秀短篇小说奖和中篇小说奖，占获奖人数的5/6。在第一届茅盾文学奖的四名获奖者中，获得过1978年全国性文学奖项的作者有周克芹和李国文，占获奖人数的1/2。在第二届茅盾文学奖的三名获奖者中，有两人（张洁、刘心武）获得过多次全国优秀短篇小说奖和全国优秀中篇小说奖，占获奖人数的2/3。正如巴金所言，"在这许多次的、不同门类的评奖活动中，还有一个大家都已看到的现象：得奖者绝大多数都是中青年作家"[①]。这无疑暗示了作家队伍的重建和更新的趋势，同时在一定层面上也吻合了1978年以来现代化诉求下对"新"的认可。对"新"的认可使这一时期的文坛充满了勃勃生机，不断有"新"的力量进入当时的文坛。不过我们也要看到对"新"的急切追寻，导致了这一时期的文学创作对"新"中隐藏的"旧"缺少更为深刻的认识，因而也影响了这一时期的作品在反思力度上和挖掘能力上的发挥。同时，这个"新"也非如决堤的水，在"新"中也有一条隐隐约约的规范或主线。邓小平就明确指出，我们的文艺"必须充分表现我们人民的优秀品质，赞美人民在革命和建设中，在同各种敌人和各种困难的斗争中，所取得的伟大胜利"；我们的文艺"应当在描写和培养社会主义新人方面，付出更大的努力，取得更丰硕的成果"；我们的社会主义文艺要"努力用社会主义思想教育人民，给他们以积极进取、奋发图强的精神"[②]。因而，我们也要看到，这两类作家虽然从出生年代、人生经历上看，他们分别归属于不同的作家群体，但是从其文学观和文学价值观念来看，也可以说他们属于同一个作家群体——这两类作家从主观上对现实主义的创作手法是具有相当的亲和性的。这两类作家的并置就包含了重建被"文化大

---

① 巴金：《文学的激流永远奔腾——在全国优秀中篇小说、报告文学、新诗评奖大会上的讲话》，《人民文学》1981年第6期。

② 邓小平：《在中国文学艺术代表大会上的祝辞》，《人民日报》1979年10月31日。

革命"中断了的新民主主义革命和社会主义建设之间的连续性诉求，正如何言宏在对"伤痕"和"反思"小说的重新阐释中，就指出对"伤痕"和"反思"小说进行再研究的价值就在于其具有某种"承前启后"的价值①。

四

这样一来，这一时期的宏观文化视野、社会场和文学场的主导逻辑在现代化话语的统摄下，就形成了一股合力。那么，1978年文学评奖制度下的茅盾文学奖对文学生产具有怎样的动能呢？动能的实现主要依靠两方面的内容，一是文学评奖颁发的资本类型及与其他资本的转化率，二是文学评奖对作家身份的建构效用，这两方面是相辅相成的关系。布迪厄在《文化资本与社会炼金术》中就指出，文学场中位置的占据者在文学场中的作用的大小与场域的结构及拥有的资本类型密切相关，"资本依赖于它在其中起作用的场，并以多少是昂贵的转换为代价，这种转换是它在有关场中产生功效的先决条件"②。从这一角度来看，那么第一和第二届茅盾文学奖（文学评奖）在文学场和社会场中动能的大小就与其拥有的资本类型及与其他资本的转化率紧密相关。

就文学评奖来看，颁发的主要是象征资本，同时也包含一定数量的经济资本。在1978年设立的针对各种体裁的全国性文学评奖中，经济资本在文学评奖中所占的比例较低，颁发的主要是象征资本。"目前限于经济条件，评奖的奖金是很微薄的。但是我们革命的作家，绝不是为了金钱而写作，评奖的真正意义是精神鼓励。"③在1980年全国优秀中篇小说、全国优秀报告文学和全国优秀新诗评选颁奖的报道

---

① 何言宏：《中国书写：当代知识分子写作与现代性问题》，中央编译出版社2002年版，第16—18页。
② ［法］皮埃尔·布迪厄：《文化资本与社会炼金术》，包亚明译，上海人民出版社1997年版，第192页。
③ 周扬：《文学要给人民以力量——在一九八〇年全国优秀短篇小说评选大会上的讲话》，《人民文学》1981年第4期。

中，就对获奖证书有极为细致的描绘，"由巴金、冯牧、艾青为主任委员的三个评奖委员会签署的获奖证书是用绿色的绸缎制成的，封面上用烫金字印着各项评奖的名称，内文印着获奖作者姓名、作品篇目、发表处和所获奖次。'文艺报中篇小说奖'获奖证书的封底还印着一帧金鸡——辛酉年的标志"[1]。在后来的文学评奖中，再也看不到对获奖证书如此细致的描写，只有"获奖证书"是具有较高价值的象征资本时，才有必要对其进行细致的描写。而就茅盾文学奖来看，第一和第二届茅盾文学奖的奖金额度是两千元，这在1978年以来的全国性文学评奖中其奖金额度是最高的。那么，就第一和第二届茅盾文学奖来看，是象征资本还是经济资本在评奖中占有更大的比例？我们可以从获奖者的获奖感言中清楚地见出。获得第二届茅盾文学奖的刘心武就说道，"我写《钟鼓楼》，所为何来？不为奖金，不为荣誉，为的是创造艺术的美，并将这美无私地奉献给坚忍不拔地前进着的祖国和人民"[2]。我们再对比一下获得第六届茅盾文学奖的作家柳建伟的获奖感言，"现在是好酒还怕巷子深呢。如果因得奖而多发1万册，那么我就很满足了"[3]。因而，第一和第二届茅盾文学评奖颁发的主要还是象征资本，而其颁发的象征资本所具有的价值有着坚实的基础，并非建立在海市蜃楼上。在我们社会生活和文学活动中具有举足轻重的报纸和杂志，如《人民日报》《光明日报》《文艺报》《人民文学》等在评奖的年度都会刊登相关的评奖信息。如在首届茅盾文学奖颁奖的年度（1982年），《人民日报》（1982年12月16日）就发表了以下文章：巴金《祝贺与希望——在"茅盾文学奖"首届授奖大会上的讲话》、本报评论员《祝长篇小说繁荣发展》、王愚《努力表现处在时代运动中的人物——谈近几年来一些长篇小说的人物塑造》。《人民日报》同

---

[1] 佚名：《全国优秀中篇小说、报告文学、新诗评选发奖大会在京举行》，《文艺报》1981年第11期。

[2] 佚名：《深入生活的海洋探珠寻宝——访获第二届茅盾文学奖的作者刘心武》，《光明日报》1986年1月8日。

[3] 柳建伟：《时代造英雄》，《成都商报》2005年4月13日。

一天就登载三篇关于茅盾文学奖授奖的信息，本身就无可置疑地表达了国家权力对该奖项的意义和价值的认可，当然也就从深层上形成推动文学创作活动的动能，这一点也就明显地表现在奖项对作家身份的确立和提升上。

就获得第一和第二届茅盾文学奖的九位作家来看，那些在新中国成立前出生的"文学新人"主要通过这一时期针对各类体裁的全国性文学奖项，确立或重新确立了他们在中国文坛中的位置。比如刘心武从1961年在北京任中学教师起，就开始写作和发表作品，自1977年发表《班主任》——在1978年全国优秀短篇小说的评选中高居榜首——以后，其声名大振，1979年起担任中国作协理事，并且一度担任《人民文学》主编（1986—1990）。这一点在周克芹、古华等作家身上的表现也是一致的。总的来说，就获得第一和第二届茅盾文学奖的作家来看，他们几乎都担任过各省市或自治区作协或相关文艺部门的领导工作，如周克芹担任四川省作协党组副书记，莫应丰和古华担任过湖南省作协副主席，李国文担任《小说选刊》主编，等等。可见，文学评奖实现了对个人身份的转化及社会位置的提升。佛克马、蚁布思在《文学研究与文化参与》中指出，"一种个人身份在某种程度上是由社会群体或是一个人归属或希望归属的那个群体的成规所构成的"①。"归属"和"希望归属"表明了"身份"既是给予的，又是想象和期望的。这一时期的文学奖项（茅盾文学奖）既为"好的作家"设定了规范，同时其确立的"好的作家"群体又被作为个体的作家所认同，也就是，文学评奖制度对作家身份的认同与作家的自我认同之间具有一种可靠的同一性，这一点从获奖作者的获奖感言中也可见出。在人民大会堂举行的第一届茅盾文学奖颁奖大会上，周克芹代表获奖作家发言："今后我们要不断地提高自己的政治素质，保持清醒的马克思主义头脑，坚持和发展革命现实主义的创作方法，长期

---

① ［荷］佛克马、蚁布思：《文学研究与文化参与》，俞国强译，北京大学出版社1996年版，第120页。

坚持深入生活，把自己置身于生活斗争的漩涡的中心，即正在进行四化建设的人民斗争生活的中心，和人民群众保持最亲密的联系，与人民同甘苦，共忧乐，心心相印，风雨同舟，使我们的艺术触觉在任何时候都能感受到时代脉搏的跳动、生活前进的声音，艺术地展示生活的美好的前景。"① 姚雪垠更是把自己获得过茅盾文学奖看成终身荣誉，在其出访外国的简历上，郑重写上"获得过茅盾文学奖"②。这种坚实的同一性建构，无疑来源于某种稳固的或者说至少在这一时期稳固的与社会结构相匹配的群体结构定位，正如鲍曼所言，"正是作为一个整体的群体的结构性定位为群体中的每一个成员提供了社会认同"③。这样一来，这一时期的文学评奖不论在文学场还是社会场中都形成了有效的推动动能。

第二节 文学场多元分化下的茅盾文学奖

第一和第二届茅盾文学奖是1978年文学评奖制度下的全国优秀长篇小说奖，1978年设立的针对各种体裁的全国性文学评奖只持续到80年代后期。以最后一次全国优秀中短篇小说评选的完成为起点，到1997年设立鲁迅文学奖，这一时期的奖项就是本书提出的20世纪80年代后期到90年代后期的文学评奖。就茅盾文学奖来看，在这期间对应的是第三、第四和第五届茅盾文学奖④。实际上，如果严格从时间上看，只有第四届茅盾文学奖完全在这一时段内。第三届茅盾文学奖评选范围涉及的作品在80年代中后期，但评奖时间在这一时段内。第五届茅盾文

---

① 佚名：《茅盾文学奖授奖大会在京举行》，《文艺报》1983年第1期。
② 思思：《茅盾文学奖：人文话题知多少》，《北京日报》2000年10月25日。
③ ［英］齐格蒙特·鲍曼：《作为实践的文化》，郑莉译，北京大学出版社2009年版，第89页。
④ 第三届茅盾文学奖的评选对象是1985—1988年公开发表与出版的长篇小说，此次评选耗时两年，1991年3月颁奖。第四届茅盾文学奖的评选，由于评奖工作一再拖延，导致了参评作品时段的延伸。此次评奖的评选对象是公开发表和出版于1989—1994年六年间的长篇小说，评选耗时三年，1997年年底颁奖。第五届茅盾文学奖的评选对象是1995—1998年公开发表与出版的长篇小说，评选耗时两年，2000年11月11日在茅盾故乡颁奖。

学奖的评选范围大体在这一期间内,但评选时间又溢出了这一时段。由于历史和事件的连续性,要通过确立具体的时间来为1978年以来的中国文学评奖划分不同的阶段,本身就是困难的。但是,为了厘清文学评奖的具体样态,做出划分又是必需的,同时也具有一定的合理性。本书将第三和第五届茅盾文学奖也纳入20世纪80年代后期到90年代后期的文学评奖范围,一方面,从时间上看具有一定的合理性;另一方面,从这三届茅盾文学奖所处的历史语境及二者的关系来看,也是具有一定的可行性的。这样的划分有助于我们更清晰地认识文学评奖中同时并存的延续性和断裂性。

在现代化话语的统摄下,20世纪70年代后期到80年代后期的文学评奖表现出相应的整一性。不过随着时间的推移,由于现代化路径必然显露出来的未见性、模糊性和复杂性,就与最初的"明朗"状态产生了差异。到20世纪80年代后期,随着现代化进程的推进,中国的政治、经济和文化等都发生了巨大的变化,也就是现代化境遇已经发生了变化——从早期清晰和整一的现代化进入了更为复杂的现代性进程。正如许纪霖和罗刚所言,在80年代的新启蒙运动中,启蒙者更多使用的是现代化而非现代性,现代性则是到了1994年以后才被广泛应用的一个概念[①]。而从现代化到现代性的语境衍变必然会影响到文学评奖的样态,并且文学评奖也会从策略、机制等方面对语境的变化做出主动的呼应。这样一来,20世纪80年代后期到90年代后期的文学评奖,就具有不同于20世纪70年代后期到80年代后期文学评奖的复杂性。因而,对第三、第四和第五届茅盾文学奖的把握就要在现代性的视野下完成。

一

20世纪80年代后期到90年代后期文学评奖的变化也非一蹴而

[①] 许纪霖、罗岗等:《启蒙的自我瓦解:1990年代以来中国思想文化界重大论争研究》,吉林出版集团有限责任公司2007年版,第21页。

就、空穴来风,在第二届茅盾文学奖中多少就有体现①,只不过到了第三届,变化的痕迹更为鲜明。第三届茅盾文学奖评选出5部获奖作品:路遥《平凡的世界》、凌力《少年天子》、孙力和余小惠《都市风流》、刘白羽《第二个太阳》、霍达《穆斯林的葬礼》。2部荣誉奖作品:肖克《浴血罗霄》、徐兴业《金瓯缺》。第四届茅盾文学奖评选出4部获奖作品:王火《战争和人》、陈忠实《白鹿原》、刘斯奋《白门柳》、刘玉民《骚动之秋》。第五届茅盾文学奖评选出4部获奖作品:张平《抉择》、阿来《尘埃落定》、王安忆《长恨歌》、王旭烽《茶人三部曲》。这13部获奖作品和2部荣誉奖作品依然隶属于现实题材和历史题材,这一点与第一和第二届茅盾文学奖是一脉相承的。不过,从获奖的现实题材作品与历史题材作品的构成比例来看,第三届的5部获奖作品中,现实题材作品3部(《平凡的世界》《都市风流》《穆斯林的葬礼》),历史题材作品2部(《少年天子》《第二个太阳》),获得荣誉奖的2部作品均为历史题材。第四届的4部获奖作品中,除《骚动之秋》为现实题材作品外,其余全归属于历史题材。第五届的4部获奖作品中,除《抉择》为现实题材作品外,其余全归属于历史题材。也就是说,与第一和第二届茅盾文学奖获奖作品构成相对比,从第三届开始,现实题材获奖作品所占比例逐渐下降,历史题材获奖作品所占比例逐渐升高。现实性诉求一直是茅盾文学奖判断作品价值的根本指针,在《茅盾文学奖评奖条例(第六届修订稿)》中,依然一以贯之地强调作品的现实性。"注重鼓励关注现实生活、体现时代精神的创作,推出具有深刻思想内容和丰厚审美意蕴的长篇小说。"② 那么为什么到这一时期,获奖的现实题材作品与历史题材作品之间的比例发生了非常明显的变化呢?

许纪霖、罗岗等在《启蒙的自我瓦解:1990年代以来中国思想文

---

① 张光年在为张洁《沉重的翅膀》撰写的序言中就指出,《沉重的翅膀》写作中的一个问题就是:"放任了以主观表现干扰客观描写的不良习惯(不是主客观有机的有效的结合)。"载张洁《沉重的翅膀》,人民文学出版社1984年版,第2页。
② 参见附录4。

化界重大论争研究》中指出,80年代,在价值层面上启蒙者具有"态度的同一性",而到90年代,一旦从价值层面转到认识论层面上,原有的"同一"就出现了分歧。而分歧的实质实际上就是自70年代后期以来的现代化进程出现了分化。90年代与80年的分歧是,"80年代所未曾发生的改革思想的分歧,在对改革的理解上,是相信社会可以通过改革全面转化,还是认为改革只能通过新旧调适,加以推进? 因而,在改革的策略上,是采取乌托邦的激进革命,还是渐进的社会改造"?① 因而,80年代关于现代化的清晰路径和乐观指向,在这一时期开始出现了波动和怀疑,并且变得有些模糊不清,也就是已经从现代化进程进入到更为复杂和含糊的现代性进程中。而对某种创作手法的意义和价值判断是无法脱离具体历史语境的限制的,具体历史语境的限制可能会使某种具有超前性的创作形式受到批判,反之也可以使某种并不具有长久意义的创作方式在短期内占据显赫的位置。正如丹纳所言,"表现时行特征的时行文学,和时行特征一样持续三四年,有时更短促"②。由于现实主义本身是以对历史和未来清晰的把握作为基础的,同时更强调用明确的未来来审视现在和过去,也就是现在和过去的意义是要通过明确的未来来说明的。因而,90年代对现代性未来走向的分歧和不同的认知,就与现实主义形式——对历史本质和未来走向的明确把握——之间产生了抵牾,抵牾本身必然就会使"如何结构题材""何为现实性"成为问题,或者说,与现实建立何种想象关系就成为问题。这样一来,对现实题材的把握就没有了现代化语境下确定的认识论和价值论的支撑,因而自第三届起,获奖作品中历史题材作品所占比例大幅上升。历史题材获奖作品和现实题材获奖作品构成比例的变化,本身就说明了现实主义在把握90年代更为复杂的现代性问题时的无力感,以至于产生了某种程度上的逃避——从现实逃到历史。

而从获奖的5部现实题材作品——路遥《平凡的世界》、孙力和

---

① 许纪霖、罗岗等:《启蒙的自我瓦解:1990年代以来中国思想文化界重大论争研究》,吉林出版集团有限责任公司2007年版,第11页。
② [法]丹纳:《艺术哲学》,傅雷译,江苏人民出版社2017年版,第274页。

余小惠《都市风流》、霍达《穆斯林的葬礼》、刘玉民《骚动之秋》、张平《抉择》——来看，我们能隐约辨认出 70 年代后期以来的"伤痕文学""反思文学""改革文学"的痕迹，甚至这 5 部作品认识和表现现实世界的架构与第一和第二届茅盾文学奖获奖作品的架构具有某种同一性。如获得第五届茅盾文学奖的现实题材作品《抉择》，就"为反腐倡廉奏出一曲震撼人们灵魂的战歌"①，《抉择》也就成为反腐题材的代表作品。这些作品按时间顺序为我们呈现了新时期以来一系列的重大历史事件，并且更为重要的是，对这些重大历史事件的呈现是以发展的、进步的历史本质为基点的，因而整个文本表达的情绪最终都是乐观和昂扬的。可是，这样的表达方式与现代性语境之间是存在某种张力和抵牾的。因而在这一语境下，这些现实题材的获奖作品——包括《平凡的世界》——的价值会多少受到质疑。如《平凡的世界》是由中国文联出版社出版的，而路遥的中篇小说《人生》［获得第二届（1981—1982）全国优秀中篇小说奖］是由人民文学出版社出版的。人民文学出版社对路遥的创作产生过积极的影响②，那么，作为扶持现实主义创作重镇的人民文学出版社，为什么会与路遥最为重要的现实主义小说《平凡的世界》失之交臂呢？人民文学出版社社长何启治在谈到这个问题时，可以说是痛心疾首，"路遥用生命最后几年写作《平凡的世界》时，正是新潮人物纷纷涌到前沿的时候。现在看来已显盲目的追新求异一时成为主流，赢得阵阵喝彩，像是在进行一场革命"③。因而由于年轻编辑违反操作规程④，人民文学出版社与《平凡的世界》失之交臂。年轻编辑的违规在一定层面上也说明了，至少当时的文学场对现实主义创作手法的"抛弃"是较为明确和

---

① 张炯：《迤逦山峦的尖峰——第五届茅盾文学奖评选印象》，《文学报》2000 年 11 月 2 日。
② 路遥的成名作《惊心动魄的一幕》刊发于《当代》，后来《当代》又刊发了他的《在困难的日子里》。《当代》是人民文学出版社所属刊物。
③ 何启治：《文学编辑四十年》，人民文学出版社 2001 年版，第 73 页。
④ 像《平凡的世界》这样的作品，按照规定至少需要三位以上的资深编辑认真审阅后才可以表态，而年轻编辑对《平凡的世界》做出了草率的判断，并未经过三位以上的资深编辑的认真审阅。请参见何启治《文学编辑四十年》，人民文学出版社 2001 年版，第 73 页。

肯定的，因此也就有了站在前沿地位的"新潮人物"和"追新求异"。而所谓的"新"主要就在于对现实主义形式的质疑，并进而寻找不同的形式来解释世界，以及赋予世界以不同的意义。这样一来，也就不难理解朱晖在《第三届茅盾文学奖之我见》中所言，"第三届茅盾文学奖的评选结果，全然回避了1985年至1988年间长篇创作领域最富有特点也最有发展意蕴的实践成果，对那一时期许多很有艺术价值且艺术反响不凡的创作现象和作家作品，采取冷漠和忽视的态度，甚至在客观上标志的评选范围和价值走向上，所选择的个别作家作品，也不堪与同期同类作品比照抗衡"①。朱晖提到的"同期同类"作品指的就是这一时期的现实题材作品。此外朱晖列出了能够代表这一时期创作成绩的优秀的现实题材作品，如王蒙《活动变人形》、张炜《古船》、贾平凹《浮躁》、杨绛《洗澡》、张贤亮《习惯死亡》，等等，并因此也质疑了获奖的历史题材作品与现实题材作品之间比例的合理性。虽然上述几部均是现实题材作品，不过其对现实的呈现方式已经不同于现实主义方式，也就是其赋予现实题材的意义和价值与20世纪70年代后期到80年代后期全国性文学评奖的获奖现实题材作品，已经有了明显的不同。由此可见，现实主义在文学场中所占位置已经逐渐游离于中心之外。

在第四届茅盾文学奖的评奖中，现实题材作品的评选就大有"巧妇难为无米之炊"之嫌。获得第四届茅盾文学奖的现实题材作品《骚动之秋》也招致了诸多批评，而评奖委员会对批评的回应就清楚地说明了现代性语境和文学场的变化，以及由此产生的运用现实主义手法创作的作品数量的下降。"1989年至1994年间，在长篇小说创作范围里，正面反映改革现实的作品不多，质量好的更少，而弘扬主旋律，鼓励贴近现实生活、体现时代精神的创作是评奖的一个指导原则"，因此像《骚动之秋》这样的作品获奖"也还说得过去"②。正如法国马

---

① 朱晖：《第三届茅盾文学奖之我见》，《当代作家评论》1995年第2期。
② 胡平：《我所经历的第四届茅盾文学奖》，《小说评论》1998年第4期。

克思主义哲学家阿尔都塞所言,"对现实的思维和这种现实之间存在某种关系,但这是认识的关系,是认识的一致或不一致的关系,而不是现实的关系,也就是说,这是体现在这样一种现实中的关系,对这种现实的思维就是认识"[1]。也就是说,"事物"必然与先在结构相关,是话语的结构使事物成为"事物"。因而在一些学院派批评家看来,这一时期的现实题材获奖作品没有全面彰显变得更为复杂的社会和人生。这类作品"还处在平面化的叙事状态,无论是作家对生活的认知方式、对人性的体察深度,还是对叙事艺术的探索动向、对长篇小说审美意蕴的开掘程度,都没有突破性进展。"[2] 而随着现代性语境的变迁,到了当下,《平凡的世界》所具有的价值却又被越来越多的学院派批评家所接受。

二

毋庸置疑,现实主义是建立在对人的理性精神和主体性认同的基础上,而人的理性精神和主体性实现的另一个有效和合理的方式,是通过对历史的叙述来彰显的。对历史的叙述与对现实的叙述之间存在必然的内在关联性,也就是对现实观照的方式是建立在一定的历史观的基础上,反之对历史的叙述也与对现实的表现和期许紧密相关。正如法国思想家福柯在《知识考古学》中所指出,在人类打破神话之后,历史为我们提供了一种更为可靠、更为隐蔽的避难所,而这种避难所是寄寓于一定的历史形式中的,由某种特定的形式提供的、具有连续性的历史,成了安顿主体意识的场所。[3] 这也就说明从第三届起,获得茅盾文学奖的历史题材作品所占比例上升的表象背后,我们还需要对获奖的历史题材作品的样态做出更为细致的爬梳。

---

[1] [法]路易·阿尔都塞、艾迪安·巴里巴尔:《读〈资本论〉》,李其庆、冯文光译,中央编译出版社2001年版,第95页。

[2] 洪治纲:《无边的质疑——关于历届"茅盾文学奖"的二十二个设问和一个设想》,载洪志纲《无边的迁徙》,山东文艺出版社2004年版,第279页。

[3] [法]米歇尔·福柯:《知识考古学》,谢强、马月译,生活·读书·新知三联书店2003年版,第15页。

在第一和第二届茅盾文学奖的获奖作品中，现实题材作品所占的比例远远高于历史题材作品所占的比例，而从第三届开始，历史题材获奖作品所占的比例就逐渐提升，以至于历史题材作品所占的比例远远高于现实题材作品所占的比例。获得第三、第四和第五届茅盾文学奖的历史题材（包含革命历史题材）包括2部荣誉作品在内的10部作品：刘白羽《第二个太阳》（第三届）、凌力《少年天子》（第三届）、王火《战争和人》（第四届）、刘斯奋《白门柳》（第四届）、陈忠实《白鹿原》（第四届）、王旭烽《茶人三部曲》（第五届）、阿来《尘埃落定》（第五届）、王安忆《长恨歌》（第五届），以及第三届的2部荣誉奖作品肖克《浴血罗霄》、徐兴业《金瓯缺》。在这里我们首先要对历史题材的"历史"进行界定。随着语言学转向和新历史主义的兴起，"历史本质论"和"历史确定论"的观点受到了越来越多的质疑，历史进程中的偶然因素被发现，因而如何来书写或叙述历史也就成了一个问题。"事件不仅必须被记录在其最初发生的编年框架内，还必须被叙述，也就是说，要被展现得像有一个结构，有一种意义顺序，这些都是仅仅作为一个序列的事件所没有的。"① 也就是说，特定的叙述作为某种结构赋予了事件特定的意义，这样一来，历史呈现的样态与如何来叙述历史之间就纠缠不清了。因而，我们在讨论获得茅盾文学奖的历史题材作品时，实际上，是要讨论获得茅盾文学奖的历史题材作品的建构方式与茅盾文学奖之间的关系。讨论的核心就不是何种题材（或何种事件）的问题，而是题材或事件在叙述中呈现出何种样态的问题。虽然仅从题材上看，《白鹿原》（第四届）、《长恨歌》（第五届）和《尘埃落定》（第五届）属于历史题材的作品，但是这3部作品建构历史的方式及对历史的呈现，与获得茅盾文学奖的历史题材作品之间存在一定的差异。因而，这3部作品与获得茅盾文学奖的其他历史题材作品之间是存在某种张力的，以至于这3部作品的获奖也

---

① ［美］海登·怀特：《形式的内容：叙事话语与历史再现》，董立河译，文津出版社2005年版，第7页。

被一些学院派批评家看作"意外"。而就历史题材来看,又包括了革命历史题材,作为限定词的"革命"主要是指中国共产党领导的反帝、反封的新民主主义革命。革命历史题材小说的概念从20世纪50年代初就出现了,并且在50—70年代的各类小说创作中,成为占支配地位的文类,"'革命历史题材'在这一时期的小说创作中,占有很大的分量和极重要的地位"[①]。因而我们在研究茅盾文学奖与历史题材的获奖作品时,就要从两个面向上来考量:一是茅盾文学奖与获奖的革命历史题材作品之间的关系;二是茅盾文学奖与获奖的历史题材作品之间的关系。

获得第三、第四和第五届茅盾文学奖的革命历史题材作品包括1部荣誉作品在内的3部作品:刘白羽《第二个太阳》、王火《战争和人》、肖克《浴血罗霄》。从第三届开始,革命历史题材作品所占的比例也有明显降低,而在第一和第二届茅盾文学奖的获奖作品中,革命历史题材所占的比例是最高的——获奖的历史题材作品全部是革命历史题材作品。同时从三位作家的年龄和身份来看,刘白羽出生于1916年,王火出生于1924年,肖克出生于1907年。从获奖的革命历史题材作品的作者来看,其创作的心理结构和创作方式更多体现为是对新民主主义革命时期的继承。而从获奖的现实题材作品的作家来看,他们大多出生在四五十年代,是伴随新时期出现的文学"新人",他们当中的很大一部分是通过1978年文学评奖制度下设立的各类全国性文学评奖确立了在中国当代文坛中的位置的。因而仅仅从作者的角度上看,很容易产生一种错觉——革命历史题材作品体现出的创作理念和创作方式与现实题材作品会有一定的差距。但是,当我们今天在重新反思"伤痕""反思"和"改革"文学时,许多学者已经达成一个基本的共识,体现这些文学思潮的创作依然是在原有的现实主义框架内,并没有改变既有的现实主义特有的解释世界、赋予不同事件不同意义的基本出发点或框架。因而,获得第一和第二届茅盾文学奖的现实题

---

① 洪子诚:《中国当代文学史》,北京大学出版社1999年版,第106页。

材作品与革命历史题材作品的背后共享着同一套观念体系和价值体系。这样一来不妨说,这些革命历史题材作品与现实题材作品不过是分别从过去和现在,共同表现了同一套话语体系,并且也用同一套话语体系解释了过去、现在和未来。这些革命历史题材作品时时唤醒我们"不要忘记过去时代的牺牲"①。而现实题材作品,为我们展现了党的十一届三中全会后,我们的社会生活等方面的巨大变化。这两类题材为我们提供了关于未来的共同想象,并且这一共同的想象也规约了我们对过去和现在的体悟和表达。因此"取材于'五四'运动以后党所领导的革命斗争的作品,还要多写,写得更好;这类作品对于用共产主义精神和革命传统教育青年一代有不可忽视的重大意义。历史题材以及其他各种题材的作品,都是人民所需要的。我们一定要坚持百花齐放,鼓励题材、风格的多样化。但是,我们希望长篇小说同我们的时代更贴近一些,同当代人民生活更贴近些。当然,无论是表现当代生活还是历史生活,都需要今天的时代精神的光照,需要作家的勇气、探索精神和真知灼见,从而对生活有新的开掘,新的发现,写出一定的深度来"②。因而现实题材和革命历史题材的获奖作品分享着共同的理念、共同认识论和价值论框架。

而正如詹姆逊在《超越洞穴:破解现代主义意识形态的神话》中所言,这种旧式现实主义是以某种难以令人接受的哲学和形而上学世界观作为基础的③。也就是随着语境的变迁,现实主义及其作为基础的哲学和形而上学世界观可能会受到质疑。因而,就第三届茅盾文学奖来看,与对《骚动之秋》的批评相对应,一些新潮批评家提到了张炜的《九月寓言》、余华的《呼喊与细雨》等篇目。而伴随着现实题

---

① 吴秉杰:《热情讴歌民族精神和民族正气——读第三届茅盾文学奖》,《人民日报》1991年4月5日。
② 本报评论员:《祝长篇小说繁荣发展》,《人民日报》1982年12月16日。这是就第一届茅盾文学奖的评选发表的评论。
③ [美]弗雷德里克·詹姆逊:《超越洞穴:破解现代主义意识形态的神话》,载[英]弗朗西斯·马尔赫恩编《当代马克思主义文学批评》,刘象愚、陈永昌、马海良译,北京大学出版社2002年版,第187—188页。

材作品《抉择》获得第五届茅盾文学奖而来的,是对周大新《第二十幕》、余华《许三观卖血记》以及贾平凹《高老庄》等这几部在初选中得票居前的作品落选的质疑①。当由现代化进入现代性语境,支撑现实主义的哲学和形而上学世界观被动摇时,必然就会出现现实题材作品和革命历史题材作品在茅盾文学奖获奖作品中所占比例的大幅度下降。如果说现代性语境与现实主义话语之间存在某种抵牾的话,抵牾本身必然会呈现为社会实践与现实主义话语表达方式之间的张力。而张力与张力呈现出来的症候相比较,张力本身是隐藏更深的根本性因素,在 90 年代,张力症候的重要表现就是对各种"新"形式的探索——也就是先锋文学。现代性语境的变迁导致现实主义体现出来的认知和表现世界的方式受到怀疑,甚至被追求文学独立性的文学场所排斥。因而在这一时期现实主义遭到了最大限度的抵制,就自然而然出现了执着于叙事游戏或能指游戏的先锋文学。而由于某些社会实践和文学理念,当"先锋"或"新"的形式在表现现实生活时受到了限制,这种"先锋"或"新"的形式就只能在历史中去寻找安顿之处。正如邵燕君在《茅盾文学奖:风向何处吹——兼论现实主义文学的创作困境》中指出,当现实主义为我们呈现的"现实"与现实本身遭遇矛盾的时候,就以现实题材作为评奖基本出发点的茅盾文学奖来说,"并非没有逃逸之途,最体面的道路有两条,一是逃向艺术,一是逃向过去"②。实际上,逃到历史和逃到艺术不过是一个硬币的两面而已。因而我们就可以理解,第三、第四和第五届茅盾文学奖获奖作品构成比例的变化:现实题材和革命历史题材作品所占比例降低,历史题材作品所占比例升高。

---

① 主要的批评文章有:徐林正《茅盾文学奖背后的矛盾》,《陕西日报》2000 年 6 月 23 日;汪政《肯定与遗憾都是合理的》,《钟山》2001 年第 2 期;等等。
② 邵燕君:《茅盾文学奖:风向何处吹——兼论现实主义文学的创作困境》,《粤海风》2004 年第 2 期。

三

在现代性语境下,现代化背后的"人的理性能力"或"人的主体性"首当其冲地受到怀疑,进而现代性的复杂性和模糊性代替了现代化的乐观和明朗。而伴随着对人的理性能力的怀疑,必然就会不断地限制文学具有的辐射到社会或世界的能力,进而就要从主观上限制文学指涉世界及其产生的实践性能力,并将文学紧紧地收缩在文学的范围内,也就是文学指涉的只是文学,因而就形成了这一时期特定的"纯文学"诉求。《你别无选择》《无主题变奏》《山上的小屋》《冈底斯的诱惑》等先锋小说在1985年的出现,其文学史的意义在于"终于开始脱离传统的社会主义现实主义轨道,走出阶级、社会的人的观念,重新认识人与自我,抓取人的现代性。因此,从此告别传统的现实主义与人学观念这个意义,可以将此视为新时期文学真正具有分界线意义的重要标志"[①]。在一定程度上,这也是现代性对"新"的追求的一个必然后果,"新"就是要不断寻求不同于过去的解释世界的方式。因而,这一时期从西方涌入各式各样的新观念,如同"时尚"一般,刚一出现具有巨大的势能,可是很快又会被其他时尚或观念所取代。有学者就指出,我们用短短的时间进程走完了西方甚至是上百年时间进程中出现的各种文学形式。西方各类文学思潮、哲学思潮的涌入,既是现代性语境变化的一个结果,同时在一定层面上也建构了这一时期的现代性语境,包括文学场的主导逻辑。这一时期大量进入的西方现代主义思潮,最为重要的一个面向就是,体现了在西方的文化背景下对现代性的批判和反思,也就是对人的全知全能的理性能力的反思以及对应的非理性思潮的兴起。当然我们不能忽略任何的接受都会受到接受者的先在结构的制约,正如鲍曼所言,"无论我们何时交谈——也无论我们何

---

① 朱栋霖、吴义勤、朱晓进主编:《中国现代文学史1915—2016》,北京大学出版社2018年版,第136—137页。

时公正地（但在很大程度上是假定地）考虑我们的思想，我们现在都是译者"①。也就是说，在全球沟通和交换的时代，任何人在与其他文化的对话中都是译者，我们对其他文化的理解是不可能在一个绝对空白、真空和客观的状态下完成。各种西方的现代主义观念多少切合了这一时期我们面对现代性时的复杂处境，而这些观念在某种程度上必然修改党的十一届三中全会以后逐渐重新建立起来的文学观念和文学价值观，也不同程度地修改了文学场的主导逻辑。

同时由于党的十一届三中全会以来对社会分工的强调——也就是对每个领域的独立性和专业化的认同，在文学场域中，对文学的自主性的追求就成为这一时期占主要地位的文学潮流。那么何为文学的独立性呢？由于长期以来，在中国特定的语境下，文学在很多时候自觉或不自觉地主要是为了实现政治的目的，因而，这一时期对文学独立性的追求更多表现为是要摆脱政治的束缚。这种强烈的意愿使其来不及区分艺术体制的独立与表达的内容（特别是具有政治意义的内容）之间的差异，正如彼得·比格尔所说的"将艺术在资产阶级社会中的体制地位（艺术作品与生活实践的分离性）与在艺术作品中实现的内容（这在哈贝马斯那里无须被说成是剩余需要）之间作出区分是必要的"②。因而文学在寻求从政治中突围的独立时，也将文学对政治的表达一并抛弃了。这样一来，在这一时期越是执着于叙事创新和形式创新的小说，也就是主要限于"能指游戏"的作品在文学场中越是容易获得认可。这样必然使重视内容更胜于形式的现实主义手法在这一时期逐渐衰落。邵燕君在《倾斜的文学场——当代文学生产机制的市场化转型》中就谈到，若非研究课题的需要，她作为"科班出身"的"学院派"研究者是不会注意到路遥和他的《平凡的世界》的③。而在

---

① [英]齐格蒙特·鲍曼：《作为实践的文化》，郑莉译，北京大学出版社2009年版，第69页。
② [德]彼得·比格尔：《先锋派理论》，高建平译，商务印书馆2002年版，第91—92页。
③ 邵燕君：《倾斜的文学场——当代文学生产机制的市场化转型》，江苏人民出版社2003年版，第218页。

由广西大学教授唐韧等对茅盾文学奖获奖作品在读者中的接受情况所做的调查中，也可见出，茅盾文学奖在影响读者的阅读取向上的影响力的式微，这其中也包含了路遥的《平凡的世界》①。

这样一来，作为文学场域中的特定位置占据者——茅盾文学奖，必然会在一定的限度内依据文学场的逻辑来制定相应的策略，以此来维持或改善其在文学场中的位置。"作为各种力量位置之间客观关系的结构，场域是这些位置的占据者（用集体或个人的方式）所寻求的各种策略的根本基础和引导力量。"② 也就是文学场的逻辑在一定程度上会修改茅盾文学奖既定的评奖机制和策略，这种作用的结果在第四和第五届茅盾文学奖的评选中表现得较为突出，在第四和第五届获奖作品中出现了具有"纯文学"意义的作品，在第四届的获奖作品中有陈忠实的《白鹿原》，占获奖比例的1/4；在第五届获奖作品中有阿来的《尘埃落定》、王安忆的《长恨歌》，占获奖比例的1/2③。而这些作品均属于历史题材，也就是说，相较于现实题材，对形式的追求和创新更容易在历史题材中得到实现。因而，这些作品的获奖，在一些文学批评者看来，是违背了茅盾文学奖的评奖原则和标准的④。毫无疑问，以茅盾文学奖的评奖标准和价值取向来质疑这些具有"纯文学"意义作品的获奖，是具有一定的合理性的——茅盾文学奖是1978年文学评奖制度下设立的、由中国作协主办的、专门针对长篇小说的全国优秀长篇小说奖。不过这里要强调的是，虽然茅盾文学奖在文学场的主导逻辑的推动下，向"纯文学"作品偏移，但偏移是在一定的

---

① 唐韧、黎超然、吕欣：《茅盾文学奖获奖作品调查报告》，《广西大学学报》1999年第5期。

② [法] 皮埃尔·布迪厄、[美] 华康德：《实践与反思——反思社会学导引》，李猛、李康译，中央编译出版社2004年版，第139页。

③ 《白鹿原》《长恨歌》被评入由百名批评家组织评选的"九十年代最有影响的十部作品"；《尘埃落定》被看作多年来文学先锋探索"尘埃落定"后的结果。

④ 李洁非：《2000年中国文坛便览》，《当代作家评论》2000年第5期；《收获》副主编程永新在《众说茅盾文学奖：谁来裁判评委》中指出，茅盾文学奖评出过阿来的《尘埃落定》和王安忆的《长恨歌》等好作品，但这对茅盾文学奖来说是一种意外，http://book.sina.com.cn/maodun/news/c/2005-04-15/1230183390.shtml。

范围内的。"那些在写法上更接近现代主义风格的作品（如《马桥词典》《九月寓言》《务虚笔记》）和致力于揭示人性'卑微幽暗面'（洪治纲语）的作品（如《许三观卖血记》）仍被拒绝在外。"[1] 文学场与宏观文化视野之间的关系是规约这种偏移的深层原因，同时又受文学场逻辑和茅盾文学奖在文学场中所处位置之间的张力关系的影响，因此偏移的程度和大小必然也会受到茅盾文学奖在文学场中的位置及与之相匹配的配置的规范和框架。因而茅盾文学奖有限的偏移及其产生的结果依然受到许多学者的批评。如，胡平在《我所经历的第四届茅盾文学奖评奖》中指出，第四届茅盾文学奖所印证的1989年至1994年间长篇小说创作实绩实态同第三届一样，也是"极其苍白无力的"，甚至还指出，值得庆幸的是，长篇小说的创作现实并不如茅盾文学奖所表现的这么悲观[2]。陈晓明在《请慎重对待第五届"茅盾文学奖"》（《科学时报》1999年11月27日）中反思了前面四届的茅盾文学奖的评选，认为，茅盾文学奖评了四届，现在到了第五届，前面两届让人感到有点亲和力，到了第三届让人有点疏远它，第四届就让人有点反感它[3]。洪治纲批评了获奖作品艺术性的贫乏，认为前四届获奖作品中保留《芙蓉镇》和《白鹿原》就够了，他认为前四届的茅盾文学奖获奖作品根本不能体现中国当代小说创作的"高峰走向"，充其量只是对现实主义创作方法做了有限的总结[4]。这种向"纯文学"作品偏移的背后也体现了茅盾文学奖对固有的文学观念及文学实践性能力的坚持。正如詹姆逊所言，"社会生活秩序的建构，需要一套意义的解释系统，以便确定基本的生活法则和生命取向，这种解释系统体现为对生活之谜的解答"[5]。也就是茅盾文学奖即使在文学场自主性追求极为分明的这个时期，由于其在文学场中所处的位置，依然会固守其特

---

[1] 邵燕君：《茅盾文学奖：风向何处吹——兼论现实主义文学的创作困境》，《粤海风》2004年第2期。
[2] 胡平：《我所经历的第四届茅盾文学奖评奖》，《小说评论》1998年第1期。
[3] 陈晓明：《请慎重对待第五届"茅盾文学奖"》，《科学时报》1999年11月27日。
[4] 洪治纲：《永远的质疑》，人民文学出版社2000年版，第236页。
[5] 刘小枫：《现代性与现代中国》，华东师范大学出版社2018年版，第61页。

定的解释系统,这样一来,茅盾文学奖逃到历史和逃到艺术必然就是有限的。

自第三届茅盾文学奖起,我们可以看到文学场多元分化的状态。与主要体现文学场"纯粹"审美原则的学院派批评家对茅盾文学奖的批评相对,评奖委员会委员对获奖作品的价值大体上呈现为肯定的态度。如第三届茅盾文学奖的评选,评委会以"主题重大 题材广泛 风格多样——众评委高兴地评说第三届茅盾文学奖"为题,肯定了第三届茅盾文学奖获奖作品的价值;评委会对第四届获奖的四部作品的评价是"《战争和人》《白鹿原》《白门柳》《骚动之秋》四部获奖作品均是作家长期思索辛勤笔耕的结晶"①。也就是说,评奖委员会由于其在文学场和社会场中的位置的限定,必然会坚守现实主义体现出的文学观和文学价值观。这样一来,我们可以看到20世纪70年代后期到80年代后期的文学评奖整体上体现为是专家奖、读者奖和政府奖的合一,然而到了20世纪80年代后期到90年代后期,文学场逐渐形成了多元分化的态势。因而,在对历届茅盾文学奖的反思中,第一和第二届茅盾文学奖获得的认同度是最高的。在新时期以来出版的中国当代文学史著作中,被学术界公认为学术成就较高的、影响较大的,并且出版在21世纪之前的文学史著作主要有②:洪子诚主编的《中国当代文学史》(北京大学出版社1999年版),陈思和主编的《中国当代文学史教程》(复旦大学出版社1999年),以及杨匡汉、孟繁华主编的《共和国文学50年》(中国社会科学出版社1999年版)。在这3部文学史著作中,洪子诚《中国当代文学史》提到获得历届茅盾文学奖的获奖作品有:《许茂和他的女儿们》(周克芹,获得第一届茅盾文学

---

① 佚名:《第四届茅盾文学奖桂冠有主》,《文艺报》1997年12月25日。
② 21世纪后出版的文学史著作,如:朱栋霖、吴义勤、朱晓进主编的《中国现代文学史1915—2016》,北京大学出版社2018年版;曹万生主编的《中国现当代文学史(1898—2015)》中国人民大学出版社2016年版,等等。在这些文学史著作中,由于这一时期文化研究的蓬勃发展,外在于文学的物质性因素,比如文学制度等进入了文学研究者的研究视野。因而这些文学史著作中,在对作家作品进行介绍和分析时,大多都提到了是否获得某项文学奖。而在20世纪90年代出版的文学史著作,由于在那一时期"纯粹"的审美原则成为文学场中占主导地位的逻辑,因而这类文学史对获奖作品的选取在某种程度上更能说明其对作品文学价值的认可程度。

奖)、《芙蓉镇》（古华，获得第一届茅盾文学奖)、《冬天里的春天》（李国文，获得第一届茅盾文学奖)、《沉重的翅膀》（张洁，获得第二届茅盾文学奖)、《钟鼓楼》（刘心武，获得第二届茅盾文学奖），也就是提到了获得第一和第二届茅盾文学奖的所有现实题材的获奖作品。另外2部文学史根本就没有提到获得茅盾文学奖的获奖作品。而另一部被认为是按"主旋律"意识编写的文学史著作，也即是由华中师范大学修订出版的《中国当代文学史》（上、下册），在这部文学史中，除《东方》外，第一和第二届茅盾文学奖获奖作品全部提到了；第三届的获奖作品仅提到《穆斯林的葬礼》；第四届也是仅提到《白鹿原》。如勒内·韦勒克、奥斯汀·沃伦所言，"在文学史，简直就没有完全中性'事实'的材料。材料的取舍，更显示对价值的判断，初步简单地从一般著作中选出文学作品，分配不同的篇幅去讨论这个或那个作家，都是一种取舍与判断。甚至在确定一个年份或一个书名时都表现了某种已经形成的判断，这就是在千百本书或事件之中何以要选取这一本书或这一事件来论述的判断"①。也就是，文学史的书写中必然体现出某种特定的价值判断，而在具有某种主观倾向性的价值判断中，还存在某种深层的客观结构的影响和制约。这样一来，语境的变化——从现代化到现代性，必然导致对文学的认识和对文学价值的判定出现了多元化，进而形成文学场多元分化的态势。因而，现代性的分裂和矛盾就投射到第三、第四和第五届茅盾文学奖的评选中，处在20世纪80年代后期到90年代后期的茅盾文学奖的评奖就在文学场多元分化的语境下完成，因而也就形成第三、第四和第五届茅盾文学奖评奖的特质。

第三节 "精英逻辑的弱化"背景下的茅盾文学奖

在第三、第四和第五届茅盾文学奖的评奖过程中，可以看到，体

---

① ［美］勒内·韦勒克、奥斯汀·沃伦：《文学理论》，刘象愚、邢培明、陈圣生、李哲明译，江苏教育出版社2005年版，第32页。

现精英逻辑的"纯粹"审美原则成为文学场中的重要逻辑，这一逻辑对体现市场逻辑和宏观文化视野逻辑的文学评奖都产生了一定的影响。精英逻辑在文学场中能成为主要逻辑，无疑与知识分子在文学场和社会场中的位置紧密相关。对理性能力的认可和高举，在一定层面上使知识分子在现代成为意义体系和认知体系的提供者，也就是知识分子扮演的主要是启蒙者角色，普通大众扮演的主要是被启蒙者角色。中国80年代的新启蒙运动主要是一种精英运动，知识分子扮演了为社会提供出路、提供思考的启蒙者角色。不过，由于现代性与生俱来的易变性和流动性，现代性语境下生产出来的观念体系和意义体系在一定程度上也是难以持久的，因而，知识分子的身份和作用必然就会随着现代性语境的变化而变化。伴随20世纪90年代以来知识分子内部的逐渐分裂，以及各种话语的快速生产和更替，知识分子的启蒙者角色受到了质疑，与此相应，在文学领域，被知识分子认可的艺术等级化原则在文学场中的支配作用就被削弱了。同时，在现代性语境下，伴随网络媒体的出现，审美活动方式的变化在一定程度上使大众参与审美活动变得更为容易，具有消费者意义的大众成为文学场和社会场中的重要力量。正如德国马克思主义文学评论家本雅明所言："大众是促使所有现今面对艺术作品的惯常态度获得新生的母体。量遽变到质，极其广泛的大众的参与就引起了参与方式的变化。"① 这样一来，知识分子作为文学价值判断者的身份和作用就被削弱了，也就是由知识分子体现的精英逻辑被弱化了，于是在文学场中曾占支配地位的"纯粹"审美原则就受到了质疑。那么在这一语境下，茅盾文学奖的评奖又呈现出怎样的样态呢？

一

第六届茅盾文学奖的评选对象是1999—2002年在中国大陆地区出版和发表的长篇小说。由24名文学评论家、编辑组成的初审小组从推

---

① ［德］瓦尔特·本雅明：《机械复制时代的艺术作品》，王才勇译，浙江摄影出版社1993年版，第78页。

荐的156部作品中筛选出23部长篇小说，最终由茅盾文学奖评选委员会评选出5部获奖作品：熊召正《张居正》、张洁《无字》、徐贵祥《历史的天空》、柳建伟《英雄时代》、宗璞《东藏记》。第七届茅盾文学奖评奖工作启动于2007年年底，评奖对象是2003—2006年发表和出版的长篇小说，由20名文学评论家、编辑组成的初审小组从130部参评作品中筛选出20部长篇小说，最终由茅盾文学奖评选委员会评选出4部获奖作品：贾平凹《秦腔》、迟子建《额尔古纳河右岸》、周大新《湖光山色》、麦家《暗算》。

  从1978年文学评奖制度下设立的小说评奖来看，现实题材中的"现实"强调的是题材或内容的时效性，也就是题材或内容要能把握当下的时代脉搏及走向，所以在1978年开始的全国优秀短篇小说评奖中，短篇小说被称为是"时代的轻骑兵"。这也是1978年以来设立的针对各种体裁的全国性文学评奖的一个极为重要的价值指针，"许多篇章及时反映了现实生活中的重大斗争，揭示了历史新时期出现的新问题，描绘了党的新政策带来的新风貌，展现了调整的步伐、时代的进程"[1]。如果以20世纪70年代后期到80年代后期全国性文学评奖中彰显出来的"现实"和"现实性"为依据的话，在第六和第七届茅盾文学奖的获奖作品中，只有柳建伟的《英雄时代》是严格意义上的现实题材的作品，这部作品的获奖优势也在于，"这部作品面对了广大读者共同关注的现实生活中的大问题"[2]。柳建伟在获奖感言中也谈到，获奖是对他关注现实、关注最广大人群的生存境况的创作道路的奖赏[3]。这部作品的获奖也是引起对第六届茅盾文学奖批评的重要因素，如文学评论家解玺璋就认为[4]，"《英雄时代》获奖

---

  [1]　本刊记者：《第三个丰收年——记一九八〇年全国优秀短篇小说评选活动》，《人民文学》1981年第4期。
  [2]　胡殷红：《第六届茅盾文学奖评委谈获奖作品》，《文艺报》2005年4月14日。
  [3]　石一宁、高小立、任晶晶、曾祥书、武翩翩：《第六届茅盾文学奖获奖作家述说获奖感受》，《文艺报》2005年4月19日。
  [4]　解玺璋曾担任多项文学评奖的评委，如首届"《当代》文学拉力赛"的五名专职评委之一，第三届老舍文学奖评委，等等。

是对茅盾文学奖的亵渎"①。而与此批评相对的就是，对在审读小组初选时全票通过的莫言《檀香刑》落选的批评。"第六届茅盾文学奖终于揭晓，事先被一些人看好的莫言的《檀香刑》名落孙山，同时落榜的还有红柯《西去的骑手》、李洱的《花腔》"，该文中作者在分析了茅盾文学奖的评奖标准后，以一种略带嘲讽的口气在文章的结尾写道："以这三条重要的评选标准来衡量《檀香刑》，完全称得上是一部'失败之书'。按照我对这些标准的理解，《檀香刑》根本连初选的资格都不具备，完全应该在初选时就将它扫地出门。"②《檀香刑》体现出的是知识分子自80年代中后期以来一直坚持的"纯文学"逻辑，也就是文学场的自主性逻辑，而与此相对的就是《英雄时代》体现出的中国作协框架下的文学场逻辑。随着政治资本在文学场中与其他资本的转化率的逐渐降低，相应地文学场的自主逻辑逐渐增强，一方面纯粹的审美原则成为场域中占主导地位的逻辑，另一方面由于传统现实主义在形式上的"固化"，在一定层面上也就难以呈现进入现代性进程中的复杂的、充满张力的现实社会和现实人生。因而自第三届以来，这类现实题材的获奖作品就成为引发对茅盾文学批评的最为主要的面向。比如在第四届茅盾文学奖获奖的4部作品中，现实题材作品仅有1部，那就是刘玉民的《骚动之秋》。这部作品并未进入审读小组推荐书目，在终评阶段由一名评委提名两名评委附议之下，成为参加终评的备选作品，并最终获得第四届茅盾文学奖③。这篇作品的获奖也引来了诸多批评，而它的获奖也被一些批评家看作是"在文学之外，艺术之外"④。柳建伟《英雄时代》的获奖和遭到的批评体现出的依然是，自第三届以来茅盾文学奖在文学场中的位置和文学场的结构，以及文学场与权力场之间张

---

① 本报记者吴小曼、特约撰稿人付艳霞：《茅盾文学奖背后的利益角逐》，《财经时报》2005年5月30日。这是在第六届茅盾文学奖评奖结束后，《财经时报》走访了多位评委、学者、获奖和落榜作家后撰写的文章。
② 许许：《〈檀香刑〉为什么落选》，《新京报》2005年4月12日。
③ 胡平：《我所经历的第四届茅盾文学奖》，《小说评论》1998年第1期。
④ 如，洪治纲：《无边的质疑——关于历届"茅盾文学奖"的二十二个设问和一个设想》，载洪治纲《无边的迁徙》，山东文艺出版社2004年版，第298页；陈晓明：《请慎重对待第五届"茅盾文学奖"》，《科学时报》1999年11月27日；等等。

力关系的一个必然结果。①

在第四和第五届茅盾文学奖的获奖作品中，历史题材作品所占比例大幅上升，现实题材作品所占比例不断下降。茅盾文学奖向历史题材作品的偏移，在一定层面上也体现了茅盾文学奖对具有某种"纯文学"意义的作品的包容和接受。那么，在获得第六届茅盾文学奖的作品中，历史题材的获奖作品又体现了文学场结构以及茅盾文学奖在文学场中的位置之间张力关系的何种变化呢？从评奖委员会对获得第六届茅盾文学奖的5部历史题材作品的价值判断来看，认同的依然是这5部作品的"现实意义"和"现实价值。""徐贵祥的《历史的天空》、柳建伟的《英雄时代》毫无疑问是主旋律作品；《张居正》虽是反映明朝中晚期改革的历史小说，但由于作者本人对当前中国社会正在进行的改革深有感触，在创作中渗透进作者对当下生活的感触，对推动改革、认识历史有一定帮助，也是弘扬主旋律；《东藏记》描写的是抗战时期西南联大知识分子的爱国情怀；《无字》则通过四代女性的命运，挖掘人性的弱点，使民族情操、感情得到提升，同样也是主旋律作品。"② 也就是，柳建伟的《英雄时代》是现实主义作品和主旋律作品，而其余的4部获奖作品也被认为全是严肃的现实主义作品和主旋律作品。这一现象本身也就表征了，在这一时期对"现实性"或"现实意义"的界定发生了某种变化。

自党的十一届三中全会开始现代化探索以来，经过十多年的时间进程，逐渐地从现代化语境进入现代性语境中。而现代性带来的流动性和不稳定性，既使"现在"或"当下"总是处在变化之中，同时在现代性语境下产生的各种观念和理念也是如流星一般转瞬即逝，这也就产生了对知识分子启蒙地位的质疑。而正如哈贝马斯所言，"文化解释系统或曰世界观，构成了社会群体的背景知识，并且确保其各种

---

① 柳建伟《英雄时代》并未进入审读小组推荐书目。按茅盾文学奖《评奖条例》，在评选的第二阶段，由三名或三名以上的评委提名增补了进入终评的6部作品，这6部作品全是现实题材的作品，其中就包括了最终获奖的柳建伟《英雄时代》。
② 东方：《中国作协回应〈檀香刑〉争议》，《长沙晚报》2005年7月28日。

行为取向之间能有一种内在的联系"①。也就是说，被一个共同体如社会、国家和民族所拥有的、具有一定稳定性的解释系统或世界观才能使该共同体成为可能，而毫不止息的变化无疑是难以承载或塑造一个社会共同体需要的稳定的意义和价值参照系的。因而在这一语境下，既然"现在"或"当下"以及在"现在"或"当下"生产出的各式话语，在为一个共同体提供稳定的意义和认知参照体系上显得乏力，历史无疑就成为一个最好的选择。因而到了这一时期，现实性和现实主义中包含的时效性问题逐渐被弱化了，更为强调的是隐藏在现实性或现实主义背后的理念，以及由这一理念衍生出的价值体系和认识体系。因而题材本身是关涉历史还是关涉现实，其重要性已经不同于新时期之初了，甚至历史成为更容易承载"现实性"和"现实主义"认知体系和价值体系的器皿。我们看到，在第六届获奖作品中，虽然只有1部作品是真正意义上的采用现实主义手法创作的现实题材作品，但其他4部历史题材的作品也具有同样的价值诉求。因而可以见出，与第四和第五届茅盾文学奖向历史题材作品的偏移不同，到了第六届，以"纯粹"审美原则为核心的文学场逻辑具有的作用能力在文学场和社会场中已经被弱化了，而这种弱化本身也说明了以知识分子为代表的精英逻辑的弱化。

到了第七届，这一特征变得更加明显。要对第七届获奖作品做出历史题材和现实题材的划分，就存在一定的难度。虽然贾平凹《秦腔》、迟建《额尔古纳河右岸》、周大新《湖光山色》有对现实问题的涉及，但由于时间跨度较大，其时效性也就被减弱了，并且这些作品表现的重心主要在过去而非现在，虽然第七届茅盾文学奖评奖委员会委员胡平指出："《湖光山色》可以被视为现实题材、改革题材、新农村建设题材创作的综合代表。2008年正是纪念改革开放30周年的年度，第七届茅盾文学奖揭晓于这一年，以《湖光山色》作为标志性作品是合适的。"②"纪念改革开放30年"本身也说明了《湖光山色》表

---

① ［德］尤尔根·哈贝马斯：《交往行为理论》（第一卷），曹卫东译，上海人民出版社2018年版，第66页。

② 胡平：《我所经历的第七届茅盾文学奖》，《小说评论》2009年第5期。

现的内容具有较长的时间跨度，因而并非完全意义上的现实题材作品。这三部作品，其中包含的重要主题是传统与现代的对立，并且在这些作品中大都流露出对传统的向往，以及对现代背景下人的异化和世界的异化的批判。这样一来，就不难理解第七届茅盾文学奖的获奖作品几乎都是农村题材的作品。评论家胡平在面对这一质疑——"这次获奖的四部作品为什么没有一部严格意义上的都市题材作品"——时，就指出，"农村题材作品天生就具有文学性"，"农村有很多有智慧、有文化积淀的语言"[1]。获奖作者迟子建和周大新在面对这一提问时，也谈到体现传统的农村对都市的理解所具有的意义[2]。因而到了第七届，现实性实际上成了历史性。新时期之初的现实主义主要是通过"现在"来提供走向未来的路径和方向，也就是未来的走向和意义在对"现在"的呈现中可以得到彰显，反过来，未来也说明了"现在"的合理性和合法性。而到了这一时期，是过去为现在和未来提供参照，也就是在一定层面上，现在和未来的意义是通过返回过去来实现的。在这一语境下，从严格意义上讲，到了第七届，获奖作品全是历史题材的作品。因而就不难理解，第六和第七届茅盾文学奖获奖作品的现实意义和现实价值的实现，并非以题材本身的时效性——也就是现实性——来说明，而更多是通过赋予题材以特定的，或者是某种固守的价值体系和认知体系来说明的。这样一来在一定层面上，知识分子也就从80年代新启蒙时期的立法者转换成为对某种认知体系和价值体系做出阐释的阐释者。

二

与以知识分子为代表的精英逻辑在文学场和社会场中作用的弱化相对应，在第六届茅盾文学奖的评选中，另一个重要的变化就是，读者成为提供文学观和价值观的另一重要力量。伴随大众媒体以及依托

---

[1] 本报记者王畅：《茅盾文学奖获奖作家和评委认为——各种题材创作都有审美探索过程》，《文艺报》2008年11月6日。
[2] 本报记者王畅：《茅盾文学奖获奖作家和评委认为——各种题材创作都有审美探索过程》，《文艺报》2008年11月6日。

于网络媒介的大众的兴起,"在当代语境下,对于广大的具有文学热忱的文学圈外人而言,大众媒体在功能上已经几乎取代了类似于以前法兰西学院那样的体制,成为文学标准的新的仲裁人"①。第六届茅盾文学奖首次由新浪读书频道与中国作家网"中国作家协会"独家合作,共同报道评选活动。新浪网作为当时最有影响的商业网站之一,其受众的数量已具有相当规模。第六届茅盾文学奖对大众媒体的借重,在一定层面上就是对读者介入文学场逻辑的一个回应。而社会场和文学场主导逻辑的形成,本身就是各个位置的占据者力量交互博弈的结果。这样一来,伴随市场孕育而生的公众,就为"独立('纯艺术''纯研究',等等)或从属('商业艺术''实用研究',等等)于'大众'的需要和市场的限制以及不计利害的认同提供了良好的尺度,它无疑构成了在场中占据的位置的最确实和最清楚的指数"②。因而在知识精英对茅盾文学奖的批评中,就有这么一种观点:《白鹿原》即使评不上也依然畅销,《骚动之秋》即使评上了依然卖不动③。这实际上也就说明了大众或市场的原则取代了文学场中的"输者为赢"的逻辑。而正如布迪厄在《艺术的法则:文学场的生成和结构》中所言,"文学场是一个依据进入者在场中占据的位置以不同的方式对他们发生作用的场,同时也是一个充满竞争的战斗的场,战斗是为了保存或改变这场的力量"④。随着时空的变化,当原有的某一位置的占据者在场中的位置发生改变时,也就意味着文学场的主导逻辑在某种程度上被修改,进而不同位置占据者所拥有的资本与其他资本的转化率也会发生变化,这种变化必然就会在一定程度上修改关于文学和文学价值的认识和评价。这样一来就不难理解,在第六届茅盾文学奖的评奖过程中,茅盾文学奖评奖办公室对评奖条例的修改,条例修改稿规定,

---

① 朱国华:《经济资本与文学:文学场的符号斗争》,《文艺理论》2004年第12期。
② [法]皮埃尔·布迪厄:《艺术的法则:文学场的生成和结构》,刘晖译,中央编译出版社2001年版,第265—266页。
③ 陈晓明:《请慎重对待第五届"茅盾文学奖"》,《科学时报》1999年11月27日。
④ [法]皮埃尔·布迪厄:《艺术的法则:文学场的生成和结构》,刘晖译,中央编译出版社2001年版,第279—280页。

为了倾听群众的意见和呼声,在终评开始前一个月,将入围名单向社会公布,读者的意见可通过各种方式直接反馈到茅盾文学奖评奖办公室,作为评选委员会评选的重要参考。与此相应,茅盾文学奖评奖的基本准则也发生了变化。"导向性、权威性、公正性"被修改为"导向性、群众性、公正性",也就是评奖的"权威性"被"群众性"取代。这种取代表征了在大众传媒时代,大众的兴起加剧了知识分子作为社会代言人角色的弱化和边缘化,在一定程度上也是为现代性语境下,知识分子逐渐退出公共领域进入相对狭窄的专业领域埋下了伏笔。正如萨义德所言,"每位知识分子,书籍的编辑和作者,军事战略家和国际律师,所说、所用的语言都变成专业的,可为相同领域的其他成员所使用,而专家与专家之间的共通语言是非专业人士大都难以理解的"①。也就是当知识分子被定义为与知识生产或分配相关的任何领域中运用专业知识的个体时,知识分子就无力为整个社会提供具有某种整合功能的意义体系和价值体系,知识分子的立法者身份就受到质疑。这样一来,1978年文学评奖制度下设立的文学评奖具有的知识精英与大众的同一性就被解构,知识分子和大众构成的共同体就瓦解了。

因而,在第六届茅盾文学奖的评选中,当代表智识资本的审读小组推荐的23部"入围作品"在新浪网上公布时,就立刻遭到网友的猛烈批评。而从这23部作品的艺术水平来看,"在历届茅盾文学奖的评选中,如果不是最高的,至少也可说是最整齐的"②。而且这些"入围作品"中,有很大部分作品获得了被认为体现了"纯文学"原则的"民间奖"③。可是,就是这些体现了文学场自主逻辑的作品,却受到

---

① [美]爱德华·W.萨义德:《知识分子论》,单德兴译,生活·读书·新知三联书店2002年版,第15页。
② 邵燕君:《茅盾文学奖:风向何处吹?——兼论现实主义文学的创作困境》,《粤海风》2004年第4期。
③ 如《大浴女》《怀念狼》《大漠祭》入选中国小说学会"2000年中国小说排行榜";《檀香刑》《花腔》《大漠祭》《西去的骑手》《白银谷》入选中国小说学会"2001年中国小说排行榜";《解密》《把山羊和绵羊分开》《远去的驿站》入选中国小说学会"2002年中国小说排行榜";《檀香刑》《花腔》2003年1月获首届"21世纪鼎钧双年文学奖"(此奖项每年只颁给两位作家);《张居正》《远去的驿站》2003年1月分获首届"九头鸟长篇小说奖"一、二等奖;等等。

网友义正词严的批评，而批评的核心不是作品不够艺术，而是作品不够现实，并由此推衍出对茅盾文学奖的文学观和价值观的质疑。在读者中有较大影响的《北京青年报》，刊登的《茅盾文学奖挑起矛盾》一文，直接以"莫言作品全票当选 直面现实之作落选备受争议"为副标题，集中指出网友对审读小组推荐的23部作品的批评，"像《沧浪之水》《梅次故事》《桃李》等有社会意义和艺术水准，大众爱读的现实作品却榜上无名，所以这个评委会是令人质疑的。中国的文学之路该怎样走，作为中国文学最高水准奖项的评委们，难道就没有这种历史责任感吗"[1]？由此可见出，知识分子逻辑和大众逻辑之间的对立。而在第一和第二届茅盾文学奖的评选中，获得读者选票最多的作品同样也获得了评奖委员会委员的认可，也就是知识分子与读者之间分享着同一套关于现代化的话语体系。

并且，到了第七届，麦家《暗算》主要就以引人入胜的谍战为题材，在写作手法和技巧上都迎合了大众对文学的娱乐性的需求。作品是在倍受争议中获得第七届茅盾文学奖，争论的焦点主要在于《暗算》不是一部传统意义上的文学作品，它写传奇人物，写特情故事，是通俗小说的变种。"麦家的《暗算》则以大众喜闻乐见的谍战题材为表现对象，在对曲折惊险情节及人物关系的设置中满足大众娱乐化、模式化的审美趣味。"[2] 而这种迎合引起了一些知识分子的不满，蓝格子在《可悲的迎合——感慨第七届茅盾文学奖》中就指出，"《暗算》获奖，唯一可以解释的就是茅盾文学奖希望在倡导精英阅读的同时，考虑更广大普通读者的喜好，结果却因为长期与读者需求的隔膜及与图书市场的脱节而变形错位"[3]。评委们对《暗算》的认可，在一定程度上体现了修改后的茅盾文学奖评奖条例的价值内涵，也就是在天平一边的知识分子所提供的认知和意义框架的价值被削弱时，与此相对的另一极大众的认知体系和意义体系的价值得到提升。

---

[1] 陶渊：《茅盾文学奖挑起矛盾》，《北京青年报》2003年11月17日。
[2] 谭五昌：《简谈第七届茅盾文学奖评选背后的文化选择》，《名作欣赏》2009年第2期。
[3] 蓝格子：《可悲的迎合——感慨第七届茅盾文学奖》，《出版广角》2009年第2期。

毋庸置疑，评奖的"群众性"是20世纪70年代后期到80年代后期文学评奖运作机制的重要特征。那么，从第六届开始的评奖机制的改变是否就是对20世纪70年代后期到80年代后期文学评奖的一种回归，或者具体说，就是对第一和第二届茅盾文学奖评奖的回归？回答显然是否定的。在第一、第二届茅盾文学奖的评奖中，在现代化话语的统摄下，大众、知识分子与宏观文化视野之间在某种共同的认知和意义框架下，形成了具有较强黏合性的共同体。而到了第六届，由于现实主义作品在某种程度上最能满足读者的阅读习惯，这一点主要是因为在中国的现代化进程中，现实主义成为占主导地位的创作手法，绝大多数读者的审美趣味或阅读习惯的形成在一定层面上主要是由现实主义来塑造的，因而茅盾文学奖的评奖标准与大众的阅读习惯之间具有一定的亲和力。"实际上，虽然有各种各样的议论，但获得茅盾文学奖的作品一直是畅销的，说明读者还是欢迎的。"① 这样一来大众对文学场的介入，使茅盾文学奖获得了与精英原则相抗衡的力量，在这些共同力量的作用下，第六和第七届茅盾文学奖必然会向更符合大众阅读习惯的传统现实主义作品偏移。不过，我们在强调读者的阅读习惯与茅盾文学奖评奖标准的趋同性时，不能忽略两者之间的差异。毕竟读者看好的现实题材作品，如《沧浪之水》《梅次故事》等作品建构的现实以及为我们建立的与现实的想象关系，无疑是与茅盾文学奖关于现实和现实性的定义和建构是存在一定的差异的。

从第六届开始，读者作为重要力量再一次介入文学场，不过，读者的介入不仅没有修复以审读小组为代表的知识分子和以评选委员会委员为代表的知识分子之间的裂隙，反而使分裂变得更为复杂。正如哈贝马斯所言，"作者为何在他的文本中要提出一定的断言，尊重或破坏一定的常规，并表达出一定的意图、倾向以及情感等。只有当解释者找到了作者表达的合理性基础时，他才会真正理解作者的意思"②。也就是

---

① 徐林正：《茅盾文学奖背后的矛盾》，《陕西日报》2000年6月23日。
② [德]尤尔根·哈贝马斯：《交往行为理论》（第一卷），曹卫东译，上海人民出版社2018年版，第168页。

"合理性基础"是"作者"和"解释者"实现对话和沟通的前提,而现代性的流动性和易变性已经使这一阶段的知识分子,包括在场域中占据不同位置的知识分子之间,以及知识分子与大众之间在一定层面上缺少相互沟通和理解的共识或前提了。这样一来,我们可以看到争议双方共识的弱化使论争在一定程度上成了某种自说自话。中国作协主席陈建功在面对柳建伟《英雄时代》获奖的批评时,就指出,"我知道很多批评意见是认为柳建伟的作品过于关注现实,这属于文学流派之争。而茅盾文学奖对于不同的文学流派、文学主张就是要采取包容、宽容的态度,保护文学的多样化,特别是保护关注现实的创作"[①]。"包容、宽容的态度"更多强调的是不同观念体系之间的并列关系,而并列关系并不能自然产生不同观念体系之间的交流和对话。

由此可见,在现代性进程中,精英逻辑的弱化和大众逻辑的提升,使第六和第七届茅盾文学奖呈现出特有的样态。由于在知识分子逻辑和大众逻辑之间缺少某种共识,因而导致不同逻辑之间较难在共同的"合理性基础"之上形成有效的对话,并为整个社会提供某种整体性的观念和价值体系。而正如许纪霖、罗岗所言:"虽然分化是一个成熟的思想市场标志之一,多元社会也以此为基础,但多元并不等同于离散,如何在探索多元现代性的新的历史条件下,重建对现代性的基本共识,并在思想界建构知识分子相互交往的公共空间和公共文化、公共知识传统,这不仅需要外部的自由、民主、法制的制度性条件,而且也需要交往理性的行业规则、知识分子的道德自律和论辩伦理,这样的话,从90年代开始分化的各种思潮、流派和观念才不至于走向极端,才有可能形成合理的多元平衡。"[②] 也就是在分散、对立和矛盾的现代性语境中,基本共识的形成才可能建立相互交往的公共空间和公共文化。第六和第七届茅盾文学奖依然体现了现代性的流变性和易变性与永恒性之间的对立,以及流变性和易变性与永恒性之间的相互

---

① 东方:《中国作协回应〈檀香刑〉争议》,《长沙晚报》2005年7月28日。
② 许纪霖、罗岗等:《启蒙的自我瓦解:1990年代以来中国思想文化界重大论争研究》,吉林出版集团有限责任公司2007年版,第41—42页。

缠绕的关系。

第四节　同一性诉求下的茅盾文学奖

　　就茅盾文学奖来看，自1981年启动第一届茅盾文学奖直到2020年的第十届茅盾文学奖，持续近40年的茅盾文学奖本身就彰显了，自党的十一届三中全会以来我们国家开始现代化探索后，不同阶段的现代性语境对茅盾文学奖的规约作用，以及茅盾文学奖对该语境的或维护或反对的张力关系。自第三届茅盾文学奖到第七届茅盾文学奖，更多地体现了某种多元价值共存的状态，那么到第八届茅盾文学奖后，这种多元共存的状态在"新"的历史语境下是否依然能维持？还是在现代性自反性的动力下，开始寻求重建某种同一性或元价值？下面就主要从第八、第九和第十届茅盾文学奖评奖机制的变化，以及获奖作者的构成和获奖作品创作手法这几个方面对这一问题做出探讨。

一

　　到第八届茅盾文学奖，评奖委员会对评奖条例做了四处修改：一是组成62人规模的评奖委员会；二是从初评到终评的全部工作都由评委承担；三是采取评委实名制进行投票；四是设立20部提名作品。自第三届茅盾文学奖直到第七届茅盾文学奖，审读小组与评奖委员会之间的对立是茅盾文学奖评奖机制受到质疑的最为突出的面向。茅盾文学奖评选委员会委员往往被指称为"老年"的"前文学工作者"，他们的身份不断遭到一些学院派批评家、编辑家的怀疑[①]。由于对评选委员会委员身份的怀疑，评选委员会与审读小组的权限问题——最主要就集中在，评奖过程中经由3名以上的评委提议，可在审读小组推

---

① 主要的批评文章有：洪治纲《无边的质疑——关于历届"茅盾文学奖"的二十二个设问和一个设想》，载洪治纲《无边的迁徙》，山东文艺出版社2004年版；高昌《文学奖：秀逗到何时》，《文学自由谈》2005年第3期；徐林正《茅盾文学奖背后的矛盾》，《山西日报》2000年6月23日；等等。

荐书目以外，增添备选数目——就必然成为争论的焦点。因为审读小组的成员往往被看作是代表了与"官方原则"相异的审美原则。如参加第四届茅盾文学奖评奖的审读小组成员：蔡葵、丁临一、李先锋、胡佳良、白桦、林建法、张末民、朱晖、陈美兰、朱向前、张德祥、王必胜、盛英、周介人、陈建功、雷达、胡平、林为尽、潘学清、雍文华、吴秉杰，对他们身份的认定是"资深出版家、资深编辑家、文学评论家，年富力强，主要从事当代文学的编辑、出版、研究，而且对整个文坛有比较深入的了解，且自身艺术素质较高"①。这种身份认定的方式与这一时期由学院派批评家主持的文学评奖的评委身份认定存在一致之处，同时审读小组也被认为是"给茅盾文学奖的评选工作提供了一个重要的艺术保障"②。而自第三届起，引起广泛争议的《骚动之秋》（第四届）、《英雄时代》（第六届）都是由3名以上的评委提议进入推荐名单，并最终获奖的作品。

布迪厄在《实践与反思——反思社会学导引》中，从场域的角度对知识分子及其拥有的资本类型进行了划分。在他看来就人文和社会科学来说，存在着两种对立的资本类型：学术资本（academic capital）和智识资本（intellectual capital）。学术资本主要是来源于体制内的权威，"指与那些控制着各种再生产手段的权力相联系的资本"③。而智识资本主要来源于专业场域的认定，更多体现的是独立分化的场的逻辑，是"科学名望的问题"④。从这一角度来看，审读小组拥有的是智识资本，体现出的是文学场中的自主逻辑，而茅盾文学奖评选委员会委员所拥有的资本类型大体上可归属于学术资本，学术资本更多体现的是作为元场域的权力场逻辑。因而也就不难理解，茅盾文学奖评选

---

① 徐林正：《茅盾文学奖背后的矛盾》，《山西日报》2000年6月23日。
② 洪治纲：《无边的质疑——关于历届"茅盾文学奖"的二十二个设问和一个设想》，载洪治纲《无边的迁徙》，山东文艺出版社2004年版，第302页。
③ [法]皮埃尔·布迪厄、[美]华康德：《实践与反思——反思社会学导引》，李猛、李康译，中央编译出版社2004年版，第111页。
④ [法]皮埃尔·布迪厄、[美]华康德：《实践与反思——反思社会学导引》，李猛、李康译，中央编译出版社2004年版，第111页。

委员会委员大多担任了重要文艺部门的领导工作。朱晖在《第三届茅盾文学奖之我见》中就指出，第三届茅盾文学奖评选委员会委员的构成与1989年中国作协人事调整的一致性①。胡平在《我所经历的第四届茅盾文学奖评奖》中也谈到，第四届茅盾文学奖的评选工作最迟应在1994年进行，而评选工作一再拖延，"直到1995年中国作协党组主要负责同志更替后，才予启动"②。这也成为许多拥有智识资本的学院派批评家质疑茅盾文学奖的主要面向。这两类知识分子分别占据文学场不同位置，随着专业化进程的推进，各个专业追求成为具有相对独立性的场域时，这两者的对立必然就变得更为突出。因而从第三届茅盾文学奖开始，随着文学场的自主逻辑逐渐成为场域中主导地位的逻辑时，审读小组与评选委员会的对立也不断加深。到第六和第七届茅盾文学奖，读者的介入并没有缓和知识分子内部的对立和冲突。而自第八届起，评奖条例取消了审读小组和评选委员会的区别，在一定层面上就彰显了原有的不同的知识分子类型划分也被取消了。抹平不同知识分子之间的差异和分裂的策略，说明了以"整体性"面目出现的知识分子重新开始了对同一性的追求，也就是要寻求现代性进程中不断被分裂的价值的同一性和整体性。贺绍俊在"专家学者座谈第八届茅盾文学奖获奖作品"的讲话中就指出："对于今天来说，茅盾文学奖的意义就在于要弘扬一种可贵的文学精神。在消费因素盛行的时代，流行小说、大众小说、类型小说会有大量的市场。但一个社会、一个民族的整体文明建设不能缺乏典雅的文学精神，茅盾文学奖就是对这种文学精神的坚守。"③ 参加此次座谈会议的施战军也指出："这届茅盾文学奖在导向性上的意义，在于对经典化的追求有了加大加重的意味——既要对我们时代负责，更重要是对文学史负责。"④ 由此可见，

---

① 朱晖：《第三届茅盾文学奖之我见》，《当代作家评论》1995年第2期。
② 胡平：《我所经历的第四届茅盾文学奖评奖》，《小说评论》1998年第1期。
③ 本报记者胡军、王觅：《专家学者座谈第八届茅盾文学奖获奖作品——对文学精神的坚守值得肯定》，《文艺报》2011年8月24日。
④ 本报记者胡军、王觅：《专家学者座谈第八届茅盾文学奖获奖作品——对文学精神的坚守值得肯定》，《文艺报》2011年8月24日。

知识分子对能为时代和社会提供某种文学精神的追求,也就是对某种同一性和整体化的追求,无疑就抹平了原有的审读小组和评选委员会之间,以及审读小组推荐书目和评奖委员会评选出的获奖书目之间的对立,也就有了用提名书目来取代推荐书目这一评奖机制上的改变,同时提名书目所具有的价值也得到评奖委员会认可,在提名书目和获奖书目之间更多体现出的是一致性和同一性。

由于对同一性的重建诉求,相较于第六届茅盾文学奖评奖委员会将评奖条例中的"权威性"改为"群众性",自第八届茅盾文学奖起,又开始重新强调茅盾文学奖评奖的权威性。第八届茅盾文学奖首次宣布将网络文学作品纳入评奖范围,茅盾文学奖评奖办公室发布的《关于征集第八届茅盾文学奖参评作品的通知》中规定:"重点文学网站推荐的作品,应为评奖年度范围内在本网站发表并由出版单位出版的图书作品,推荐时应征得著作权人和出版单位的同意,并提供样书。"[1] 毋庸置疑,受众对网络文学的存在样态具有举足轻重的作用,那么自第八届茅盾文学奖开始,将网络文学作品纳入评奖范围,是否会强化评奖的"群众性"标准在评奖机制和评奖策略的形成上的力量呢?当记者提出网络文学的加入,是否会带来茅盾文学奖评奖标准的改变时,胡平(第八届茅盾文学奖评奖办公室主任)对此做了明确回答,"关于评奖标准,'茅奖'面临的真正问题是纯文学与通俗文学的关系。文学有专业标准,'茅奖'是专家奖,相当于电影界的'金鸡奖',有时难以顾全普通读者的口味。我以为要解决这一矛盾,从长远来看,文学上还应设立'百花奖'那样的奖项,以适应大众文学不断发展的形势"[2]。在第九届茅盾文学奖的评选中,坚持的依然是"导向性、权威性、公正性"和"思想性与艺术性有机统一"的评奖原则[3]。

---

[1] 茅盾文学奖评奖办公室:《关于征集第八届茅盾文学奖参评作品的通知》,中国作家网,http://www.chinawriter-lom-cn/news/。

[2] 任珊珊:《新一届评选即将开始,评委从20多人增至62人——茅盾文学奖,顺势而变》,《人民日报》2011年7月21日。

[3] 请参见附录4。

到了第八届，茅盾文学奖又力图重新建构知识分子在现代性的分裂和矛盾中被削弱的话语权，以及为这个世界提供认知体系和解释框架的能力。知识分子的分裂与现代性带来的价值多元化是一体两面的，而在认知框架和价值系统中存在的无限的多元化趋势，必然会导致知识分子生产的话语和观念具有的阐释世界的能力被弱化。而对世界的阐释与对世界的实践能力是紧密相关的，"分化为不同文化价值领域的意识结构相应地也体现为互相冲突的生活秩序"①。在一定层面上，知识分子内部共识的缺失也映射出整个社会共识的缺失，当然这也意味着知识分子或文学艺术已经无法为这个社会提供某种归宿和方向。因而在现代性自反性动力的推动下，到了第八届，茅盾文学奖又开始重建知识分子的权威，而知识分子权威的重建与对认知体系和价值体系的同一性诉求是一体两面的。经过第八和第九届的茅盾文学奖，到了第十届，其对某种稳定的价值体系和认知框架的持守变得更为自信，正如汪政在谈到第十届茅盾文学奖获奖作品时所言，"茅盾文学奖已经是一个自觉而成熟的文学奖，它有着自己的评奖标准，有自己的文学价值立场，并且通过对这些标准与立场的坚守逐渐形成自己的个性与权威"②。

二

当社会生活被划分为不同的相对独立的领域时，从第三届茅盾文学奖直到第七届茅盾文学奖，我们能明显看到不同的知识分子次场之间紧张的张力关系。同时，由于缺少具有某种同一性的价值理念对不同次场，以及对不同次场生产的话语的整合和沟通能力，这样一来，不同次场之间就更多地表现为缺乏沟通的"自说自话"。因而，在第三届到第七届茅盾文学奖的评奖中，我们看到了缺失某种共识的矛盾和张力。这种现象本身也是现代性分裂和矛盾的必然结果，而分裂和冲突的话语是无法实现对世界、社会和人生意义、价值以及未来走向

---

① [德]尤尔根·哈贝马斯：《交往行为理论》（第一卷），曹卫东译，上海人民出版社2018年版，第294页。

② 责任编辑行超：《评论家眼中的五部茅奖获奖作品》，《文艺报》2019年8月23日。

有效描述的。正如哈贝马斯在《交往行为理论》中所言，现代性带来的独立文化价值领域分化的后果就是，"一方面，它促使符号系统按照各自不同的抽象价值标准（比如真实性、规范正确性、美和本真性）加以合理化；另一方面，它也导致了形而上学—宗教世界观的意义同一性发生解体：在各种独立的价值领域之间出现了竞争，而且无法再用一种高高在上的神圣世界秩序或宇宙的世界秩序来消除这种竞争"[①]。因而，从第八届开始直到第十届，我们又重新看到不同的作家和作品对某种"宏大"意义和价值的追求和表现。茅盾文学奖评奖条例中所规定的"深刻反映现实生活，较好地体现时代精神和历史发展趋势"，"贯彻百花齐放、百家争鸣的方针，弘扬主旋律，提倡多样化，坚持导向性、公正性、权威性"[②]等内容，其实都体现了对现实主义的内涵和实质，以及支撑现实主义的价值体系和认知体系的持守。只不过在不同时期特定的现代性语境中，茅盾文学奖对现实主义持守的方式以及获奖作品的具体呈现样态有一定的差异。那么，在第八、第九和第十届茅盾文学奖的评奖中又呈现出怎样的样态呢？

　　从第三届茅盾文学奖起，我们一方面可以看到茅盾文学奖对现实主义的坚守和逃避，另一方面也映射出在特定的现代性语境下现实主义创作本身面临的困境，现实主义的困境也就是茅盾文学奖面临的困境[③]。当记者提出"从前七届得奖情况来看，'茅奖'似乎更偏爱史诗性的作品，反映当下现实的作品能否获得'茅奖'的青睐"的疑问时，第八届茅盾文学奖评奖办公室主任胡平指出："'茅奖'确实存在自己传统的价值观，厚重的作品有时是具有'史诗'意味的，但现实题材作品同样可获得厚重感。'茅奖'对现实题材创作更为关注，宁可或缺历史题材作品，不可或缺现实题材作品。"[④]胡平的回答本身也

[①] ［德］尤尔根·哈贝马斯：《交往行为理论》（第一卷），曹卫东译，上海人民出版社2018年版，第305页。
[②] 参见附录4。
[③] 参见本章第二节和第三节。
[④] 任珊珊：《新一届评选即将开始，评委从20多人增至62人——茅盾文学奖，顺势而变》，《人民日报》2011年7月21日。

透露出，在现代性语境下茅盾文学奖的坚守和不得已的逃避。实际上，自第八届开始，对同一性的追求，使我们可以清晰地看到茅盾文学奖对现实主义作品的认可轨迹越来越清晰，也越来越肯定。张志忠在"专家学者座谈第八届茅盾文学奖获奖作品"的讲话中指出："此次茅盾文学奖的获奖作品十分贴近茅盾先生的文学精神，表现了上世纪八九十年代以来中国的社会现实和重大命题选择，而且这些作品有自己的精神高度，有自己的社会画面的展示。同时应注意到，这几部作品似乎都是一种回溯，是站在今天追溯既往，与现实之间的关切性不是很密切，因此希望在这方面能有所倡导和强化。"① 从这段表述中可以看出第八届茅盾文学奖对现实主义体现出的精神和理念——"茅盾先生的文学精神"——的明确坚持，不过，虽然这种坚持主要还是以延续第三届直到第七届的方式来实现的，也就是通过对历史的表现来寻求现实性和现实意义，但这一方式在第八届的茅盾文学奖的评奖中已经成了一个需要得到改善的缺陷或不足，也就是茅盾文学奖希望能回归"现实性"体现出来的"现实"内涵和实质，而非用"历史"的方式来间接地表达"现实主义"的本质和意义。

同时不能忽略的是，第八届茅盾文学奖的这种变化并非全然由茅盾文学奖本身主导，现代性语境的变化使这一时期的茅盾文学奖可以更为明确地肯定现实主义所具有的意义和价值。毕飞宇在谈到自己早期的先锋创作时说，"在这条道路上我最后走到钻牛角尖的程度，感到自己非常困难，难以为继"②。先锋文学创作的危机本身就体现出现代性危机。现代化是现代性的特定形式，党的十一届三中全会后至80年代中后期，以现代化面貌出现的现代性诉求与传统的现实主义手法之间存在相当的切合度，因而第一和第二届茅盾文学奖在现代化话语的统摄下，体现了那一时期不同群体或者说整个社会的共识。现代化在肯定人的主体性和理性合理性的同时，依然将人的主体性和理性合

---

① 本报记者胡军、王觅：《专家学者座谈第八届茅盾文学奖获奖作品——对文学精神的坚守值得肯定》，《文艺报》2011年8月24日。
② 张钧：《小说的立场——新生代作家访谈录》，广西师范大学出版社2001年版，第121页。

理性限制在一定的范围内,而这一点是难以控制和把握的,主体性和理性合理性的膨胀必然会使理性走到非理性。因而可以看到,现实主义逐渐被边缘化,各种现代主义逐渐占据文学场中的主要位置,而现代主义更多体现了对人的理性精神的怀疑,当人的主体性和理性合理性被不断收缩时,自近现代以来所谓的"人的觉醒"就会萎缩。因而对现代化的追求犹如走钢丝,在平衡的维持上具有相当的难度。这也是自党的十一届三中全会后,"现代化"观念逐渐从核心位置不断被边缘化,并逐渐被"现代性"这一术语所取代的原因。

"现代性"这一概念更能体现人类进入现代后产生的分裂和矛盾的状态,因而到80年代中后期就呈现为各种思潮相互纠缠、相互对抗的状态。正如丹纳所言:"实验科学大为发展,教育日益普及,自由的思想越来越大胆;信仰问题以前是由传统解决了的,如今摆脱了传统,自以为单凭才智就能得到崇高的真理。大家觉得道德,宗教,政治,无一不成问题,便在每一条路上摸索,探求。八十年(原著作者注:这八十年是指大革命到本书编写的年代)不知有多少种互相抗衡的学说与宗派,前后踵接,每一个都预备给我们一个新的主义,向我们建议一种美满的幸福。"① 丹纳的这段描述虽然说明的是法国大革命后的19世纪80年代,这种状态无疑与20世纪80年代中后期以来的中国文坛和中国现实有某种相似之处。因而当毕飞宇提出"先锋创作难以为继"时,也就说明了迷雾重重的、分裂和矛盾的现代性话语并不能为文学创作以至于为这个社会和世界提供一个出路和方向。因而必然要重新寻找被整个社会所认可的普遍话语的表达方式。这样一来可以看到,自第八届茅盾文学奖起,现实主义的价值和意义又逐渐被不同类型的作家和知识分子所认可。到了第九届,我们看到曾经的先锋文学代表作家苏童,因《黄雀记》获得第九届茅盾文学奖。在记者对获得第九届茅盾文学奖作家的采访中,就明确指出了苏童创作风格的改变,"从开始写作到现在,您曾探索过多种文学形式,比如先锋

---

① [法]丹纳:《艺术哲学》,傅雷译,江苏人民出版社2017年版,第46页。

小说、女性主义小说、寻根文学、历史主义小说等。与早期作品相比，近年来您的作品风格变得越来越沉重，其中的反思和自省越来越多、越来越深刻，《黄雀记》中对于历史和当代现实的反思，可以说很好地体现了您写作风格的转变"①。苏童创作风格的改变在一定层面上就体现了现实主义手法的回归。

因此到了第十届，现实主义具有的意义和价值在茅盾文学奖的评选中又重新获得了一种普遍认同。刘大先在谈到梁晓声《人世间》（获得第十届茅盾文学奖）的现实主义创作手法时，指出："如果我们回眸上世纪80年代以来的文学思潮的变化，尤其是经过'朦胧诗'、先锋小说、反讽解构式叙事的当代文学发展来看，这种写法就显示出其正大的气象，是一种回归，它可能不够时髦、不能为前沿的批评家提供形式上的刺激、意义上的启迪，但并没有'过时'或者失效，尤其是对于更多的普通读者来说，它依然具有打动人心的生命力。"② 刘琼也指出："我们对于现实主义写作各种各样的误解，导致我们丢失了有效的、珍贵的甚至是高贵的文学初心。重张现实主义，也是重建写作与时代、历史和生活的素朴而亲密的关系，重树现实主义写作的尊严和意义。"③ 如果我们对比一下自第三届茅盾文学奖以来，学院派批评家对茅盾文学奖偏重现实主义作品的诟病，以及茅盾文学奖对现实主义的半遮半掩的坚守和逃避，我们更能清楚地看到，现代性语境的变化使现实主义正成为我们认识和表现世界、社会和人的一种"恰当的形式"。正如本尼特所言："文学不只是提供了针对'现实'的新的洞察力，同样地，随着通常所谓的'现实'的建构，其形式上的运转也被透露出来。"④ 因而从第八届直到第十届，对茅盾文学奖来讲，现实主义逐渐不再是一个半遮半掩的坚守问题，而成为可以引导文学

---

① 本报记者行超：《苏童：写作是一种自然的挥发》，《文艺报》2015年9月28日。这是《文艺报》刊载的对第九届茅盾文学奖获奖作者进行访谈中的一篇文章。
② 责任编辑行超：《评论家眼中的五部茅奖获奖作品》，《文艺报》2019年8月23日。
③ 责任编辑行超：《评论家眼中的五部茅奖获奖作品》，《文艺报》2019年8月23日。
④ ［英］托尼·本尼特：《形式主义和马克思主义》，曾军等译，河南大学出版社2011年版，第45页。

创作的方向和路线，并且能为我们认知和表现现实提供恰当的形式。当然自第八届以来，现实主义创作手法的意义和价值被重新发现和接受，那么获奖作品是否就真正体现了"现实"的内涵和本质呢？对这个问题还需要做出更为具体的分析。毋庸置疑，对现实的认定或者说何为现实不仅仅是一个话语呈现的问题，同时也是一个如何认识世界和社会的问题，而对现实的认识在一定层面上是无法摆脱既定历史语境的制约的。因而第一和第二届茅盾文学奖充分体现了现实主义具有的意义和价值，被认为是现实主义的一种回归，第八届到第十届的茅盾文学奖也体现了对现实主义的重新回归。正如贺绍俊所言，"第十届茅盾文学奖的意义就在于，它体现了在后现实主义语境下对现实主义文学的坚守，它同时也充分肯定了对现实主义文学所作出的突破"①。不过由于现代性语境的差异，这一回归与第一和第二届茅盾文学奖体现出的回归是有差异的。

　　正是现实主义的重新回归，也将曾处于文学场中不同位置的甚至是对立的作家并置在茅盾文学奖这一体系当中，也就是一些重要的先锋派作家成为茅盾文学奖的获奖作家。2011年8月20日，第八届茅盾文学奖经过60余名评委的实名投票，评出5部获奖作品：张炜《你在高原》、莫言《蛙》、毕飞宇《推拿》、刘醒龙《天行者》和刘震云《一句顶一万句》。从第八届的获奖作家来看，张炜的《古船》《九月寓言》曾落选第三和第四届茅盾文学奖，莫言《檀香刑》曾落选第六届茅盾文学奖，而这些作品的落选也导致此奖项遭到许多来自学院派批评家的批评，"那些写法上更接近现代主义风格的作品（如《马桥词典》《九月寓言》《务虚笔记》）和致力于揭示人性'卑微幽暗面'（洪治纲语）的作品（如《许三观卖血记》）仍被拒绝在外"②。因而莫言和张炜绝非严格意义上的现实主义作家，而刘震云无疑是新写实主义的重要代表作家。从第九届茅盾文学奖来看，第九届的评选范围是

---

① 贺绍俊：《从第十届茅盾文学奖谈起》，《文学报》2019年11月3日。
② 邵燕君：《茅盾文学奖：风向何处吹——兼论现实主义文学创作困境》，《粤海风》2004年第2期。

2011年至2014年出版的长篇小说。从符合申报条件的252部参评作品中，最终评选出5部获奖作品：金宇澄的《繁花》、王蒙的《这边风景》、李佩甫的《生命册》、格非的《江南三部曲》、苏童的《黄雀记》。《繁花》2012年发表于《收获》杂志，并被中国小说学会评选为2012年中国小说排行榜长篇小说第一名，中国小说学会主办的中国小说排行榜被认为是体现了文学场的以审美原则为核心的自主逻辑。就苏童来看，因其在1987年《收获》的第5期发表《1934年的逃亡》而一举成名，小说的别具一格的叙事方式、叙述语言，成为先锋小说的代表作。苏童因此就与洪峰、格非等一起成为先锋小说的领军人物。第十届茅盾文学奖2019年8月16日揭晓，梁晓声《人世间》、徐怀中《牵风记》、徐则臣《北上》、陈彦《主角》、李洱《应物兄》获得第十届茅盾文学奖。当评奖结果宣布时，引起关注的一个现象就是：第十届是茅盾文学奖历史上的第一次"四代同堂"——徐怀中1929年出生，梁晓声1949年出生，陈彦、李洱是"60"后，徐则臣则出生于1978年。当然，这的确也是当代文学创作现状的真实写照，不过"四代同堂"的并置更多体现了原有的不同创作路径的作家并置：李洱是先锋文学的热烈拥护者和实践者，他的《花腔》被认为是"先锋文学的正果"，而梁晓声和陈彦被认为是长期执着于现实主义创作的作家。这在第三届到第七届茅盾文学奖的评奖中是难以想象的。在囊括了整个90年代长篇小说评选的第四和第五届茅盾文学奖获奖的8部作品中，只有2部作品——《白鹿原》（修订本）和《长恨歌》——获得了由学院派批评家组织评选的"90年代最有影响的10部作品"，该奖项被认为体现了文学场的自主逻辑。而这2部作品获得茅盾文学奖，在一些评论家看来，这是茅盾文学奖历史上一个令人惊诧的戏剧性事件[①]。与此相应，茅盾文学奖体现出的被一些知识分子看作相对"窄化"的文学观念和价值判断标准也成为该奖项受到批评的一个重要面向。

正如哈贝马斯所言，"解释者认为，一切表达，不管他们在开始

---

① 李洁非：《2000年中国文坛便览》，《当代文学研究资料与信息》2001年第1期。

的时候是多么模糊不清,只要它们是一个主体的表达,而且这个主体的资格不容怀疑,那么,这些表达就都具有内在合理性"①。自第八届开始,当茅盾文学奖这一评价体系作为一个主体来表达时,其对所表达的文学观念的权威性必然变得越来越不可置疑。中国作协主席铁凝在第七届茅盾文学奖颁奖大会上指出:"她希望广大作家以更加自觉的姿态,坚持贴近实际、贴近生活、贴近群众,沉潜生活,冷静思考,与人民同心,与时代同行,以更深邃的激情,更开阔的视野,更敏锐的触角,更广博的胸襟,挖掘题材资源、精神资源、情感资源和语言资源,创作出更多反映现实生活和人民主体地位、群众喜闻乐见的优秀作品,开创文学新境界,谱写文学新篇章。"②"希望"这一词语表达的是茅盾文学奖体现出的文学观念被认可的诉求或愿景,在这一表述中包含着犹豫和不确定。而铁凝在第十届茅盾文学奖颁奖大会上的讲话中指出:"后来的人们,如果他们想探求他们的来路,本届茅盾文学奖的获奖作品将会成为准确的向导。他们会在这些小说中真切地感受到这史诗般的大时代——这是一个民族在波澜壮阔的历史进程中为自己创造出光明未来的时代;也是我们民族中的每一个个体,历经各种各样的矛盾、忧患、坚持和奋斗,为自己创造美好明天的时代。"③ 这段话以非常自信和肯定的方式说明了茅盾文学奖能为文学创作提供具有意义和价值的参照体系,也就是茅盾文学奖可以为也能为一个作家的创作提供方向和路径,已经没有了第七届颁奖大会讲话中的犹豫和不确定。在这一语境下,茅盾文学奖对作家身份的认同作用又变得明显起来,获得第十届茅盾文学奖的李洱在获奖感言中就指出,"感谢各位评委。请允许我把你们的勇气、责任和护佑看成是对汉语文学的美好祝愿"④。

---

① [德]尤尔根·哈贝马斯:《交往行为理论》(第一卷),曹卫东译,上海人民出版社2018年版,第169页。
② 佚名:《第七届茅盾文学奖颁奖典礼在乌镇举行 刘云山为获奖作家颁奖 赵洪祝铁凝金炳华出席》,《文艺报》2008年11月4日。
③ 铁凝:《风正一帆悬——在第十届茅盾文学奖颁奖典礼上的致辞》,《光明日报》2019年10月15日。
④ 行超、教鹤然:《第十届茅盾文学奖·感言》,《文艺报》2019年10月14日。

由此可见，自第八届茅盾文学奖起，努力建立以知识共同体的专业标准为目的的自主性知识场域已经弱化，逐渐开始重建知识或知识分子的公共性，也就是要为这个社会以至于世界提供一种具有稳定或永恒意义的价值体系和认知体系，正如贺绍俊所言"人文知识分子的武器就是他们的思想，他们要用最先进的思想来改造社会的弊端，以最完美的思想来设计人类未来美好的蓝图。人文知识分子的思想是照亮黑暗的一盏灯，是给迷茫的人们指明方向的指南针"[①]。那么对"人文知识分子"和"人文知识分子的思想"的这一理想在遭遇现实时会怎样？并且人自身又如何有效地使用人的主体性和人的理性精神，使其处在一定合理和恰当的范围内呢？这些问题都会影响到这一理想的实现。那么，自第八届茅盾文学奖以来的探索以及其提供的价值体系和认知体系所具有的意义和价值，也许只有在历史的洪流和淘洗中才会清晰起来。

---

① 贺绍俊：《从第十届茅盾文学奖谈起》，《文学报》2019年11月3日。

附录1

第1—5届全国优秀短篇小说获奖作品名单及评选委员会委员名单：

1978年全国优秀短篇小说评选委员会委员名单：

主任委员：茅盾

委员：周扬、巴金、刘白羽、孔罗荪、冯牧、刘剑青、孙梨、严文井、沙汀、李季、陈荒煤、张天翼、周立波、张光年、林默涵、草明、唐弢、袁鹰、曹靖华、谢冰心、葛洛、魏巍

1978年全国优秀短篇小说评选当选作品：

作家	作品	发表刊物
刘心武	《班主任》	《人民文学》1977年第11期
王亚平	《神圣的使命》	《人民文学》1978年第9期
莫伸	《窗口》	《人民文学》1978年第1期
邓友梅	《我们的军长》	《上海文艺》1978年第7期
周立波	《湘江一夜》	《人民文学》1978年第7期
王愿坚	《足迹》	《人民文学》1977年第7期
成一	《顶凌下种》	《汾水》1978年第1期
李陀	《愿你听到这支歌》	《人民文学》1978年第12期
宗璞	《弦上的梦》	《人民文学》1978年第12期
卢新华	《伤痕》	《文汇报》1978年8月11日
张洁	《从森林里来的孩子》	《北京文艺》1978年第7期
张承志	《骑手为什么歌唱母亲》	《人民文学》1978年第10期
张有德	《辣椒》	《人民文学》1978年第4期

续表

作家	作品	发表刊物
贾大山	《取经》	《河北文艺》1977 年第 4 期
贾平凹	《满月儿》	《上海文艺》1978 年第 3 期
王蒙	《最宝贵的》	《作品》1978 年第 7 期
陆文夫	《献身》	《人民文学》1978 年第 4 期
肖平	《墓场与鲜花》	《上海文艺》1978 年第 11 期
刘富道	《眼镜》	《人民文学》1978 年第 2 期
孔捷生	《姻缘》	《作品》1978 年第 8 期
祝兴义	《抱玉岩》	《安徽文艺》1978 年第 7 期
关庚寅	《"不称心"的姐夫》	《鸭绿江》1978 年第 7 期
齐平	《看守日记》	《解放军文艺》1978 年第 12 期
于土	《芙瑞达》	《广东文艺》1978 年第 1 期
童恩正	《珊瑚岛上的死光》	《人民文学》1978 年第 8 期

1979 年全国优秀短篇小说评选委员会委员名单：

主任委员：茅盾

委员：丁玲、王蒙、巴金、孔罗荪、冯牧、刘白羽、刘剑青、孙梨、严文井、沙汀、李季、张天翼、张光年、陈荒煤、林默涵、欧阳山、草明、贺敬之、唐弢、袁鹰、曹靖华、谢冰心、葛洛、魏巍

1979 年全国优秀短篇小说评选当选作品：

作家	作品	发表刊物
蒋子龙	《乔厂长上任记》	《人民文学》1979 年第 7 期
陈世旭	《小镇上的将军》	《十月》1979 年第 3 期
茹志鹃	《剪辑错了的故事》	《人民文学》1979 年第 2 期
方之	《内奸》	《北京文艺》1979 年第 3 期
高晓声	《李顺大造屋》	《雨花》1979 年第 7 期
李栋、王云高	《彩云归》	《人民文学》1979 年第 5 期
母国政	《我们家的炊事员》	《北京文艺》1979 年第 6 期
樊天盛	《阿扎与哈利》	《人民文学》1979 年第 4 期
张弦	《记忆》	《人民文学》1979 年第 3 期
王蒙	《悠悠寸草心》	《上海文学》1979 年第 9 期

续表

作家	作品	发表刊物
张洁	《谁生活得更美好》	《工人日报》1979 年 7 月 15 日
张天民	《战士通过雷区》	《人民文学》1979 年第 7 期
陈忠实	《信任》	《陕西日报》1979 年 6 月 3 日
叶蔚林	《蓝蓝的木兰溪》	《人民文学》1979 年第 6 期
邓友梅	《话说陶然亭》	《北京文艺》1979 年第 2 期
孔捷生	《因为有了她》	《人民文学》1979 年第 10 期
刘心武	《我爱每一片绿叶》	《人民文学》1979 年第 6 期
陈国凯	《我应该怎么办?》	《作品》1979 年第 2 期
金河	《重逢》	《上海文学》1979 年第 4 期
中杰英	《罗浮山血泪祭》	《十月》1979 年第 2 期
包川	《办婚事的年轻人》	《人民文学》1979 年第 7 期
张长	《空谷兰》	《解放军文艺》1979 年第 12 期
冯翼才	《雕花烟斗》	《当代》1979 年第 2 期
周嘉俊	《独特的旋律》	《上海文学》1979 年第 2 期
艾克拜尔·米吉提	《努尔曼老汉和猎狗巴力斯》	《新疆文艺》1979 年第 3 期

1980 年全国优秀短篇小说评选委员会委员名单：

主任委员：茅盾

委员：丁玲、王蒙、巴金、孔罗荪、冯牧、刘白羽、刘剑青、孙梨、严文井、沙汀、李清泉、张天翼、张光年、陈荒煤、林默涵、欧阳山、草明、贺敬之、唐弢、袁鹰、曹靖华、谢冰心、葛洛、魏巍

1980 年全国优秀短篇小说评选当选作品：

作家	作品	发表刊物
徐怀中	《西线轶事》	《人民文学》1980 年第 1 期
何士光	《乡场上》	《人民文学》1980 年第 8 期
李国文	《月食》	《人民文学》1980 年第 3 期
柯云路	《三千万》	《人民文学》1980 年第 11 期
锦云、王毅	《笨人王老大》	《北京文学》1980 年第 7 期
蒋子龙	《一个工厂秘书的日记》	《新港》1980 年第 5 期
高晓声	《陈奂生进程》	《人民文学》1980 年第 2 期

续表

作家	作品	发表刊物
张贤亮	《灵与肉》	《朔方》1980年第9期
张抗抗	《夏》	《人民文学》1980年第5期
刘富道	《南湖月》	《人民文学》1980年第7期
李斌奎	《天山深处的"大兵"》	《解放军文艺》1980年第9期
张林	《你是共产党员吗?》	《当代》1980年第3期
冰心	《空巢》	《北方文学》1980年第4期
王蒙	《春之声》	《人民文学》1980年第5期
马烽	《结婚现场会》	《人民文学》1980年第1期
陈建功	《丹凤眼》	《北京文学》1980年第8期
罗旋	《红线记》	《人民文学》1980年第8期
陆文夫	《小贩世家》	《雨花》1980年第1期
韩少功	《西望茅草地》	《人民文学》1980年第10期
张弦	《被爱情遗忘的角落》	《上海文学》1980年第1期
玛拉沁夫	《活佛的故事》	《人民日报》1980年7月12日
张石山	《镢柄韩宝山》	《汾水》1980年第8期
叶文玲	《心香》	《当代》1980年第2期
周克芹	《勿忘草》	《四川文学》1980年第4期
方南江、李荃	《最后一个军礼》	《解放军文艺》1980年第11期
京夫	《手杖》	《延河》1980年第1期
王群生	《彩色的夜》	《红岩》1980年第2期
益希卓玛	《美与丑》	《人民文学》1980年第6期
吕雷	《海风轻轻吹》	《作品》1980年第10期
王润滋	《卖蟹》	《山东文学》1980年第10期

1981年全国优秀短篇小说评选委员会委员名单：

主任委员：巴金

副主任委员：张光年

委员：丁玲、王蒙、孔罗荪、冯牧、刘白羽、刘剑青、严文井、沙汀、李清泉、陈荒煤、林默涵、欧阳山、草明、贺敬之、唐弢、袁鹰、曹靖华、谢冰心、葛洛、魏巍

1981 年全国优秀短篇小说评选当选作品：

作家	作品	发表刊物
王润滋	《内当家》	《人民文学》1981 年第 3 期
赵本夫	《卖驴》	《钟山》1981 年第 2 期
乌热尔图	《一个猎人的恳求》	《民族文学》1981 年第 5 期
陈建功	《飘逝的花头巾》	《北京文学》1981 年第 6 期
简嘉	《女炊事班长》	《青春》1981 年第 8 期
达理	《路障》	《海燕》1981 年第 10 期
刘厚明	《黑箭》	《人民文学》1981 年第 5 期
迟松年	《普通老百姓》	《鸭绿江》1981 年第 2 期
周克芹	《山月不知心里事》	《四川文学》1981 年第 8 期
舒群	《少年 Chen 女》	《人民文学》1981 年第 4 期
汪曾祺	《大淖记事》	《北京文学》1981 年第 4 期
林斤澜	《头像》	《北京文学》1981 年第 7 期
刘绍棠	《峨眉》	《长春》1981 年第 1 期
张一弓	《黑娃照相》	《上海文学》1981 年第 7 期
古华	《爬满青藤的木屋》	《十月》1981 年第 2 期
韩少功	《飞过蓝天》	《中国青年》1981 年第 13 期
王安忆	《本次列车终点》	《上海文学》1981 年第 10 期
航鹰	《金鹿儿》	《新港》1981 年第 4 期
鲁南	《拜年》	《山东文学》1981 年第 8 期
王振武	《最后一篓春茶》	《芳草》1981 年第 3 期

1982 年全国优秀短篇小说评选委员会委员名单：

主任委员：巴金

副主任委员：张光年

委员：丁玲、王蒙、孔罗荪、冯牧、刘白羽、刘剑青、严文井、沙汀、李清泉、陈荒煤、林默涵、欧阳山、草明、贺敬之、唐弢、袁鹰、谢冰心、葛洛、魏巍

1982 年全国优秀短篇小说评选当选作品：

作家	作品	发表刊物
蒋子龙	《拜年》	《人民文学》1982 年第 3 期
梁晓声	《这是一片神奇的土地》	《北方文学》1982 年第 8 期
孙少山	《八百米深处》	《北方文学》1981 年第 2 期
航鹰	《明姑娘》	《青年文学》1982 年第 1 期
铁凝	《哦，香雪》	《青年文学》1982 年第 5 期
金河	《不仅仅是留念》	《人民文学》1982 年第 11 期
何士光	《种包谷的老人》	《人民文学》1982 年第 6 期
宋学武	《敬礼！妈妈！》	《海燕》1982 年第 9 期
喻杉	《女大学生宿舍》	《芳草》1982 年第 2 期
王中才	《三角梅》	《解放军文艺》1982 年第 6 期
李叔德	《赔你一只金凤凰》	《长江文艺》1982 年第 1 期
吕雷	《火红的云霞》	《人民文学》1982 年第 1 期
乌热尔图	《七岔犄角的公鹿》	《民族文学》1982 年第 5 期
姜天明	《第九个售货亭》	《青春》1982 年第 8 期
石言	《漆黑的羽毛》	《雨花》1982 年第 9 期
鲍昌	《芨芨草》	《新港》1982 年第 8 期
张炜	《声音》	《山东文学》1982 年第 5 期
海波	《母亲与遗像》	《人民文学》1982 年第 4 期
矫健	《老霜的苦闷》	《文汇》月刊 1982 年第 1 期
蔡测海	《远处的伐木声》	《民族文学》1982 年第 10 期

附录 2

第 6—8 届全国优秀短篇小说获奖作品名单：
1983 年全国优秀短篇小说奖获奖作品：

作家	作品	发表刊物
陆文夫	《围墙》	《人民文学》1983 年第 2 期
		《小说选刊》1983 年第 3 期
史铁生	《我的遥远的清平湾》	《青年文学》1983 年第 1 期
		《小说选刊》1983 年第 3 期
楚良	《抢劫即将发生……》	《星火》1983 年第 8 期
		《小说选刊》1983 年第 9 期
邓刚	《阵痛》	《鸭绿江》1983 年第 4 期
		《小说选刊》1983 年第 9 期
石言	《秋雪湖之恋》	《人民文学》1983 年第 10 期
		《小说选刊》1983 年第 12 期
唐栋	《兵车行》	《人民文学》1983 年第 5 期
		《小说选刊》1983 年第 6 期
乌尔热图（鄂温克族）	《琥珀色的篝火》	《民族文学》1983 年第 10 期
		《小说选刊》1983 年第 12 期
彭见明	《那山那人那狗》	《萌芽》1983 年第 5 期
		《小说选刊》1983 年第 7 期
林元春（朝鲜族）	《亲戚之间》，清玉（女）译	《民族文学》1983 年第 9 期
		《小说选刊》1984 年第 2 期

续表

作家	作品	发表刊物
石定	《公路从门前过》	《山花》1983 年第 7 期
		《小说选刊》1983 年第 10 期
张洁（女）	《条件尚未成熟》	《北京文学》1983 年第 9 期
		《小说选刊》1983 年第 11 期
王戈	《树上的鸟儿》	《飞天》1983 年第 9 期
		《小说选刊》1983 年第 11 期
李杭育	《沙灶遗风》	《北京文学》1983 年第 5 期
		《小说选刊》1984 年第 4 期
张贤亮	《肖尔布拉克》	《文汇》月刊 1983 年第 2 期
		《小说选刊》1983 年第 4 期
刘兆林	《雪国热闹镇》	《解放军文艺》1983 年第 7 期
		《小说选刊》1983 年第 8 期
陶正	《逍遥之乐》	《北京文学》1983 年第 4 期
		《小说选刊》1984 年第 4 期
达理	《除夕夜》	《人民文学》1983 年第 5 期
		《小说选刊》1984 年第 4 期
陈继光	《旋转的世界》	《人民文学》1983 年第 11 期
		《小说选刊》1984 年第 4 期
胡辛（女）	《四个四十岁的女人》	《百花洲》1983 年第 6 期
		《小说选刊》1984 年第 1 期
刘舰平	《船过青浪滩》	《萌芽》1983 年第 7 期
		《小说选刊》1983 年第 9 期

1984 年全国优秀短篇小说获奖作品：

作家	作品	发表刊物
宋学武	《干草》	《青年文学》1984 年第 2 期
		《小说选刊》1984 年第 7 期
陈冲	《小厂来了个大学生》	《人民文学》1984 年第 4 期
		《小说选刊》1984 年第 6 期
邵振国	《麦客》	《当代》1984 年第 3 期
		《小说选刊》1984 年第 8 期

续表

作家	作品	发表刊物
白雪林（蒙古族）	《蓝幽幽的峡谷》	《草原》1984 年第 12 期
		《小说选刊》1985 年第 3 期
金河	《打鱼的和钓鱼的》	《现代作家》1984 年第 1 期
		《小说选刊》1984 年第 3 期
史铁生	《奶奶的星星》	《作家》1984 年第 4 期
		《小说选刊》1985 年第 4 期
铁凝（女）	《六月的话题》	《花溪》1984 年第 2 期
		《小说选刊》1984 年第 6 期
邹志安	《哦，小公马》	《北京文学》1984 年第 11 期
		《小说选刊》1985 年第 1 期
王中才	《最后的堑壕》	《鸭绿江》1984 年第 11 期
		《小说选刊》1985 年第 1 期
映泉	《同船过渡》	《青年文学》1984 年第 3 期
		《小说选刊》1984 年第 4 期
张平	《姐姐》	《青春》1984 年第 6 期
		《小说选刊》1984 年第 8 期
王凤麟	《野狼出没的山谷》	《人民文学》1984 年第 9 期
		《小说选刊》1985 年第 4 期
李国文	《危楼记事》	《人民文学》1984 年第 6 期
		《小说选刊》1985 年第 1 期
苏叔阳	《生死之间》	《芳草》1984 年第 8 期
		《小说选刊》1984 年第 10 期
张炜	《一潭清水》	《人民文学》1984 年第 6 期
		《小说选刊》1984 年第 8 期
梁晓声	《父亲》	《人民文学》1984 年第 11 期
		《小说选刊》1985 年第 4 期
何立伟	《白色鸟》	《人民文学》1984 年第 10 期
		《小说选刊》1985 年第 4 期
陈世旭	《惊涛》	《人民文学》1984 年第 3 期
		《小说选刊》1984 年第 5 期

1985—1986 年全国优秀短篇小说获奖作品：

作家	作品	发表刊物
田中禾	《五月》	《山西文学》1985 年第 5 期
		《小说选刊》1985 年第 7 期
扎西达娃（藏族）	《系在皮绳扣上的魂》	《西藏文学》1985 年第 1 期
		《民族文学》1985 年第 9 期
		《小说选刊》1985 年第 11 期
乔典运	《满票》	《奔流》1985 年第 3 期
		《小说选刊》1985 年第 5 期
彭荆风	《今夜月色好》	《人民文学》1985 年第 5 期
谢友鄞	《窑谷》	《上海文学》1986 年第 4 期
		《小说选刊》1986 年第 7 期
何士光	《远行》	《人民文学》1985 年第 8 期
		《小说选刊》1986 年第 4 期
刘西鸿	《你不可改变我》	《人民文学》1986 年第 9 期
		《小说选刊》1986 年第 12 期
邹志安	《支书下台唱大戏》	《北京文学》1986 年第 6 期
张石山	《甜苣儿》	《青年文学》1986 年第 6 期
		《小说选刊》1986 年第 9 期
李锐	《合坟》	《上海文学》1986 年第 11 期
		《小说选刊》1987 年第 2 期
谌容	《减去十岁》	《人民文学》1986 年第 2 期
		《小说选刊》1986 年第 7 期
李贯通	《洞天》	《山东文学》1986 年第 4 期
		《小说选刊》1986 年第 5 期
庞泽云	《夫妻粉》	《海燕》1985 年第 11 期
		《小说选刊》1986 年第 2 期
李晓	《继续操练》	《上海文学》1986 年第 7 期
		《小说选刊》1986 年第 10 期
刘恒	《狗日的粮食》	《中国》1986 年第 9 期
		《小说选刊》1987 年第 2 期

续表

作家	作品	发表刊物
周大新	《汉家女》	《解放军文艺》1986 年第 8 期
		《小说选刊》1986 年第 11 期
于德才（满族）	《焦大轮子》	《上海文学》1986 年第 2 期
		《小说选刊》1986 年第 6 期
张廷竹	《他在拂晓前死去》	《解放军文艺》1985 年第 11 期
		《小说选刊》1986 年第 2 期
杨显惠	《这一片大海》	《长城》1985 年第 6 期
		《小说选刊》1986 年第 2 期

附录3

1978年全国优秀短篇小说评选启事

为促进短篇小说创作进一步发展与提高，中国作家协会委托本刊举办一九八〇年全国优秀短篇小说评选。

现将这次评选的有关事宜宣告如下：

一　评选范围：一九七八年内及以前在全国各地报刊及其它出版物上发表过的短篇小说佳作，均为评选对象。

二　评选标准：凡从生活出发、符合六条政治标准，艺术上具有独创性的作品，不拘题材、风格，皆可推荐。提倡那些能够鼓舞群众为新时期总任务而奋斗的优秀作品。

三　评选方法：采取群众推荐与专家评议相结合的方法。热烈欢迎广大读者积极参加推荐和评议；恳切希望各地文化单位、文艺刊物、出版社、报纸文艺副刊大力支持和协助。本刊将邀请作家、评论家组成评选委员会，在群众推荐和评议的基础上进行评选。评选结果于一九七九年春公布。

凡参加推荐与评选的个人或集体、单位，请填写推荐表，或按照表内项目另纸填写寄给我们。如附有具体推荐意见，更为欢迎。推荐日期截止于一九八〇年一月底。

人民文学杂志社
一九七八年十月

1978 年全国优秀短篇小说推荐表

篇名	作者	发表时间及报刊名称

推荐人	姓名	年龄	工作单位	职业

1979 年全国优秀短篇小说评选启事

为促进短篇小说创作进一步发展与提高，中国作家协会委托本刊继续举办一九七九年度全国优秀短篇小说评选。

现将这次评选的有关事宜宣告如下：

一　评选范围：一九七九年内全国各地报刊及其它出版物上发表过的短篇小说佳作，均为评选对象。

二　评选标准：凡从生活出发，具有较高的思想和艺术水平，在群众中反应较好、影响较大的作品，不拘题材、风格，皆可推荐和入选。

三　评选方法：仍然采取群众推荐与专家评议相结合的方法。热烈欢迎广大读者积极参加推荐和评议；恳切希望各地文化单位、文艺刊物、出版社、报纸文艺副刊大力支持和协助。本刊将邀请作家、评论家组成评选委员会，在群众推荐和评议的基础上进行评选。评选结果于一九八〇年春公布。

凡参加推荐与评选的个人或集体、单位，请填写推荐表，或按照表内项目另纸填写寄给我们。如附有具体推荐意见，更为欢迎。推荐日期截止于一九八〇年一月底。

人民文学杂志社
一九七九年十月

1979 年全国优秀短篇小说推荐表

篇名	作者	发表时间及报刊名称

推荐人	姓名	年龄	工作单位	职业

  注：自 1979 年以后，全国优秀短篇小说评选大抵遵循 1979 年度全国优秀短篇小说评选启事的要求。因而在此不再一一列出 1979 年以后的全国优秀短篇小说评选启事。

附录 4

第 6—9 届茅盾文学奖评奖条例对比

	第六届（2003）	第七届（2007）	第八届（2011）	第九届（2015）
指导思想	茅盾文学奖评选工作，以马列主义、毛泽东思想、邓小平理论和"三个代表"重要思想为指导，坚持文艺为人民服务、为社会主义服务的方向，贯彻"百花齐放、百家争鸣"的方针，弘扬主旋律，提倡多样化，坚持导向性、公正性、群众性，注重鼓励关注现实生活、体现时代精神的创作，推出具有深刻思想内容和丰厚审美意蕴的长篇小说。	茅盾文学奖评奖工作，以马列主义、毛泽东思想、邓小平理论和"三个代表"重要思想为指导，深入贯彻科学发展观，遵循文艺"为人民服务、为社会主义服务"的方向，贯彻"百花齐放、百家争鸣"的方针，弘扬主旋律，提倡多样化，鼓励贴近实际、贴近生活、贴近群众、体现时代精神的创作，坚持导向性、权威性、公正性、群众性，坚持少而精、宁缺毋滥的原则，推出具有深刻思想内容和丰厚审美意蕴的长篇小说。	茅盾文学奖评奖工作以马列主义、毛泽东思想、邓小平理论和"三个代表"重要思想为指导，深入贯彻落实科学发展观，遵循文艺为人民服务、为社会主义服务的方向，贯彻"百花齐放、百家争鸣"的方针，弘扬主旋律，提倡多样化，鼓励贴近实际、贴近生活、贴近群众，坚持导向性、权威性、公正性，努力推出体现中国当代长篇小说创作思想高度和艺术水准的优秀作品。	茅盾文学奖评奖工作以马列主义、毛泽东思想、邓小平理论、"三个代表"重要思想和科学发展观为指导，深入贯彻落实习近平总书记系列重要讲话精神，遵循文艺为人民服务、为社会主义服务的方向，贯彻"百花齐放、百家争鸣"的方针，弘扬主旋律，提倡多样化，鼓励深入生活、扎根人民，坚持导向性、权威性、公正性，褒奖体现中国当代长篇小说创作思想高度和艺术水准的优秀作品。

续表

	第六届（2003）	第七届（2007）	第八届（2011）	第九届（2015）
评奖范围	1. 茅盾文学奖每四年评选一次。凡评选年度内在我国大陆地区公开发表与出版的由中国籍作家创作的，能体现长篇小说艺术构思与创作要求，字数13万以上的作品，均可评选。评选年度以前发表或出版的、经过时间考验的优秀之作，也可由有关单位慎重推荐参评，通过初选审读组筛选认同并以无记名投票方式获得评委会半数以上委员的赞同后，亦可列入评委会备选书目。 2. 多卷本长篇小说，应在全书完成后参加评选。 3. 鉴于评选工作所受的语言限制和其它困难，凡用少数民族语言创作的长篇小说，以汉文的译本出版后参加评选。	1. 茅盾文学奖每四年评奖一次。 2. 评奖年度内在我国大陆地区公开发表与出版的由中国籍作家创作的，能体现长篇小说艺术构思与创作要求，字数13万以上的作品，均可评奖。 3. 鉴于评奖工作所受的语言限制和其它困难，用少数民族语言创作的长篇小说，以汉文译本参加评奖。（用少数民族文字创作的作品，可参加中国作协有关少数民族文学奖项的评奖。） 4. 多卷本长篇小说，应在全书完成后参加评奖。	1. 茅盾文学奖每四年评选一次。 2. 凡评奖年度内首次公开发表、在中国大陆地区出版、体现长篇小说体裁特征、字数13万以上的作品，均可评。 3. 鉴于评奖工作所受的语言限制和其它困难，用少数民族语言创作的长篇小说，以其汉语译本参评。 4. 多卷本作品，应以全书参评。	1. 茅盾文学奖每四年评选一次。 2. 参评作品须体现长篇小说体裁特征，版面字数13万字以上，于评奖年限内在中国大陆地区首次成书出版。 3. 用少数民族文字创作的长篇小说，应以其汉语译本参评。 4. 多卷本作品，应以全书参评。
评奖标准	1. 坚持思想性与艺术性统一的原则。所选作品应有利于倡导爱国主义、集体主义、社会主义的思想和精神；有利于倡导改革开放和现代化建设的思想和精神；有利于倡导民族团结、社会进步、人民幸福	1. 坚持思想性与艺术性完美统一的原则。评奖作品应有利于倡导爱国主义、集体主义、社会主义的思想和精神；有利于倡导改革开放和现代化建设的思想和精神；有利于倡导民族团结、社会进步、人	茅盾文学奖评奖坚持思想性与艺术性完美统一的原则。获奖作品应具有深刻的思想内涵，有利于倡导爱国主义、集体主义、社会主义的思想和精神；有利于倡导改革开放和现代化建设的思想和精神；	茅盾文学奖评奖坚持思想性与艺术性有机统一的原则。获奖作品应具有深刻的思想内涵，有利于倡导爱国主义、集体主义、社会主义的思想和精神；有利于倡导改革开放和现代化建设的思想和精神；有利

	第六届（2003）	第七届（2007）	第八届（2011）	第九届（2015）
评奖标准	的思想和精神；有利于倡导用诚实劳动争取美好生活的思想和精神。对于深刻反映现实生活，较好地体现时代精神和历史发展趋势，塑造社会主义新人形象的作品，尤应重点关注。要兼顾题材、主题、风格的多样化。 2. 要重视作品的艺术品位。鼓励在继承我国优秀传统文化和借鉴外国优秀文化基础上的探索和创新，鼓励那些具有中国作风和中国气派，为人民大众所喜闻乐见，具有艺术感染力的佳作。	民幸福的思想和精神；有利于倡导用诚实劳动争取美好生活的思想和精神。对于深刻反映现实生活、弘扬社会主义核心价值体系、体现民族精神和时代精神、塑造社会主义新人形象的作品，尤应重点关注。要兼顾题材、主题、风格的多样化。 2. 要重视作品的艺术品位。鼓励在继承我国优秀传统文化和借鉴外国优秀文化基础上的探索和创新，鼓励那些具有中国作风和中国气派，为人民大众所喜闻乐见，具有艺术感染力的佳作。	有利于倡导民族团结、社会进步、人民幸福的思想和精神；有利于倡导用诚实劳动争取美好生活的思想和精神。对于深刻反映现实生活和人民主体地位、弘扬社会主义核心价值体系、体现民族精神和时代精神、塑造社会主义新人形象的作品，尤应予以关注。应重视作品的艺术品位，提倡题材、主题、风格的多样化，鼓励在继承中国优秀传统文化和借鉴外国优秀文化成果基础上的探索和创新，鼓励具有中国作风和中国气派、为人民大众所喜闻乐见的作品。	于倡导民族团结、社会进步、人民幸福的思想和精神；有利于倡导用诚实劳动争取美好生活的思想和精神。对于深刻反映现实生活和人民主体地位、体现中国精神、弘扬社会主义核心价值观、书写中华民族伟大复兴中国梦的作品，尤应予以关注。应重视作品的艺术品位，鼓励题材、主题、风格的多样化，鼓励在继承中国优秀传统文化和借鉴外国优秀文化成果基础上的探索和创新，鼓励具有中国作风和中国气派、为人民大众所喜闻乐见的作品。
评奖机构	1. 评选工作由"茅盾文学奖评奖委员会"承担。 2. 聘请文学界有影响的作家、理论家、评论家和文学组织工作者出任茅盾文学奖评奖委员会委员。评委会设主任一名，副主任若干名，委员若干名。主任、副主任人选由中国作家协会书记处提名。委员人选由中国作协书记处提出候选名	1. 评奖工作由"茅盾文学奖评奖委员会"具体负责。 2. 由中国作家协会书记处提名，遴选文学界有影响的作家、理论家、评论家和文学组织工作者组成茅盾文学奖评奖委员会评委库。评委库人数以不少于40人为宜。评委会设主任1名，副主任2名，委员20名。主任、副主任人选经中国作协	1. 茅盾文学奖评奖工作在中国作家协会书记处领导下，由茅盾文学奖评奖委员会负责。 2. 茅盾文学奖评奖委员会成员应为关注和了解全国长篇小说创作情况的作家、评论家和文学组织工作者，均以个人身份参加评奖。 3. 评奖委员会委员若干名。由中国作家协会书记处聘	1. 茅盾文学奖评奖工作在中国作家协会书记处领导下，由茅盾文学奖评奖委员会负责。 2. 评奖委员会成员应为关注和了解全国长篇小说创作情况的作家、评论家和文学组织工作者，均以个人身份参与评奖工作。年龄一般不超过70岁。 3. 评奖委员会设委员若干名。由中国

续表

	第六届（2003）	第七届（2007）	第八届（2011）	第九届（2015）
评奖机构	单后，以随机抽取的方式，从候选名单中产生。候选名单一般应为评委人数的二倍以上。主任、副主任以及评委名单产生后，应由中国作协书记处批准，报请有关主管部门备案。 3. 评委会的构成，应保证京外评委不少于评委总数的1/3。 4. 评奖委员会下设评奖办公室，负责评奖活动中的具体工作。	书记处提名，分别由中国作家协会领导和专家担任；委员人选由评委会主任、副主任在中国作协纪检监察部门监督下以随机抽取的方式，从评委库中产生。主任、副主任以及评委名单产生后，应报请有关主管部门备案。 3. 每一届评委成员，需比上一届评委会更新1/2（12人）以上；评委会委员连任不得超过两届，年龄一般不应超过70岁。京外评委会委员不少于评委总数的1/3（8人）。评委会委员和初选审读组成员不能交叉。 4. 评奖委员会下设评奖办公室，负责评奖的具体工作。	请30名符合条件的人员；同时各省、自治区、直辖市作家协会和中国人民解放军总政治部宣传部各推荐一名符合条件的人选，由中国作家协会书记处审核聘请。 4. 评奖委员会设主任一名，副主任若干名，由中国作家协会书记处聘请。评奖委员会下设评奖办公室，承担具体工作。	作家协会书记处聘请部分符合条件的人员；同时各省、自治区、直辖市作家协会和中国人民解放军总政治部宣传部艺术局各推荐一名符合条件的人选，由中国作家协会书记处审核聘请。 4. 评奖委员会设主任、副主任，由中国作家协会书记处聘请。 5. 评奖委员会下设评奖办公室，承担事务性工作。
评奖程序	1. 参评作品征集。征集工作由评奖办公室进行。办公室应在开评前向中国作协各团体会员单位、全国各有关出版单位和大型文艺杂志社发出作品征集通知，请他们在规定期限内向评奖办公室报送符合评选要求的参评作品。 2. 推荐备选作品。评奖办公室提请中	1. 参评作品征集。征集工作由评奖办公室进行。办公室应在开评前公布《评奖条例》，并向中国作协各团体会员单位、全国各有关出版单位和大型文艺杂志社发出作品征集通知，请他们在规定期限内向评奖办公室报送符合评奖要求的参评作品。 2. 推荐备选作品。	1. 参评作品的征集与申报。 评奖办公室向中国作家协会各团体会员单位、中国人民解放军总政治部宣传部、全国各有关出版单位、大型文艺杂志社和持有互联网出版许可证的重点文学网站等征集参评作品。作者可向上述单位提出作品参评要求。评奖办公室不	1. 参评作品的征集与审核。 茅盾文学奖评奖办公室向中国作家协会团体会员单位、中国人民解放军总政治部宣传部艺术局、出版单位、大型文学期刊和持有互联网出版许可证的重点文学网站等征集参评作品。作品的参评条件以评奖办公室公告为准。

续表

	第六届（2003）	第七届（2007）	第八届（2011）	第九届（2015）
评奖程序	国作协书记处批准，聘请熟悉长篇小说创作的若干评论家、作家和编辑家组成初选审读组，对推荐作品在广泛阅读、讨论的基础上，进行筛选，提出适当数量的作品，作为提供给评委会审读备选的书目。经由三名以上评委的联合提名，可在初选审读组推荐的书目以外，增添备选书目。全部备选书目应在终评前一个月在相关媒体上予以公布，以便广泛地听取读者意见。 3. 投票产生获奖作品。评委会在认真阅读全部备选作品的基础上，参考各界反馈意见，经充分的协商与讨论，最后用无记名投票方式产生获奖作品。投票分两轮进行：第一轮，对候选篇目进行初步筛选；第二轮投票，决定获奖作品。作品获得不少于评委总数的2/3的票数，方可当选。 4. 获奖作品的数量。每届评委会根据长篇小说创作的实际状况确定该届评选的获奖数量。为保证此项文学大奖的可读性，应坚持宁缺毋滥的原	评奖办公室提请中国作协书记处批准，聘请熟悉长篇小说创作的若干评论家、作家和编辑家组成初选审读组，对推荐作品在广泛阅读、讨论的基础上，进行筛选，提出不超过20部的作品作为提供给评委会审读备选的书目。经由三名以上评委联合提名并以无记名投票方式获得半数（12人）以上评委同意后，可在初选审读组推荐的书目以外增添备选书目。增添备选书目不得超过5部。全部备选书目应在终评前一个月在相关媒体上予以公布，以便广泛地听取读者意见。 3. 投票产生获奖作品。评委会在认真阅读全部备选作品的基础上，参考各界反馈意见，经充分的协商与讨论，最后用无记名投票方式产生获奖作品。投票分两轮进行：第一轮，对候选篇目进行初步筛选；第二轮，决定获奖作品。作品获得评委总票数2/3（16票）以上，方可当选。	接受个人申报。参评作品篇目经审核后向社会公示。如发现不符合参评条件的，评奖办公室有权取消其参评资格。 2. 评选和产生获奖作品。 评奖实行票决制，评奖细则由中国作家协会书记处制订。 评奖委员会在对参评作品阅读、讨论的基础上，经三轮投票选出不超过20部提名作品；在提名作品中经两轮投票选出不超过5部获奖作品。 投票实行实名制。投票、计票在公证机构的监督下进行。 各轮获选作品篇目向社会公布。 评奖委员会主任负责主持评奖工作，不参与投票。 3. 获奖作品揭晓和颁奖。 评奖结果经中国作家协会书记处审核后，由中国作家协会统一发布。举行颁奖大会，公布获奖作品评语，向获奖作品的作者颁发证书、奖牌和奖金；向获奖作品的责任编辑颁发证书。	作者可向上述单位提出作品参评申请。评奖办公室不接受个人申报。 评奖办公室依据参评条件对所征集的作品进行审核，参评作品目录经审核后向社会公示。如发现不符合参评条件的，评奖办公室有权取消其参评资格。 2. 评选和产生获奖作品。 茅盾文学奖评奖实行票决制，评奖细则由中国作家协会书记处制订。 评奖委员会在对参评作品阅读、讨论的基础上，选出不超过十部提名作品；在提名作品中选出不超过5部获奖作品。 提名作品向社会公示。 投票实行实名制。投票、计票在公证机构监督下进行。 评奖委员会主任主持评奖工作，不参与投票。 3. 评奖结果发布和颁奖。 评奖结果经中国作家协会书记处批准后发布。举行颁奖大会，公布授奖辞，向获奖作品的作者颁发证书、奖

	第六届（2003）	第七届（2007）	第八届（2011）	第九届（2015）
评奖程序	则，获奖作品为3—5部。 5. 评奖揭晓。评选结果由中国作协统一发布，并隆重召开颁奖大会，向获奖作品的作者颁发奖状（证书）、奖牌和奖金。对获奖作品的出版单位和责任编辑颁发证书。	4. 获奖作品的数量。为保证此项文学大奖的权威性，应坚持宁缺毋滥的原则，获奖作品为3—5部。 5. 评奖揭晓。评奖结果经中国作协书记处审核后，由中国作协统一发布，并召开颁奖大会，向获奖作品的作者颁发奖状（证书）、奖牌和奖金。对获奖作品的出版单位和责任编辑颁发证书。		牌和奖金；向获奖作品的责任编辑颁发证书。
评奖纪律	1. 为确保评奖的公平性、公正性和群众性，茅盾文学奖实行评委名单以及评委会评语公开制度。评委会对获奖作品分别作出简短的评价，评奖揭晓时公之于众。 2. 严禁不正之风。评委会委员、初选审读组成员以及评奖办公室成员，一律不得参与任何可能影响评选结果的不正当活动，杜绝行贿受贿和人情请托等不正之风。一旦发现此种行为，有关评委或评奖工作人员的资格应予取消，有关参评者的参评资格亦应予以取消。 3. 实行回避制度。	1. 为确保评奖的权威性、公正性，茅盾文学奖评奖委员会要坚持评奖标准，实行初选入围作品公示、评委名单以及评委会评语公开制度。评委会对获奖作品分别作出简短的评价，评奖揭晓时予以公布。 2. 杜绝行贿受贿等违法乱纪行为和人情请托等不正之风。评委会、审读小组及评奖办公室成员，不得有任何可能影响评奖结果的不正当行为。一旦发现此种行为，有关评委或工作人员的资格将被取消，有关参评作品的资格也将予以取消。	1. 严禁行贿受贿等违纪违法行为和人情请托等不正之风。评奖委员会成员和评奖办公室工作人员，不得有任何可能影响评奖结果的不正当行为。如有违反，有关人员的工作资格和有关作品的参评资格均予以取消。 2. 评奖委员会成员和评奖办公室工作人员中，如有作品参评，或系参评作品的编辑、参评作品所属的文库或丛书的主编、参评作品出版单位的主要负责人，应主动回避。相关人员可选择退出评委会，或作品退出评选。	1. 严禁行贿受贿等违纪违法行为和人情请托等不正之风。评奖委员会成员和评奖办公室工作人员，须自觉遵守本条例和评奖细则规定的评奖纪律，不得有任何可能影响评奖结果的不正当行为。如有违反，有关人员的工作资格和有关作品的参评资格均予取消。 2. 评奖委员会成员和评奖办公室工作人员中，如系参评作品的作者或责任编辑、参评作品作者或责任编辑的亲属、参评作品发表或出版单位的主要负责人、参评作品所属的文库或丛书的主编，应主动回

续表

	第六届（2003）	第七届（2007）	第八届（2011）	第九届（2015）
评奖纪律	评委会成员、初选审读组成员若有作品参评，或与参评作家作品有较为密切的关系（如系作品的责任编辑或系参评作者的亲属等），应主动回避。或相关人士退出评委会，或作品退出备选篇目。	3. 实行回避制度。在评委会成员、初选审读组成员以及评奖办公室成员中，如有作品参评，或系参评作品的责任编辑、参评作者的亲属、参评作品出版、推荐单位的负责人等一切有可能影响评奖公正的人员，必须回避。或相关人士退出评委会等机构，或撤回参评作品。 4. 在评奖过程中若发现有违反评奖纪律行为，严肃查处。	3. 中国作家协会组成专门的纪律监察组监督评奖过程。	避。相关人员可选择退出评委会，或作品退出评选。 3. 中国作家协会组成专门的纪律监察组监督评奖过程。
评奖经费	1. 茅盾文学奖评选活动经费由中国作家协会书记处负责筹措。 2. 欢迎企业、团体、个人对该项评选活动予以赞助。	1. 茅盾文学奖创立经费由茅盾先生捐赠。 2. 茅盾文学奖评奖活动和奖励经费由中国作家协会书记处负责筹措。 3. 欢迎企业、团体、个人对该项评奖活动予以赞助。	1. 茅盾文学奖创立经费由茅盾先生捐赠。 2. 茅盾文学奖评奖和奖励经费由中国作家协会书记处负责筹措。 3. 欢迎企业、团体、个人对茅盾文学奖予以赞助。	1. 茅盾文学奖创立经费由茅盾先生捐赠。 2. 茅盾文学奖评奖和奖励经费由中国作家协会书记处筹措。

附录5

茅盾文学奖第1—10届评选委员会委员及获奖作品：
第一届茅盾文学奖评选委员会委员：

主任委员：巴金

委员：丁玲、韦君宜、孔罗荪、冯至、冯牧、艾青、刘白羽、沙汀、张光年、陈企霞、陈荒煤、欧阳山、贺敬之、铁依甫江、谢永旺

第一届茅盾文学奖（1977—1981）获奖作品：

作家	作品	出版社
周克芹	《许茂和他的女儿们》	百花文艺出版社
魏巍	《东方》	人民文学出版社
姚雪垠	《李自成》（第二卷）	中国青年出版社
莫应丰	《将军吟》	人民文学出版社
李国文	《冬天里的春天》	人民文学出版社
古华	《芙蓉镇》	人民文学出版社

第二届茅盾文学奖评选委员会委员：

主任委员：巴金

副主任委员：张光年、冯牧

委员：丁玲、乌热尔图、刘白羽、许觉民、朱寨、陆文夫、陈荒煤、陈涌、林默涵、胡采、唐因、顾骧、黄秋耘、康濯、谢永旺、韶华

第二届茅盾文学奖（1982—1984）获奖作品：

作家	作品	出版社
李准	《黄河东流去》（上、下）	北京出版社（上），北京十月文艺出版社（下）
张洁	《沉重的翅膀（1984年修订本）》	人民文学出版社
刘心武	《钟鼓楼》	人民文学出版社

第三届茅盾文学奖评选委员会委员：

主任委员：无

副主任委员：无

委员：丁宁、马烽、刘白羽、冯牧、朱寨、江晓天、李希凡、玛拉沁夫、孟伟哉、陈荒煤、陈涌、胡石言、袁鹰、康濯、韩瑞亭、蔡葵

第三届茅盾文学奖（1985—1988）获奖作品[①]：

作家	作品	出版社
路遥	《平凡的世界》（上、中、下）	中国文联出版社
凌力	《少年天子》	北京十月文艺出版社
孙力、余小惠	《都市风流》	浙江文艺出版社
刘白羽	《第二个太阳》	人民文学出版社
霍达	《穆斯林的葬礼》	北京十月文艺出版社
肖克	《浴血罗霄》	解放军文艺出版社
徐兴业	《金瓯缺》	海峡文艺出版社

第四届茅盾文学奖评选委员会委员：

主任委员：巴金

副主任委员：刘白羽、陈昌本、朱寨、邓友梅

委员：丁宁、刘玉山、江晓天、陈涌、李希凡、陈建功、郑伯农、袁鹰、顾骧、唐达成、郭运德、谢永旺、韩瑞亭、曾镇南、雷达、雍

[①] 肖克的《浴血罗霄》和徐兴业的《金瓯缺》两部作品为荣誉获奖作品。

文华、蔡葵、魏巍

第四届茅盾文学奖（1989—1994）获奖作品：

作家	作品	出版社
王火	《战争和人》（一、二、三、四部）	人民文学出版社
陈忠实	《白鹿原（修订本）》	人民文学出版社
刘玉民	《骚动之秋》	人民文学出版社
刘斯奋	《白门柳》（一、二部）	中国文联出版社

第五届茅盾文学奖评选委员会委员：

主任委员：巴金

副主任委员：张锲、邓友梅、张炯

委员：丁振海、马振方、玛拉沁夫、严家炎、李希凡、李国文、杨志今、吴秉杰、陆文虎、陈建功、郑伯农、柯岩、凌力、阎纲、曾镇南、雷达、蔡葵

第五届茅盾文学奖（1995—1998）获奖作品：

作家	作品	出版社
张平	《抉择》	群众出版社
阿来	《尘埃落定》	人民文学出版社
王安忆	《长恨歌》	作家出版社
王旭烽	《茶人三部曲》	浙江文艺出版社

第六届茅盾文学奖评选委员会委员：

主任委员：张炯

副主任委员：陈建功、王巨才

委员：王巨才、叶辛、朱向前、仲呈祥、孙郁、何开四、杨志今、吴秀明、张帆、张炯、张燕玲、玛拉沁夫、陈建功、李星、严家炎、洪子诚、贺绍俊、郭运德、秦晋、曾镇南、雷达

第六届茅盾文学奖（1999—2002）获奖作品：

作家	作品	出版社
熊召政	《张居正》	长江文艺出版社
张洁	《无字》	北京十月文艺出版社
徐贵祥	《历史的天空》	人民文学出版社
宗璞	《东藏记》	人民文学出版社
柳建伟	《英雄时代》	人民文学出版社

第七届茅盾文学奖评选委员会委员：

主任：铁凝

副主任：陈建功、李存葆

委员：丁临一、牛玉秋、叶梅、包明德、任芙康、次仁罗布、吴秉杰、何向阳、汪政、汪守德、张小影、陈晓明、胡平、贺绍俊、郭运德、龚政文、阎晶明、谢有顺、赖大仁、熊召政

第七届茅盾文学奖（2003—2006）获奖作品：

作家	作品	出版社
贾平凹	《秦腔》	作家出版社
迟子建	《额尔古纳河右岸》	北京十月文艺出版社
周大新	《湖光山色》	作家出版社
麦家	《暗算》	人民文学出版社

第八届茅盾文学奖评选委员会委员：

主任：铁凝

副主任：高洪波、李敬泽

委员：王必胜、王纪仁、王春林、王炳根、王彬彬、韦健玮、东西、叶梅、包明德、朱向前、刘成、刘复生、刘晓林、次仁罗布、许辉、麦家、李国平、李掖平、杨扬、杨红昆、吴义勤、吴秉杰、何弘、何向阳、汪政、汪守德、张未名、张志忠、张清华、张燕玲、陈世旭、陈晓明、陈福民、苑坪玉、周大新、於可训、孟繁华、欧阳有权、胡

平、柳建伟、哈若慧、修忠一、施战军、敖超、高叶梅、高海涛、郭宝亮、黄济人、黄桂元、盛子潮、龚旭东、阎晶明、傅恒、彭学明、温远超、程金城、赖大仁、雷达

第八届茅盾文学奖（2007—2010）获奖作品：

作家	作品	出版社
张炜	《你在高原》	作家出版社
刘醒龙	《天行者》	人民文学出版社
莫言	《蛙》	上海文艺出版集团
毕飞宇	《推拿》	人民文学出版社
刘震云	《一句顶一万句》	长江文艺出版社

第九届茅盾文学奖评选委员会委员：

主任：铁凝

副主任：李敬泽、阎晶明

委员：马步升、王力平、王春林、王炳根、王鸿生、王彬彬、丰收、韦健玮、水运宪、叶梅、包明德、朱向前、孙甘露、任芙康、刘川鄂、刘玉琴、刘复生、刘晓林、李一鸣、李国平、李掖平、李朝全、克珠群佩、杨克、杨扬、杨庆祥、吴秉杰、何弘、何向阳、汪政、汪守德、张柠、张莉、张未民、张志忠、张清华、张燕玲、陈晓明、陈福民、范咏戈、欧阳友权、欧阳黔森、罗勇、季宇、周大新、郎伟、孟繁华、胡平、胡性能、洪治纲、高海涛、黄济人、梁鸿鹰、彭程、彭学明、董立勃、谢有顺、赖大仁、额尔敦哈达

第九届茅盾文学奖（2011—2014）获奖作品：

作家	作品	出版社
格非	《江南三部曲》	北京十月文艺出版社
王蒙	《这边风景》	花城出版社
李佩甫	《生命册》	作家出版社
金宇澄	《繁花》	上海文艺出版社
苏童	《黄雀记》	浙江人民出版社

第十届茅盾文学奖评选委员会委员：

主任：铁凝

副主任：李敬泽、阎晶明

委员：马步升、王本朝、王彬彬、韦健玮、石才夫、叶立文、丛治辰、包斯钦、吉米平阶、刘华、刘琼、刘大先、刘复生、刘晓林、孙甘露、李一鸣、李延青、李国平、李掖平、李朝全、杨扬、杨青、杨少衡、杨庆祥、吴俊、邱华栋、何平、何弘、何向阳、汪政、张莉、张丽军、张清华、张新颖、陈晓明、陈福民、邵丽、欧阳友权、欧阳黔森、季宇、岳雯、金仁顺、孟繁华、胡平、洪治纲、贺仲明、徐兆寿、徐贵祥、郭文斌、黄桂元、黄德海、曹启文、梁鸿鹰、董立勃、韩春燕、鲁敏、鲁顺民、谢有顺、潘灵

第十届茅盾文学奖（2015—2018）获奖作品：

作家	作品	出版社
梁晓声	《人世间》	中国青年出版社
徐怀中	《牵风记》	人民文学出版社
徐则臣	《北上》	北京十月文艺出版社
陈彦	《主角》	作家出版社
李洱	《应物兄》	人民文学出版社

参考文献

一 译著

[美] 阿里夫·德里克:《革命与历史——中国马克思主义历史学的起源，1919—1937》，翁贺凯译，江苏人民出版社 2005 年版。

[德] 埃里希·奥尔巴赫:《摹仿论》，吴麟绶、周新建、高艳婷译，商务印书馆 2016 年版。

[美] 埃米尔·涂尔干:《社会分工论》，渠东译，生活·读书·新知三联书店 2000 年版。

[美] 爱德华·W. 萨义德:《知识分子论》，单德兴译，生活·读书·新知三联书店 2002 年版。

[美] 安德鲁·芬伯格:《可选择的现代性》，陆俊、严耕等译，中国社会科学出版社 2003 年版。

[英] 安东尼·吉登斯:《现代性的后果》，田禾译，译林出版社 2000 年版。

[英] 安东尼·吉登斯:《资本主义与现代社会理论——对马克思、涂尔干和韦伯著作的分析》，郭忠华、潘华凌译，上海译文出版社 2013 年版。

[美] 安敏成:《现实主义的限制：革命时代的中国小说》，姜涛译，江苏人民出版社 2001 年版。

[德] 彼得·比格尔:《先锋派理论》，高建平译，商务印书馆 2002 年版。

［美］戴维·斯沃茨：《文化与权力——布尔迪厄的社会学》，陶东风译，上海译文出版社2012年版。

［法］丹纳：《艺术哲学》，傅雷译，江苏人民出版社2017年版。

［美］杜赞奇：《全球现代性的危机——亚洲传统和可持续的未来》，黄彦杰译，商务印书馆2017年版。

［德］多明尼克·萨赫森迈尔、［德］任斯·理德尔、［以］S. N. 艾森斯塔德编著：《多元现代性的反思：欧洲、中国及其他的阐释》，郭少棠、王为理译，商务印书馆2017年版。

［德］恩斯特·卡西尔：《人伦》，甘阳译，上海译文出版社2004年版。

［美］菲利普·巴格比：《文化：历史的投影》，夏克、李天纲、陈江岚译，上海人民出版社1987年版。

［荷兰］佛克马、蚁布思：《文学研究与文化参与》，俞国强译，北京大学出版社1996年版。

［荷兰］佛克马、蚁布思：《二十世纪文学理论》，林书武、陈圣生、施燕、王筱芸译，生活·读书·新知三联书店1988年版。

［英］弗朗西斯·马尔赫恩编：《当代马克思主义文学批评》，刘象愚、陈永国、马海良译，北京大学出版社2002年版。

［美］弗雷德里克·詹姆逊：《政治无意识》，王逢振、陈永国译，中国社会科学出版社1999年版。

［美］弗雷德里克·詹姆逊：《现代性、后现代性和全球化》，王逢振、王丽亚等译，中国人民大学出版社2018年版。

［意］葛兰西：《狱中札记》，曹雷雨、姜丽、张跣译，中国社会科学出版社2000年版。

［德］哈贝马斯：《公共领域的结构转型》，曹卫东、王晓珏、刘北城、宋伟杰译，学林出版社1999年版。

［美］海登·怀特：《后现代历史叙事学》，陈永国、张万娟译，中国社会科学出版社2003年版。

［美］海登·怀特：《形式的内容：叙事话语与历史再现》，董立河译，文津出版社2005年版。

[美]汉娜·阿伦特：《人的境况》，王寅丽译，上海人民出版社2009年版。

[美]汉娜·阿伦特：《过去与未来之间》，王寅丽、张立立译，译林出版社2011年版。

[匈]豪泽尔：《艺术社会学》，居延安译，学林出版社1987年版。

[美]J.希利斯·米勒：《解读叙事》，申丹译，北京大学出版社2002年版。

[美]杰弗里·J.威廉斯：《文学制度》，李佳畅、穆雷译，南京大学出版社2014年版。

[美]杰拉德·德兰蒂：《现代性与后现代性——知识、权力与自我》，李瑞华译，商务印书馆2015年版。

[德]卡尔·曼海姆：《意识形态和乌托邦》，艾彦译，华夏出版社2001年版。

[德]卡尔·雅斯贝斯：《时代的精神状况》，王德峰译，上海译文出版社2008年版。

[美]凯利·詹姆斯·克拉克：《重返理性——对启蒙运动证据主义的批判以及为理性与信仰上帝的辩护》，唐安译，北京大学出版社2004年版。

[德]康德：《判断力批判》，邓晓芒译，人民出版社2002年版。

[法]勒内·基拉尔：《浪漫的谎言与小说的真实》，罗芃译，生活·读书·新知三联书店2021年版。

[美]勒内·韦勒克、奥斯汀·沃伦：《文学理论》，刘象愚、邢培明、陈圣生、李哲明译，江苏教育出版社2005年版。

[英]雷蒙·威廉斯：《关键词——文化与社会的词汇》，刘建基译，生活·读书·新知三联书店2005年版。

[英]雷蒙·威廉斯：《文化与社会——1780—1950》，高晓玲译，吉林出版集团有限责任公司2011年版。

[美]刘若愚：《中国文学理论》，杜国清译，江苏教育出版社2006年版。

［匈］卢卡奇：《历史与阶级意识》，杜章智、任立、燕宏远译，商务印书馆2017年版。

［匈］卢卡奇：《小说理论》，燕宏远、李怀涛译，商务印书馆2016年版。

［法］路易·阿尔都塞、艾蒂安·巴里巴尔：《读〈资本论〉》，李其庆、冯文光译，中央编译出版社2001年版。

［法］路易·阿尔都塞：《保卫马克思》，顾良译，商务印书馆1984年版。

［法］罗贝尔·埃斯卡皮：《文学社会学》，于沛选编，浙江人民出版社1987年版。

［美］罗德尼·斯达克：《理性的胜利——基督教与西方文明》，管欣译，复旦大学出版社2016年版。

［法］罗杰·加洛蒂：《论无边的现实主义》，吴岳添译，百花文艺出版社1998年版。

［德］马克斯·霍克海默、西奥多·阿道尔诺：《启蒙辩证法》，渠敬东、曹卫东译，上海人民出版社2006年版。

［德］马克斯·韦伯：《新教伦理与资本主义精神》，彭强、黄晓京译，陕西师范大学出版社2002年版。

［美］马泰·卡林内斯库：《现代性的五副面孔：现代主义、先锋派、颓废、媚俗艺术、后现代主义》，顾爱彬、李瑞华译，商务印书馆2002年版。

［加］马歇尔·麦克卢汉：《理解媒介》，何道宽译，凤凰出版传媒集团、译林出版社2011年版。

［英］迈克·费瑟斯通：《消费文化与后现代主义》，刘精明译，译林出版社2000年版。

［法］米歇尔·福柯：《词与物——人文科学考古学》，莫伟民译，上海三联书店2001年版。

［法］米歇尔·福柯：《知识考古学》，谢强、马月译，生活·读书·新知三联书店2003年版。

［加］诺思罗普·弗莱：《批评的剖析》，陈慧、袁宪军、吴伟仁译，百花文艺出版社1998年版。

［法］皮埃尔·布迪厄、［美］华康德：《实践与反思——反思社会学导引》，李猛、李康译，中央编译出版社2004年版。

［法］皮埃尔·布迪厄：《实践感》，蒋梓骅译，译林出版社2003年版。

［法］皮埃尔·布迪厄：《文化资本与社会炼金术》，包亚明译，上海人民出版社1997年版。

［法］皮埃尔·布迪厄：《艺术的法则：文学场的生成和结构》，刘晖译，中央编译出版社2001年版。

［英］齐格蒙·鲍曼：《立法者与阐释者——论现代性、后现代性与知识分子》，洪涛译，上海人民出版社2000年版。

［英］齐格蒙特·鲍曼：《寻找政治》，洪涛、周顺、郭台辉译，上海人民出版社2006年版。

［英］齐格蒙特·鲍曼：《作为实践的文化》，郑莉译，北京大学出版社2009年版。

［法］让·鲍德里亚：《消费社会》，刘成富、全志钢译，南京大学出版社2009年版。

［以］S. N. 艾森斯塔特：《反思现代性》，旷新年、王爱松译，生活·读书·新知三联书店2006年版。

［匈］斯蒂文·托托西：《文学研究的合法化》，马瑞奇译，北京大学出版社1997年版。

［美］斯坦利·费什：《读者反应批评：理论与实践》，文楚安译，中国社会科学出版社1998年版。

［英］特里·伊格尔顿：《二十世纪西方文学理论》，伍晓明译，北京大学出版社2007年版。

［英］特里·伊格尔顿：《马克思主义与文学批评》，文宝译，人民文学出版社1980年版。

［英］特里·伊格尔顿：《审美意识形态》，王杰、傅德根、麦永雄译，广西师范大学出版社2001年版。

［英］特里·伊格尔顿：《文化与上帝之死》，宋政超译，河南大学出版社2016年版。

［美］托马斯·索维尔：《知识分子与社会》，张亚月、梁兴国译，中信出版社2013年版。

［苏］托洛茨基：《文学与革命》，刘文飞、王景生、季耶译，外国文学出版社1992年版。

［美］威尔伯·施拉姆、威廉·波特：《传播学概论》，陈亮等译，新华出版社1984年版。

［美］乌尔里希·贝克、［英］安东尼·吉登斯、［英］斯科特·拉什：《自反性现代化——现代社会秩序中的政治、传统与美学》，赵文书译，商务印书馆2001年版。

［美］伊恩·P. 瓦特：《小说的兴起》，高原、董红钧译，生活·读书·新知三联书店1992年版。

［法］伊夫·瓦岱：《文学与现代性》，田庆生译，北京大学出版社2001年版。

［美］伊哈布·哈桑：《后现代转向——后现代理论与文化论文集》，刘象愚译，上海人民出版社2015年版。

［德］尤尔根·哈贝马斯：《合法化危机》，刘北成、曹卫东译，上海世纪出版集团2009年版。

［德］尤尔根·哈贝马斯：《交往行为理论》（第一卷），曹卫东译，上海人民出版社2018年版。

［德］于尔根·哈贝马斯：《现代性的哲学话语》，曹卫东等译，译林出版社2004年版。

［美］宇文所安：《中国文论：英译与评论》，王柏华、陶庆梅译，上海社会科学院出版社2003年版。

［英］约翰·B. 汤普森：《意识形态理论研究》，郭世平等译，社会科学文献出版社2013年版。

［英］约翰·B. 汤普森：《意识形态与现代文化》，高铦等译，译林出版社2005年版。

［美］约翰·R. 霍尔：《文化：社会学的视野》，周晓虹、徐彬译，商务印书馆2002年版。

［美］约瑟夫·劳斯：《知识与权力——走向科学的政治哲学》，盛晓明、邱慧、孟强译，北京大学出版社2004年版。

［美］詹姆斯·费伦：《作为修辞的叙事——技巧、读者、伦理、意识形态》，陈永国译，北京大学出版社2002年版。

［美］詹姆斯·R.汤森、布兰特利·沃马克：《中国政治》，顾速、董方译，江苏人民出版社2004年版。

二 专著

白烨：《2000年中国年度文坛纪事》，漓江出版社2001年版。

陈春生、彭未名：《荆棘与花冠——诺贝尔文学奖百年回眸》，武汉出版社2000年版。

陈东林：《诺贝尔文学奖批判》，时代文艺出版社2000年版。

陈顺馨：《社会主义现实主义理论在中国的接受与转化》，安徽教育出版社2000年版。

甘阳：《八十年代文化意识》，上海人民出版社2006年版。

葛兆光：《中国思想史》，复旦大学出版社2001年版。

何启治：《文学编辑四十年》，人民文学出版社2001年版。

何言宏：《中国书写：当代知识分子写作与现代性问题》，中央编译出版社2002年版。

贺桂梅：《思想中国——批判的当代视野》，广东人民出版社2014年版。

洪子诚等：《重返八十年代》，北京大学出版社2009年版。

洪子诚：《当代文学的概念》，北京大学出版社2010年版。

洪子诚：《问题与方法——中国当代文学史研究讲稿》，生活·读书·新知三联书店2002年版。

洪子诚：《我的阅读史》（第二版），北京大学出版社2017年版。

洪治纲：《无边的迁徙》，山东文艺出版社2004年版。

洪子诚：《作家的姿态与自我意识》，陕西人民出版社1991年版。

洪子诚：《中国当代文学史》，北京大学出版社1999年版。

洪子诚、孟繁华主编：《当代文学关键词》，广西师范大学出版社2002

年版。

金观涛、刘青峰：《开放中的变迁——再论中国社会超稳定结构》，法律出版社2011年版。

金观涛、刘青峰：《兴盛与危机——论中国社会超稳定结构》，法律出版社2011年版。

李泽厚：《中国现代思想史论》，天津社会科学院出版社2004年版。

李泽厚：《哲学纲要》，中华书局2015年版。

刘禾：《跨语际实践——文学、民族文化与被译介的现代性（中国，1900—1937）》，宋伟杰等译，生活·读书·新知三联书店2008年版。

刘小枫：《现代性与现代中国》，华东师范大学出版社2018年版。

柳鸣九主编：《二十世纪现实主义》，中国社会科学出版社1992年版。

陆贵山主编：《中国当代文艺思潮》，中国人民大学出版社2002年版。

马龙闪：《苏联文化体制沿革史》，中国社会科学出版社1996年版。

茅盾：《夜读偶记》，百花文艺出版社1958年版。

毛泽东：《毛泽东文艺论集》，中央文献出版社2002年版。

孟繁华：《传媒与文化领导权——当代中国的文化生产与文化认同》，山东教育出版社2003年版。

孟繁华：《想象的盛宴》，云南人民出版社2001年版。

祁述裕：《市场经济条件下的中国文学艺术》，北京大学出版社1998年版。

钱中文：《新理性精神文学论》，华中师范大学出版社2000年版。

人民文学出版社编辑部：《苏联文学艺术问题》，人民文学出版社1959年版。

邵燕君：《倾斜的文学场——当代文学生产机制的市场化转型》，江苏人民出版社2003年版。

舒晋瑜：《深度对话鲁奖作家》，人民文学出版社2021年版。

陶东风：《社会转型与当代知识分子》，生活·读书·新知三联书店1999年版。

陶东风：《文学理论的公共性——重建政治批评》，福建教育出版社2008

年版。

汪晖、陈燕谷主编：《文化与公共性》，生活·读书·新知三联书店2005年版。

汪晖：《去政治化的政治：短20世纪的终结与90年代》，生活·读书·新知三联书店2008年版。

汪晖：《世纪的诞生》，生活·读书·新知三联书店2020年版。

汪晖：《现代中国思想的兴起》，生活·读书·新知三联书店2004年版。

王富仁：《王富仁自选集》，广西师范大学出版社1999年版。

王逢振主编：《詹姆逊文集：批评理论和叙事阐释》（第2卷），中国人民大学出版社2004年版。

王晓明主编：《在新意识形态的笼罩下》，江苏人民出版社2000年版。

温儒敏：《新文学现实主义的流变》，北京大学出版社1988年版。

吴秀明：《转型时期的中国当代文学思潮》，浙江大学出版社2001年版。

谢冕、张颐武：《大转型——后新时期文化研究》，黑龙江教育出版社1995年版。

徐林正：《文化嘴脸：丑陋的中国文艺界》，台海出版社2001年版。

许纪霖、罗岗等：《启蒙的自我瓦解：1990年代以来中国思想文化界重大论争》，吉林出版集团有限责任公司2007年版。

许纪霖：《中国知识分子十论》，复旦大学出版社2008年版。

许志英、丁帆主编：《中国新时期小说主潮》，人民文学出版社2002年版。

阎连科、张学昕：《我的现实　我的主义》，中国人民大学出版社2010年版。

杨匡汉、孟繁华：《共和国文学50年》，中国社会科学出版社1999年版。

於可训：《当代文学：建构与阐释》，武汉大学出版社2005年版。

张光年：《文坛回春纪事》，海天出版社1998年版。

张均：《中国当代文学制度研究（1949—1976）》，北京大学出版社2011年版。

朱晓进等：《非文学的世纪：20世纪中国文学与政治文化关系史论》，

南京师范大学出版社 2004 年版。
朱寨主编：《中国当代文学思潮史》，人民文学出版社 1987 年版。
《中华全国文学艺术工作者代表大会纪念文集》，新华书店 1950 年版。
周宪主编：《文化现代性》，中国人民大学出版社 2010 年版。

后　　记

　　本书为国家社会科学基金项目"1978年以来的中国文学评奖制度研究"（16XZW021）的结项成果。这一项目让我有机会对1978年以来的文学评奖制度做一个整体性的考察和思考，为我对新时期以来的文学评奖制度研究提供了一个契机。

　　自20世纪90年代后期到21世纪的当下，出现了众多的文学评奖，由于时间及研究条件等方面的限制，无法对更多的文学评奖做出具体和详实的分析。在以后的研究中，可以采用个案研究的方式来进一步补充和完善。同时，本项目主要是着眼于文学评奖与特定现代性语境之间的关系研究，因而对具体获奖作品本身具有的审美价值和社会功能等，还缺少较为具体的研究，在以后的研究中将继续完善和补充。

　　本书的出版得到了中国社会科学出版社郭晓鸿、张小会等的帮助和支持，感谢她们在本书的校对、编辑和出版过程中付出的辛劳。中国海洋大学文学与新闻传播学院王平博士，也是我的师妹，为本书的撰写提供了非常有价值的思路和观念。西华大学为本项目的研究和出版提供了经费支持，我也得到了西华大学文学与新闻传播学院领导和老师的支持。在此一并感谢。